MORGAN SCOTT PECK (1936–2005) a fost un cunoscut și apreciat psihiatru și autor american.

A absolvit Friends Seminary în 1954, Harvard în 1958 și a obținut titlul de doctor în medicină în 1963, la Case Western Reserve University. De-a lungul carierei sale de psihiatru, a ocupat diverse funcții administrative guvernamentale. A fost director la New Milford Hospital Mental Health Clinic și a practicat psihiatria în cadrul unui cabinet particular în New Milford, Connecticut.

Lucrările lui Peck reprezintă o sinteză a experienței obținute din practica psihiatrică și a unei puternice și distincte perspective religioase. Una dintre convingerile sale este că oamenii în care sălășluiește răul își atacă semenii în loc să se confrunte cu propriile eșecuri. Opiniile sale religioase au fost criticate de anumiți fundamentaliști creștini (de exemplu, Debbie Dewart).

În 1984, Peck a luat parte la înființarea Foundation for Community Encouragement, o fundație nonprofit de educație publică, a cărei misiune declarată a fost de „a învăța indivizii și organizațiile principiile comunității". Fundația și-a încetat activitatea în 2002. În 1994, Peck și soția sa, Lily Ho (de care s-a despărțit în 2004), au primit Premiul Internațional pentru Pace al Comunității lui Hristos.

De același autor, la Curtea Veche Publishing au mai apărut *Psihologia minciunii* și *Drumul către tine însuți și mai departe.*

M. SCOTT PECK

Drumul către tine însuți

O nouă psihologie a iubirii, a valorilor tradiționale și a creșterii spirituale

Ediția a IV-a

Traducere din engleză de
LUCIAN POPESCU

CURTEA VECHE

Descrierea CIP a Bibliotecii Naționale a României
PECK, SCOTT M.
Drumul către tine însuți: o nouă psihologie a iubirii, a valorilor tradiționale și a creșterii spirituale / M. Scott Peck ; trad.: Lucian Popescu. - Ed. a 4-a. - București : Curtea Veche Publishing, 2019
ISBN 978-606-44-0418-3

I. Popescu, Lucian (trad.)

159.9

ISBN epub: 978-606-44-0465-7
ISBN mobi: 978-606-44-0466-4
Carte publicată și în ediție digitală

Redactor: Emilia Vesa
Corector: Cornelia Florea
Tehnoredactor: Chirachița Dogaru

CURTEA VECHE PUBLISHING

str. Aurel Vlaicu nr. 35, București, 020091
redacție: 0744 55 47 63
distribuție: 021 260 22 87, 021 222 25 36, 0744 36 97 21
fax: 021 223 16 88
redactie@curteaveche.ro
comenzi@curteaveche.ro
www.curteaveche.ro

Carte publicată pentru prima dată în limba română la Curtea Veche Publishing în anul 2001.

CNI CORESI
Tipărit la C.N.I. „CORESI" S.A.

CUPRINS

Părinților mei,
ELIZABETH ȘI DAVID,
care, prin disciplină și iubire,
mi-au deschis ochii
pentru a vedea grația.

INTRODUCERE

La 25 de ani de la prima ediție

Mâine, un străin va spune cu vorbe meșteșugite exact ceea ce am gândit și am simțit noi tot timpul.

Ralph Waldo Emerson,
„Încrederea în sine“

În scrisorile primite de la cititori, reacția lor cea mai frecventă la *Drumul către tine însuți* a fost aceea de recunoștință pentru curajul meu – nu de a spune ceva nou, ci de a fi scris despre acel gen de lucruri pe care ei le-au gândit și le-au simțit tot timpul, dar s-au temut să vorbească despre ele.

Nu sunt prea lămurit în ceea ce privește chestiunea „curajului“. O anume „inconștiență congenitală“ ar putea fi un termen mult mai potrivit. O pacientă de-a mea, în primele zile după apariția cărții, s-a întâmplat să se afle la o petrecere, unde a auzit o conversație între mama mea și o femeie mai în vârstă. Referindu-se la carte, cealaltă femeie a spus: „Fără îndoială că trebuie să fii foarte mândră de fiul tău, Scotty.“ La care mama a răspuns cumva caustic: „Mândră? Nu, nu chiar. N-are nimic de-a face cu mine. Este mintea lui, înțelegi? Este un dar.“ Cred că mama greșea spunând că ea n-are nimic de-a face cu aceasta. Dar cred că avea dreptate în ce privește faptul că scrierea cărții de față a fost rezultatul unui dar – la mai multe niveluri.

Parte din acest dar provine dintr-o perioadă mai îndepărtată. Lily, soția mea, și cu mine ne împrieteniserăm cu un tânăr, Tom, care frecventase în adolescență aceeași tabără de vară ca mine. În timpul acelor veri, mă jucasem cu frații lui mai mari, așa că mama lui mă cunoscuse pe când eram copil. Într-o noapte, cu câțiva ani înainte ca *Drumul...* să fi fost publicată, Tom a venit să ia cina cu noi. La acea vreme, locuia cu mama lui, căreia cu o seară înainte îi spusese: „Mamă, mâine seară mă duc să iau cina cu Scott Peck, îți amintești de el?"

„O, da, a răspuns ea. Era un băiețaș care aducea mereu în discuție lucruri despre care oamenii n-ar trebui să vorbească."

Așa că, vedeți, o parte din darul meu provine dintr-o perioadă mai îndepărtată. Și veți putea de asemenea înțelege că eram cumva un „străin" față de cultura dominantă din vremea tinereții mele.

Deoarece eram un autor necunoscut, cartea mea a fost publicată fără zarvă. Succesul comercial uluitor a fost un fenomen gradual. N-a apărut pe listele naționale de bestselleruri decât la cinci ani după publicarea ediției din 1978 – fapt pentru care sunt foarte recunoscător. Dacă ar fi devenit un succes peste noapte, mă îndoiesc că aș fi fost suficient de matur ca să mă pot descurca cu faima venită pe neașteptate. În orice caz, a fost un succes „leneș" și ceea ce în comerț se numește „din gură-n gură". Încet la început, ideile ei s-au răspândit din gură-n gură pe mai multe căi. Una dintre ele a fost organizația Alcoolicii Anonimi (AA). Într-adevăr, prima scrisoare pe care am primit-o începea astfel: „Dragă doctore Peck, probabil că sunteți alcoolic!" Celui ce o scrisese îi era dificil să-și imagineze că putusem să scriu o astfel de carte fără să fi fost un vechi membru al AA, înjosit cândva de alcoolism.

Dacă *Drumul...* ar fi fost publicată cu 20 de ani mai înainte, mă îndoiesc că ar fi avut cel mai mic succes. Organizaţia Alcoolicii Anonimi nu s-a dezvoltat până pe la mijlocul anilor '50 (nu pentru că majoritatea cititorilor erau alcoolici). Chiar mai important, acelaşi lucru era adevărat şi în ce priveşte practica psihoterapiei. Ca rezultat, în 1978, când a fost publicată cartea, exista un mare număr de bărbaţi şi de femei, sofisticaţi din punct de vedere psihologic şi spiritual, care începuseră să se gândească profund la „tot felul de lucruri despre care oamenii n-ar trebui să vorbească" şi care aproape aşteptau ca cineva să spună aceste lucruri cu voce tare.

Aşa a crescut popularitatea cărţii, ca un bulgăre de zăpadă. Spre sfârşitul turneului meu de conferinţe, i-am spus publicului: „Nu sunteţi reprezentativi pentru o secţiune medie a Americii. Totuşi, există lucruri surprinzătoare pe care le aveţi în comun. Unul este numărul remarcabil al acelora dintre voi care au urmat vreodată în viaţa lor – sau încă mai urmează – o psihoterapie semnificativă, fie în cadrul programului «12 paşi», fie cu terapeuţi tradiţionali, cu pregătire academică. Mă îndoiesc că veţi avea senzaţia că vă violez intimitatea când vă voi cere tuturor celor care aţi avut parte de o astfel de terapie (sau celor care o urmaţi acum) să ridicaţi mâinile."

A ridicat mâinile 95% din public. „Acum priviţi împrejur", le-am spus.

„Acest lucru are implicaţii majore, am continuat. Una dintre ele este aceea că sunteţi un grup de oameni care a început să depăşească cultura tradiţională.". Prin depăşirea culturii tradiţionale înţeleg, printre altele, faptul că ei sunt oameni care au început să se gândească „la acele lucruri despre care oamenii nu ar trebui să vorbească". Iar ei vor fi de acord cu mine când voi detalia ceea ce înțeleg prin „depășirea culturii tradiționale" și extraordinara semnificație a acestui fenomen.

Câțiva m-au numit „profet". Pot accepta un astfel de titlu aparent grandios doar pentru că mulți au arătat că un profet nu este cel ce prezice viitorul, ci acela care poate citi semnele vremurilor. *Drumul...* a fost un succes în primul rând pentru că a fost o carte a timpului ei și publicul a făcut din ea un succes.

* * *

Acum 25 de ani, când a apărut cartea, fantezia mea naivă a fost aceea că va avea cronici în ziare pe tot cuprinsul țării. În realitate, mulțumită grației, am primit o singură cronică... dar ce cronică! În bună măsură, pentru succesul acestei cărți îi sunt dator ziaristei Phyllis Theroux. Phyllis, o autoare foarte bună în domeniul ei, era cronicar de cărți la acea vreme și s-a „întâmplat" să descopere un exemplar promoțional într-un teanc de cărți din biroul editorului de la *The Washington Post*. După ce a trecut cu privirea peste cuprinsul cărții, a luat-o cu ea, reîntorcându-se peste două zile, pentru a „cere" să-i fie permis să-i facă o recenzie. Deși șovăitor, editorul a fost de acord, după ce Phyllie i-a declarat, după cum a spus ea: „vreau să alcătuiesc în mod deliberat o recenzie care să facă din carte un bestseller" – și așa a și făcut. La o săptămână după recenzia ei, cartea mea s-a aflat pe lista de bestselleruri din Washington D.C., cu ani înainte ca ea să ajungă pe vreo listă națională. A fost însă suficient pentru ca volumul să se lanseze.

Îi sunt recunoscător lui Phyllis și din alt motiv. Atunci când popularitatea cărții a crescut, ea a vrut să se asigure că-mi voi păstra picioarele pe pământ și nasul la un unghi potrivit și mi-a spus: „Nu e cartea ta, să știi."

Am înțeles imediat ce a vrut să spună. În niciun fel, niciunul dintre noi doi nu a vrut să spună că *Drumul...* a fost cuvântul lui Dumnezeu sau un material „transmis". Eu am scris-o și există mai multe locuri în carte unde aș vrea să fi găsit cuvinte sau propoziții mai potrivite. Nu este perfectă și eu sunt singurul responsabil pentru punctele ei slabe. Totuși, poate pentru că aveam nevoie, în ciuda punctelor ei slabe, nu am nicio îndoială că atunci când am scris cartea în solitudinea micului meu birou înghesuit, am primit ajutor. Nu pot să explic acest ajutor, dar experiența lui este unică.

Introducere

Ideile din această carte provin, în cea mai mare parte, din munca mea de zi cu zi de clinician, cu pacienți care se zbat să evite sau să câștige niveluri din ce în ce mai înalte de maturitate. Prin urmare, cartea conține fragmente din multe cazuri reale. Confidențialitatea este esențială în practica psihiatrică, așa că, în toate descrierile de cazuri, numele și alte particularități au fost schimbate pentru a păstra anonimatul pacienților mei, fără însă a distorsiona realitatea esențială a experiențelor parcurse împreună.

S-ar putea să existe totuși unele distorsiuni în prezentarea cazurilor, cauzate de nevoia de concizie. Rareori psihoterapia este un proces de scurtă durată, dar pentru că am fost nevoit să mă concentrez asupra trăsăturilor esențiale ale cazului, cititorul ar putea rămâne cu impresia că procesul este asemeni unei piese dramatice și că este limpede. Dramatismul există într-adevăr, iar limpezimea poate fi dobândită în cele din urmă. Trebuie însă ținut minte că, în folosul accesibilității, povestirea lungilor perioade de confuzie și frustrare, inerente aproape oricărei terapii, au fost omise din descrierile de caz.

Aș dori de asemenea să-mi cer scuze pentru că mă voi referi la Dumnezeu în imaginea Lui tradițională masculină, dar am făcut acest lucru în folosul simplității expunerii, și nu dintr-o concepție rigidă cu privire la gen.

Ca psihiatru, simt că este important să menționez încă de la început două presupoziții care stau la baza acestei cărți. Prima este aceea că nu fac nicio distincție între minte și spirit și, prin urmare, nicio distincție între procesul creșterii spirituale și cel al dezvoltării mentale. Ele sunt unul și același lucru.

Cealaltă presupoziție este că acest proces reprezintă o sarcină complexă, abruptă și care durează toată viața. Psihoterapia, dacă prin ea înțelegem oferirea unui sprijin substanțial în procesul de creștere mentală și spirituală, nu este o procedură rapidă sau simplă. Eu nu aparțin niciunei școli de psihiatrie anume; nu sunt un simplu adept al lui Freud, Jung sau Adler, al behaviorismului sau al teoriei gestaltiste. Nu cred că există răspunsuri unice și ușoare. Cred că formele concise de psihoterapie pot fi de ajutor și nu trebuie defăimate, dar ajutorul pe care îl dau ele este inevitabil superficial.

Călătoria creșterii spirituale este lungă. Aș vrea să le mulțumesc acelor pacienți ai mei care mi-au oferit privilegiul să-i însoțesc bună parte din drumul lor, care a fost și al meu; multe din cele prezentate aici reprezintă ceea ce am învățat împreună. Aș vrea de asemenea să mulțumesc multora dintre profesorii și colegii mei. În primul rând, printre ei se află soția mea Lily. Mi-a dăruit atât de mult, încât abia se poate deosebi înțelepciunea mea de a ei ca soție, părinte, psihoterapeut și om.

CAPITOLUL 1
Disciplina

Probleme și dureri

Viața e dificilă.

Acesta este un mare adevăr, unul dintre cele mai mari adevăruri.* Este un mare adevăr, pentru că, odată ce ne dăm seama de el, îl transcendem. Odată ce știm cu adevărat că viața e dificilă – odată ce cu adevărat am înțeles și am acceptat acest fapt – viața nu mai e dificilă. Pentru că odată acceptat, faptul că viața e dificilă nu mai contează.

Multă lume nu vede pe de-a-ntregul adevărul faptului că viața e dificilă. În schimb, oamenii se plâng mai mult sau mai puțin zgomotos sau subtil de enormitatea problemelor, a greutăților și dificultăților, de parcă viața ar fi în general ușoară sau *ar trebui* să fie ușoară. Ei își exprimă zgomotos sau subtil convingerea că dificultățile lor reprezintă un tip unic de năpastă, care n-ar trebui să existe, și că ele au căzut anume pe capul lor, al familiei lor, al tribului, clasei, națiunii, rasei lor sau chiar al speciei și nu pe al altora. Cunosc bine acest fel de a te văita, pentru că și eu i-am plătit tributul.

---

* Primul dintre „Cele Patru Nobile Adevăruri" pe care le-a predat Buddha spune că „viața este suferință".

Viața înseamnă o serie de probleme. Vrem să suspinăm din cauza lor sau vrem să le rezolvăm? Vrem să-i învățăm și pe copiii noștri să le rezolve?

Disciplina reprezintă setul fundamental de instrumente cerut pentru a soluționa problema vieții. Fără disciplină nu putem soluționa nimic. Printr-o disciplină parțială putem rezolva doar unele probleme. Cu o disciplină totală putem soluționa toate problemele.

Viața este dificilă pentru că procesul de a te confrunta cu probleme și de a le soluționa este unul dureros. Problemele, în funcție de natura lor, deșteaptă în noi frustrare, mâhnire, tristețe, singurătate, vină, regret, mânie, frică, anxietate, chin sau disperare. Acestea sunt sentimente inconfortabile, deseori foarte inconfortabile, la fel de dureroase ca o durere fizică, egalând uneori cele mai rele dureri fizice. Într-adevăr, acest lucru se întâmplă *din cauza* durerii pe care o simțim atunci când evenimentele sau conflictele pe care le trăim se transformă în probleme. Și pentru că viața posedă o serie nesfârșită de probleme, ea este totdeauna dificilă și plină de durere – ca și de bucurie, de altfel.

Totuși, abia în acest întreg proces de confruntare cu problemele și de soluționare a lor viața își găsește sensul. Problemele sunt tăietura ce face distincția dintre succes și eșec. Ele ne provoacă curajul și înțelepciunea; într-adevăr, problemele sunt cele ce creează curajul și înțelepciunea. Din cauza problemelor pe care le avem, creștem din punct de vedere mental și spiritual. Când dorim să încurajăm dezvoltarea spiritului uman, noi provocăm și încurajăm capacitatea umană de a soluționa probleme, exact așa cum în mod deliberat le dăm copiilor la școală probleme de rezolvat. Prin durerea pe care o suferim, rezolvând și confruntându-ne cu probleme, învățăm. Așa cum spunea Benjamin Franklin: „Lucrurile care dor instruiesc." Din acest motiv, oamenii înțelepți învață să nu se teamă de probleme, ci să le spună bun venit și astfel să spună bun venit durerii aduse de probleme.

Mulți dintre noi nu sunt atât de înțelepți. Temându-ne de durerea implicată, aproape toți, într-o măsură mai mare sau mai mică, încercăm să evităm problemele. Le amânăm în speranța că vor dispărea. Le ignorăm, le uităm, pretindem că nu există. Luăm chiar medicamente care să ne ajute să le ignorăm, încercând ca prin amorțirea noastră față de dureri să uităm problemele care le cauzează. Mai degrabă încercăm să ocolim problemele decât să le înfruntăm. Încercăm să fugim de ele, în loc să suferim trecând prin ele.

Această tendință de a evita problemele și suferințele inerente lor reprezintă baza oricărei boli mintale umane. Pentru că mulți dintre noi au această tendință într-un grad mai mare sau mai mic, mulți dintre noi sunt bolnavi mintal într-un grad mai mare sau mai mic, lipsiți, adică, de o sănătate mentală completă. Unii dintre noi sunt în stare să facă ocoluri extraordinare pentru a evita problemele și suferința pe care ele o cauzează și să depășească mult limita a ceea ce este în mod clar bine și rațional, în încercarea de a găsi o cale mai ușoară de ieșire, construind cele mai elaborate fantezii în care să trăiască, uneori excluzând total realitatea. Sau așa cum spune succint și elegant Carl Jung: „Nevroza este totdeauna un substitut pentru o suferință legitimă.“*

Dar substitutul însuși ajunge în cele din urmă mai dureros decât suferința legitimă pe care el ar fi trebuit să o evite. Nevroza devine ea însăși cea mai mare problemă. Într-adevăr, mulți vor încerca să evite această durere și această problemă,

---

* *Collected Works of C. G. Jung*, Bollingen Ser., Nr. 20, ed. a 2-a, Princeton, N.J., Princeton University Press, 1973, trad. engl. R.F.C. Hull, vol. II, *Psychology and Religion: West and East*, 75.

construind nevroza pas cu pas. Din fericire, totuși, unii posedă curajul de a-și înfrunta nevrozele și de a începe – de obicei, cu ajutorul psihoterapiei – să învețe cum să experimenteze suferința legitimă. În orice caz, atunci când evităm suferința legitimă rezultată din confruntarea cu probleme, evităm în același timp maturizarea pe care acea problemă o solicită de la noi. Din acest motiv, în bolile mintale cronice încetăm să ne dezvoltăm, ajungem să ne blocăm. Iar fără a fi vindecat, spiritul uman începe să se micșoreze.

De aceea trebuie să inculcăm în noi și în copiii noștri mijloacele de a dobândi sănătatea spirituală și mintală. Prin acest lucru vreau să spun că trebuie să ne învățăm pe noi înșine și pe copiii noștri necesitatea de a suferi și valoarea ce provine din aceasta, necesitatea de a înfrunta în mod direct problemele și de a experimenta suferința implicată aici. Am afirmat că disciplina reprezintă setul fundamental de instrumente cerut pentru a soluționa problemele vieții. Va deveni limpede că aceste instrumente favorizează suferința. Ele sunt mijloace prin care trăim durerea cauzată de probleme, astfel încât să le depășim și să le soluționăm cu succes, învățând și dezvoltându-ne în cadrul acestui proces. Când ne învățăm pe noi înșine și pe copiii noștri disciplina, învățăm cum să suferim și cum să ne dezvoltăm. Ce sunt aceste instrumente, aceste tehnici de a suferi, aceste mijloace de a experimenta într-un mod constructiv durerea provenită din probleme, pe care eu le numesc disciplină? Ele sunt în număr de patru: amânarea satisfacției, acceptarea responsabilității, devoțiunea față de adevăr și echilibrul. Așa cum va deveni clar, acestea nu sunt instrumente complexe, a căror aplicare cere un antrenament extensiv. Din contră, ele sunt instrumente simple și aproape toți copiii devin experți în folosirea lor până la vârsta de 10 ani. Totuși, regi și președinți uită deseori să le folosească, iar acest lucru le aduce prăbușirea. Problema nu rezidă în complexitatea acestor instrumente, ci în voința oamenilor de a le folosi. Ele sunt instrumente prin care ne confruntăm cu durerea în loc să o evităm, iar dacă cineva caută să evite suferința legitimă, atunci va evita folosirea acestor instrumente. Prin urmare, după ce vom analiza fiecare dintre aceste instrumente, va trebui să examinăm, în următoarea secțiune, voința de a le utiliza, care este iubirea.

Amânarea satisfacției

Nu demult, o femeie de treizeci de ani, analist financiar, mi se plângea de mai multe luni de tendința ei de a amâna lucrurile la slujbă. Am analizat împreună sentimentele pe care le avea față de patroni și felul cum acestea se leagă de sentimentul față de autoritate în general și, în particular, față de părinții ei. Am examinat atitudinea ei față de muncă și succes și cum se raportează ea la căsnicia ei, la identitatea ei sexuală, la dorința ei de a-și concura soțul și la sentimentele ei de teamă în ceea ce privește această competiție. Totuși, în ciuda tuturor acestor măsuri și a migălosului demers psihanalitic, ea a continuat să amâne lucrurile la fel ca întotdeauna. În cele din urmă, într-o zi, am îndrăznit să privim adevărul în față. „Îți plac prăjiturile?“, am întrebat-o. Ea mi-a răspuns că da. „Care parte a prăjiturii îți place mai mult“, am continuat, „blatul sau glazura?“ „Oh, glazura“, a răspuns ea entuziast. „Și cum mănânci o prăjitură?“, am chestionat-o, simțindu-mă cel mai stupid psihiatru care a existat vreodată. „Mănânc glazura mai întâi, bineînțeles“, mi-a răspuns. De la felul cum obișnuia să mănânce prăjiturile am trecut la examinarea felului în care obișnuia să muncească și, așa cum era de așteptat, am descoperit că în fiecare zi își dedica prima oră de la serviciu părții celei mai aducătoare de satisfacții a muncii ei, iar în cele șase ore rămase se învârtea în jurul sarcinilor neplăcute amânate. I-am sugerat că, dacă se va forța să îndeplinească partea neplăcută a muncii în prima oră, va fi liberă apoi să se bucure de celelalte șase. I-am spus că mie mi se pare că o oră neplăcută urmată de şase ore plăcute era o situaţie preferabilă aceleia în care o oră plăcută este urmată de şase neplăcute. Ea a fost de acord şi, fiind o persoană cu o voinţă puternică, nu şi-a mai amânat treburile.

A amâna satisfacţia este un proces de programare a durerii şi a plăcerii în viaţă, astfel încât plăcerea să sporească prin întâlnirea şi trăirea mai întâi a durerii şi prin depăşirea ei. Este singura cale decentă de a trăi.

Acest instrument sau proces de programare este învăţat de majoritatea copiilor destul de devreme în viaţă, uneori încă de la vârsta de cinci ani. De exemplu, când un copil de cinci ani joacă un joc cu un prieten, îi va sugera prietenului lui să facă prima mutare, pentru ca el să se poată bucura de propria-i mutare mai târziu. La vârsta de şase ani, copilul ar putea începe să mănânce întâi blatul prăjiturii şi apoi glazura. Pe toată durata şcolii elementare această capacitate timpurie de a amâna satisfacţia este exersată zilnic, în special prin rezolvarea temelor pentru acasă. Pe la vârsta de 12 ani, unii copii sunt capabili să se aşeze la masa de lucru fără vreun îndemn părintesc şi să-şi termine temele pentru acasă înainte de a se uita la televizor. Spre vârsta de 15, 16 ani ne aşteptăm ca un adolescent să aibă un astfel de comportament şi să-l considere normal.

Pentru profesori este totuşi clar că există un număr substanţial de adolescenţi care sunt departe de a atinge această normă. În timp ce mulţi au o capacitate bine dezvoltată de a amâna satisfacţia, unii adolescenţi de 15 sau 16 ani par a nu-şi fi dezvoltat deloc o astfel de capacitate; într-adevăr, ea pare că le lipseşte cu totul. Aceştia sunt elevii cu probleme. În ciuda inteligenţei lor medii sau peste medie, notele lor sunt mici pentru că pur şi simplu nu muncesc. Ei sar peste un curs sau altul sau peste toată şcoala din cauza unui capriciu de moment. Sunt impulsivi, iar impulsivitatea se răspândeşte în viața lor socială. Se iau frecvent la bătaie, încep să ia droguri și să aibă necazuri cu poliția. Mottoul lor este: „Distrează-te acum și plătește mai târziu." Aici intră în scenă psihologii și psihoterapeuții. Dar de cele mai multe ori e prea târziu. Acești adolescenți sunt iritați de orice încercare de a interveni în stilul lor de viață impulsiv și chiar atunci când iritarea poate fi depășită prin căldura sufletească, prietenia și atitudinea constructivă pe care le-o arată psihoterapeutul, impulsivitatea lor este deseori atât de gravă, încât îi face să nu poată participa semnificativ la procesul de psihoterapie. Ei lipsesc de la ședințe. Evită orice chestiune importantă și dureroasă. Astfel că, de obicei, încercarea de a interveni eșuează, iar acești copii ajung să părăsească școala doar pentru a urma tiparul eșecului, care îi conduce frecvent spre mariaje dezastruoase, accidente, spitale psihiatrice sau închisori.

De ce se întâmplă toate acestea? De ce majoritatea dezvoltă capacitatea de a amâna satisfacția, în timp ce o minoritate substanțială eșuează, deseori ireversibil, în a-și dezvolta această capacitate? Răspunsul nu este, din punct de vedere științific, cunoscut în întregime. Rolul factorilor genetici nu este clar definit. Variabilele nu pot fi suficient controlate pentru a aduce dovezi științifice. Dar multe semne indică faptul că părinții sunt un factor determinant.

Păcatele tatălui

Aceasta nu înseamnă că în casele copiilor care nu au dobândit o autodisciplină lipsește disciplina impusă de părinți. Deseori, acești copii sunt pedepsiți frecvent și sever de-a lungul întregii lor copilării – pălmuiți, loviți, izbiți cu pumnul, bătuți și biciuiți de către părinții lor chiar și pentru infracțiuni minore. Dar o astfel de disciplină este fără sens, pentru că este o disciplină nedisciplinată.

Un motiv pentru care ea nu are sens este acela că părinții înșiși nu sunt disciplinați și servesc astfel ca model de indisciplină pentru copiii lor. Ei sunt părinți care le zic copiilor: „fă cum spun eu, nu cum fac eu". De multe ori, ei apar beți în fața copiilor lor. Se ceartă violent în fața lor, fără rețineri, demnitate sau judecată. Pot avea aerul neîngrijit. Fac promisiuni pe care nu și le țin. Propriile lor vieți sunt frecvent și în mod evident tulburate și dezordonate, iar încercările lor de a ordona viețile copiilor le par acestora din urmă fără sens. Dacă tatăl o bate pe mamă în mod regulat, ce sens mai are pentru un băiat faptul că mama sa îl bate, pentru că el, la rândul lui, și-a bătut sora? Are vreun sens pentru el când i se spune că trebuie să învețe să-și controleze pornirile? Pentru că atunci când suntem foarte tineri nu avem avantajul de a face comparații, părinții apar ca niște figuri zeiești în ochii noștri de copii. Când părinții fac lucrurile într-un anumit fel, pentru copii acela este felul în care ele trebuie făcute. Atunci când copilul își vede zilnic părinții comportându-se disciplinat, sobru, cu demnitate și având capacitatea de a-și ordona propriile vieți, el va ajunge să simtă până în străfundurile ființei sale că acesta este felul adevărat de a trăi. În cazul în care copilul își vede în fiecare zi părinții trăind dezordonat sau fără disciplină autoimpusă, el va simți până în străfundurile ființei lui că acesta este adevăratul mod de a trăi.

Totuși, un lucru chiar mai important decât modelul părinților este dragostea. Chiar și în cele mai haotice și dezordonate familii iubirea sinceră poate fi prezentă uneori și din astfel de familii pot ieși copii cu o disciplină autoimpusă. Și nu de puține ori există părinți cu profesii respectabile – doctori, avocați, femei din lumea bună și filantropi – care-și duc viața într-o ordine și bună-cuviință strictă, dar cărora le lipsește dragostea și care își trimit copiii într-o lume care este tot atât de indisciplinată, distructivă și dezorganizată ca pentru orice copil provenit dintr-o familie împovărată și haotică.

Iubirea este, în ultimă instanță, totul. Misterul iubirii va fi examinat în mai multe părți din această lucrare. Totuși, de dragul coerenței, ar putea fi de folos în acest punct să fac o scurtă și limitată mențiune asupra ei și asupra legăturilor pe care le are cu disciplina.

Când ținem la ceva, acel ceva este valoros pentru noi. Iar când ceva este valoros pentru noi, îi acordăm mult timp, timp în care ne bucurăm și în care avem grijă de obiectul iubirii noastre. Observați un adolescent îndrăgostit de mașina lui și luați aminte la timpul pe care-l petrece admirând-o, lustruind-o, reparând-o, reglând-o. Sau fiți atent cum se comportă o persoană în vârstă cu iubita sa grădină de trandafiri și la timpul pe care îl petrece îngrijind-o și studiind-o. Așa e și atunci când ne iubim copiii; petrecem mult timp admirându-i și având grijă de ei. Le dăm din timpul nostru.

Disciplina riguroasă cere timp. Când nu avem timp de dat copiilor noștri sau nu avem un timp pe care să fim dispuși să-l dăm, nu putem nici măcar să-i observăm îndeajuns de atent pentru a vedea cum își exprimă, în mod subtil, nevoia de disciplină, pe care i-am putea ajuta să și-o însușească. Dacă nevoia lor de disciplină este atât de vizibilă încât să o percepem, se prea poate să ignorăm în continuare această nevoie fundamentală a lor, pentru că e mai ușor să-i lăsăm să-și vadă singuri de drum – „Nu mai am energie să mă ocup de ei astăzi." Sau, în cele din urmă, dacă suntem îndemnați la acțiune de obrăzniciile lor și de iritarea noastră, deseori vom impune disciplina cu brutalitate, cu mânie în loc de chibzuință, fără a examina problemele sau fără a avea măcar răgazul de a ne gândi ce formă de disciplină este mai potrivită în acea situație.

Părinții care-și dedică timpul copiilor chiar când acest lucru nu este cerut de obrăzniciile lor își vor da seama că ei au o subtilă nevoie de disciplină, la care vor răspunde cu îndemnuri, mustrări blânde, organizându-le timpul sau lăudându-i, toate acestea administrate cu atenție și grijă. Vor observa cum își mănâncă prăjitura, felul cum învață, când spun minciuni subtile, când fug de problemele pe care le au în loc să dea piept cu ele. Își vor face timp să realizeze aceste mici corecții și ajustări, ascultând ce spune copilul, răspunzându-i la întrebări, adăugând ceva aici, tăind ceva acolo, citindu-i câte ceva, povestindu-i, îmbrățișându-l și sărutându-l, certându-l puțin sau lovindu-l ușor cu palma pe spate.

Calitatea disciplinei oferite de părinții care-și iubesc copilul este superioară celei oferite de părinții neiubitori. Dar acesta este doar începutul. Făcându-și timp să observe și să se gândească la nevoile copilului, părinții iubitori se chinuie deseori cumplit când trebuie să ia o decizie și vor suferi, în adevăratul sens al cuvântului, odată cu copilul lor. Copiii nu sunt orbi la acest fapt. Ei își vor da seama când părinții sunt dispuși să sufere împreună cu ei și, deși s-ar putea să nu răspundă imediat cu recunoștință, vor învăța să sufere. „Dacă părintele meu este dispus să sufere odată cu mine, își vor spune ei, poate atunci suferința nu e atât de rea, iar eu ar trebui să fiu dispus la rându-mi să sufăr." Acesta este începutul autodisciplinei.

Timpul și calitatea timpului pe care părinții îl dedică copiilor le indică celor mici gradul în care sunt valoroși pentru părinții lor. Unii părinți care în mod fundamental nu-și iubesc copiii, în încercarea de a-și acoperi lipsa de grijă, își declară frecvent iubirea față de copiii lor, spunându-le în mod repetat și mecanic cât sunt ei de importanți, fără însă a le dedica timp suficient și de calitate. Copiii nu sunt niciodată complet dezamăgiți de aceste vorbe nesincere. În mod conștient, s-ar putea ca ei să se agațe de ele, vrând să creadă că sunt iubiți, dar inconștient știu că vorbele părinților nu se potrivesc cu faptele lor.

Pe de altă parte, copiii care sunt cu adevărat iubiți, deși în momentele de iritare ar putea simți în mod conștient sau ar putea declara că sunt neglijați, în mod inconștient știu că sunt importanți. Această cunoaștere este mai valoroasă decât aurul. Pentru că atunci când copiii știu că sunt apreciați, când se simt cu adevărat apreciați în adâncul lor, atunci se simt importanți.

Sentimentul de a fi apreciat – „sunt o persoană apreciată" – este esențial pentru sănătatea mintală și este o piatră de temelie pentru autodisciplină. Este un produs direct al iubirii părintești. O astfel de convingere trebuie să fie câștigată în copilărie. Este extrem de dificil să o dobândești atunci când ești adult. Reciproc, când copiii au învățat prin iubirea părinților lor să se simtă apreciați, este aproape imposibil ca vicisitudinile perioadei adulte să le distrugă spiritul.

Sentimentul de a fi apreciat este o piatră de temelie pentru autodisciplină, pentru că atunci când cineva se consideră pe sine însuși valoros, acel cineva va avea grijă de sine însuși în toate felurile pe care le consideră necesare. Autodisciplina înseamnă grijă de sine. De exemplu – pentru că discutăm despre procesul amânării satisfacției, al programării și ordonării timpului – să examinăm chestiunea timpului. Dacă ne simțim pe noi înșine valoroși, atunci simțim că și timpul nostru este valoros; și dacă simțim că timpul nostru este valoros, atunci vrem să-l folosim cum se cuvine. Femeia angajată ca analist financiar care își amâna treburile nu punea mare preț pe timpul ei. Dacă ar fi pus, nu și-ar fi permis să-și risipească cea mai mare parte din zi într-un mod atât de neplăcut și de neproductiv. Faptul că în copilărie fusese „închiriată" în timpul vacanțelor unor părinți adoptivi plătiți, deși părinții ei puteau avea grijă de ea cum se cuvine, dar nu voiau, nu a rămas fără consecințe. Ei nu o apreciau. Nu voiau să aibă grijă de ea. Așa că a crescut simțind că nu este apreciată, că nu merită atâta atenție din partea părinților încât ei să aibă grijă de ea; prin urmare, nu a mai avut grijă de ea însăși. Nu a simțit că merită să se autodisciplineze. În ciuda faptului că era o femeie inteligentă și competentă, îi lipsea cea mai elementară instruire în autodisciplină, pentru că îi lipsea o evaluare realistă a propriei valori și a valorii timpului ei. Atunci când a putut să-și dea seama că timpul ei este valoros, a urmat în mod natural faptul că a vrut să-l organizeze, să-l protejeze și să-l folosească la maximum.

Copiii mai norocoși, adică cei iubiți și îngrijiți de către părinți în mod constant de-a lungul copilăriei, vor intra în perioada adultă nu doar cu un simț intern profund al propriei valori, ci și cu un profund sentiment intern de siguranță. Toți copiii sunt îngroziți de abandon și pe bună dreptate. Frica de abandon începe în jurul vârstei de șase luni, imediat ce copilul este capabil să se perceapă pe sine ca fiind un individ separat de părinții săi. Odată cu această percepție de sine ca individ, își dă seama că este complet neajutorat, total dependent și în întregime la mila părinților, în ce privește toate formele de întreținere și mijloacele de supraviețuire. Pentru copil, abandonarea de către părinți echivalează cu moartea. Mulți părinți, chiar dacă sunt relativ ignoranți sau duri, sunt în mod instinctiv sensibili la frica de a fi abandonați a copiilor lor și prin urmare le vor oferi în fiecare zi de sute și mii de ori asigurarea de care au nevoie: „Să știi că mama și tata n-or să te părăsească."; „Bineînțeles că mama și tata vor veni după tine."; „Mama și tata nu au să uite de tine." Dacă aceste cuvinte se potrivesc cu faptele, lună după lună, an după an, până în vremea adolescenței, copilul își va pierde frica de a fi abandonat și va dobândi sentimentul profund că lumea este un loc sigur și că există întotdeauna protecție când are nevoie de ea. Un astfel de copil, care simte că lumea e un loc sigur, are posibilitatea de a amâna o satisfacție sau alta, este sigur că ocazia satisfacției, cum ar fi căminul și părinții, este totdeauna valabilă.

Dar mulți oameni nu sunt atât de norocoși. Mulți copii sunt în realitate abandonați în timpul copilăriei de părinții care mor, dezertează, sunt complet neglijenți sau, ca în cazul femeii analist financiar, nu au deloc grijă de ei înșiși. Alții, deși nu sunt abandonați în fapt, nu reușesc să primească de la părinți asigurarea că nu vor fi abandonați. Există părinți care, de exemplu, în dorința lor de a întări disciplina cât se poate de repede și de ușor, vor folosi pentru a-și atinge acest scop amenințarea cu abandonul într-un mod deschis sau subtil. Mesajul pe care ei li-l dau copiilor este: „Dacă nu faci exact ceea ce îți spun, nu am să te mai iubesc și poți să-ți închipui ce înseamnă asta." Înseamnă, bineînțeles, abandon și moarte. Acești părinți își sacrifică iubirea pentru nevoia lor de a-și controla și domina copiii, iar răsplata este că acei copii vor fi excesiv de înspăimântați de viitor. Deci acești copii abandonați fie la nivel psihologic psihologic, fie în realitate intră în perioada adultă lipsiți de sentimentul că lumea este un loc sigur și protector. Dimpotrivă, ei percep lumea ca fiind periculoasă și înspăimântătoare și nu vor fi dispuși să abandoneze vreo satisfacție sau sentiment de securitate prezent pentru promisiunea unei satisfacții și a unui sentiment de securitate mai mari în viitor, deoarece viitorul le pare cu adevărat îndoielnic.

În rezumat, pentru a dezvolta la copii capacitatea de a amâna satisfacția, este necesar ca ei să aibă modele de autodisciplină, sentimentul propriei valori și, într-o anumită măsură, încredere în siguranța propriei existențe. Aceste „stăpâniri" sunt ideal dobândite prin autodisciplină și printr-o grijă sinceră și consistentă din partea părinților; ele sunt cele mai prețioase daruri cu care tații și mamele îi pot binecuvânta. Când aceste daruri nu le sunt oferite de către părinți, este posibil ca ele să fie dobândite din alte surse, dar în acest caz procesul dobândirii lor constă invariabil într-o luptă dârză, deseori durând toată viața și de multe ori fără succes.

Rezolvarea problemelor şi timpul

După ce am atins câteva dintre căile prin care iubirea părintească sau lipsa ei pot influenţa în general dezvoltarea autodisciplinei şi, în particular, capacitatea de a amâna satisfacţia, să examinăm acum câteva dintre căile mai subtile şi totuşi mult mai devastatoare prin care dificultăţile de a amâna satisfacţia afectează vieţile celor mai mulţi adulţi. Pentru că deşi majoritatea dintre noi, din fericire, dezvoltăm suficient o capacitate de a amâna satisfacţia pentru a termina un liceu sau o facultate şi de a ne lansa în perioada adultă fără a face vreo escală prin închisoare, dezvoltarea noastră tinde totuşi să fie imperfectă şi incompletă, cu rezultatul că şi capacitatea noastră de a rezolva problemele vieţii va fi tot imperfectă şi incompletă.

La vârsta de 37 de ani, am învăţat cum să fac reparaţii. Înainte, aproape toate încercările mele de a face reparaţii minore la instalaţiile sanitare, de a drege jucăriile sau de a asambla piesele de mobilier după instrucţiunile hieroglifice de care erau însoţite au sfârşit în confuzie, eşec şi frustrare. În ciuda faptului că reuşisem să fac o şcoală medicală şi să-mi întreţin familia ca funcţionar şi psihiatru cu mai mult sau mai puţin succes, mă consideram totuşi un mecanic prost. Eram convins că am o deficienţă cumva înnăscută sau că de la natură îmi lipseau anumite calităţi tainice, responsabile pentru iscusinţa de mecanic. Apoi, într-o zi, la sfârşitul celui de-al 37-lea an al meu, ieşind la plimbare într-o duminică de primăvară, am dat peste un vecin care tocmai îşi repara maşina de tuns iarbă. După ce l-am salutat, am remarcat: „O, Doamne, chiar te admir! N-am fost niciodată în stare să repar astfel de lucruri sau să fac ceva asemănător.“ Vecinul meu, fără niciun moment de ezitare, mi-a replicat: „Asta pentru că nu-ţi faci timp.“ Mi-am reluat plimbarea cumva descumpănit de răspunsul lui definitiv, spontan şi simplu, ca al unui înţelept. „Doar nu cred că el are dreptate, nu-i așa?", m-am întrebat. Mi-a rămas în minte ce mi-a spus, și data următoare când s-a ivit ocazia de a face o mică reparație am reușit să-mi reamintesc faptul că trebuia să-mi fac timp. Se blocase frâna de mână a automobilului unei paciente, iar ea știa că, pentru a o elibera, trebuia intervenit sub tabloul de bord, dar nu știa ce anume trebuie făcut. M-am lăsat în jos pe podeaua de sub locul din față al mașinii. Apoi mi-am acordat timp să-mi găsesc o poziție confortabilă. Odată ce m-am simțit confortabil, mi-am acordat timp să analizez situația. Am analizat-o câteva minute. La început, tot ce am văzut a fost o încurcătură de sârme, cabluri și stinghii din care nu înțelegeam nimic. Dar încet, încet, fără grabă, am reușit să-mi concentrez privirea asupra mecanismului frânei și să-i dibuiesc configurația. Și așa a devenit clar pentru mine că exista un resort care împiedica eliberarea frânei. Am studiat pe-ndelete resortul până când am înțeles că, dacă îl apăsam de sus cu vârful degetului, el s-ar fi mișcat cu ușurință și-ar fi eliberat frâna. Așa am și făcut. O singură mișcare, o ușoară atingere cu vârful degetului și problema s-a rezolvat. Eram un maestru mecanic!

De fapt, nu am cunoștințele sau timp să dobândesc cunoștințele necesare în repararea diferitelor defecțiuni mecanice, din cauza faptului că am ales să mă concentrez asupra unor chestiuni fără legătură cu mecanica. Așa că, de obicei, încă mai dau fuga la cel mai apropiat atelier de reparații. Dar acum știu că este vorba de o alegere. Am făcut această alegere și nu sunt nici blestemat, nici nu am un defect genetic, nici nu sunt incapabil sau neputincios. Și știu că eu și oricare alt individ normal putem rezolva orice problemă dacă suntem dispuși să ne facem timp pentru ea. Această idee este importantă, pentru că mulți oameni pur și simplu nu își fac timp pentru a rezolva multe dintre problemele lor spirituale, sociale sau intelectuale, așa cum nici eu nu mi-am făcut timp să rezolv probleme mecanice. Înainte de iluminarea mea în ce privește mecanica, mi-aș fi băgat stânjenit capul sub tabloul de bord al mașinii pacientei, aș fi smuls imediat câteva fire, fără nici cea mai vagă idee despre rolul lor, și apoi, după ce n-aș fi rezolvat nimic, m-aș fi spălat pe mâini și aș fi declarat că „sunt depășit". Chiar aceasta este calea prin care multă lume abordează unele dileme ale vieții cotidiene. Femeia angajată ca analist financiar menționată mai devreme era o mamă iubitoare și devotată celor doi copii ai ei, dar destul de neajutorată. Era vigilentă și îndeajuns de preocupată pentru a percepe situația în care copiii aveau unele probleme emoționale sau când ceva nu mergea bine în educația lor. Iar atunci alegea inevitabil una dintre următoarele două căi de acțiune: fie făcea prima schimbare care îi venea în minte pe moment – le dădea mai mult să mănânce la micul dejun sau îi trimitea mai devreme la culcare, indiferent dacă o asemenea schimbare avea sau nu de-a face cu problema, fie venea la următoarea ședință de terapie cu mine (cu psihiatrul) disperată: „Mă depășește. Ce să fac?" Această femeie avea o gândire pătrunzătoare și analitică și, atunci când nu amâna treburile, era capabilă să soluționeze probleme complexe la serviciu. Totuși, atunci când era confruntată cu o problemă personală, se comporta ca și cum ar fi fost total lipsită de inteligență. Problemele apăreau pe rând. Odată ce devenea conștientă de o problemă personală, se simțea atât de descumpănită, încât avea nevoie de o soluție imediată, nefiind dispusă să tolereze disconfortul atât cât să poată să analizeze problema. Soluția la problemă reprezenta pentru ea o satisfacție, dar nu era capabilă să amâne această satisfacție mai mult de un minut sau două, ceea ce avea ca rezultat faptul că soluțiile erau de obicei nepotrivite, iar familia ei se afla într-o vânzoleală continuă. Din fericire, datorită perseverenței în terapie, încetul cu încetul a fost capabilă să învețe cum să se disciplineze și să-și găsească timpul necesar pentru analizarea problemelor de familie și pentru dezvoltarea unor soluții eficiente și bine chibzuite.

Nu vorbim aici despre defecte esoterice în rezolvarea de probleme, asociate doar oamenilor care manifestă în mod clar tulburări de natură psihiatrică. Femeia angajată ca analist financiar este ca oricare dintre noi. Care dintre noi poate spune că a reușit să-și dedice suficient timp pentru a analiza problemele copiilor sau tensiunile din interiorul familiei? Care dintre noi este atât de disciplinat încât să nu fi spus niciodată resemnat, în fața unei astfel de probleme, „mă depășește"?

De fapt, în abordarea rezolvării problemelor există un defect mai primitiv și mai distructiv decât încercarea nerăbdătoare și nepotrivită de a găsi soluții într-o clipă, unul chiar mai des întâlnit și mai universal. Este vorba despre speranța că problemele se vor rezolva de la sine. Un agent de vânzări de 30 de ani, necăsătorit, care mergea la terapie de grup într-un orășel, a început să se întâlnească cu fosta soție a unui alt membru al grupului, un bancher de care ea divorțase de curând. Agentul de vânzări știa că bancherul este un om permanent furios și plin de resentimente din cauză că îl părăsise soția. Știa că nu era onest nici față de grup, nici față de bancher să nu își mărturisească relația cu colega de terapie. Știa de asemenea că, aproape inevitabil, mai devreme sau mai târziu bancherul avea să afle despre relația stabilă. Știa că singura soluție a problemei era să mărturisească grupului relația sa și să suporte mânia bancherului cu sprijinul grupului. Dar nu a făcut nimic. După trei luni, când bancherul a aflat de legătură, după cum era de așteptat, s-a înfuriat și s-a folosit de acest incident pentru a părăsi grupul de terapie. Când a fost confruntat de către grup în legătură cu comportamentul său distructiv, agentul de vânzări a spus: „Știam că, dacă aș fi vorbit despre acest lucru, s-ar fi iscat ceartă și bănuiesc că am simțit că, dacă nu fac nimic, poate că aș fi putut ieși basma curată fără ceartă. M-am gândit că, dacă voi aștepta mai multă vreme, problema va dispărea."

Problemele nu dispar. Ele trebuie rezolvate sau altfel vor rămâne pentru totdeauna o barieră în calea creşterii şi dezvoltării spiritului.

Grupul i-a arătat în termeni clari agentului de vânzări că tendinţa de a evita rezolvarea problemei prin ignorarea ei, în speranţa că va ieşi basma curată, era de fapt marea lui problemă. Patru luni mai târziu, agentul de vânzări şi-a împlinit o fantezie, părăsindu-şi brusc slujba din domeniul vânzărilor şi începând o afacere proprie cu reparaţii de mobilă, care nu-i mai cerea să călătorească. Grupul a dezaprobat faptul că a riscat totul pe o carte şi l-a chestionat în privinţa înţelepciunii de a face această mutare în pragul iernii, dar agentul de vânzări i-a asigurat că se va descurca îndeajuns de bine ca să depăşească această primă fază a afacerii. Subiectul a fost abandonat. Apoi, la începutul lui februarie, el a anunţat că va trebui să părăsească grupul, pentru că nu mai poate plăti consultaţiile. Era falit şi trebuia să înceapă să-şi caute o altă slujbă. În cinci luni, reparase doar opt piese de mobilier. Când a fost întrebat de ce nu începuse să-şi caute mai devreme o slujbă, el a răspuns: „Ştiam de acum şase săptămâni că banii mei se duc rapid, dar nu puteam crede că o să ajung până aici. Chestiunea nu părea atât de urgentă, dar, băieţi, acum chiar e urgentă." Bineînţeles că îşi ignorase problema. Încet, a început să se lumineze înţelegând că până nu avea să înceteze să-şi mai ignore problemele, nu va putea trece de primul pas cu toată terapia din lume.

Această înclinaţie de a ignora problemele este, încă o dată, o simplă manifestare a indisponibilităţii de a amâna satisfacţia. A te confrunta cu problemele este, aşa cum am spus, dureros. A te confrunta de bunăvoie, din vreme, cu o problemă, înainte de a fi forţat de circumstanţe, înseamnă a lăsa la o parte ceva plăcut sau mai puţin dureros pentru ceva mai dureros. Înseamnă a alege să suferi acum în speranţa unei satisfacţii viitoare mai degrabă decât să alegi să continui satisfacţia prezentă în speranţa că suferinţa viitoare nu va mai fi necesară.

Ar putea părea că agentul de vânzări care își ignora problemele atât de evidente era imatur din punct de vedere emoţional sau primitiv psihologic, dar încă o dată vă spun că la fel facem cu toţii, iar imaturitatea și primitivismul lui există în noi toţi. Un mare general, comandant de armată, ne-a spus: „Singura mare problemă în această armată, și bănuiesc că în orice organizaţie, este că majoritatea comandanţilor stau și se uită la problemele din unităţile lor, privindu-le drept în faţă, fără să facă nimic, ca și cum problemele ar dispărea dacă ei ar sta îndeajuns de mult." Generalul nu vorbea despre oameni slabi sau anormali din punct de vedere mintal. El vorbea despre ceilalţi generali și colonei, oameni maturi care și-au dovedit competenţa și care sunt formaţi în disciplină.

Părinţii sunt conducători și, în ciuda faptului că de obicei sunt prost pregătiţi pentru aceasta, sarcina lor poate să fie la fel de complexă sub toate aspectele precum aceea de a conduce o companie sau o corporaţie. Și la fel ca și conducătorii în armată, majoritatea părinţilor vor percepe problemele copiilor sau pe cele ivite din relaţia cu aceștia cu luni sau ani înainte de a trece la o acţiune eficientă, dacă o vor face vreodată. „Ne-am gândit că poate o va depăși", spun părinţii când vin la psihiatru cu copilul ce are o problemă care durează de cinci ani. Respectând complexitatea faptului de a fi părinte, trebuie spus că deciziile părintești sunt dificile și că deseori copiii reușesc să „depășească" problema. Dar aproape niciodată nu strică să încercăm să-i ajutăm să o depășească sau să privim mai atent problema. Și deși copiii deseori chiar o „depășesc", alteori nu se întâmplă așa; și pentru că există atâtea probleme, cu cât problemele copiilor sunt mai ignorate, cu atât devin din ce în ce mai mari, mai dureroase și mai greu de soluţionat.

Responsabilitatea

Nu putem soluționa problemele vieții dacă nu le soluționăm. Deși această afirmație ar putea părea o tautologie stupidă sau o afirmație care se demonstrează pe sine, totuși pare dincolo de înțelegerea celei mai mari părți a rasei umane. Acest lucru se întâmplă pentru că trebuie să acceptăm responsabilitatea pentru o problemă înainte de a o rezolva. Nu putem rezolva o problemă spunând „nu este problema mea". Nu putem rezolva o problemă sperând că altcineva o va rezolva în locul nostru. Pot rezolva o problemă doar atunci când spun: „Aceasta este problema *mea* și depinde de mine să o rezolv." Dar mulți, atât de mulți caută să evite durerea cauzată de probleme, spunându-și: „Această problemă a fost determinată de alți oameni, de circumstanțe sociale dincolo de controlul meu și prin urmare depinde de alți oameni sau de societate să-mi rezolve această problemă. În realitate, nu este problema mea personală."

Oamenii merg atât de departe din punct de vedere psihologic cu dorința de a evita asumarea responsabilității pentru problemele personale, încât, deși acest lucru este aproape întotdeauna trist, uneori devine ridicol. Un ofițer de carieră în cadrul armatei, staționat în Okinawa, având serioase probleme cu băutura, a fost trimis la o evaluare psihiatrică, și, pe cât posibil, să primească ajutor psihiatric. El a negat că este alcoolic sau chiar că alcoolul ar fi fost o problemă pentru el, spunând: „Nu există nimic de făcut seara în Okinawa în afară de a bea."

„Îți place să citești?", l-am întrebat.

„O, da, îmi place să citesc, bineînțeles."

„Atunci de ce nu citești seara în loc să bei?"

„E prea mult zgomot în cazarmă pentru a citi."

„Ei bine, atunci de ce nu te duci la bibliotecă?"

„Biblioteca e prea departe."

„E mai departe biblioteca decât barul unde te duci?"

„Ei bine, nu citesc atât de mult. Nu sunt foarte interesat de acest lucru."

„Îți place să pescuiești?", l-am interogat eu.

„Bineînțeles, îmi place mult să pescuiesc."

„De ce nu pescuiești în loc să bei?"

„Pentru că trebuie să muncesc toată ziua."

„Nu poți să pescuiești noaptea?"

„Nu, în Okinawa nu se poate pescui noaptea."

„Ba se poate", am spus eu. „Cunosc mai multe organizații care se ocupă de pescuitul de noapte, aici. Vrei să te pun în legătură cu vreuna dintre ele?"

„Ei, în realitate nu prea-mi place să pescuiesc."

„Ceea ce te-am auzit spunând", am limpezit eu lucrurile, „este că există și alte lucruri de făcut în Okinawa în afară de a bea, dar lucrul pe care îți place cel mai mult să-l faci aici este să bei."

„Da, bănuiesc că așa e."

„Dar băutura îți face necazuri, așa că ești față în față cu o problemă reală, nu-i așa?"

„Această insulă blestemată oricum te determină să bei."

Am tot încercat un timp, dar ofițerul nu era interesat câtuși de puțin să vadă băutura ca pe o problemă personală, pe care ar fi putut-o rezolva cu sau fără ajutor, și i-am spus comandantului lui, cu tot regretul, că nu este un om cu simț de răspundere. A continuat să bea și a trebuit să renunțe la serviciul său la mijlocul carierei.

O tânără soție, de asemenea din Okinawa, și-a tăiat ușor venele cu o lamă de ras și a fost dusă în salonul de urgențe, unde am întâlnit-o. Am întrebat-o de ce a făcut acest lucru.

„Ca să mă omor, bineînțeles."

„De ce ai vrut să te omori?"

„Fiindcă nu mai suport această insulă nenorocită. Trebuie să mă trimiteți înapoi în Statele Unite. O să mă ucid dacă trebuie să mai stau aici."

„De ce e atât de dureroasă viața în Okinawa?", am întrebat.

Ea a început să plângă, văicărindu-se: „Nu am niciun prieten aici și sunt singură tot timpul."

„Asta e rău. Cum de n-ai putut să-ți faci niciun prieten?"

„Pentru că locuiesc într-un cartier stupid din Okinawa și niciunul dintre vecinii mei nu vorbește engleza."

„De ce nu te duci până în cartierul american sau la clubul soțiilor de ofițeri, ca să-ți faci prieteni?"

„Pentru că soțul meu ia mașina ca să meargă la serviciu."

„Nu poți să-l conduci tu la serviciu, din moment ce tot stai singură și te plictisești toată ziua?", am întrebat-o.

„Nu. Este o mașină la care schimbi manual vitezele și nu știu cum să conduc o astfel de mașină, ci doar pe cele cu schimbător automat de viteze."

„De ce nu înveți cum să conduci o mașină cu schimbător manual de viteze?"

Ea s-a uitat fix la mine: „Pe aceste drumuri? Trebuie să fii nebun!"

Nevrozele și tulburările de personalitate

Mulți oameni care merg la psihiatru suferă de ceea ce se numește fie o nevroză, fie o tulburare de personalitate. Spus în cele mai simple cuvinte, aceste două stări reprezintă tulburări ale responsabilității și de asemenea reprezintă stiluri opuse de raportare la lume și la problemele ei. Nevroticul își asumă prea multe responsabilități, persoanele cu tulburări de personalitate, nu îndeajuns de multe. Când nevroticii sunt în conflict cu lumea, presupun în mod automat că ei sunt de vină. Cele două persoane descrise anterior aveau tulburări de personalitate: sergentul simțea că pentru beția lui era de vină orașul Okinawa și nu el, și nici femeia nu se vedea pe sine jucând vreun rol în propria-i izolare. O femeie nevrotică, pe de altă parte, suferind de asemenea de singurătate și izolare în orașul Okinawa, s-a plâns astfel: „Mergeam cu mașina la Clubul soțiilor de ofițeri pentru a-mi căuta prieteni, dar acolo nu mă simțeam în largul meu. M-am gândit că celelalte soții nu mă plac. Trebuie să fie ceva în neregulă cu mine. Ar trebui să fiu capabilă să-mi fac prieteni mult mai ușor. S-ar cuveni să fiu mai prietenoasă. Vreau să știu ce e cu mine, de ce sunt atât de nepopulară." Această femeie își asumă întreaga responsabilitate pentru singurătatea ei, simțind că doar ea este de vină. În cursul terapiei, a descoperit că este o persoană neobișnuit de inteligentă și de ambițioasă și că devenea cu ușurință nefericită alături de celelalte soții de sergenți, ca și alături de soțul ei, pentru că era considerabil mai inteligentă și mai ambițioasă decât toți ceilalți. A putut astfel să-și dea seama că singurătatea și, prin urmare, problemele ei nu se datorau în mod necesar unei greșeli sau unui defect personal. În cele din urmă, a divorțat, a absolvit o facultate în timp ce-și creștea copiii, a devenit redactor la o revistă și s-a căsătorit cu un editor de succes.

Chiar și tiparele de vorbire ale nevroticilor și ale persoanelor cu tulburări de personalitate sunt diferite. Discursul unui nevrotic se remarcă prin expresii precum: „S-ar cuveni să...", „Ar trebui..." și „N-ar trebui...", indicând că imaginea de sine a individului reprezintă o persoană inferioară, care totdeauna dă greș, totdeauna face alegeri greșite. Discursul unei persoane cu tulburare de personalitate se bazează mult pe expresii precum: „Nu pot...“, „Nu aş putea...“, „E nevoie să...“ şi „A fost necesar să...“, demonstrând imaginea de sine a unei fiinţe care nu are putere de decizie, al cărei comportament este în întregime condus de forţe exterioare aflate cu totul în afara controlului său. Aşa cum se poate imagina, comparativ cu persoanele cu tulburări de personalitate, cu nevroticii se poate lucra mai uşor prin psihoterapii, pentru că ei îşi asumă responsabilitatea pentru dificultăţile pe care le au şi-şi dau seama, astfel, că au probleme. Cu cei cu tulburări de personalitate este mult mai dificil, dacă nu imposibil de lucrat, pentru că nu se văd pe ei înşişi ca sursă a propriilor probleme; ei cred că lumea are nevoie să fie schimbată şi nu ei înşişi şi eşuează astfel în a recunoaşte că e necesar să se analizeze pe sine. În realitate, multe persoane sunt nevrotice şi au, în acelaşi timp, tulburări de personalitate; astfel, vorbim de „nevrozele de personalitate“ pentru a indica faptul că, în anumite zone ale vieţii lor, aceste persoane sunt dominate de vinovăţia că şi-au asumat o responsabilitate care nu este tocmai a lor, în timp ce, în alte zone ale vieţii, eşuează în a-şi asuma cu realism responsabilitatea. Din fericire, odată ce unor astfel de persoane le-a fost restabilită credinţa şi încrederea în sine, în cadrul procesului psihoterapeutic, prin ajutorarea lor în ceea ce priveşte partea nevrotică a personalităţii, deseori este posibil să-i angrenăm într-un proces de examinare şi corectare a incapacităţii de a-şi asuma responsabilitatea cuvenită.

Puţini dintre noi scapă fără nevroze sau tulburări de personalitate, cel puţin într-o anume măsură (de aceea, în mod esenţial, oricine poate beneficia de psihoterapie dacă el sau ea este cu adevărat dispus/ă să participe la acest proces). Motivul este că a distinge pentru ce suntem şi pentru ce nu suntem responsabili este una dintre cele mai mari probleme din existenţa umană. Ea nu a fost niciodată complet soluţionată; pe întreg parcursul vieţii noastre trebuie să evaluăm şi să reevaluăm continuu pentru ce suntem responsabili în cursul mereu schimbător al evenimentelor. Nici aceste evaluări și reevaluări nu sunt lipsite de durere, dacă sunt îndeplinite în mod adecvat și conștient. Pentru a îndeplini fiecare dintre aceste procese în mod adecvat trebuie să fim dispuși și capabili să suportăm o continuă examinare de sine. Iar această disponibilitate nu este inerentă niciunuia dintre noi. Într-un sens, toți copiii au tulburări de personalitate vizibile, în tendința lor instinctivă de a-și nega responsabilitatea în multe dintre conflictele în care se găsesc. Astfel, doi frați care se bat se vor acuza întotdeauna unul pe celălalt pentru declanșarea bătăii și fiecare dintre ei va nega cu totul că el ar fi vinovatul. În mod similar, toți copiii au nevroze din cauza faptului că, instinctiv, își vor asuma responsabilitatea pentru anumite privațiuni pe care le trăiesc, dar nu le înțeleg încă. Întotdeauna copiii care nu sunt iubiți de părinți mai degrabă își vor asuma ei înșiși acest lucru, decât să vadă că părinții sunt deficitari în capacitatea lor de a iubi. Sau tinerii adolescenți, care nu au încă succes la fete sau în sport, mai degrabă se vor vedea pe sine ca ființe umane deficitare, decât ca boboci ce înfloresc mai târziu sau chiar la timp și perfect normal, cum se întâmplă de obicei. Însă printr-o vastă experiență și printr-o îndelungată și reușită maturizare vom dobândi capacitatea de a vedea lumea și locul nostru în ea așa cum sunt în realitate și astfel vom fi în stare să stabilim în mod realist responsabilitatea ce ne revine nouă și cea care revine lumii.

Sunt multe lucruri pe care părinții le pot face pentru a-și sprijini copiii în acest proces de maturizare. Ocaziile apar singure de mii de ori pe măsură ce copilul crește, părinții putând să-și confrunte copilul cu tendința lui de a evita sau de a scăpa de asumarea răspunderii pentru propriile-i acțiuni, să-l asigure că în unele situații nu e vina lui. Dar pentru a sesiza aceste oportunități, așa cum am spus, părinții trebuie să fie sensibili la nevoile copilului și dispuși să le împlinească. Iar acest lucru solicită dragostea și dorința lor de a-și asuma responsabilitatea pentru creșterea copiilor.

Dimpotrivă, chiar dincolo de simpla insensibilitate sau neglijență, părinții pot face multe pentru a împiedica acest proces de maturizare. Nevroticii, din cauza disponibilității lor de a-și asuma responsabilitatea, pot fi părinți excelenți dacă nevroza lor e relativ ușoară și nu sunt copleșiți de responsabilități inutile, care să-i secătuiască de energiile necesare responsabilităților părintești. Oamenii cu tulburări de personalitate sunt părinți dezastruoși, complet inconștienți de faptul că deseori își tratează copilul cu o atitudine distrugătoare. Se spune că: „nevroticii se fac pe ei înșiși să se simtă mizerabil, cei cu tulburări de personalitate îi fac pe ceilalți să se simtă mizerabil“. Îndeosebi părinții cu tulburări de personalitate își fac copiii să se simtă mizerabil. La fel ca și în alte zone ale vieții lor, ei eșuează și în misiunea de părinți, în a-și asuma responsabilitatea ce li se cuvine.

Tendința lor este mai degrabă de a scăpa de copii într-o mie de feluri decât să le dea atenția de care au nevoie. Când copiii sunt delincvenți sau au dificultăți la școală, părinții cu tulburări de personalitate vor arunca imediat vina pe sistemul școlar sau pe alți copii, care, vor insista ei, au o „influență rea“ asupra propriului copil. Această atitudine, bineînțeles, ignoră problema reală. Pentru că ocolesc responsabilitatea, părinții cu tulburări de personalitate servesc ca modele pentru iresponsabilitatea copiilor lor. În cele din urmă, în efortul de a evita responsabilitatea în viețile lor, acești părinți o vor arunca adesea pe umerii copiilor lor: „Voi, copii, o să mă înnebuniți“ sau: „Singurul motiv pentru care rămân căsătorit/ă cu mama/tatăl vostru sunteți voi, copiii.“ sau: „Mama voastră și-a distrus nervii din cauza voastră.“ sau: „Aș fi putut să fac și eu o facultate și să reușesc în viață dacă n-ar fi trebuit să vă întrețin.“ În acest fel, părinții spun, de fapt, copilului: „Tu ești responsabil pentru calitatea mariajului meu, a sănătății mele mintale și pentru lipsa mea de succes în viață."

Deoarece copiilor le lipsește capacitatea de a-și da seama cât de nepotrivite sunt aceste lucruri, ei vor accepta deseori această responsabilitate, și, în măsura în care o vor accepta, vor deveni nevrotici. Așa ajung părinții cu tulburări de personalitate să crească, aproape invariabil, copii nevrotici sau cu propriile tulburări de personalitate. Părinții înșiși își aruncă păcatele asupra copiilor lor.

Acești indivizi cu tulburări de personalitate nu sunt ineficienți și distructivi doar în rolul de părinți; aceleași trăsături de caracter acționează de obicei asupra căsniciei lor, asupra prietenilor și înțelegerilor de afaceri – asupra oricărei zone a existenței în care nu reușesc să-și asume responsabilitatea pentru calitatea vieții lor. Acest lucru este inevitabil, pentru că, așa cum am spus, nicio problemă nu poate fi soluționată până când individul nu-și asumă responsabilitatea de a o soluționa. Când indivizii cu tulburări de personalitate dau vina pe altcineva – soție, copil, prieten, părinte, patron – sau pe altceva – influențe rele, școala, guvernul, rasismul, sexismul, societatea, „sistemul" – pentru problemele lor, problemele persistă. Nimic nu se împlinește. Debarasându-se de responsabilitate, poate că se simt mai confortabil cu ei înșiși, dar au încetat să-și rezolve problemele vieții, au încetat să se dezvolte spiritual și au devenit o greutate lipsită de viață pentru societate. Ei au aruncat propria durere pe umerii societății. O vorbă din anii '60 (atribuită lui Eldridge Cleaver) este valabilă pentru toată lumea, din toate timpurile: „Dacă nu ești parte din soluție, ești parte din problemă."

Fuga de libertate

Un psihiatru pune diagnosticul de tulburare de personalitate atunci când tiparul evitării responsabilității este relativ unul bine conturat în individul diagnosticat. Totuși, aproape oricare dintre noi încearcă uneori să evite – în feluri care pot fi foarte subtile – durerea de a-și asuma responsabilitatea pentru propriile probleme. Pentru tratamentul propriei mele subtile tulburări de personalitate, la vârsta de 30 de ani, îi sunt dator lui Mac Badgely. La vremea aceea, Mac era directorul clinicii de psihiatrie unde îmi completam perioada de rezidențiat. În această clinică, eu și colegii mei rezidenți ne distribuiam pacienții prin rotație. Poate pentru că eram mai devotat pacienților mei decât colegii mei rezidenți, datorită educației mele, m-am descoperit lucrând mai multe ore decât ei. În mod normal, ei își vedeau pacienții o dată pe săptămână. Deseori, eu îi vedeam de două, trei ori pe săptămână. Ca urmare, îi priveam pe colegii mei rezidenți părăsind clinica la ora patru și jumătate în fiecare după-amiază și ducându-se acasă, în timp ce eu îmi programam întâlniri până la ora opt, nouă seara, iar sufletul îmi era plin de resentimente. Pe măsură ce deveneam mai resentimentar și mai epuizat, mi-am dat seama că trebuia făcut ceva. Așa că m-am dus la doctorul Badgely și i-am explicat situația. L-am întrebat dacă nu pot fi exceptat pentru câteva săptămâni atunci când îmi va veni rândul să accept noi pacienți, pentru a avea timp să-i prind din urmă pe colegii mei. Credea el oare că așa ceva e cu putință? Sau poate avea o altă soluție la această problemă? Mac m-a ascultat foarte atent și receptiv, fără să mă întrerupă. Când am terminat, după un moment de tăcere, mi-a spus cu simpatie: „Ei bine, văd că ai într-adevăr o problemă."

M-am luminat la față, simțindu-mă înțeles. „Mulțumesc, i-am spus. Ce crezi că ar trebui să fac în situația asta?" La întrebarea aceasta, Mac a răspuns: „Îți spun, Scott, că tu ești cel care are o problemă."

Nu prea era răspunsul pe care îl așteptam. „Da, am spus ușor enervat. Știu că am o problemă. De aceea am venit să te văd. Ce crezi că s-ar cuveni să fac în situația asta?" Mac mi-a răspuns: „Scott, pari să nu fi ascultat ceea ce am spus. Eu te-am auzit și am fost de acord cu tine. Tu ești cel ce are o problemă."

„Pentru Dumnezeu, i-am spus, știu că am o problemă. Știam asta când am intrat aici. Întrebarea este ce am să fac în situația asta." „Scott, a replicat Mac, vreau să mă asculți. Ascultă atent ce am să-ți mai spun o dată. Sunt de acord cu tine. Tu ești cel ce are o problemă. Anume, tu ai o problemă cu timpul. Timpul *tău*. Nu al meu. Nu este problema mea. Este problema *ta* cu timpul *tău*. Tu, Scott Peck, ai o problemă cu timpul tău. Este tot ce pot să spun despre acest lucru."

M-am întors și am ieșit cu pași mari și furios din biroul lui Mac. Și am rămas furios. L-am urât pe Mac Badgely. Trei luni l-am urât. Simțeam că are o tulburare gravă de personalitate. Cum altfel ar fi putut să fie atât de crud? Eu mă dusesem la el cu umilință, cerându-i un mic ajutor, un mic sfat, și nenorocitul nu fusese dispus să-și asume atâta responsabilitate cât să încerce măcar să mă ajute, cât să-și facă treaba lui de director al clinicii. Dacă în calitatea lui de director al clinicii nu trebuia să ajute la descurcarea unor astfel de probleme, ce naiba trebuia să facă altceva?

Dar după trei luni, am ajuns cumva să-mi dau seama că Mac avea dreptate, că eu, și nu el, aveam o tulburare de personalitate. Timpul *era* responsabilitatea mea. Depindea de mine și numai de mine să decid cum vreau să-mi folosesc și să-mi ordonez timpul. Dacă voiam să-mi investesc timpul mai mult decât colegii mei rezidenți în munca pe care o făceam, atunci era alegerea mea și consecințele acestei alegeri erau responsabilitatea mea. Se poate să fi fost dureros pentru mine să privesc cum colegii mei plecau de la birou cu două, trei ore înaintea mea și să-mi aud soția plângându-se că nu sunt îndeajuns de devotat familiei, dar aceste dureri erau consecința alegerii pe care o făcusem. Dacă aș fi vrut să nu le suport, atunci eram liber să aleg să nu lucrez atât de mult și să-mi structurez timpul altfel. Munca mea grea nu era o sarcină aruncată pe umerii mei de soarta necruțătoare sau de necruțătorul director al clinicii, era modul în care eu alesesem să-mi trăiesc viața și să-mi ordonez prioritățile. Când mi-am dat seama de asta, am ales să nu-mi schimb stilul de viață. Dar mi-am schimbat atitudinea și astfel resentimentul față de colegi s-a evaporat. Pur și simplu nu mai avea sens să-i acuz pe ei pentru faptul că aleseseră un stil de viață diferit de al meu, când eu fusesem complet liber să aleg să fiu ca ei, dacă aș fi dorit. A fi supărat pe ei însemna să fiu supărat pe propria-mi alegere de a fi diferit de ei, o alegere de care, de fapt, eram mulțumit.

Dificultatea de a accepta responsabilitatea pentru comportamentele noastre rezidă în dorința de a evita durerea consecințelor acestui comportament. Prin cererea adresată lui Mac Badgely de a-și asuma responsabilitatea pentru structura timpului meu încercam să evit dificultatea de a lucra multe ore, chiar dacă lucratul timp de mai multe ore era o consecință inevitabilă a alegerii mele de a mă dedica mai mult pacienților și formării mele. Totuși, acționând astfel, căutam fără să-mi dau seama să cresc autoritatea lui Mac asupra mea. Îi ofeream puterea mea, libertatea mea. Practic, îi spuneam: „Ia comanda de la mine. Fii tu șeful!" De câte ori căutăm să evităm responsabilitatea pentru propriul nostru comportament, încercăm să dăm responsabilitatea altor indivizi, organizații sau entități. Dar acest lucru înseamnă să transferăm puterea noastră asupra acelei entități, fie ea „soartă" sau „societate", guvern, corporație sau șeful nostru. Acesta este motivul pentru care Erich Fromm și-a intitulat atât de inspirat studiul despre nazism și autoritarism: *Escape from Freedom*. În încercarea de a evita durerea responsabilității, milioane și chiar miliarde de oameni încearcă zilnic să fugă de libertate.

Am o cunoștință, un om inteligent, dar posac, care, atunci când îl ascult, vorbește despre forțele agresive din societatea noastră: rasism, sexism, industria de armament, poliția care i-a arestat pe el și pe prietenii lui din cauza părului lung. De multe ori am încercat să-i arăt că el nu mai este un copil. Când suntem copii, prin dependența noastră extinsă și reală, părinții au o putere extinsă și reală asupra noastră. Ei sunt, în fapt, în mare măsură responsabili de bunăstarea noastră, iar noi suntem, în fapt, în mare măsură la mila lor. Când părinții sunt despotici, așa cum se întâmplă adesea, noi, copiii, nu avem prea multă putere să facem ceva în această privință; alegerile noastre sunt limitate. Dar ca adulți, când suntem sănătoși fizic, alegerile noastre sunt aproape nelimitate. Asta nu înseamnă că sunt nedureroase. De multe ori, dintre două rele trebuie să-l alegem pe cel mai mic, dar tot în puterea noastră stă să facem aceste alegeri. Da, sunt de acord cu acea cunoștință a mea, că există forțe opresive în lume. Noi avem totuși libertatea de a alege fiecare pas al felului în care le vom răspunde și le vom trata. A trăi într-o zonă a țării unde poliției nu-i plăceau „tipii cu părul lung“ era alegerea lui și totuși și-a lăsat părul lung. El avea libertatea de a se muta într-un alt oraș sau de a-și scurta părul sau chiar să ducă o campanie împotriva biroului de poliție. Dar în ciuda inteligenței sale, nu și-a recunoscut aceste libertăți. A ales să se lamenteze din cauza lipsei de putere politică, în loc să accepte și să se bucure de imensa sa putere personală. Vorbea de dragostea sa de libertate și de forțele care o contracarează, dar de fiecare dată când vorbea de felul în care este victimizat de aceste forțe el își ceda de fapt libertatea. Sper că într-o zi, curând, va înceta să fie iritat pentru faptul că alegerile sale sunt dureroase.*

---

* Nicăieri, după știința mea, problema libertății ca alegere între două rele nu este descrisă mai elocvent și mai poetic decât în capitolul „Freedom and Necessity“ din cartea psihiatrului Allen Wheelis: *How People Change*, Harper & Row, New York, 1973. Am fost tentat să citez

Dr. Hilde Bruch, în prefața cărții *Learning Psychotherapy*, arată că în mod fundamental toți pacienții vin la psihiatru cu „o problemă comună: sentimentul de neajutorare, de frică și convingerea intimă că nu sunt capabili să «se descurce» și să schimbe lucrurile".* Una dintre rădăcinile acestui „sentiment de neputință" la majoritatea pacienților o reprezintă o anume dorință de a fugi de durerea libertății, iar unii nu reușesc, în mod parțial sau total, să accepte responsabilitatea pentru problemele și viața lor. Se simt neputincioși pentru că, în fapt, au renunțat la putere. Mai devreme sau mai târziu, dacă e să fie vindecați, trebuie să învețe că viața întreagă a unui adult este o serie de alegeri personale, de decizii. Dacă pot accepta acest fapt cu totul, atunci vor deveni oameni liberi. Reciproc, dacă nu vor accepta acest fapt, se vor simți pentru totdeauna victime.

Simțul realității

Cel de-al treilea instrument sau tehnică de a trata durerea soluționării problemelor, ce trebuie folosit în permanență dacă vrem ca viețile noastre să fie sănătoase, iar spiritul nostru să crească este simțul adevărului. Chiar la nivel superficial, acest lucru ar trebui să fie evident. Ceea ce e adevărat e real. Ceea ce e fals e ireal. Cu cât vedem mai puțin clar realitatea lumii – cu cât mințile noastre sunt mai îmbătate de falsitate, percepții greșite și iluzii –, cu atât suntem mai puțin capabili să determinăm cursul corect al acțiunilor noastre și să luăm decizii înțelepte. Viziunea noastră asupra realității este ca o hartă după care ne orientăm viața. Dacă harta este corectă și precisă, vom ști în general unde ne aflăm, iar dacă

---

capitolul în întregime și îl recomand oricui dorește să exploreze mai mult această chestiune.

* Harvard University Press, Cambridge, Mass., 1974, p. ix.

ne decidem unde vrem să mergem, vom ști în general ce vom găsi acolo. Dacă harta este greșită și imprecisă, ne vom rătăci.

Deși acest lucru este clar, cei mai mulți oameni aleg să-l ignore. Ei îl ignoră pentru că drumul nostru spre realitate nu este ușor. Mai întâi de toate, nu suntem născuți cu hărți gata întocmite, ci trebuie să le facem noi înșine, iar pentru aceasta e nevoie de efort. Cu cât depunem mai mult efort pentru a prețui și a percepe realitatea, cu atât hărțile noastre vor fi mai mari și mai precise. Dar mulți nu vor să facă acest efort. Unii se opresc să-l mai facă spre sfârșitul adolescenței. Hărțile lor sunt mici și abia schițate, perspectiva lor asupra lumii este îngustă și prost direcționată. Spre sfârșitul vârstei de mijloc, mulți oameni renunță la acest efort. Sunt convinși că hărțile lor sunt complete și că viziunea lor asupra vieții (*Weltanschauung*) este corectă (sau chiar sacrosanctă) și nu mai sunt interesați de o nouă informație. E ca și cum ar fi obosiți. Doar câțiva norocoși continuă până în momentul morții explorarea misterului realității, lărgindu-și, nuanțându-și și redefinindu-și înțelegerea asupra lumii și asupra a ceea ce e adevărat.

Dar cea mai mare problemă în realizarea hărților nu constă în faptul că trebuie să pornim de la o mâzgălitură, ci în acela că ele trebuie revizuite mereu pentru a fi precise. Lumea însăși este într-o schimbare constantă. Pe măsură ce se formează ghețari noi, alții mai vechi se topesc. Apar culturi noi, dispar altele. Există prea puțină tehnologie, există prea multă tehnologie. Chiar mai dramatic, punctul din care privim luma este într-o rapidă și constantă schimbare. Când suntem copii, suntem dependenți și lipsiți de putere. Ca adulți, putem fi puternici. Totuși, când suntem bolnavi sau bătrâni infirmi se poate să devenim iarăși fără putere și dependenți. Când avem copii de care să avem grijă, lumea pare diferită față de vremea când nu-i aveam; când copiii sunt sugari, lumea pare diferită față de cum va fi atunci când copiii vor ajunge adolescenți. Când suntem săraci, lumea arată altfel decât atunci când suntem bogați. Zilnic suntem bombardați cu informații noi despre natura realității. Dacă vrem să încorporăm această informație, trebuie să ne revizuim continuu hărțile și uneori, când s-a acumulat suficient de multă informație nouă, trebuie să facem revizuiri majore. Procesul de a face revizuiri, în special când e vorba de revizuiri majore, poate fi uneori groaznic de dureros. Aici se găsește sursa principală a multor boli ale umanității.

Ce se întâmplă când cineva trudește mult și din greu să dezvolte o perspectivă funcțională asupra lumii, o hartă evident utilă și eficientă, iar apoi e confruntat cu o informație nouă, care sugerează că această perspectivă este greșită, iar harta are nevoie să fie în bună parte retrasată? Efortul dureros care ni se cere pare înspăimântător, uneori copleșitor. Ceea ce facem deseori, și de obicei inconștient, este să ignorăm informația nouă. Deseori acest act de ignorare nu este doar unul pasiv. Se poate să denunțăm noua informație ca fiind falsă, periculoasă, eretică, lucrarea diavolului. Putem chiar lupta împotriva ei și chiar să încercăm să manipulăm lumea pentru a o face să arate conform punctului nostru de vedere. Mai degrabă decât să încerce să schimbe harta, individul poate încerca să distrugă noua realitate. Din păcate, până la urmă, o astfel de persoană poate cheltui mai multă energie pentru a apăra perspectiva demodată asupra lumii, decât i-ar fi trebuit pentru a o revizui și a o corecta de la bun început.

Transferul: harta expirată

Procesul activ de menținere a unei perspective desuete asupra realității constituie fundamentul multor boli mintale. Psihiatrii denumesc acest proces „transfer". Există probabil tot atâtea variații subtile ale definiției transferului câți psihiatri există. Propria mea definiție este următoarea: transferul este acel ansamblu de moduri de a percepe lumea și de a-i răspunde lumii dezvoltat în copilărie și care este de obicei adecvat în întregime mediului înconjurător al copilăriei (într-adevăr, deseori de folos pentru supraviețuire), dar care este *inadecvat* odată transferat în mediul de viață al adultului.

Căile prin care se manifestă transferul, deși totdeauna penetrante și distrugătoare, sunt deseori subtile. Însă cele mai clare exemple nu trebuie să fie subtile. Un astfel de exemplu este cel al unui pacient al cărui tratament a eșuat din cauza transferului său. E vorba de un specialist IT, inteligent, dar lipsit de succes, de 30 și ceva de ani, care a venit să mă vadă pentru că soția lui îl părăsise, luându-i cu ea pe cei doi copii ai lor. El nu se simțea în mod deosebit nefericit pentru că o pierduse pe ea, dar era devastat de pierderea celor doi copii, de care se atașase profund. În speranța recâștigării lor a început psihoterapia, pentru că soția sa declarase ferm că nu se va întoarce până când el nu va urma un tratament psihiatric. Principala ei nemulțumire în ceea ce-l privea era faptul că el era continuu și în mod irațional gelos și, în același timp, distant față de ea, rece, necomunicativ și lipsit de afecțiune. Ea se mai plângea și de desele lui schimbări de slujbă. Viața lui, începând din adolescență, fusese una puternic instabilă. De-a lungul adolescenței, fusese implicat în altercații minore cu poliția și de trei ori fusese închis pentru consum de droguri, ofense, „vagabondaj“ și „împiedicarea unui ofițer de poliție să-și exercite datoria“. A părăsit facultatea de electrotehnică pentru că, așa cum spunea el: „Profesorii mei erau o adunătură de ipocriți, nu prea diferiți de polițiști.“ Datorită inteligenței și creativității lui în domeniul tehnologiei computerelor, serviciile sale erau foarte cerute în industria respectivă. Dar el nu a fost niciodată în stare să avanseze sau să-și țină o slujbă mai mult de un an și jumătate, uneori fiind concediat, mult mai des plecând singur după dispute cu supervizorii săi, pe care-i descria ca „mincinoși și trișori, interesați doar să-și protejeze scaunul". Cea mai frecvent folosită expresie a lui era: „Nu poți avea încredere în absolut nimeni." Își descria copilăria ca „normală" și părinții ca fiind „obișnuiți". În scurta perioadă de timp pe care a petrecut-o cu mine, totuși, el și-a reamintit, întâmplător și fără a fi emoționat, numeroase momente când părinții lui l-au dezamăgit. Îi promiseseră o bicicletă de ziua lui, dar uitaseră și-i dăduseră altceva. Odată au uitat cu totul de ziua lui, dar nu vedea nimic foarte rău în asta, pentru că „ei erau foarte ocupați". Îi promiteau că vor face împreună o mulțime de lucruri în weekend, dar de obicei erau „prea ocupați". De nenumărate ori uitaseră să-l ia de la întâlniri sau de la petreceri, pentru că „aveau o mulțime de lucruri pe cap".

Pe când era copil, acest bărbat suferise dezamăgire după dezamăgire, toate dureroase, din cauza lipsei de grijă a părinților lui. Gradual sau brusc – nu știu cum – a ajuns să-și dea seama pe la mijlocul copilăriei că nu poate avea încredere în părinții lui. Odată ce și-a dat seama de asta, totuși, a început să se simtă mai bine, iar viața lui a devenit mult mai plăcută. Nu mai aștepta mare lucru de la părinții lui și nu-și făcea speranțe când ei îi făceau promisiuni. Când a încetat să mai aibă încredere în părinții lui, frecvența și severitatea dezamăgirilor sale s-au diminuat dramatic.

O astfel de adaptare reprezintă totuși baza pentru viitoarele probleme. Pentru un copil, părinții înseamnă totul; ei reprezintă lumea. Copilul nu poate vedea că alți părinți sunt diferiți și de multe ori mai buni. El presupune că felul în care procedează părinții este felul în care trebuie procedat. Prin urmare, copilul nu ajunge la concluzia – la „realitatea" – că „nu pot avea încredere în părinții mei", ci la aceea că „nu pot avea încredere în oameni". A nu avea încredere în oameni devine astfel harta cu care el intră în adolescență și în perioada adultă. Cu această hartă și cu un depozit abundent de resentimente rezultând din multe dezamăgiri, conflictele cu figurile autorității – polițiști, profesori, patroni – devin inevitabile. Iar aceste conflicte nu au făcut altceva decât să-i întărească sentimentul că oamenii care îi dau atenție nu sunt de încredere. A avut multe ocazii să-și revizuiască harta, dar toate au trecut pe lângă el. Singurul fel în care ar fi putut învăța că în lumea adulților există unii oameni în care putea avea încredere era să riște încrezându-se în ei, iar acest lucru ar fi necesitat o deviere de la harta inițială. O astfel de reorientare ar fi însemnat să-și revizuiască părerea despre părinții lui – să-și dea seama că ei nu-l iubeau, că nu a avut o copilărie normală și că părinții lui nu aveau capacitatea necesară de a fi receptivi la nevoile copilului lor. Dar conștientizarea acestui lucru ar fi fost extrem de dureroasă. Neîncrederea în oameni fusese o adaptare potrivită pentru realitatea copilăriei lui, care a funcționat, diminuându-i durerea și suferința. Pentru că este extrem de dificil să renunți la o hartă care altădată te-a îndrumat atât de bine, el a continuat să nu aibă încredere în oameni, creând inconștient situații care îi întăreau această convingere, înstrăinându-l de oricine, făcând imposibil ca el să se bucure de dragoste, căldură, intimitate și afecțiune. Nu-și putea permite nici măcar apropierea de soția lui, neavând încredere nici în ea. Singurii cu care putea avea o relație afectuoasă erau cei doi copii ai săi. Ei erau singurii asupra cărora avea control, singurii care nu aveau autoritate asupra lui, singurii din toată lumea în care putea avea încredere.

Când sunt implicate probleme de transfer, așa cum se întâmplă de obicei, psihoterapia este, printre altele, un proces de revizuire a hărții. Pacienții vin la psihoterapie pentru că în mod clar hărțile lor nu funcționează. Dar cât de mult se agață de ele și se luptă pentru fiecare pas al drumului! Deseori, nevoia de a se agăța de hărțile lor și lupta pentru a nu le pierde sunt atât de puternice, încât terapia devine imposibilă, așa cum s-a întâmplat în cazul expertului IT. Inițial, el a cerut o întrevedere sâmbăta. După trei ședințe, nu a mai venit, pentru că își luase încă o slujbă, făcând muncă de întreținere sâmbăta și duminica. I-am propus să ne întâlnim marți seara. A venit de două ori, apoi s-a oprit, pentru că făcea ore suplimentare. Mi-am rearanjat orarul, astfel încât să-l pot vedea luni seara, când, mi-a spus el, e mai puțin probabil să muncească suplimentar. După alte două ședințe, totuși, n-a mai venit, pentru că se pare că-l prinsese dorul să lucreze noaptea. L-am confruntat cu imposibilitatea de a face terapie în astfel de circumstanțe. El a recunoscut că nu i s-a cerut să lucreze ore suplimentare. A declarat totuși că avea nevoie de bani și din această cauză munca era mai importantă pentru el decât terapia. A hotărât că mă poate vedea doar în zilele de luni în care nu avea ceva suplimentar de muncă și că îmi va da un telefon la ora patru după-amiaza în fiecare luni, ca să îmi spună dacă se poate întâlni cu mine. I-am spus că nu socotesc aceste condiții acceptabile și că nu sunt dispus să-mi anulez planurile pentru fiecare seară în care el ar putea veni la ședința de terapie. A simțit că eu aș fi nerezonabil de rigid, că nu sunt deloc preocupat de nevoile lui, că sunt interesat doar de propriul meu timp și în mod clar nu-mi pasă de el și că prin urmare nu pot fi de încredere. Așa că, plecând de la acest lucru, încercarea noastră de a lucra împreună a luat sfârșit, eu fiind un alt marcaj pe vechea lui hartă.

Problema transferului nu este doar o problemă între psihoterapeut și pacienții săi. Este o problemă între părinți și copii, soți și soții, angajați și patroni, între prieteni, între grupuri și chiar între națiuni. E interesant de meditat, pentru moment, la rolul pe care chestiunea transferului îl joacă în problemele internaționale. Toți liderii noștri naționali sunt ființe umane care au avut o copilărie și care au fost formați de experiențele din copilărie. Ce hartă a urmat Hitler și de unde a provenit ea? Ce hartă au urmat liderii americani, care au inițiat, executat și menținut războiul din Vietnam? În mod clar, a fost o hartă foarte diferită de cea a generației care le-a urmat. În ce fel a contribuit experiența Depresiunii din anii 1929–1933 la conturarea acestei hărți și în ce fel a contribuit experiența anilor '50, '60 la harta tinerei generații? Dacă experiența națională a anilor '30, '40 a contribuit la comportamentul liderilor americani în ce privește războiul din Vietnam, cât era de potrivită această experiență pentru anii '60 și '70? Cum ne putem revizui mai rapid hărțile?

Adevărul sau realitatea sunt evitate atunci când sunt dureroase. Putem să ne revizuim hărțile doar atunci când avem disciplina de a trece prin durere. Pentru a avea o astfel de disciplină, trebuie să fim total devotați adevărului. Asta înseamnă că trebuie să luăm în considerare adevărul, încercând să-l determinăm cât de bine putem, ca fiind mai important, mai vital pentru interesul față de noi înșine decât confortul nostru. Reciproc, trebuie să considerăm întotdeauna disconfortul personal ca relativ neimportant și, într-adevăr, să-i spunem chiar bun-venit, fiind în serviciul căutării adevărului. Sănătatea mintală se menține printr-un proces neîntrerupt de devoțiune față de realitate, indiferent de preț.

Deschiderea față de confruntări

Ce înseamnă o viață total devotată adevărului? Înseamnă, înainte de toate, o viață de autoexaminare riguroasă, permanentă și nesfârșită. Cunoaștem lumea doar prin relațiile pe care le avem cu ea. Prin urmare, pentru a cunoaște lumea, nu trebuie doar să o examinăm, ci trebuie să examinăm simultan și examinatorul. Psihiatrii sunt învățați să facă acest lucru în perioada formării lor și știu că este imposibil să înțeleagă cu adevărat conflictele și transferurile pacienților fără să-și înțeleagă propriile transferuri și conflicte. Din acest motiv, psihiatrii sunt îndemnați să urmeze ei înșiși o psihoterapie sau psihanaliză ca parte a instrucției și dezvoltării lor. Din păcate, nu toți psihiatrii răspund la aceste îndemnuri. Sunt mulți psihiatri care analizează cu rigurozitate lumea, dar care nu se examinează și pe sine tot atât de riguros. Ei pot fi indivizi competenți, atât cât le poate judeca lumea competența, dar nu pot fi niciodată înțelepți. Viața înțeleaptă trebuie să fie o viață de contemplație combinată cu acțiunea. În cultura americană din trecut, contemplația nu a fost la mare cinste. În 1950, oamenii l-au etichetat pe Adlai Stevenson ca fiind „cap mare“ și au crezut că nu ar fi un bun președinte pentru că era un bărbat contemplativ, dăruit cu o gândire profundă și cu îndoieli de sine. Am auzit mulți părinți spunându-le cu toată seriozitatea copiilor lor adolescenți: „Gândești prea mult.“ Cât de absurd este acest lucru, dacă ne gândim că lobii noștri frontali, capacitatea noastră de a gândi și de a ne examina pe noi înșine este ceea ce ne face să fim oameni. Din fericire, astfel de atitudini par să se schimbe și începem să ne dăm seama că sursa pericolului din lume stă mai mult în noi decât în afara noastră, iar procesul examinării de sine și al contemplației devine esențial pentru supraviețuire, în ultimă instanță. Este vorba totuși doar de un număr restrâns de oameni care și-au schimbat atitudinea. Examinarea lumii din afară nu este niciodată atât de dureroasă din punct de vedere personal ca examinarea lumii dinăuntru, și aceasta cu siguranță din cauza durerii implicate de o sinceră examinare de sine, de care majoritatea oamenilor se feresc. Când însă cineva se dedică adevărului, durerea pare relativ neimportantă – și devine din ce în ce mai puțin importantă (și prin urmare din ce în ce mai puțin dureroasă), pe măsură ce persoana înaintează pe drumul examinării de sine.

O viață devotată în întregime adevărului înseamnă, de asemenea, disponibilitatea de a fi contestați ca persoană. Singura cale prin care putem fi siguri că harta realității pe care o posedăm este validă este aceea de a o expune criticii și de a ne confrunta cu alți realizatori de hărți. Altfel, vom trăi într-un sistem închis – într-un clopot de sticlă, pentru a folosi analogia făcută de Sylvia Plath, respirând doar propriul nostru aer fetid, fiind din ce în ce mai iluzionați. Totuși, din cauza durerii inerente procesului de revizuire a hărții realității, căutăm mai ales să evităm sau să refuzăm orice confruntare pentru stabilirea validității sale. Copiilor noștri le spunem: „Nu mă contrazice, sunt părintele tău." Partenerului de viață îi dăm acest mesaj: „Hai să trăim și să-l lăsăm și pe celălalt să trăiască. Dacă mă critici, voi deveni rău și vei regreta asta." Cei în vârstă transmit familiei și lumii mesajul: „Sunt bătrân și fragil. Dacă mă înfrunți, s-ar putea să mor sau îți vei lua pe umeri responsabilitatea de a-mi fi făcut mizerabile ultimele zile pe care le mai am pe pământ." Angajaților noștri le comunicăm: „Dacă ești îndeajuns de îndrăzneț să mă înfrunți, cel mai bine e să o faci cât se poate de prudent sau îți vei căuta o altă slujbă."*

---

* Nu doar indivizii, ci și organizațiile sunt notorii pentru faptul că se protejează împotriva contestărilor. Odată, șeful Statului Major al Armatei mi-a ordonat să pregătesc o analiză asupra cauzelor psihologice ale atrocităților comise la My Lai și ale mușamalizării ulterioare, cu recomandări pentru cercetări, astfel încât în viitor un astfel de comportament să poată fi prevenit. Recomandările au fost dezaprobate de către Statul Major pe temeiul că cercetările recomandate nu pot fi ținute secrete. „Existența unor astfel de cercetări ar putea să deschidă calea spre înfruntări viitoare. Președintele și Armata nu au nevoie de mai multă contestare acum", mi s-a spus. Așa că analiza motivelor pentru care un incident a fost mușamalizat a fost ea însăși mușamalizată. Un astfel de comportament nu se limitează la militarii de la Casa Albă; dimpotrivă, el este comun Congresului, altor agenții federale, corporațiilor, chiar universităților sau organizațiilor caritabile – pe scurt, tuturor organizațiilor sociale. Pe cât de necesar le este indivizilor să accepte și chiar să spună bun-venit contestărilor aduse hărților realității lor și a *modi operandi* practicate, dacă vor să crească în înțelepciune și în eficiență, tot atât de necesar le este și organizațiilor să accepte și să primească înfruntarea, dacă vor să fie instituții viabile și care să progreseze. Acest fapt a fost recunoscut din ce în ce mai mult de persoane precum

Tendința de a evita contestarea este atât de omniprezentă în ființele umane, încât poate fi considerată pe bună dreptate o caracteristică a naturii umane. Dar spunând despre ea că este naturală, nu înseamnă că este un comportament esențial, folositor sau de neschimbat. La fel de natural este a defeca în pantaloni sau a nu te spăla niciodată pe dinți. Noi învățăm singuri să facem lucruri nenaturale, până când nenaturalul devine el însuși o a doua natură. Într-adevăr, orice autodisciplină poate fi definită ca autoeducarea de a face lucruri nenaturale. O altă caracteristică a naturii umane – probabil una care ne face cel mai umani – este capacitatea noastră de a face ceea ce este nenatural, de a transcende și deci de a ne transforma propria natură.

Niciun act nu este mai nenatural și deci mai uman decât acela de a trece printr-o psihoterapie. Prin acest act ne menținem în mod deliberat deschiși pentru cea mai profundă înfruntare din partea altei ființe umane și chiar îl plătim pe celălalt pentru serviciul de a cerceta și judeca limpede. Această deschidere față de confruntări este unul dintre lucrurile pe care le simbolizează faptul de a sta întins pe canapeaua din biroul psihiatrului. A trece printr-o psihoterapie este un act de mare curaj. Principalul motiv pentru care oamenii nu urmează o psihoterapie nu este lipsa de bani, ci lipsa de curaj. Aici sunt incluși și psihiatrii înșiși, care nu par niciodată prea convinși să treacă prin propria terapie, în ciuda faptului că au mai multe motive decât ceilalți să se supună disciplinei implicate de aceasta. Pe de altă parte, mulți pacienți care fac psihanaliză, chiar de la începutul terapiei și

---

John Gardner de la Common Cause, căruia îi este clar că una dintre cele mai incitante și esențiale sarcini aflate în fața societății noastre în următoarele decenii este de a construi în interiorul structurii birocratice a organizațiilor noastre o deschidere și o capacitate de a răspunde la contestări, care va înlocui rezistența instituțională tipică.

contrar imaginii stereotipe despre ei, tocmai pentru că posedă acest curaj și sunt oameni care în mod fundamental sunt mult mai curajoși și mai sănătoși decât media.

Deși a trece printr-o psihoterapie este o formă fundamentală de a fi deschis la confruntări, interacțiunile mult mai obișnuite de zi cu zi ne oferă ocazii similare de a risca să fim deschiși: la o băutură răcoritoare, într-o conferință, la cursul de golf, la masă, în pat, cu luminile stinse; cu colegii noștri, cu șefii sau cu patronii, cu partenerii de viață, cu prietenii, iubiții, părinții și copiii noștri. O femeie îngrijit coafată, care venea la ședințele mele de ceva vreme, începea să-și pieptene părul de fiecare dată după ce se ridica de pe canapea, la sfârșitul ședinței. Am întrebat-o despre acest nou tipar al comportamentului ei. „Soțul meu a observat acum câteva săptămâni că pieptănătura mea era dezordonată la spate după ce mă întorceam de la ședințele de terapie", mi-a explicat ea, roșind. „Nu i-am spus de ce. Mi-e teamă că m-ar tachina dacă ar ști că aici stau întinsă pe canapea." Așa că aveam o altă chestiune la care să lucrăm. Cea mai mare valoare a psihoterapiei provine din extinderea disciplinei implicate în „ora de cincizeci de minute" la treburile și relațiile interpersonale zilnice ale pacientului. Vindecarea spiritului nu e completă până când deschiderea față de confruntări nu devine un mod de a trăi. Această femeie nu se va face bine în întregime până când nu va putea fi la fel de sinceră cu soțul ei așa cum este cu mine.

Dintre toți cei care vin la psihiatru sau la psihoterapeut, doar foarte puțini caută de la început un nivel conștient de înfruntare sau o educare prin disciplină. Mulți nu caută decât „eliberarea". Când își dau seama că vor avea parte de contestări, dar și de sprijin, mulți fug sau sunt tentați să fugă. A-i învăța că singura cale spre o eliberare reală trece prin confruntare și disciplină este o sarcină de lungă durată și deseori fără succes. Vorbim, prin urmare, de o „seducere" a pacientului în cadrul psihoterapiei. Iar despre unii pacienți pe care îi vedem de un an sau mai bine am putea foarte bine să spunem că: „Nu au intrat încă în psihoterapie cu adevărat."

Deschiderea în psihoterapie este în mod special întărită (sau cerută, în funcție de punctul dvs. de vedere) de tehnica „liberei asocieri". Când este folosită această tehnică, pacienților li se spune: „Puneți în cuvinte tot ce vă trece prin minte, nu contează cât pare de insignifiant, jenant, dureros sau fără sens. Dacă sunt mai multe lucruri în mintea dvs. în același timp, alegeți să spuneți acel lucru pe care sunteți cel mai puțin doritor să-l spuneți." E ușor de spus, mai greu de făcut. Cu toate acestea, cei ce lucrează conștiincios la acest lucru deseori fac progrese rapide. Dar unii sunt atât de rezistenți la confruntare, încât doar pretind că fac asociere liberă. Ei sunt volubili când vorbesc despre una sau despre alta, dar uită amănuntele cruciale. O femeie poate vorbi o oră despre experiențele neplăcute din copilărie, dar uită să menționeze că soțul ei a certat-o de dimineață pentru că a scos din contul de la bancă o mie de dolari. Acești pacienți încearcă să transforme ora de psihoterapie într-un fel de conferință de presă. În cel mai bun caz, ei își pierd timpul încercând să evite confruntarea și de obicei se lasă atrași într-o subtilă formă de minciună.

Pentru ca indivizii și organizațiile să fie deschise la confruntare, este nevoie ca hărțile lor asupra realității să fie *cu adevărat* deschise pentru inspecția publicului. Un al treilea lucru necesar pentru ca o viață să fie dedicată în întregime adevărului este prin urmare onestitatea totală. Asta înseamnă un proces continuu și nesfârșit de autosupraveghere, pentru a ne asigura că comunicarea – nu doar verbală – reflectă invariabil, precis, pe cât e omenește posibil, adevărul sau realitatea așa cum o cunoaștem.

La o astfel de onestitate nu se ajunge ușor. Motivul pentru care oamenii mint este acela că vor să evite durerea confruntării cu realitatea și consecințele ei. Minciuna președintelui Nixon despre Watergate nu a fost mai sofisticată sau diferită în formă de cea a unui copil de patru ani, care o minte pe mama lui despre cum s-a întâmplat ca veioza să cadă de pe masă și să se spargă. Atât timp cât natura confruntării este legitimă (și de obicei este), minciuna este o încercare de sustragere de la suferința legitimă și provoacă astfel boala mintală.

Conceptul de sustragere atrage după sine chestiunea „scurtăturii". Ori de câte ori încercăm să ne sustragem din fața unui obstacol, căutăm o cale spre ținta noastră care să fie mai ușoară și mai rapidă: o scurtătură. Crezând în creșterea spiritului uman ca scop al existenței umane, sunt în mod clar un adept al noțiunii de progres. Este necesar și se cuvine ca noi, ca ființe umane, să ne dezvoltăm și să progresăm cât de rapid posibil. Cuvântul-cheie aici este totuși „legitimitatea". Ființele umane au tendința de a ignora scurtăturile legitime tot atât cât au tendința de a le căuta pe cele ilegitime. Este, de exemplu, o scurtătură legitimă să studiezi un rezumat al unei cărți în loc să citești toată cartea, atunci când e vorba de pregătirea unui examen. Dacă rezumatul este bun, iar materia este absorbită, cunoașterea esențială poate fi obținută într-un fel care economisește considerabil timp și efort. Trișarea nu este totuși o scurtătură legitimă. Aceasta poate economisi chiar o mai mare cantitate de timp și, dacă este executată cu succes, îi poate aduce trișorului o notă de trecere la examen și râvnita absolvire. Cunoașterea esențială nu a fost însă obținută. Prin urmare, absolvirea este o minciună, o denaturare a adevărului. În măsura în care școala absolvită devine un element de bază în viață, viața trișorului devine o minciună și o denaturare și este deseori dedicată protejării și apărării minciunii.

Psihoterapia veritabilă este o scurtătură spre dezvoltarea personală deseori ignorată. Unul dintre cele mai frecvente raționamente pentru a o ignora este acela de a-i pune la îndoială legitimitatea, spunând: „Mi-e teamă că psihoterapia este un fel de cârjă. Nu vreau să devin dependent de o cârjă." Dar aceasta este de obicei o acoperire pentru temeri mult mai semnificative. Utilizarea psihoterapiei nu este într-o măsură mai mare o cârjă decât sunt ciocanul și cuiele pentru construirea unei case. Este posibil să construiești o casă fără ciocan și cuie, dar în general procesul nu este eficient sau dezirabil. Puțini tâmplari s-ar lepăda de obiceiul de a folosi ciocan și cuie. În mod similar, este posibil să dobândim dezvoltare personală fără să folosim psihoterapia, dar deseori sarcina este inutil tărăgănată, lungă și dificilă. În general, are rost să folosim instrumentele la îndemână, ca scurtătură.

Pe de altă parte, psihoterapia poate fi căutată ca o scurtătură ilegitimă. Cea mai comună astfel de situație apare în anumite cazuri în care părinții caută psihoterapia pentru copiii lor. Ei vor ca acești copii să se schimbe în vreun fel: să nu mai consume droguri, să-și poată tempera ieșirile de furie, să nu mai ia note proaste și așa mai departe. Unii părinți și-au epuizat resursele încercând să-și ajute copiii și vin la psihoterapeut cu o disponibilitate veritabilă de a munci pentru rezolvarea acestei probleme. Alții vin cu o vădită cunoaștere a cauzei problemei pe care o are copilul, sperând că psihiatrul va fi în stare să facă ceva magic pentru a schimba situația fără a se atinge de cauza fundamentală a problemei. De pildă, unii părinți vor spune deschis: „Știm că avem o problemă în căsnicia noastră și că ea are probabil legătură cu problema fiului nostru. Cu toate acestea, nu vrem ca mariajul nostru să se schimbe; nu vrem ca dvs. să faceți terapie cu noi; vrem să lucrați doar cu fiul nostru și, dacă e posibil, să-l ajutați să fie mai fericit." Alții vorbesc mai puțin deschis. Ei vin mărturisindu-și disponibilitatea de a face tot ce e necesar, dar când le explici că simptomele copilului sunt o expresie a resentimentului față de întregul lor stil de viață, care nu-i lasă un spațiu real să se dezvolte, ei vor spune: „Este ridicol să te gândești că noi ar trebui să ne schimbăm din cauza lui"; și vor pleca să caute un alt psihiatru, unul care le-ar putea oferi o scurtătură nedureroasă. Mai târziu, urmând aceeași pantă, probabil că ei le vor spune prietenilor și-și vor spune lor înșile: „Am făcut tot ce a fost posibil pentru băiatul nostru; am fost chiar la patru psihiatri diferiți cu el, dar nimic n-a fost de ajutor."

Îi mințim, bineînțeles, pe alții, dar ne mințim și pe noi. Înfruntarea modificărilor pe care trebuie să le facem – hărțile noastre – în propria conștiință și în propria percepție realistă poate fi până la ultima picătură la fel de legitimă și de dureroasă ca orice înfruntare publică. Dintre miliardele de minciuni pe care oamenii și le spun deseori, două sunt foarte comune și deosebit de puternice și distructive: „Noi ne iubim cu adevărat copilul." și „Părinții noștri ne iubesc cu adevărat." Poate că părinții noștri ne iubesc într-adevăr și noi ne iubim cu adevărat copiii, dar, când nu e așa, oamenii străbat distanțe extraordinar de lungi pentru a evita să-și dea seama de aceasta. De multe ori mă refer la psihoterapie ca fiind „jocul adevărului" sau „jocul onestității", pentru că treaba ei este, printre altele, să ajute pacienții să înfrunte astfel de minciuni. Una dintre rădăcinile bolii mintale constă invariabil într-un angrenaj de minciuni care ni s-au spus și minciuni pe care ni le-am spus singuri. Aceste rădăcini pot fi descoperite și extirpate doar într-o atmosferă de onestitate totală. Pentru a crea această atmosferă, este esențial pentru terapeut să vină în relația lui cu pacienții cu o capacitate totală de deschidere și de sinceritate. Cum ne putem aștepta ca un pacient să îndure durerea confruntării realității dacă nu suportăm și noi aceeași durere? Nu putem îndruma pe cineva decât până acolo unde am mers noi înainte.

Refuzul adevărului

Minciunile pot fi împărțite în două tipuri: minciuni albe și minciuni negre.* O minciună neagră constă în a face o afirmație despre care știm că e falsă. O minciună albă constă în a face o afirmație care nu este falsă în sine, dar nu dezvăluie o parte semnificativă a adevărului. Faptul că o minciună este albă nu înseamnă că este mai puțin minciună sau că este mai scuzabilă. Minciunile albe pot fi la fel de distructive ca și cele negre. Un guvern care refuză prin cenzură poporului său informații esențiale nu este mai democratic decât unul care spune lucruri false. Pacienta care a omis să menționeze că a semnat un cec fără acoperire în contul familiei și-a împiedicat evoluția în cadrul terapiei tot atât de mult ca și cum ar fi mințit în mod explicit. Într-adevăr, pentru că *pare* mai puțin condamnabilă, omiterea informațiilor esențiale este cea mai obișnuită formă de a minți; și pentru că ea poate fi mai greu de detectat și de confruntat cu realitatea, este deseori mai dăunătoare decât minciuna neagră.

Minciuna albă poate fi considerată social acceptabilă în multe dintre relațiile noastre interumane, pentru că se spune că „nu vrem să rănim sentimentele oamenilor". Vom deplânge însă faptul că relațiile noastre sociale sunt în general superficiale. Pentru părinți, a-și hrăni copiii cu o mulțime de minciuni albe nu este considerat doar un fapt acceptabil, ci e gândit ca fiind un gest iubitor și benefic. Chiar soților și soțiilor care au fost îndeajuns de curajoși încât să fie deschiși unul cu celălalt le va fi dificil deseori să fie deschiși cu copiii lor. Ei nu le vor spune copiilor că fumează marijuana, că

---

* CIA, care deține o experiență specială în acest domeniu, utilizează, firește, un sistem mai elaborat de clasificare și vorbește de propagandă albă, gri și neagră, propaganda gri constând într-o singură minciună neagră, iar propaganda neagră constând într-o minciună neagră ce este atribuită în mod fals unei alte surse.

s-au certat cu o noapte înainte în privința relației lor, că sunt iritați de faptul că bunicii lor îi manipulează, că doctorul le-a spus unuia sau amândurora că au tulburări psihiatrice sau psihosomatice, că au făcut o investiție financiară riscantă sau câți bani au cu adevărat în bancă. Deseori, acest refuz și această lipsă de deschidere este gândită ca bazată pe dorința plină de iubire de a proteja și de a scuti copilul de griji inutile. Totuși, deseori, o astfel de „protecție" este lipsită de succes. Copiii știu oricum că mama și tata fumează marijuana, că s-au certat peste noapte, că sunt supărați pe bunici și că tata a pierdut banii. Rezultatul este atunci privațiunea, nu protecția. Copiii sunt privați de cunoașterea pe care ar putea-o acumula cu privire la bani, boală, droguri, sex, căsătorie, părinții lor, bunicii și ceilalți oameni în general. În cele din urmă, sunt privați de un model de deschidere și onestitate, fiindu-le oferit în schimb un model de onestitate parțială, deschidere incompletă și curaj limitat. Pentru mulți părinți, dorința de a-și „proteja" copiii este motivată de o adevărată, dar prost direcționată iubire. Pentru alții, totuși, dorința „plină de iubire" de a-și proteja copiii servește mai mult ca acoperire și raționalizare a dorinței de a evita confruntarea cu copiii lor și a dorinței de a-și menține autoritatea asupra lor. Astfel de părinți spun de fapt: „Uitați ce e, copii, voi rămâneți în continuare copii, cu preocupările voastre copilărești și lăsați adulții să se preocupe de ceea ce depinde de ei. Priviți-ne ca pe niște oameni grijulii, puternici și iubitori. O astfel de imagine este bună și pentru noi și pentru voi, așa că nu o contestați. Nouă ne permite să ne simțim puternici, iar vouă, să vă simțiți în siguranță; și va fi mai bine pentru toți dacă nu privim prea adânc aceste lucruri."

Cu toate acestea, când dorința de onestitate totală se opune nevoilor unor oameni de a fi protejați într-un anume fel, poate izbucni un conflict real. De exemplu, chiar și părinții cu un mariaj excelent se pot gândi la divorț, iar a-i informa pe copii despre aceasta când nu există certitudinea că vor opta pentru divorţ înseamnă a plasa o povară inutilă pe umerii lor. Noţiunea de divorţ este extrem de ameninţătoare pentru sentimentul de securitate al copilului – într-adevăr, atât de ameninţătoare, încât copilul nu are capacitatea de a o percepe prea raţional. Pentru ei, ameninţarea cu divorţul este gravă chiar dacă e departe. Dacă mariajul părinţilor este pe butuci, atunci copiii vor avea de-a face cu posibilitatea ameninţătoare a divorţului indiferent dacă li se vorbeşte despre asta sau nu. În cazul în care mariajul este solid, părinţii le vor face într-adevăr un deserviciu copiilor lor dacă vor spune cu absolută deschidere: „Mama şi tata au vorbit azi-noapte despre divorţ, dar nu ne gândim foarte serios la acest lucru acum.“ Deseori este necesar ca nici psihoterapeutul să nu-şi rostească propriile gânduri, opinii şi simţăminte în faţa pacienţilor, în primele stadii ale psihoterapiei, pentru că pacienţii nu sunt încă gata să le primească sau să se poată descurca cu ele. În timpul primului meu an de instruire, un pacient aflat la a patra vizită mi-a povestit un vis care în mod evident exprima o preocupare pentru homosexualitate. În dorinţa mea de a apărea ca un terapeut strălucit şi de a face progrese rapide, i-am spus: „Visul dvs. indică faptul că sunteţi preocupat de îngrijorarea că aţi putea fi homosexual.“ El a devenit vizibil anxios şi nu a mai venit la următoarele trei întrevederi. Doar cu multă muncă şi cu mare noroc l-am convins să se reîntoarcă la terapie. Am mai avut încă douăzeci de şedinţe înainte ca el să fie nevoit să se mute din acea zonă a oraşului din cauza unor noi aranjamente de afaceri. Aceste şedinţe i-au fost de un considerabil ajutor, în ciuda faptului că nu am mai atins niciodată problema homosexualităţii. Faptul că inconştientul său era preocupat de această problemă nu însemna că el era pregătit să aibă de-a face cu ea la nivel conştient; prin faptul că nu m-am abţinut de la a-i face cunoscută intuiţia mea i-am făcut un grav deserviciu, aproape pierzându-l nu doar ca pacient al meu, dar și al oricui.

Renunțarea selectivă la opiniile personale trebuie practicată uneori și în lumea afacerilor sau a politicii, dacă se dorește o bună primire în consiliul puterii. Dacă oamenii ar spune întotdeauna ce au în minte despre tot felul de chestiuni mari sau mici, ar fi considerați insubordonați de către șefii direcți și o amenințare pentru organizație, de către directori. Își vor câștiga o reputație de oameni neplăcuți și vor fi considerați nedemni de neîncredere ca să fie puși vreodată să vorbească în numele organizației. Pur și simplu nu există altă cale pentru cineva care vrea să fie eficient într-o organizație, decât să devină o „persoană a organizației", devenind circumspect, inclusiv în exprimarea opiniilor personale, contopind uneori identitatea personală cu cea a organizației. Pe de altă parte, dacă eficiența cuiva într-o organizație este privită ca fiind singurul scop al comportamentului organizațional, permițând doar exprimarea acelor opinii care nu fac valuri, atunci el va ajunge să justifice orice mijloace prin scop și își va pierde integritatea și identitatea personală, devenind o persoană *complet* dăruită organizației. Drumul pe care un director executiv trebuie să meargă, între păstrarea și pierderea identității și integrității lui, este extraordinar de îngust și doar puțini reușesc să-l străbată cu succes. Este o enormă provocare.

Exprimarea opiniilor, a sentimentelor, a ideilor și chiar a cunoașterii trebuie înăbușită uneori în asemenea situații și în multe alte circumstanțe în cursul acțiunilor umane. Ce reguli poate deci să urmeze cel ce este dedicat adevărului? Mai întâi, să nu mintă. În al doilea rând, să aibă în minte că actul de a se abține de la adevăr este întotdeauna o potențială minciună. În al treilea rând, decizia de a se abține de la adevăr să nu se bazeze niciodată pe nevoi personale, cum ar fi nevoia de putere, nevoia de a fi plăcut sau nevoia de a-și proteja harta personală de înfruntare. În al patrulea rând, reciproc, decizia de a se abține de la a spune adevărul trebuie să se bazeze cu totul pe nevoile persoanelor sau ale mulțimii de oameni pentru care adevărul este ținut ascuns. În al cincilea rând, să aibă în vedere că evaluarea nevoilor celuilalt este un act de responsabilitate atât de complex, încât poate fi executat cu înțelepciune doar atunci când se operează cu iubire adevărată pentru celălalt. În al șaselea rând, să știe că factorul primar în evaluarea nevoilor celuilalt este evaluarea capacității acelei persoane de a utiliza adevărul pentru dezvoltarea ei spirituală. În cele din urmă, pentru a evalua capacitatea celuilalt de a utiliza adevărul pentru propria-i dezvoltare spirituală, trebuie avut în minte faptul că, în general, tendința noastră este mai degrabă de a subestima decât de a exagera această capacitate.

Toate acestea par o sarcină extraordinară, imposibil de îndeplinit vreodată, o povară permanentă și nesfârșită, un obstacol real. Și este într-adevăr o sarcină de autodisciplinare care nu se termină niciodată, fapt pentru care majoritatea oamenilor optează pentru onestitate și deschidere limitate în viață și pentru o închidere relativă, ascunzându-se pe ei și hărțile lor de lume. Această cale e mai ușoară. Totuși, răsplata unei vieți oneste dificile, dar și a devoțiunii față de adevăr este mult mai mare decât ceea ce ți se cere. Datorită faptului că hărțile lor sunt continuu confruntate, oamenii deschiși sunt oameni care se dezvoltă mereu. Prin această deschidere ei pot stabili și menține relații interumane apropiate mult mai eficient decât oamenii mai închiși. Pentru că nu vorbesc niciodată mincinos, ei pot fi siguri și mândri că prin cunoașterea pe care o au nu vor contribui cu nimic la confuzia lumii, ci vor servi ca sursă de iluminare și clarificare. În sfârșit, au libertatea totală de a exista. Nu sunt apăsați de nicio nevoie de a se ascunde. Nu trebuie să se furișeze prin locuri întunecoase. Nu trebuie să construiască noi minciuni pentru a le acoperi pe cele vechi. Nu trebuie să-și risipească timpul pentru a-și acoperi urmele și a menține aparențele. Și, fapt esențial, ei vor descoperi că energia necesară pentru autodisciplină este mai mică decât energia necesară pentru a ține secrete. Cu cât o persoană este mai onestă, cu atât îi este mai ușor să continue să fie onestă, tot așa precum cineva care minte va avea din ce în ce mai multă nevoie să mintă în continuare. Datorită deschiderii lor, oamenii devotați adevărului trăiesc în deschidere, iar prin exercițiul curajului lor de a trăi în deschidere se eliberează de frică.

Echilibrarea

Până acum sper că a devenit clar faptul că exercițiul disciplinei este o sarcină pe cât de dificilă pe atât de complexă, care necesită și flexibilitate, și judecată. Oamenii curajoși trebuie să se forțeze continuu pe ei înșiși să fie complet onești, fiind necesar de asemenea să posede capacitatea de a se abține de la a spune adevărul când acest lucru este potrivit. Pentru a fi oameni liberi, trebuie să ne asumăm responsabilitatea totală pentru noi înșine, dar, procedând astfel, trebuie de asemenea să avem capacitatea de a refuza responsabilitatea care nu ne aparține cu adevărat. Pentru a fi organizați și eficienți, pentru a trăi înțelept, trebuie ca zilnic să amânăm satisfacția și să avem un ochi ațintit spre viitor; totuși, pentru a trăi voioși, trebuie să avem capacitatea, când nu e distructivă, de a trăi în prezent și de a acționa spontan. Cu alte cuvinte, disciplina însăși trebuie disciplinată. Tipul de disciplină de care e nevoie să disciplinăm disciplina eu îl numesc echilibrare, și ea este cel de-al patrulea și ultim tip de disciplină pe care-l discut aici.

Echilibrarea este disciplina care ne dă flexibilitate. Pentru a trăi cu succes în orice sferă de activitate, e nevoie de o extraordinară flexibilitate. Pentru a da doar un exemplu, să luăm în considerare problema mâniei și a exprimării ei. Mânia este o emoție sădită în noi (și în organisme mai puțin evoluate) de nenumărate generații în cursul evoluției, pentru ca supraviețuirea noastră să fie încurajată. Trăim experiența furiei atunci când percepem că un alt organism încearcă să năvălească peste teritoriul nostru psihic sau fizic sau încearcă, prin orice mijloc, să ne doboare. Ea ne face să ripostăm. Fără mânie am rămâne mereu pe loc, până când am fi cu totul zdrobiți sau exterminați. Doar prin mânie putem supraviețui. Totuși, deseori ne dăm seama, după o mai atentă examinare a ceea ce percepem inițial ca o încercare de agresiune asupra noastră din partea celorlalți, că ei nu intenționau deloc să facă acest lucru. Chiar când realizăm că cineva vrea cu adevărat să ne agreseze s-ar putea să ne dăm seama că, pentru un motiv sau altul, nu este în interesul nostru să răspundem cu mânie. Astfel, este necesar ca acei centri mai noi ai creierului (centrii judecății) să poată să regleze și să modeleze centrii mai vechi (ai emoției). Pentru a funcționa cu succes în lumea noastră complexă este necesar să avem nu doar capacitatea de a ne exprima mânia, dar și de a nu o exprima. Mai mult, trebuie să avem capacitatea de a ne exprima mânia în multe feluri. Uneori, de exemplu, trebuie să o exprimăm doar după o îndelungată deliberare și autoevaluare. Alteori ne este mai de folos să o exprimăm imediat și spontan. Sunt momente când cel mai bine este să o exprimi cu răceală și calm, în alte momente, zgomotos și agitat. Prin urmare, nu avem nevoie să știm doar cum să ne descurcăm cu mânia în mai multe feluri, ci și care este momentul cel mai potrivit și stilul de a o exprima. Pentru a manevra mânia în mod adecvat și competent, e nevoie de un sistem de reacție elaborat și flexibil. Nu e de mirare, atunci, că a învăța să stăpânim mânia este o sarcină complexă, care nu poate fi de obicei îndeplinită până în perioada adultă sau până la vârsta mijlocie și deseori nu este niciodată îndeplinită până la capăt.

Într-o măsură mai mare sau mai mică, toți oamenii suferă de o inadecvare a flexibilității sistemului lor de reacție. Mult din munca psihoterapeutică presupune încercarea de a ajuta pacienții să-și flexibilizeze sistemul de reacție. În general, cu cât pacienții sunt mai mutilați de anxietate, sentimente de vinovăție și insecuritate, cu atât această muncă este mai rudimentară și mai dificilă. De exemplu, am lucrat cu o curajoasă femeie schizofrenică de 32 de ani, pentru care a fost o adevărată revelație să afle că există bărbați pe care nu trebuie să-i lase să bată la ușa ei, că pe unii trebuie să-i invite în sufragerie, nu și în dormitor și că pe unii îi poate lăsa să intre și în dormitor. Înainte, ea opera cu un sistem de reacție prin care fie lăsa pe toată lumea să intre în dormitorul ei, fie, când sistemul de reacție nu funcționa, nu lăsa pe nimeni nici să-i bată la ușă. Astfel, sărea de la o promiscuitate degradantă la o izolare aridă. Cu aceeași femeie a trebuit să petrec mai multe ședințe în care să ne concentrăm asupra problemei faptului de a mulțumi. Ea se simțea obligată să trimită pentru fiecare cadou sau invitație o scrisoare de răspuns lungă, elaborată, scrisă de mână, cu fiecare frază și cuvânt îndelung gândite. Inevitabil, nu putea continua mult timp să poarte această povară, așa că ajungea fie să nu mai scrie nicio scrisoare, fie să refuze orice cadou sau invitație. Încă o dată, ea a fost uluită să afle că sunt cadouri care nu necesită o scrisoare de mulțumire și, când totuși e nevoie de așa ceva, că un bilet scurt este deseori suficient.

Sănătatea mintală la maturitate cere astfel o extraordinară capacitate de a atinge și de a menține mereu un echilibru delicat și flexibil între nevoi, scopuri, îndatoriri, responsabilități, direcții etc. aflate în conflict unele cu altele. Esența acestei discipline a echilibrului este „renunțarea". Îmi amintesc cum am aflat despre acest lucru pentru prima oară, într-o dimineață de vară, pe când aveam nouă ani. Învățasem de curând să merg pe bicicletă și exploram voios dimensiunile acestei noi abilități. Cam la o milă de casa noastră, drumul cobora într-o pantă abruptă, la capătul căreia era o curbă strânsă. Coborând panta pe bicicletă în acea dimineață, viteza crescândă m-a făcut să mă simt în extaz. A renunța la acest extaz și a pune frână mi se părea o pedeapsă absurdă. Așa că am luat decizia să-mi încetinesc viteza în momentul în care intram în curba de la capătul pantei. Extazul meu s-a sfârșit într-o secundă când am fost propulsat la vreo patru metri în afara drumului, în tufișuri. M-am zgâriat rău și sângeram, iar roata din față a bicicletei mele noi era îndoită și nu mai putea fi folosită după impactul cu un copac. Îmi pierdusem echilibrul.

Echilibrul este o disciplină tocmai pentru că actul de a renunța la ceva este dureros. În exemplul de mai sus nu am fost dispus să suport durerea de a renunța la viteza mea extaziantă în folosul menținerii echilibrului în curbă. Am învățat totuși că pierderea echilibrului este fundamental mai dureroasă decât renunțarea cerută de menținerea echilibrului. Într-un fel sau altul, a fost o lecție pe care am continuat să o reînvăț de-a lungul întregii mele vieți. Ca oricare altul, pentru a lua curbele și intersecțiile vieții, fiecare trebuie să renunțe mereu la anumite părți din sine. Singura alternativă la această renunțare este de a nu mai călători deloc pe acest drum al vieții.

Poate părea ciudat, dar mulți oameni aleg alternativa de a nu mai continua călătoria vieții – de a se opri repede, la o distanță oarecare – pentru a evita durerea renunțării la părți din ei înșiși. Dacă acest lucru pare ciudat, este pentru că nu înțelegeți adâncimea durerii ce poate fi implicată. În formele ei majore, renunțarea este cea mai dureroasă dintre experiențele umane. Înainte, am vorbit doar despre formele minore ale renunțării – renunțarea la viteză, la luxul mâniei spontane, la securitatea abținerii de la mânie sau la scrierea îngrijită a scrisorilor de mulțumire. Aș vrea acum să mă întorc la renunțarea la trăsături ale personalității, la tipare bine stabilite de comportament, la ideologii și chiar la un întreg stil de viață. Acestea sunt formele majore de renunțare cerute cuiva ce vrea să călătorească departe pe drumul vieții.

De curând, într-o seară, am decis să petrec ceva din timpul meu liber pentru a construi o relație mai apropiată și mai bună cu fiica mea de 14 ani. De mai multe săptămâni ea mă tot ruga să jucăm șah împreună, așa că i-am sugerat să jucăm o partidă. A acceptat cu nerăbdare și m-am angajat într-un joc foarte strâns și îndârjit. Totuși, partida începuse noaptea și pe la ora nouă fiica mea m-a întrebat dacă nu pot să mut mai repede, pentru că ea trebuia să se ducă la culcare; trebuia să se trezească la ora șase dimineața. Știam că are o disciplină rigidă în ceea ce privește obiceiurile de somn și mi s-a părut că ar trebui să fie capabilă să renunțe puțin la această rigiditate. I-am spus: „Haide, poți să te duci ceva mai târziu la culcare măcar o dată. Nu trebuie să începi jocuri pe care nu le poți termina. Ne distrăm bine." Am mai jucat încă cincisprezece minute, în timpul cărora ea a devenit vizibil jenată. În cele din urmă, a stăruit: „Te rog, tată! Te rog, mută mai repede." „Nu, i-am răspuns, șahul este un joc serios. Dacă vrei să-l joci bine, trebuie să-l joci încet. Dacă nu vrei să-l joci serios, poate nu vrei să joci deloc." Și așa, ea simțindu-se mizerabil, am continuat jocul încă zece minute, până când brusc fiica mea a izbucnit în lacrimi, a strigat că nu mai joacă jocul ăsta stupid și a urcat în fugă scările.

Imediat, m-am simțit de parcă aveam iarăși 9 ani, stând și sângerând în tufișurile de la marginea drumului, lângă bicicletă. Era limpede, făcusem o greșeală. Era clar, nu reușisem să iau curba. Am început seara dorind să petrec un timp care să ne facă fericiți pe mine și pe fiica mea. Nouăzeci de minute mai târziu, ea plângea și era atât de furioasă pe mine, încât aproape nu mai putea vorbi. Ce fusese greșit? Răspunsul era evident. Dar n-am vrut să văd răspunsul, așa că mi-a luat două ore să-mi fac drum prin durerea de a accepta faptul că stricasem seara permițând dorinței mele de a câștiga un joc de șah să devină mai importantă decât dorința de a construi o relație cu fiica mea. Apoi am devenit deprimat și grav. Cum ajunsesem atât de departe de echilibru? Încet, încet mi s-a arătat că dorința mea de a câștiga fusese prea mare și că ar fi trebuit să renunț la o parte din ea. Dar chiar și această mică renunțare îmi părea imposibilă. Toată viața mea dorința de a învinge mi-a fost de mare ajutor, pentru a câștiga multe lucruri. Cum e posibil să joci șah fără să vrei să câștigi? Nu m-am simțit niciodată bine făcând lucrurile fără entuziasm. Cum aș fi putut să joc șah entuziast, dar nu serios? Totuși, cumva trebuia să mă schimb, pentru că știam că entuziasmul, spiritul meu de competiție și seriozitatea mea făceau parte dintr-un tipar de comportament care funcționa și va continua să funcționeze pentru a o înstrăina pe fiica mea de mine și că dacă nu aș fi putut modifica acest tipar vor urma și alte lacrimi inutile și amărăciune. Deprimarea mea a continuat.

Acum, deprimarea a încetat. Am renunțat la o parte din dorința mea de a câștiga jocuri. Acea parte din mine a dispărut acum. A trebuit să moară. Am ucis-o. Am ucis-o cu dorința de a învinge ca părinte. Când eram copil, dorința mea de a învinge la diferite jocuri mi-a fost de folos. Ca părinte, mi-am dat seama că îmi stă în drum. Așa că a trebuit să o înlătur. Timpurile s-au schimbat. Pentru a mă schimba odată cu ele, a trebuit să renunț la ceva. Nu mi-a lipsit această dorință. Am crezut că o să-mi lipsească, dar nu s-a întâmplat așa.

Sănătatea depresiei

Ce am spus anterior este doar un exemplu minor care arată prin ce trebuie să treacă de multe ori în procesul psihoterapeutic acei oameni care au curajul să se numească pacienți. Perioada de psihoterapie intensă este o perioadă de profundă dezvoltare, în timpul căreia pacientul trebuie să parcurgă mai multe schimbări decât experimentează alți oameni într-o viață. Pentru ca această puternică dezvoltare să apară, trebuie renunțat la o parte proporțională din „vechiul sine". Este o etapă inevitabilă dintr-o psihoterapie reușită. De fapt, acest proces de renunțare începe de obicei înainte ca pacientul să-și fixeze prima întâlnire cu psihoterapeutul. Frecvent, de exemplu, actul de a decide căutarea de asistență psihiatrică reprezintă prin el însuși o renunțare la imaginea de sine care spune: „Sunt în regulă." Această renunțare poate fi, în cultura noastră, foarte dificilă la bărbații pentru care: „Nu sunt în regulă și am nevoie de asistență pentru a înțelege de ce nu sunt în regulă și cum să ajung să fiu în regulă." este din păcate și deseori ceva echivalent cu: „Sunt slab, nemasculin, neadaptat." De fapt, procesul renunțării începe chiar înainte ca pacientul să fi ajuns la decizia de a căuta asistență psihiatrică. Am menționat că în timpul procesului renunțării la dorința mea de a câștiga eram mereu deprimat. Aceasta pentru că sentimentul asociat cu renunțarea la ceva la care ținem – sau măcar la ceva care face parte din noi, ne e familiar – este depresia. Pentru că ființele umane sănătoase mintal trebuie să se dezvolte și pentru că a renunța sau a pierde din vechiul sine este parte integrantă a procesului dezvoltării mintale și spirituale, depresia este un fenomen normal și sănătos. Devine anormal și nesănătos doar atunci când ceva interferează cu procesul de renunțare, având ca rezultat prelungirea depresiei, iar completarea acestui proces nu mai are loc.*

* Există mulți factori care pot interfera cu procesul de renunțare, transformând astfel o depresie normală, sănătoasă, într-o depresie cronică, patologică. Dintre toți factorii posibili, unul dintre cei mai des întâlniți și puternici îl constituie tiparul experiențelor din copilărie, în care părinții sau soarta, nerăspunzând nevoilor copilului, îi răpesc „lucruri" înainte ca el să fie pregătit psihologic să renunțe la ele sau să fie îndeajuns de puternic să accepte cu adevărat pierderea lor. Un astfel de tipar al experiențelor din copilărie sensibilizează copilul la experiența pierderii a

Un motiv determinant care îi conduce pe oameni să se gândească să caute asistență psihiatrică este depresia. Cu alte cuvinte, pacienții sunt frecvent deja implicați într-un proces de renunțare sau de dezvoltare înainte de a lua în considerare psihoterapia și tocmai simptomele procesului de dezvoltare sunt cele care îi îndeamnă spre biroul terapeutului. Treaba terapeutului este aceea de a ajuta pacientul să completeze procesul de dezvoltare început deja. Aceasta nu înseamnă că pacientul este prea frecvent conștient de ceea ce i se întâmplă. Dimpotrivă, ei doresc adesea doar o eliberare de simptomele depresiei, astfel încât lucrurile să fie în felul „în care obișnuiau să fie".

Ei nu știu că lucrurile nu mai pot fi „în felul în care obișnuiau să fie". Dar inconștientul știe. Tocmai pentru că inconștientul, în înțelepciunea lui, știe că „felul în care obișnuiau lucrurile să fie" nu mai poate fi susținut și nu mai e ceva constructiv, începe procesul de dezvoltare și de renunțare la nivel inconștient, și apare depresia.

Probabil că pacienții vor spune: „Nu am nicio idee despre cauza deprimării mele." sau vor pune depresia pe seama unor factori irelevanți. Pentru că pacienții nu sunt conștienți încă sau nu sunt pregătiți să-și dea seama că nu se vor mai întâlni cu „vechiul sine" și cu „felul în care obișnuiau să fie lucrurile", ei nu sunt conștienți că depresia lor semnalează că se cere o schimbare majoră pentru o adaptare reușită, înscrisă în evoluție. Faptul că inconștientul este cu un pas înaintea

---

ceva și creează o tendință mult mai puternică decât cea a indivizilor mai norocoși, de a se agăța de „lucruri" și de a căuta să evite durerea de a le pierde sau de a renunța la ceva. Din acest motiv, deși în toate depresiile patologice este implicat un anume blocaj al procesului de renunțare, eu cred că există un tip de depresie nevrotică cronică, ce are ca rădăcină un traumatism al capacității de bază a individului de a renunța la orice, iar acest subtip de depresie eu l-aș numi „nevroză de renunțare".

conștientului poate părea straniu pentru cititorul nespecialist. Acesta este totuși un fapt care se aplică nu doar la acest exemplu, ci este atât de general, încât constituie motorul de bază al funcționării mentale. El va fi discutat în profunzime în secțiunea de concluzii a acestei lucrări.

Recent, am auzit de „criza vârstei mijlocii". De fapt, aceasta este doar una dintre multele „crize" sau stadii critice ale dezvoltării în viață, așa cum ne învăța Erik Erikson acum treizeci de ani. (Erikson delimita opt crize; poate că sunt mai multe.) Ceea ce creează crizele acestei perioade de tranziție din ciclul vieții – care sunt problematice și dureroase – este faptul că, pentru a ne face drum prin ele, trebuie să renunțăm la concepte dragi nouă și la modurile vechi în care făceam și priveam lucrurile. Mulți oameni fie nu sunt dispuși, fie nu sunt capabili să sufere durerea de a renunța la starea pe care trebuie să o abandoneze. Prin urmare, ei se agață, deseori pentru totdeauna, de vechile lor tipare de a gândi și de a se comporta, eșuând în a trece prin crize pentru a se dezvolta cu adevărat și a experimenta fericitul sentiment al renașterii care însoțește tranziția cu succes la o maturitate mai avansată. Deși ar putea fi scrisă o carte întreagă despre fiecare dintre ele, aș vrea să enumăr simplu, neprelucrat, în ordinea apariției lor, câteva dintre condițiile, dorințele și atitudinile majore la care trebuie renunțat în cursul unei evoluții complete, reușite, de-a lungul întregii vieți:

Stadiul infantil, în care nu e nevoie să răspunzi niciunei cerințe exterioare;
Fantasma omnipotenței;
Dorința de a poseda total (inclusiv sexual) pe unul sau pe amândoi părinții;
Dependența de copilărie;
Imaginea distorsionată a părinților;
Atotputernicia adolescenței;
„Libertatea" de a nu te implica;

Agilitatea tinereții;
Atracția sexuală și/sau potențialul tinereții;
Fantasma imortalității;
Autoritatea asupra copilului;
Diferite forme de putere temporară;
Independența sănătății psihice;
Și, în cele din urmă, sinele și viața însăși.

Renunțare și renaștere

În ceea ce privește lista de mai sus, pentru mulți, ultima cerință – a renunța la sine și la viață – va părea că reprezintă o cruzime din partea lui Dumnezeu sau a Sorții, care face din existența noastră un fel de glumă proastă și care nu va putea fi niciodată complet acceptată. Această atitudine este prezentă mai ales în cultura occidentală a zilelor noastre, în care sinele este considerat sacru, iar moartea o insultă de neînchipuit. Însă realitatea este exact opusul. În renunțarea la sine ființele umane pot găsi cea mai extatică și trainică, solidă și durabilă bucurie a vieții. Moartea este cea care oferă vieții întregul ei înțeles. Acest „secret" este înțelepciunea centrală a religiei.

Procesul renunțării la sine (care este în legătură cu fenomenul iubirii, așa cum va fi discutat în următorul capitol al cărții) este pentru mulți dintre noi un proces gradual, în care intrăm printr-o serie de începuturi și potriviri. Una dintre formele de renunțare temporară la sine necesită o mențiune specială, deoarece practicarea ei reprezintă cerința absolută pentru o învățare semnificativă de-a lungul vieții de adult și deci pentru o dezvoltare semnificativă a spiritului uman. Mă refer la o subspecie a disciplinei echilibrului, pe care eu o numesc „punerea între paranteze". Punerea între paranteze este, în mod esențial, actul de a echilibra nevoia de stabilitate și afirmare a sinelui cu nevoia de a cunoaște și de a învăța printr-o renunțare temporară la sine – altfel spus, a pune sinele deoparte – astfel încât să faci loc pentru încorporarea unui nou material în sine. Această disciplină a fost bine descrisă de teologul Sam Keen în *To a Dancing God* (*Către un Dumnezeu dansator*).

> *Al doilea pas cere ca eu să depășesc percepția idiosincrazică și egocentrică a experienței imediate. Conștientizarea matură este posibilă doar atunci când deja am digerat și am compensat înclinațiile și prejudecățile care sunt reziduuri ale istoriei mele personale. Conștientizarea a ceea ce mi se prezintă ca atare implică o dublă mișcare a atenției: reducerea la tăcere a ceea ce e familiar și urarea de bun venit pentru ceea ce e străin. De fiecare dată când mă apropii, de un obiect, o persoană sau un eveniment ce mi-e străin, am tendința să las nevoile prezente, experiențele trecute sau așteptările de viitor să determine ce voi vedea. Dacă vreau să apreciez unicitatea oricărui dat, trebuie să fiu suficient de conștient de ideile mele preconcepute și de tulburările emoționale caracteristice, pentru a le pune între paranteze astfel încât să pot primi stranietatea și noutatea în lumea mea perceptuală. Disciplina punerii între paranteze, a compensării sau a reducerii la tăcere colicită o sofisticată cunoaștere de sine și o curajoasă onestitate. Fără această disciplină, fiecare moment prezent este doar o repetiție a ceva ce a fost deja văzut sau experimentat. Pentru ca noutatea veritabilă să apară, pentru ca prezența unică a lucrurilor, persoanelor sau evenimentelor să prindă rădăcini în mine trebuie să parcurg o descentralizare a egoului.**

Disciplina punerii între paranteze ilustrează faptul cel mai concludent al renunțării și al disciplinei în general, și anume că pentru orice lucru la care se renunță se câștigă de fiecare dată mai mult. Durerea renunțării este ca durerea morții, dar moartea a ceea ce este vechi înseamnă nașterea a ceea ce e nou. Durerea morții este durerea nașterii, iar durerea nașterii

---

* Harper & Row, New York, 1970, p. 28.

este durerea morții. A dezvolta o idee, un concept, o teorie sau o înțelegere mai noi și mai bune înseamnă că ideea, conceptul, teoria, înțelegerea veche trebuie să moară. Astfel, în concluzia poemului „Călătoria magilor“, T.S. Eliot descrie cum au suferit Cei Trei Magi atunci când au renunțat la viziunea lor anterioară asupra lumii și au îmbrățișat creștinismul:

Toate acestea erau demult; îmi amintesc
Și aș face-o din nou, dar e însemnată
Această însemnare.
Această întrebare: unde ne va duce calea, spre
Naștere sau Moarte? A fost o Naștere, bineînțeles,
Avem dovada, nu-i loc de îndoială. Am văzut naștere și moarte
Dar au fost foarte deosebite; această Naștere era
Grea și amară agonie pentru noi, ca Moartea, moartea noastră.
Ne-am reîntors la ținuturile noastre, aceste Împărății,
Dar nu ne mai e ușor aici, în vechea orânduire,
Cu oameni străini poleindu-și zeii
*Aș fi mulțumit de-o altă moarte.**

Cum nașterea și moartea par a fi fațetele aceleiași monede, nu este deloc irațional să acordăm conceptului de reîncarnare mai multă atenție decât i se dă de obicei în Occident. Dar fie că suntem dispuși sau nu să luăm în serios posibilitatea unui fel de renaștere și după moartea noastră fizică, este foarte clar că *această* viață este o serie de simultane morți și nașteri. „De-a lungul întregii vieți, trebuie să continui să înveți să trăiești“, spunea Seneca acum două milenii „și, fapt ce te va uimi încă și mai mult, de-a lungul vieții trebuie să înveți să mori.“** Este de asemenea clar că cu cât cine-

---

* *The Complete Poems and Plays*, 1909–1950, Harcourt Brace, New York, 1952, p. 69.

** *Cf.* Erich Fromm, *The Sane Society*, Rinehart, New York, 1955.

va merge mai departe pe drumul vieții, cu atât mai multe nașteri va trăi și, prin urmare, mai multe morți – mai multă bucurie și mai multă durere.

Acest fapt ridică întrebarea dacă este vreodată posibil să fim eliberați de suferința emoțională în viață. Sau, cu alte cuvinte, este posibil să evoluăm spiritual până la un nivel de conștiință la care durerea din viață să fie cel puțin diminuată? Răspunsul este și da și nu. Este da, pentru că odată ce suferința este complet acceptată, ea încetează, într-un anumit sens. Este de asemenea da pentru că neîntrerupta practicare a disciplinei duce la perfecțiune, iar persoana evoluată spiritual este perfectă în același fel în care adultul este perfect în relația cu copilul. Probleme care prezintă mari greutăți pentru un copil, cauzându-i mari dureri, pot să nu aibă nicio consecință pentru adult. În sfârșit, răspunsul este da pentru că individul evoluat spiritual este, așa cum va fi descris în următorul capitol, un individ capabil de o iubire extraordinară, iar din extraordinara sa iubire provine o extraordinară bucurie.

Răspunsul este nu, totuși, pentru că există un vid de competență în lume care trebuie umplut. Într-o lume care se vaită având o disperată nevoie de competență, o persoană extraordinar de competentă și plină de iubire nu poate să refuze competența sa, tot așa cum cineva nu poate refuza să-i dea de mâncare unui copil flămând. Persoanele evoluate din punct de vedere spiritual, datorită disciplinei, autorității iubirii, competenței lor sunt chemate să slujească lumii și în dragostea lor ele răspund chemării. Ele sunt, prin urmare, în mod inevitabil, oameni cu o mare putere, deși lumea îi va privi ca pe niște oameni obișnuiți, pentru că ei își vor exercita puterea pe ascuns și în liniște. Cu toate acestea, ei își vor exercita puterea pe care o au și, exercitând-o, vor suferi mult, chiar îngrozitor. Pentru că a exercita putere înseamnă a lua decizii, iar procesul luării deciziilor în totală cunoștință de cauză este infinit mai dureros decât de a lua decizii având cunoștințe limitate sau pe dibuite (așa cum se iau cele mai multe decizii și din această cauză ele se dovedesc în ultimă instanță greșite). Imaginați-vă doi generali, fiecare dintre ei trebuind să decidă dacă va trimite în bătălie o divizie de zece mii de oameni. Pentru unul dintre ei, divizia nu este altceva decât un lucru, o unitate de personal, un instrument de strategie și nimic mai mult. Pentru celălalt este și aceste lucruri, dar el este de asemenea conștient de fiecare dintre cele zece mii de vieți, de viețile familiilor fiecărui ostaș din cei zece mii. Pentru cine este decizia mai ușoară? Este mai ușoară pentru generalul care conștientizează trunchiat, pentru că nu poate suporta durerea unei conștientizări mai aproape de adevăr. Ar fi poate tentant să spunem: „Ah, dar un om evoluat spiritual nu va deveni niciodată general." Dar aceeași chestiune este valabilă și pentru un președinte de corporație, un fizician, un profesor, un părinte. Mereu trebuie luate decizii ce afectează viețile celorlalți. Cei ce iau cele mai bune decizii sunt cei dispuși să sufere mai mult din cauza deciziilor lor, având totuși puterea de a fi hotărâți. Măsura – probabil cea mai bună – a măreției unei persoane este capacitatea sa de a suferi. Însă cei ce sunt măreți sunt în același timp și fericiți. Acesta este un paradox. Budiștii tind să ignore suferința lui Buddha, iar creștinii fericirea lui Hristos. Buddha și Hristos nu sunt din acest punct de vedere foarte diferiți. Suferința lui Hristos pe cruce și bucuria lui Buddha sub copacul bo sunt una și aceeași.

Astfel, dacă scopul tău este să eviți durerea și să scapi de suferință, nu te-aș sfătui să cauți niveluri mai înalte de conștiință sau evoluție spirituală. Pentru că, mai întâi, nu le poți dobândi fără să suferi și, în al doilea rând, dacă le vei atinge, e foarte probabil că vei fi chemat să slujești în feluri mult mai dureroase sau cel puțin mai solicitante decât îți poți închipui acum. Atunci de ce să dorești să mai evoluezi, ai putea întreba? Dacă întrebi astfel, poate că nu știi prea multe despre bucurie. Poate că vei găsi un răspuns citind cartea aceasta sau poate că nu.

Un ultim cuvânt despre disciplina echilibrului și esența ei, renunțarea: trebuie să deții ceva pentru a putea renunța. Nu poți renunța la ceva ce nu ai dobândit. Dacă renunți să câștigi fără să fi câștigat vreodată, ești ceea ce erai și la început, o persoană ratată. Trebuie să-ți dezvolți o identitate înainte de a renunța la ea. Trebuie să-și dezvolți un ego înainte de a-l putea pierde. Acest lucru pare incredibil de elementar, dar cred că este necesar să vă spun acest lucru, pentru că sunt mulți oameni care, deși posedă o viziune asupra evoluției, totuși par să nu o dorească. Ei vor, și cred că este posibil, să sară peste disciplină, să găsească o scurtătură spre sfințenie. Deseori ei încearcă să o obțină imitând ceea ce este doar superficial pentru sfinți, se retrag în deșert sau se apucă de tâmplărie. Unii chiar ajung să creadă că printr-o astfel de imitație chiar ajung sfinți sau profeți și nu sunt în stare să recunoască faptul că sunt doar copii încă, fiind puși în fața faptului dureros că trebuie să o ia de la început și să treacă prin toate.

Disciplina a fost definită ca un sistem de tehnici de operare constructivă cu durerea ce apare în soluționarea problemelor – fără a evita durerea –, astfel încât toate problemele vieții să fie soluționate. Au fost distinse și descrise patru tehnici de bază: amânarea satisfacției, asumarea responsabilității, devoțiunea față de adevăr și/sau realitate și echilibrarea. Disciplina este un *sistem* de tehnici, pentru că aceste tehnici sunt mult interconectate. Într-un singur act, se pot utiliza două, trei sau chiar toate cele patru tehnici în același timp și într-un asemenea mod încât să nu poată fi distinse una de alta. Tăria, energia și disponibilitatea de a folosi aceste tehnici provin din iubire, așa cum se va arăta în următorul capitol. Nu am intenționat ca analiza disciplinei să fie exhaustivă și e posibil să fi neglijat una sau mai multe dintre tehnicile de bază, deși bănuiesc că nu. Este rațională întrebarea dacă procese cum ar fi biofeedback-ul, meditația, yoga și psihoterapia nu sunt cumva tehnici de disciplină, dar eu aș răspunde că ele sunt mai degrabă tehnici ajutătoare decât tehnici de bază. Ele pot fi foarte folositoare, dar nu esențiale. Pe de altă parte, tehnicile de bază aici descrise, dacă sunt practicate fără încetare și cu adevărat, sunt suficiente să-l facă pe practicantul disciplinei sau pe „discipol" să fie capabil să evolueze spre cele mai înalte niveluri spirituale.

CAPITOLUL II
Iubirea

Definiția iubirii

Disciplina, așa cum s-a sugerat, reprezintă mijlocul evoluției spirituale umane. Acest capitol va analiza ce stă în spatele disciplinei, acel lucru care furnizează mobiluri și energie. Această forță, cred eu, este iubirea. Sunt foarte conștient de faptul că, încercând să examinăm iubirea, vom începe să ne jucăm cu mistere. De fapt, vom încerca să examinăm ceea ce nu poate fi examinat și să cunoaștem ceea ce nu poate fi cunoscut. Iubirea este prea mare, prea profundă pentru a fi vreodată înțeleasă cu totul, măsurată sau limitată de mecanismul cuvintelor. Nu aș scrie aceste lucruri, dacă nu aș crede că această încercare are o oarecare valoare, chiar dacă una relativă și, firește, în unele privințe inadecvată.

O dovadă a misterioasei naturi a iubirii este aceea că nimeni nu a putut vreodată, după știința mea, să-i dea o definiție cu adevărat satisfăcătoare. În încercarea de a o explica, iubirea a fost divizată în diferite categorii: *eros*, *philia*, *agape*; iubire perfectă și imperfectă și așa mai departe. Eu îi voi da o singură definiție, fiind totuși conștient că aceasta e într-un anumit sens mai mult sau mai puțin inadecvată. Definesc astfel iubirea: voința de a-ți extinde sinele pentru creșterea ta spirituală sau a altuia.

De la început aș vrea să comentez pe scurt această definiție, înainte de a continua cu o expunere mai elaborată. Mai întâi, s-ar putea observa că este o definiție teleologică: comportamentul este definit în termeni de scop, sau finalitate, care, în acest caz, este creșterea spirituală. Oamenii de știință înclină să considere definițiile teleologice suspecte și poate așa o vor considera și pe aceasta. Dar eu nu am ajuns la ea printr-un proces de gândire teleologic, ci prin observații în practica mea la clinica psihiatrică (ce include autoobservația), iar acolo definiția iubirii este ceva foarte important. Acest lucru se întâmplă pentru că pacienții sunt, în general, foarte confuzi în ceea ce privește natura iubirii. De exemplu, un tânăr timid mi-a spus: „Mama mă iubește atât de mult, încât nu mă lasă să merg la școală cu autobuzul până când nu voi ajunge în clasele mari de liceu. Nici dacă o rog să mă lase! Bănuiesc că îi e frică să nu fiu rănit, așa că mă duce și mă ia cu mașina de la școală în fiecare zi, și îi e foarte greu. Ea mă iubește foarte tare." În tratamentul timidității acestui tânăr a fost necesar, ca în multe alte cazuri, să-i arăt că mama lui s-ar fi putut să fie motivată și de altceva în afară de iubire și că ceea ce pare uneori să fie dragoste nu este deloc așa. În afară de astfel de relatări, pot să vă dau și alte exemple despre ceea ce pare a fi un act de iubire și ceea ce nu pare a fi. Una dintre trăsăturile majore care fac distincția între cele două pare a fi scopul conștient sau inconștient din mintea celui ce iubește sau nu.

În al doilea rând, se poate observa că iubirea definită astfel este un straniu proces circular. Pentru că procesul de extindere de sine este un proces de evoluție. Când cineva și-a depășit cu succes limitele, a pătruns într-o stare mai evoluată a ființei. Astfel, actul de iubire este un act de evoluție a sinelui, chiar dacă scopul este dezvoltarea celuilalt. Prin această metodă evoluăm noi.

În al treilea rând, definiția unitară a iubirii o include atât pe cea de sine, cât și pe aceea pentru celălalt. Pentru că eu sunt om și tu ești de asemenea om, a iubi oamenii înseamnă în egală măsură a mă iubi pe mine și pe tine. A fi dedicat creșterii spirituale a oamenilor înseamnă a fi dedicat rasei din care fac parte, iar acest lucru înseamnă a mă dedica propriei mele dezvoltări, dar și a „celorlalți". Într-adevăr, așa cum s-a mai subliniat, nu suntem capabili să-i iubim pe ceilalți până când nu ne iubim pe noi înșine, tot așa cum suntem incapabili să ne disciplinăm copiii până când nu suntem capabili să ne autodisciplinăm. Este imposibil în realitate să abandonăm propria creștere spirituală în favoarea alteia. Nu putem abandona autodisciplina și să fim în același timp disciplinați în grija pe care o avem pentru altul. Nu putem fi o sursă de putere până când nu ne hrănim propria putere. Pe măsură ce înaintăm în explorarea naturii iubirii, cred că va deveni clar că iubirea de sine și iubirea de ceilalți merg mână în mână și că, în ultimă instanță, sunt inseparabile. În al patrulea rând, actul de lărgire a limitelor cuiva implică efort. Limitele se extind doar depășindu-le, iar asta cere efort. Când iubim pe cineva, dragostea noastră se demonstrează sau devine reală doar prin străduință – prin faptul că pentru cineva (sau pentru noi înșine) facem un pas în plus sau mergem încă o milă. Iubirea nu este lipsită de efort. Dimpotrivă, ea presupune efort.

În cele din urmă, prin folosirea cuvântului „voință" am încercat să depășesc distincția dintre dorință și acțiune. Dorința nu înseamnă în mod necesar transformarea în acțiune. Voința este o dorință care are o intensitate suficientă pentru a fi tradusă în acțiune. Diferența dintre cele două este egală cu diferența dintre a spune: „Aș vrea să mă duc să înot diseară." și „Mă voi duce să înot diseară." Oricine, în cultura noastră, își dorește într-o anume măsură să iubească, totuși mulți dintre noi nu iubim în realitate. Prin urmare, voi conchide că dorința de a iubi nu este în sine iubire. Dragostea există în măsura faptelor. Iubirea este un act de voință – adică atât o intenție, cât și o acțiune. Voința implică faptul de a alege. Nu suntem obligați să iubim. Alegem să facem acest lucru. Indiferent cât am crede noi că iubim, dacă sentimentul nu este adevărat în sine, înseamnă că așa am ales și în final nu iubim în ciuda bunelor noastre intenții. Pe de altă parte, ori de câte ori ne străduim în realitate să ne dezvoltăm spiritual, o facem pentru că așa am ales. Alegerea de a iubi a fost făcută.

Așa cum am mai spus, pacienții care vin la psihoterapie sunt mai mult sau mai puțin confuzi cu privire la natura dragostei. Acest lucru se întâmplă din cauză că în fața misterului iubirii abundă concepțiile greșite. Această carte nu îi răpește dragostei misterul, ci clarifică lucrurile suficient pentru a îndepărta concepțiile greșite, care le provoacă suferință nu doar pacienților, ci tuturor oamenilor care încearcă să găsească un sens propriilor lor experiențe. Unele dintre aceste suferințe pot fi evitate, deoarece concepțiile greșite pot fi combătute prin învățarea unei definiții mai precise a iubirii. Am ales astfel să explorez natura dragostei examinând ceea ce nu este ea de fapt.

„Îndrăgostirea“

Dintre toate concepțiile greșite despre iubire, cea mai înrădăcinată și mai răspândită este credința că „îndrăgostirea“ este iubire sau, cel puțin, una dintre manifestările ei. Este o concepție greșită plină de forță, pentru că a te îndrăgosti este o experiență subiectivă, resimțită puternic ca manifestare a iubirii. Când o persoană se îndrăgostește, poate spune cu siguranță „O iubesc“ sau „Îl iubesc“. Dar imediat apar două probleme. Prima este aceea că experiența îndrăgostirii este una specific erotică, legată de sex. Nu ne îndrăgostim de copiii noștri, în ciuda faptului că-i iubim foarte profund. Nu ne îndrăgostim de prietenii noștri de același sex – în afară de situația în care suntem orientați spre homosexualitate –, deși se poate să ne pese de ei foarte mult. Suntem îndrăgostiți doar când suntem conștient sau inconștient motivați sexual. Cea de-a doua problemă este aceea că experiența îndrăgostirii este invariabil una temporară. Nu contează de cine ne îndrăgostim, mai devreme sau mai târziu sentimentul dispare, dacă relația durează îndeajuns de mult. Aceasta nu înseamnă neapărat că încetăm s-o mai iubim pe persoana de care ne-am îndrăgostit. Înseamnă doar că sentimentul extatic al iubirii care a caracterizat experiența îndrăgostirii trece întotdeauna. Luna de miere se sfârșește la un moment dat. Bobocul romantismului se ofilește întotdeauna.

Pentru a înțelege natura fenomenului îndrăgostirii și inevitabilitatea sfârșitului ei este necesar să examinăm natura a ceea ce psihiatrii numesc granițele eului. Putem deduce din probe indirecte că nou-născutul nu distinge în primele luni de viață între sine și restul universului. Când își mișcă mâinile și picioarele, lumea este cea care se mișcă. Când îi e foame, lumii îi este foame. Când vede mișcările mamei sale e ca și cum s-ar mișca el însuși. Când mama îi cântă, copilul nu știe că el însuși nu scoate niciun sunet. Nu poate distinge între sine, leagăn, cameră și părinții lui. Ceea ce e animat și ceea ce e neanimat e unul și același lucru. Nu există nici măcar distincția între eu și tu. El și lumea sunt unul și același lucru. Nu există granițe sau separări. Nu există identitate.

Dar în timp, copilul începe să aibă conștiință de sine – ca entitate separată de restul lumii. Când îi este foame, mama nu apare întotdeauna ca să-l hrănească. Când e jucăuș, mama nu vrea întotdeauna să se joace cu el. Copilul realizează că dorințele sale nu sunt comenzi adresate mamei. Ele vor fi experimentate ca fiind ceva separat de comportamentul mamei. Începe să se dezvolte un sentiment al „eului". Interacțiunea dintre copilul sugar și mamă se crede că reprezintă fundamentul pe care începe să se dezvolte sentimentul identității copilului. S-a observat că atunci când interacțiunea dintre copil și mamă este grav perturbată – de exemplu, atunci când nu mai există mamă sau un substitut adecvat, când, din cauza unei boli psihice, mamei nu îi pasă de copil –, sugarul crește și ajunge un copil sau un adult cu un sentiment de identitate grav deteriorat în multe aspecte fundamentale.

Pe măsură ce sugarul își dă seama că voința sa este numai a sa și nu a universului, începe să facă alte distincții între sine și lume. Când dorește mișcare, brațele sale sunt cele care se mișcă, nu leagănul, nu tavanul. Astfel, copilul învață că brațele sale și voința sa sunt legate între ele și, prin urmare, brațele lui sunt *ale lui* și nu ale altcuiva. În acest fel, în timpul primului an de viață, învățăm lucruri fundamentale despre cine suntem și cine nu suntem, ce suntem și ce nu suntem. La sfârșitul primului an, știm că acesta este brațul meu, piciorul meu, capul meu, limba mea, ochii mei și, totodată, că aceasta este perspectiva din care văd eu, vocea mea, gândurile mele, durerea mea de stomac, sentimentul meu. Ne cunoaștem mărimea și limitele fizice. Aceste limite sunt granițele noastre. Cunoașterea acestor limite în mintea noastră este ceea ce numim granițele eului.

Acesta este un proces care continuă de-a lungul copilăriei, adolescenței și chiar la maturitate, dar granițele ce se stabilesc mai târziu sunt de natură mai mult psihică decât fizică. De exemplu, copilul ajunge, de obicei, să-și dea seama de limitele puterii lui între doi și trei ani. Deși copilul a învățat deja că dorințele sale nu sunt comenzi pentru mama lui, el se agață de posibilitatea că totuși ar putea fi și de sentimentul că ar trebui să fie comenzi. Acest lucru se întâmplă din cauza speranțelor pe care și le face și a sentimentului egocentric care apare la un copil de doi ani care încearcă să acționeze ca un tiran sau autocrat, vrând să le dea ordine părinților, rudelor și animalelor de casă, ca și cum toți ar fi înrolați în propria lui armată, răspunzând cu regală mânie când ei nu fac ceea ce le dictează el. De aceea părinții vorbesc despre acești ani ca despre „anii groaznici". La trei ani, copilul a devenit, de obicei, mai maleabil și s-a mai cumințit, ca rezultat al acceptării realității că puterea sa este relativă. Totuși, posibilitatea omnipotenței este un vis atât de dulce, încât nu poate renunța la el nici chiar după mai mulți ani de foarte dureroasă confruntare cu propria-i lipsă de putere. Deși copilul de trei ani a început să accepte realitatea granițelor puterii sale, va continua să intre câteodată, în următorii ani, într-o lume a fanteziei, în care posibilitatea omnipotenței există încă. Aceasta este lumea lui Superman sau a lui Captain Marvel. Încet-încet, chiar și supereroii sunt lăsați la o parte și până la vârsta adolescenței medii tinerii ajung să știe că sunt indivizi constrânși de granițele trupului lor și de limitele puterii lor, fiecare fiind un organism relativ fragil și slab, existând doar în cooperare cu un grup de alte organisme asemănătoare în ceea ce se numește societate. În cadrul acestui grup, ei nu sunt în mod particular distincți unul de altul, fiind totuși izolați de ceilalți prin propriile identități, prin granițele și limitele lor.

Înăuntrul acestor granițe domnește singurătatea. Unii oameni – în special cei pe care psihiatrii îi numesc schizoizi –, din cauza unor experiențe neplăcute, traumatizante din copilărie, percep lumea din afara lor ca iremediabil periculoasă, ostilă, confuză și dăunătoare. Astfel de oameni simt că granițele lor sunt protectoare, asigurându-le confort, și își găsesc siguranța în singurătatea lor. Dar mulți dintre noi resimt singurătatea ca pe ceva dureros și se zbat să scape din spatele zidurilor identităților individuale spre o stare în care să poată fi mai uniți cu lumea din afară. Experiența îndrăgostirii ne permite o astfel de scăpare – temporară. Esența fenomenului îndrăgostirii constă într-un colaps brusc al unei zone a granițelor eului individual, permițând cuiva să-și unească identitatea cu cea a unei alte persoane. Brusca eliberare de sine însuși, exploziva revărsare spre ființa iubită și curmarea dramatică a singurătății ce acompaniază acest colaps al granițelor eului sunt resimțite de cei mai mulți dintre noi ca extatice. Noi și ființa iubită suntem unul și același lucru! Singurătatea nu mai există!

În unele aspecte (dar cu siguranță nu în toate) actul îndrăgostirii este un act de regresiune. Experiența unirii cu ființa iubită este un ecou al timpului când eram uniți cu mamele noastre. De-a lungul acestei uniri reexperimentăm sentimentul de omnipotență la care renunțasem odată cu ieșirea din copilărie. Toate lucrurile par posibile! Uniți cu ființa iubită, simțim că putem cuceri toate obstacolele. Credem că forța iubirii noastre va face ca forțele opuse să se încline supuse sau să se retragă în întuneric. Toate problemele vor fi depășite. Viitorul va fi luminos. Irealitatea acestor sentimente din perioada în care suntem îndrăgostiți este în esență aceeași cu irealitatea sentimentelor unui copil de doi ani care se simte regele familiei și al lumii, cu puteri nelimitate.

Tot așa cum realitatea intervine în fanteziile de omnipotență ale unui copil de doi ani, la fel intervine și în fantastica uniune a cuplului de îndrăgostiți. Mai devreme sau mai târziu, ca răspuns la problemele vieții de zi cu zi, individul se afirmă din nou. El vrea să facă sex, ea nu vrea. Ea vrea să meargă la film, el nu vrea. El vrea să depună bani la bancă, ea vrea o mașină de spălat vase. Ea vrea să vorbească despre slujba ei, el vrea să vorbească despre a lui. Ei nu-i plac prietenii lui, lui nu-i plac prietenii ei. Așa că amândoi, fiecare în intimitatea inimii lui, încep să realizeze că nu sunt una cu ființa iubită, care de altfel va avea propriile ei dorințe, gusturi, prejudecăți și program, diferite de ale altcuiva. Una câte una, gradual sau brusc, granițele eului își reiau locul; încet-încet sau brusc îndrăgostirea se sfârșește. Cei doi sunt iarăși individualități separate. În acest punct, ei încep fie să dizolve legăturile relației lor, fie să inițieze o operă de iubire reală.

Modul în care folosesc eu cuvântul „real" implică ideea că sentimentul de a iubi din îndrăgostire este fals – că percepția aceasta subiectivă de iubire este iluzorie. Întreaga elaborare a ideii de iubire reală va fi prezentată mai târziu în acest capitol. Totuși, spunând că atunci când se termină cu îndrăgostirea partenerii unui cuplu ar putea să se iubească cu adevărat, vreau de asemenea să spun că iubirea adevărată nu își are rădăcinile în sentimentul de iubire. Dimpotrivă, iubirea reală apare deseori într-un context în care sentimentul iubirii lipsește, când acționăm cu iubire în ciuda faptului că nu simțim că iubim. Presupunând că definiția iubirii cu care am început este adevărată, experiența „îndrăgostirii" nu este iubire reală din mai multe motive.

Îndrăgostirea nu este un act al voinței. Nu este o alegere conștientă. Oricât de deschiși am fi la această experiență sau oricât de dornici să o trăim, s-ar putea să nu avem parte de ea. Dimpotrivă, experiența aceasta ne poate captiva atunci când noi categoric nu o căutăm, când e nepotrivită sau indezirabilă. E la fel de probabil să ne îndrăgostim de cineva cu care în mod evident nu ne potrivim ca și de cineva mai potrivit. Într-adevăr, se poate ca nici măcar să nu ne placă sau să nu admirăm obiectul pasiunii noastre, și totuși, oricât am încerca, se poate să nu reușim să ne îndrăgostim de o persoană căreia îi purtăm un adânc respect și cu care o relație profundă ar fi în multe privințe dezirabilă. Asta nu înseamnă că experiența îndrăgostirii e imună la disciplină. Psihiatrii, de exemplu, se îndrăgostesc deseori de pacienții lor și, la fel, pacienții se îndrăgostesc de psihiatrii lor, totuși, având în vedere datoria față de pacient și rolul lor, ei pot de obicei să evite colapsul granițelor eului și să renunțe să vadă în pacient un obiect romantic. Zbaterea interioară și suferința implicată de disciplinare pot fi enorme. Dar disciplina și voința pot doar controla experienţa; nu o pot crea. Putem alege felul în care răspundem acestei experienţe a îndrăgostirii, dar nu putem alege experienţa în sine.

Îndrăgostirea nu înseamnă o lărgire a limitelor sau a graniţelor cuiva; înseamnă doar un colaps temporar al lor. Extinderea limitelor cuiva cere efort; îndrăgostirea nu are nevoie de efort. Indivizii leneşi şi indisciplinaţi au aceleaşi şanse să se îndrăgostească precum cei energici şi dedicaţi unui scop. Odată ce momentul preţios al îndrăgostirii a trecut, iar graniţele au revenit la locul lor, individul poate fi deziluzionat, dar, de obicei, experienţa nu îi va fi lărgit perspectivele. Când limitele sunt extinse sau lărgite, ele tind să rămână astfel. Iubirea reală este o experienţă de extindere permanentă. Îndrăgostirea nu este.

Îndrăgostirea are puţin de-a face cu scopul de a ajuta creşterea spirituală a cuiva. Dacă avem vreun scop în minte atunci când ne îndrăgostim, acela este de a sfârşi cu singurătatea noastră şi de a ne asigura poate prin căsătorie de acest rezultat. În mod cert nu ne gândim la dezvoltarea spirituală. Într-adevăr, după ce ne-am îndrăgostit şi înainte ca dragostea să se termine, avem senzaţia că am ajuns, că înălţimile au fost atinse, că nu mai există nici posibilitatea, nici nevoia de a merge şi mai sus. Nu mai simţim nicio nevoie de a ne dezvolta, suntem perfect mulţumiţi cu ceea ce avem. Spiritul nostru şi-a găsit pacea. Nu simţim nici că fiinţa iubită ar avea nevoie să se dezvolte spiritual. Dimpotrivă, o percepem ca fiind perfectă, ca şi cum ar fi atins perfecţiunea. Dacă vedem defecte în fiinţa iubită, le vom percepe ca insignifiante – doar capricii sau excentricităţi drăguţe, care adaugă culoare şi farmec.

De vreme ce îndrăgostirea nu este iubire, atunci ce altceva poate fi, dacă nu un colaps temporar al limitelor şi al graniţelor? Nu ştiu. Dar specificitatea sexuală a fenomenului mă face să bănuiesc că este vorba despre o componentă instinctuală, determinată genetic, a comportamentului de împerechere. Cu alte cuvinte, colapsul temporar al granițelor eului care apare odată cu fenomenul îndrăgostirii reprezintă un răspuns stereotip al ființei umane la o serie de impulsuri sexuale interne și stimuli sexuali externi, servind la o creștere a posibilității de împerechere și slujind astfel la supraviețuirea speciei. Mai precis, îndrăgostirea este un truc prin care genele păcălesc prin diferite mijloace mintea rațională sau o prind în capcana mariajului. Deseori, acest truc este deviat într-un fel sau altul, ca atunci când impulsurile și stimulii sunt de natură homosexuală sau când alte forțe – interferență parentală, boli psihice, responsabilități aflate în conflict sau o matură autodisciplină intervin pentru a preveni o legătură. Pe de altă parte, fără acest truc, fără această regresie iluzorie și inevitabil temporară (trucul nu ar fi practic dacă nu ar fi temporar) către o uniune de natură infantilă și omnipotentă, mulți dintre cei care au acum o căsnicie fericită sau nefericită s-ar fi retras înspăimântați de realismul legământului căsătoriei.

Mitul iubirii romantice

Pentru a fi atât de eficientă în a ne prinde în capcana căsătoriei, experiența îndrăgostirii are, probabil, printre caracteristici iluzia că va dura pentru totdeauna. Această iluzie este alimentată în cultura noastră de mitul iubirii romantice, care își are originea în basmele favorite din copilărie, în care prințul și prințesa, odată uniți, trăiesc fericiți până la adânci bătrâneți. Mitul iubirii romantice ne spune că pentru fiecare bărbat tânăr există o femeie tânără ce i-a fost „hărăzită“ și invers. Mai mult, mitul implică faptul că există doar o singură femeie pentru un bărbat și acest lucru a fost predestinat de „stele“. Când întâlnim o persoană ce ne-a fost destinată, o recunoaștem prin faptul că ne îndrăgostim de ea. Am întâlnit persoana pe care cerurile ne-au destinat-o și, pentru că potrivirea este perfectă, vom fi în stare să ne satisfacem unul altuia toate nevoile pentru totdeauna și astfel vom trăi fericiți mereu, în perfectă armonie și unitate. Vom ajunge totuși la momentul când nu vom mai putea satisface sau înțelege nevoile celuilalt, vor apărea fricțiunile, dragostea se va termina și ne vom da seama apoi că am făcut o greșeală gravă, că nu am citit bine în stele, că nu ne-am prins în acea unică și perfectă potrivire, că lucrul pe care-l numeam iubire nu era o iubire „adevărată“ și că în această situație nu putem face nimic mai mult decât să trăim nefericiți sau să divorțăm.

Deși în general admit că marile mituri sunt foarte precise tocmai pentru că ele reprezintă și cuprind mari adevăruri universale (și vom explora câteva asemenea mituri mai târziu în această carte), mitul iubirii romantice este o minciună sfruntată. Poate că este o minciună necesară, care asigură supraviețuirea speciei prin aceea că încurajează și validează experiența îndrăgostirii, care ne prinde în capcana căsătoriei. Dar ca psihiatru, deplâng în inima mea aproape zilnic confuzia și suferința îngrozitoare pe care le alimentează acest mit. Milioane de oameni își irosesc cu disperare mari cantități de energie în mod inutil, încercând să facă realitatea vieții lor conformă cu irealitatea mitului. Doamna A., subjugată în mod absurd de către soțul ei printr-un sentiment de vinovăție, spune: „Nu mi-am iubit soțul când m-am măritat cu el. Am pretins că l-am iubit. Bănuiesc că l-am tras pe sfoară în această privință, așa că n-am niciun drept să mă plâng de el și îi dau voie să facă orice dorește.“ Domnul B. se lamentează: „Regret că nu m-am căsătorit cu domnișoara C. Cred că am fi putut avea o căsnicie bună. Dar nu m-am simțit îndrăgostit până peste urechi de ea, așa că am presupus că nu ar putea fi persoana potrivită pentru mine.“

Doamna D., măritată de doi ani, a devenit foarte deprimată, aparent fără motiv, și a început terapia spunând: „Nu știu ce este greșit. Am tot ce-mi trebuie, inclusiv un mariaj perfect." Doar peste câteva luni a putut accepta faptul că nu mai era îndrăgostită de soțul ei, însă acest fapt nu însemna că făcuse o greșeală oribilă. Domnul E., de asemenea căsătorit de doi ani, a început să aibă dureri intense de cap seara și nu putea crede că ele sunt de natură psihosomatică: „Viața mea acasă este bună. Îmi iubesc soția la fel de mult ca în ziua în care m-am căsătorit cu ea. Ea este tot ce mi-am dorit vreodată", spunea el. Dar durerile de cap nu l-au lăsat până când, un an mai târziu, nu a fost în stare să admită: „Mă enervează până peste poate felul în care mereu vrea și vrea și vrea alte lucruri, fără să țină cont de salariul meu." Apoi domnul E. a fost în stare să discute cu soția lui despre extravaganța ei. Domnul și doamna F. recunosc că nu mai sunt îndrăgostiți unul de altul și că au început să se facă să se simtă prost reciproc prin infidelități tacite, fiecare căutând „iubire adevărată", fără să-și dea seama că această recunoaștere ar putea marca începutul unui efort pentru îmbunătățirea căsniciei, nu pentru ruperea ei. Chiar atunci când cuplurile au recunoscut că luna de miere s-a terminat, că între parteneri nu mai există o iubire romantică și pot încă să se angajeze în relația lor, ei se agață totuși de mit și încearcă să-și facă viețile conforme cu el. „Chiar dacă nu mai suntem îndrăgostiți unul de altul, dacă acționăm cu puterea unei voințe desăvârșite ca și cum am fi îndrăgostiți, poate că iubirea romantică se va întoarce în viețile noastre", gândesc ei. Cuplurile care fac astfel câștigă faptul de a fi împreună. Când intră într-o terapie de grup pentru cupluri (aceasta este zona în care soția mea, împreună cu mine și alți colegi apropiați conducem cele mai serioase consilieri), ei stau împreună, vorbesc unul cu celălalt, își apără greșelile unul altuia și caută să prezinte în fața restului grupului un front unit, crezând că această unitate este un semn de sănătate pentru căsnicia lor și o condiție necesară pentru îmbunătățirea ei. Mai devreme sau mai târziu, de obicei mai devreme, trebuie să le spunem celor mai multe astfel de cupluri că partenerii sunt prea căsătoriţi, prea îndeaproape cuplaţi şi că au nevoie să stabilească o anumită distanţă psihologică unul faţă de altul înainte de a putea începe măcar să lucreze constructiv la rezolvarea problemelor. Uneori este necesar să-i separăm fizic, să-i punem să se aşeze separat unul de celălalt în cercul grupului. Iarăşi şi iarăşi trebuie să spunem: „John, las-o pe Mary să vorbească pentru ea însăşi." sau: „Mary, John se poate apăra şi singur, e îndeajuns de puternic." În cele din urmă, dacă urmează terapia, toate cuplurile învaţă că o adevărată acceptare a individualităţii proprii, a individualităţii celuilalt şi a separării lor este singura fundaţie pe care se poate baza o căsnicie adevărată şi pe care se poate dezvolta o iubire reală.*

Mai multe despre graniţele eului

Deşi am proclamat faptul că „îndrăgostirea" este un soi de iluzie care nu reprezintă în niciun caz o iubire reală, aş vrea să inversez lucrurile şi să arăt că îndrăgostirea este, în fapt, foarte, foarte aproape de iubirea reală. Într-adevăr, concepţia greşită că îndrăgostirea este un tip de iubire este atât de puternică tocmai pentru că ea conţine un sâmbure de adevăr.

Experienţa iubirii reale are de-a face cu graniţele eului, pentru că implică lărgirea limitelor. De fapt, limitele cuiva sunt graniţele eului. Când ne extindem limitele prin iubire, facem acest lucru îndreptându-ne, ca să spunem aşa, către

* Cei care au citit cartea soţilor O'Neil, *Open Mariage*, vor recunoaşte că acest fapt este o trăsătură de bază a unui mariaj deschis, în opoziţie cu unul închis. Autorii sunt remarcabil de corecţi şi reţinuţi în a face prozeliţi pentru căsnicia deschisă. Munca mea cu diferite cupluri m-a condus la concluzia clară că mariajul deschis este singurul fel de mariaj sănătos fără a fi serios distructiv pentru robusteţea şi dezvoltarea spirituală a partenerilor.

ființa iubită, a cărei dezvoltare noi vrem să o hrănim. Pentru a fi în stare să facem asta, obiectul iubirii noastre trebuie mai întâi să devină iubit; cu alte cuvinte, trebuie să fim atrași de el, să investim și să ne angajăm față de un obiect din afara noastră, dincolo de granițele eului. Psihiatrii denumesc acest proces de atracție și de angajare „investire" în obiectul dorit. Dar atunci când investim într-un obiect din afara sau dinăuntrul nostru încorporăm psihologic în noi o reprezentare a obiectului. Să luăm, de exemplu, un om care face grădinărie ca hobby. Este un hobby care aduce satisfacții și compensații. Omul acela își „iubește" grădina. Ea înseamnă mult pentru el. Acest om a investit în grădina sa. O găsește atractivă, s-a investit pe sine în ea, și-a luat un angajament față de ea – atât de puternic, încât poate sări devreme din pat în fiecare duminică dimineața ca să se ducă la ea; ar putea refuza să călătorească departe de ea și chiar și-ar putea neglija soția pentru ea. În procesul investirii și pentru a-și hrăni florile și arbuștii, el învață lucruri importante. Ajunge să știe multe despre grădinărit – despre soluri și fertilizări, sădit și altoit. Știe, de asemenea, multe despre grădina sa – istoria ei, tipurile de flori și plante, felul cum e alcătuită, problemele și chiar viitorul ei. În ciuda faptului că grădina există în afara lui, prin investire ea ajunge, de asemenea, să existe și în interiorul lui. Cunoașterea ei și semnificația pe care o are pentru el sunt parte din el, parte din identitatea lui, parte din istoria vieții lui, parte a înțelepciunii lui. Prin iubirea ce i-o poartă și prin investirea în grădina lui, el a încorporat-o în cel mai real mod în el, iar prin această încorporare sinele său s-a lărgit, granițele eului său s-au extins.

În decursul multor ani de iubire, de extindere a limitelor datorită investirii, se creează o lărgire a sinelui, graduală, dar progresivă, o încorporare a lumii din afară înăuntru și o dezvoltare, o subțiere și o slăbire a granițelor eului. În acest fel, cu cât ne extindem mai mult pe noi înșine, cu atât iubim mai mult, cu atât mai mult se estompează distincția dintre sine și lume. Devenim una cu lumea. Și pe măsură ce granițele eului devin mai estompate și mai slabe, începem să experimentăm din ce în ce mai mult același sentiment al extazului pe care îl aveam atunci când granițele eului erau într-un relativ colaps, când ne „îndrăgosteam". Doar că în loc de o unire temporară și nerealistă cu un singur obiect ne unim cu adevărat și permanent cu o parte din lume. Se poate stabili o „uniune mistică" cu întreaga lume. Sentimentul de extaz și beatitudine asociat acestei uniuni, deși poate mai blând și mai puțin dramatic decât cel asociat cu îndrăgostirea, este mult mai stabil, durează mai mult și, în ultimă instanță, e mai plin de satisfacții. Este diferența dintre experiența vârfului, ipostaziată de îndrăgostire, și ceea ce Abraham Maslow numește „experiența platoului".* Aici, înălțimile nu sunt atinse brusc și apoi pierdute; ele sunt atinse pentru totdeauna.

Se înțelege clar și în mod general că activitatea sexuală și iubirea, deși ar putea apărea simultan, deseori sunt disociate, deoarece sunt fenomene fundamental separate. În sine, a face dragoste nu este un act de iubire. Experiența unei relații sexuale și, în particular, orgasmul (chiar și în masturbare) sunt, într-un grad mai mare sau mai mic, o experiență a colapsului granițelor eului și a atingerii extazului. Tocmai din cauza colapsului granițelor eului strigăm în momentul climaxului: „Te iubesc" sau „Oh, Doamne" unei prostituate față de care, peste câteva momente, după ce granițele eului și-au revenit, poate că nu mai simțim nicio urmă de afecțiune, nu ne place deloc și nu simțim că ar trebui să investim în ea. Asta nu înseamnă că extazul experienței orgasmice nu poate fi înălțat în împărtășirea lui cu ființa iubită. Dar chiar și fără partenerul iubit sau chiar fără partener colapsul

---

* *Religions, Values, and Peak-Experiences*, prefață, Viking, New York, 1970.

granițelor eului ce apare în conjuncție cu orgasmul poate fi total; pentru o secundă, putem uita cu totul cine suntem, să pierdem orice urmă de sine, să fim pierduți în timp și spațiu, să fim în afara noastră, transportați. Putem deveni una cu universul. Însă doar pentru o secundă.

Descriind starea prelungită de a fi „una cu universul" asociată iubirii adevărate și comparând-o cu momentul orgasmului am folosit cuvintele „uniune mistică". Misticismul constă în esență în credința că realitatea este unicitate. Misticii cu cel mai clar limbaj cred că percepția noastră comună asupra universului, ca fiind compus dintr-o multitudine de obiecte distincte – stele, planete, arbori, păsări, case, noi înșine –, separate toate unele de altele, este una greșită, o iluzie. Acestei concepții greșite a tuturor, acestei lumi iluzorii pe care cei mai mulți dintre noi o cred reală, hindușii și budiștii îi spun „Maya". Ei și alți mistici susțin că adevărata realitate poate fi cunoscută doar experimentând unitatea printr-o renunțare la granițele eului. Este imposibil să vezi cu adevărat unitatea universului atâta vreme cât continui să te vezi pe tine ca un obiect distinct, separat și diferit de restul universului în orice fel, formă sau configurație. Hindușii și budiștii susțin frecvent că un copil, înainte de a-și dezvolta granițele eului, cunoaște realitatea într-alt fel decât adulții. Unii sugerează chiar că drumul către iluminare sau spre aflarea unității realității cere ca noi să regresăm sau să ne transformăm în copii. Aceasta poate fi o doctrină periculoasă și tentantă pentru unii adolescenți și tineri adulți, care nu sunt pregătiți să-și asume responsabilitățile ce le par înfricoșătoare și copleșitoare, cerințe care le depășesc capacitățile. „Nu trebuie să trec prin toate acestea", ar putea gândi o astfel de persoană. „Pot să abandonez încercarea de a fi adult și să mă retrag din fața cerințelor de adult în starea de sfințenie." Dar acționând astfel, dobândește mai degrabă schizofrenie decât sfințenie.

Mulți mistici înțeleg adevărul ce a fost dezvoltat la sfârșitul discuției despre disciplină: că trebuie să dobândim sau să posedăm un lucru înainte de a putea renunța la el și să ne menținem în același timp competența și sănătatea. Copilul lipsit de granițele eului poate fi într-un contact mai strâns cu realitatea decât părinții lui, dar e incapabil să supraviețuiască fără grija pe care i-o poartă părinții și este incapabil să-și comunice înțelepciunea. Drumul spre sfințenie trece prin maturitate. Nu există scurtături sau drumuri mai ușoare. Granițele eului trebuie întărite înainte de a fi slăbite. Trebuie instaurată o identitate cu sine înainte ca omul să o poată transcende. Trebuie ca omul să-și găsească sinele înainte de a și-l putea pierde. Temporara eliberare de granițele eului asociată cu îndrăgostirea, cu relațiile sexuale sau cu folosirea unor droguri psihoactive ne poate furniza o privire fugară asupra Nirvanei, dar nu Nirvana însăși. Aceasta este una dintre tezele acestei cărți, și anume că Nirvana sau iluminarea ultimă sau adevărata dezvoltare spirituală poate fi obținută doar printr-un exercițiu persistent al iubirii adevărate.

Rezumând, temporara dispariție a granițelor eului datorată îndrăgostirii și relațiilor sexuale nu doar că ne determină să ne luăm angajamente față de alți oameni, de la care poate începe iubirea adevărată, dar ne dă și o idee despre (și prin aceasta un imbold) extazul mistic ce durează și poate fi al nostru în tot timpul unei vieți de iubire. Tot așa, deși îndrăgostirea nu este ea însăși iubire, este totuși o parte dintr-un plan măreț și misterios al iubirii.

Dependența

O a doua concepție comună greșită despre iubire o reprezintă ideea că dependența este iubire. Este vorba de o concepție greșită cu care psihologii au de-a face zilnic. Efectele ei cele mai dramatice pot fi văzute atunci când cineva încearcă, amenință sau face gestul de a se sinucide sau atunci când devine iremediabil deprimat ca răspuns la respingerea sau separarea de soț, iubit sau iubită. O astfel de persoană spune: „Nu vreau să trăiesc, nu pot trăi fără soțul meu (soția, prietenul, prietena), îl (o) iubesc atât de mult." Iar când eu îi răspund așa cum fac frecvent: „Greșești, nu îți iubești soțul (soția, prietena, prietenul)", pacientul îmi răspunde furios: „Ce vreți să spuneți? Vă spun că nu pot trăi fără el (ea)." Încerc să-i explic: „Ceea ce descrii tu este parazitism, nu iubire. Când ai nevoie de altcineva pentru a supraviețui ești ca un parazit pentru acel cineva." În această relație nu există posibilitatea de a alege și libertate. E mai degrabă o problemă ce ține de necesitate decât de iubire. Iubirea este exercițiul liber al alegerii. Doi oameni se iubesc unul pe celălalt atunci când sunt capabili să trăiască unul fără celălalt, dar *aleg* să trăiască împreună.

Definesc dependența drept incapacitatea cuiva de a trăi din plin sau de a funcționa adecvat fără siguranța că cineva are o grijă activă de el. La adulții sănătoși fizic, dependența este patologică – este o boală, fiind totdeauna o manifestare a unei maladii sau disfuncții mintale. Ea trebuie distinsă de ceea ce numim îndeobște nevoile sau sentimentele de dependență. Noi toți – fiecare dintre noi –, chiar dacă încercăm să pretindem față de alții sau față de noi înșine contrariul, avem nevoi și sentimente de dependență. Toți avem dorința de a fi îngrijiți, hrăniți fără să facem vreun efort, să fim apărați de persoane mai puternice decât noi, cărora să le pese din toată inima de noi. Nu contează cât de puternici suntem, cât de grijulii și responsabili ca adulți, dacă ne uităm bine în noi înșine vom descoperi dorința de a fi luați în grijă de altcineva. Fiecare dintre noi, nu contează cât de bătrâni sau de maturi, caută sau i-ar plăcea să aibă în viață pe cineva care să se comporte ca un tată sau ca o mamă. Dar celor mai mulți dintre noi aceste dorințe sau sentimente nu le conduc viața; nu reprezintă tema predominantă a existenţei. Când ele ajung să ne conducă viaţa şi dictează felul în care ne ducem existenţa, atunci e vorba de ceva mai mult decât de nevoi şi sentimente de dependenţă – suntem dependenţi. De obicei, cineva a cărui viaţă este condusă şi dictată de nevoile de dependenţă suferă de o tulburare psihiatrică, pe care atunci când o diagnosticăm o numim „tulburare de personalitate dependentă pasivă". Este probabil cea mai comună tulburare psihiatrică dintre toate.

Oamenii cu această tulburare, care au dependenţă pasivă, sunt atât de ocupaţi în a căuta să fie iubiţi, că nu le mai rămâne energie să iubească. Ei sunt ca acei oameni care mor de foame şterpelind de peste tot mâncare fără a avea vreodată mâncarea lor, pe care să o poată da şi altora. E ca şi cum în ei ar exista un gol, un puţ fără fund ce strigă să fie umplut, dar care nu poate fi vreodată plin. Ei nu se simt niciodată „umpluţi" şi nu au niciodată senzaţia de plinătate. Totdeauna spun că simt că „o parte din mine lipseşte". Tolerează foarte greu singurătatea. Din cauza lipsei de plinătate, ei nu au cu adevărat senzaţia de identitate şi se definesc pe ei înşişi doar prin relaţiile pe care le au cu alţi oameni. Un muncitor la presa hidraulică, extrem de deprimat, a venit să mă vadă la trei zile după ce soţia îl părăsise, luând cu ea şi cei doi copii. Ea îl mai ameninţase că pleacă de vreo trei ori înainte, plângându-se de totala lui lipsă de atenţie faţă de ea şi faţă de copii. De fiecare dată însă el a implorat-o să rămână, promiţându-i că se va schimba, dar schimbarea lui nu a durat niciodată mai mult de o zi, iar ea îşi menţinea în continuare ameninţarea. El nu dormise de două nopţi, tremura din cauza anxietăţii, lacrimile îi curgeau pe faţă şi se gândea serios la sinucidere. „Nu pot trăi fără familia mea", a spus el vărsând lacrimi. „Îi iubesc atât de mult!"

„Sunt cam încurcat, i-am spus. Mi-ai spus că plângerile soţiei tale sunt întemeiate, că nu ai făcut niciodată nimic pentru ea, că veneai acasă doar când aveai chef, că nu erai interesat de partea emoțională sau sexuală în ceea ce o privea, că nu vorbeai cu copiii timp de luni de zile, că nu te-ai jucat cu ei niciodată și nu i-ai luat nicăieri. Nu înțeleg de ce ești atât de deprimat de pierderea unei relații care nici măcar nu a existat."

„Nu înțelegeți?", mi-a răspuns el. „Acum nu mai sunt nimic. Nimic. Nu am nevastă. Nu am copii. Nu știu cine sunt. Poate că nu am grijă de ei, dar trebuie să-i iubesc. Sunt nimic fără ei."

Din cauză că era atât de deprimat – pierzându-și identitatea pe care i-o dădea familia –, i-am fixat o întâlnire peste două zile. Mă așteptam doar la o mică îmbunătățire. Dar când s-a întors, a dat buzna în birou zâmbind vesel și a anunțat: „Acum totul e în regulă."

„Te-ai împăcat cu familia?", am întrebat.

„O, nu, mi-a răspuns el fericit. N-am mai auzit de ei de când am fost la dvs. Dar am întâlnit o fată noaptea trecută la barul unde merg de obicei. Mi-a spus că mă place cu adevărat. Și ea e separată, exact ca și mine. Ne-am dat întâlnire diseară. Simt iarăși că sunt om. Bănuiesc că nu o să ne revedem."

Faptul de a fi schimbător este o caracteristică a indivizilor dependenți pasiv. Lucrurile se petrec de parcă n-ar conta de cine sunt dependenți, atât timp cât sunt dependenți de cineva. Nu contează nici că identitatea lor există doar dacă le-o dă cineva. Prin urmare, relațiile pe care le au, deși par dramatice în intensitatea lor, sunt în realitate extrem de superficiale. Din cauza forței senzației de gol interior și a foamei de a-l umple, oamenii dependenți pasiv nu vor suporta nicio amânare în satisfacerea nevoii de ceilalți. O tânără frumoasă, sclipitoare și într-un fel destul de sănătoasă a întreținut o serie aproape nesfârșită de relații sexuale, de la 17 până la 21 de ani, cu bărbați inferiori ei ca inteligență și capacitate. Trecea de la un ratat la altul. Problema, așa cum a reieșit, consta în faptul că nu era în stare să aștepte îndeajuns pentru a găsi un bărbat care să i se potrivească sau măcar să aleagă dintre bărbații ce i se ofereau pe loc. În următoarele douăzeci și patru de ore după ce rupea o relație, culegea imediat primul bărbat pe care-l întâlnea într-un bar și venea apoi la următoarea ședință de terapie lăudându-l: „Știu că e șomer și bea prea mult, dar în fond este foarte talentat și chiar îi pasă de mine. Știu că relația asta are să meargă."

Dar nu mergea niciodată, nu doar din cauză că nu făcea alegeri bune, dar și pentru că începea să se agațe de acel bărbat, cerându-i din ce în ce mai multe dovezi de afecțiune, căutând să fie mereu cu el, refuzând să-l lase singur. „Din cauză că te iubesc prea mult nu pot suporta să stau separat de tine", îi spunea ea, dar mai devreme sau mai târziu el se simțea cu totul sufocat, închis într-o cușcă, fără spațiu de mișcare din cauza „iubirii" ei. Apărea o reacție violentă, relația se termina, iar ciclul se relua în ziua următoare. Ea a reușit să rupă acest ciclu după doar trei ani de terapie, în care a ajuns să-și aprecieze propria inteligență și bogăție, să-și identifice golul interior și foamea de a-l umple și să facă distincție între aceasta din urmă și iubirea sinceră, să-și dea seama de felul în care foamea o determina să inițieze și să se agațe de relații care erau în detrimentul ei și să accepte necesitatea unei discipline stricte în ceea ce privește foamea de care am vorbit, dacă voia să profite de darurile cu care fusese înzestrată.

În denumirea diagnosticului, cuvântul „pasiv" este folosit în conjuncție cu cuvântul „dependent" pentru că individul este preocupat doar de ce pot face ceilalți pentru el, excluzând ce poate face el însuși pentru sine. Odată, când lucram cu un grup de cinci pacienți necăsătoriți, toți dependenți pasiv, le-am cerut să vorbească despre scopurile lor și să spună ce situații de viață ar vrea să trăiască în următorii cinci ani. Într-un fel sau altul, fiecare dintre ei mi-a răspuns: „Aș vrea să mă căsătoresc cu cineva căruia să-i pese de mine." Niciunul nu a menționat faptul de a avea o slujbă incitantă, de a face o operă de artă, de a face ceva pentru comunitate, de a iubi pe cineva sau de a avea copii. Noțiunea de efort nu era invocată în visurile lor; ei își imaginau doar o stare lipsită de efort din partea lor, în care altcineva să aibă grijă de ei. Le-am spus așa cum le-am spus-o multor altora: „Dacă scopul tău este să fii iubit, vei eșua să-l împlinești. Singurul fel în care te poți asigura că ești iubit este să fii o persoană care merită iubirea; și nu poți fi o persoană care să merite iubirea dacă scopul tău principal în viață este să fii iubit, iar tu să fii pasiv."

Asta nu înseamnă că oamenii dependenți pasiv nu fac niciodată nimic pentru ceilalți, ci că motivul lor când fac ceva este de a întări atașamentul celorlalți față de ei, pentru a se asigura că li se va purta de grijă. Când nu există însă posibilitatea ca celălalt să le poarte de grijă, au mari dificultăți în a face „unele lucruri". Toți membrii grupului mai sus menționat întâmpină dificultăți chinuitoare când e să-și cumpere o casă pentru a trăi separați de părinți, să-și găsească o slujbă, să părăsească vechea slujbă, care e total nesatisfăcătoare, sau chiar să aibă un hobby.

În căsnicie e normal să existe o diferențiere a rolurilor celor doi parteneri, o diviziune a muncii. Femeia, de obicei, gătește, face curat în casă, face cumpărături și are grijă de copii; bărbatul este de obicei angajat, are grijă de finanțe, tunde gazonul și repară ce se strică. În cuplurile sănătoase, rolurile se schimbă uneori între parteneri. Bărbatul poate găti o masă uneori, poate să-și petreacă o săptămână cu copiii, să facă curat în casă pentru a-și impresiona soția; soția își poate lua o slujbă cu normă redusă, poate tunde gazonul de ziua soțului ei sau chiar să ia asupra sa sarcina de a plăti facturile. Cuplul se gândește deseori la această schimbare de roluri ca la un fel de joacă, ce adaugă ceva nou mariajului lor. Așa este, dar poate că mult mai important (chiar dacă e făcut inconștient) este procesul care diminuează dependența lor tacită unul față de altul. Într-un fel, fiecare partener se antrenează pentru a supraviețui în eventualitatea pierderii celuilalt. Dar pentru oamenii dependenți pasiv, pierderea celuilalt înseamnă o perspectivă atât de înfricoșătoare, încât nu pot face față pregătirii pentru ea și nu pot tolera un proces care le-ar diminua dependența sau le-ar crește libertatea față de ceilalți. Prin urmare, unul dintre semnele comportamentale ce indică persoana dependentă pasiv într-o căsnicie este acela că diferențierea rolurilor este rigidă, ei caută să crească dependența tacită în loc de a o diminua, astfel încât să facă din căsnicie mai mult o cușcă. Procedând astfel în numele a ceea ce ei numesc iubire, care în realitate este doar dependență, ei își diminuează libertatea și demnitatea lor și a partenerilor. Câteodată, ca făcând parte din acest proces, oamenii dependenți pasiv vor abandona ceea ce învățaseră să facă înainte de căsătorie. Un exemplu ar fi sindromul nu ieșit din comun al soției care „nu poate" să conducă mașina. În jumătate din cazuri, se poate să nu fi învățat niciodată să conducă, dar în celelalte cazuri, uneori, chipurile, din cauza unui accident minor, după ce se căsătorește, ea dezvoltă o „fobie" față de condus și nu mai conduce. Efectul acestei „fobii" în zonele rurale și suburbane, unde trăiesc cei mai mulți dintre oameni, este că o face aproape total dependentă de soțul ei și că îl leagă pe soț de ea prin neajutorarea ei. Acum, el trebuie să facă toate cumpărăturile pentru familie sau să o facă pe șoferul la toate drumurile pentru cumpărături. Pentru că acest comportament răsplătește de obicei nevoile de dependență ale celor doi soți, majoritatea cuplurilor nu îl văd niciodată ca pe un lucru rău sau măcar ca pe o problemă ce ar trebui rezolvată. Când i-am sugerat unui bancher, altfel extrem de inteligent, că soția lui, care brusc a încetat să mai conducă mașina la vârsta de 46 de ani din cauza „fobiei", ar putea avea o problemă care să necesite atenția unui psihiatru, el a spus: „Oh, nu, doctorul i-a spus că este din cauza menopauzei și că nu se poate face nimic în această privință.“ Ea se asigura știind că el nu se va încurca cu alta și nu o va părăsi, fiind ocupat după serviciu cu cumpărăturile pe care le făcea și luând copiii de la școală. El se asigura știind că ea nu se va încurca cu altul, pentru că nu mai avea mobilitatea necesară pentru a întâlni alți oameni când nu mai erau împreună. Printr-un astfel de comportament, căsătoriile în care se manifestă o dependență pasivă pot dura și pot fi apărate, dar nu pot fi considerate nici sănătoase, nici întemeiate pe iubire veritabilă, pentru că securitatea este cumpărată cu prețul libertății, iar relația servește întârzierii sau distrugerii dezvoltării spirituale a partenerilor. Iarăși și iarăși le spunem cuplurilor care vin la noi: „O căsnicie bună nu poate exista decât între doi oameni puternici și independenți.“

Dependența pasivă își are originea în lipsa iubirii. Sentimentul interior de gol de care suferă oamenii dependenți pasiv este un rezultat direct al eșecului părinților lor de a răspunde nevoii de afecțiune, atenție și grijă din copilărie. În primul capitol s-a menționat faptul că acei copii care sunt iubiți și îngrijiți cu o anumită consecvență intră în perioada adultă cu un adânc sentiment că sunt demni de iubit și valoroși și astfel că vor fi iubiți atât timp cât rămân cu adevărat ei înșiși. Copiii care cresc într-o atmosferă în care le lipsesc dragostea și grija pentru ei sau acestea le sunt acordate cu grosolană inconsecvență intră în perioada adultă fără niciun sentiment de securitate interioară. Mai degrabă, ei au o senzație interioară de insecuritate, un sentiment de felul „Nu am destul“, au senzația că lumea este plină de neprevăzut și nu are nimic de dăruit, dar și îndoiala că ei înșiși ar fi demni de a fi iubiți și valoroși. Nu este de mirare atunci că simt nevoia de a scotoci după iubire, grijă și atenție oriunde cred că ar putea da de ele și, odată ce le-au găsit, se agață de acestea cu disperare, fapt care-i conduce spre un comportament lipsit de iubire, care manipulează, machiavelic, și care distruge relația pe care vor să o păstreze. Așa cum am mai indicat în capitolul anterior, dragostea și disciplina merg mână în mână, astfel încât părinții neiubitori, care nu au grijă de copiii lor, sunt oameni cărora le lipsește disciplina, iar când eșuează în a le oferi copiilor senzația că sunt iubiți, eșuează și în a le oferi capacitatea de a se autodisciplina. Astfel, excesiva dependență a indivizilor dependenți pasiv este doar principala manifestare a tulburării lor de personalitate. Oamenilor dependenți pasiv le lipsește disciplina de sine. Ei nu sunt dispuși sau nu sunt în stare să amâne răsplata în foamea lor de atenție din partea celorlalți. În disperarea de a forma și de a păstra atașamentul, ei își părăsesc orice urmă de onestitate. Se agață de relațiile uzate când ar trebui să renunțe la ele. Foarte important, le lipsește un simț al responsabilității față de ei înșiși. Privesc pasiv la ceilalți, deseori chiar la copiii lor, ca sursă a fericirii și împlinirii lor și, astfel, atunci când nu se simt fericiți sau împliniți, simt că ceilalți sunt responsabili. Prin urmare, sunt mereu furioși din cauza faptului că se simt mereu lăsați la o parte de ceilalți, care, în realitate, nu ar putea satisface niciodată toate nevoile lor ca să-i „facă" fericiți. Am un coleg care le spune deseori oamenilor: „Uite ce e, să te lași pe tine însuți să devii dependent de o altă persoană este cel mai rău lucru pe care poți să ți-l faci. E mai bine să fii dependent de heroină. Atât timp cât ai provizii suficiente, heroina nu te dezamăgește; dacă o iei, te va face întotdeauna fericit. Dar dacă aștepți de la o altă persoană să te facă fericit, vei fi mereu dezamăgit." De fapt, nu este accidental faptul că tulburarea cea mai obișnuită pe care o manifestă oamenii dependenți pasiv este dependența de droguri și alcool. Ei au o personalitate „vicioasă". Își fac din relația cu alți oameni un viciu, îi exploatează și îi seacă, iar când nu mai există cineva de exploatat se întorc deseori spre sticlă, seringă sau țigară, ca un substitut pentru oameni.

În rezumat, dependența poate părea iubire pentru că este o forță care îi face pe oameni să se atașeze unul de altul cu disperare. Dar în realitate nu este iubire; este o formă de antiiubire. Ea își are originea în eșecul părinților de a-și iubi copilul, iar dependența pasivă perpetuează eșecul. Ea caută să primească mai degrabă decât să dea. Alimentează mai degrabă infantilismul decât dezvoltarea. Lucrează mai degrabă pentru a închide în cușcă și a constrânge decât să elibereze. În ultimă instanță, mai degrabă distruge relațiile decât să le construiască și mai curând distruge oamenii decât să-i ajute să se dezvolte.

Investire fără iubire

Unul dintre aspectele dependenței îl reprezintă faptul că ea nu este preocupată de dezvoltarea spirituală. Oamenii dependenți sunt interesați de propria lor hrănire, dar nu de mai mult; ei vor să se umple, ei doresc să fie fericiți; nu doresc nici să crească spiritual, nici nu tolerează nefericirea, singurătatea și suferința implicate în dezvoltarea lor. Oamenilor dependenți nu le pasă nici de dezvoltarea spirituală a altora, obiect al dependenței lor; nu le pasă de ceilalți decât în măsura în care sunt acolo pentru a le satisface dorințele. Dependența este doar una dintre formele de comportament în care preocuparea pentru dezvoltare spirituală lipsește și pe care în mod incorect o numim „iubire". Vom lua acum în considerare alte astfel de forme și sperăm să demonstrăm din nou că iubirea nu este niciodată nutrire sau investire fără legătură cu creșterea spirituală.

Deseori spunem despre oameni că iubesc obiecte inanimate sau diferite activități. Spunem, de pildă: „el iubește banii" sau „el iubește puterea" sau „el își iubește grădina" sau „el iubește jocul de golf." Fără îndoială, un individ își poate extinde mult peste obișnuit limitele personale, lucrând şaizeci, şaptezeci, optzeci de ore pe săptămână pentru a dobândi bogăţie sau putere. Totuşi, în ciuda extinderii averii sau a influenţei, acumularea poate să nu însemne o lărgire a sinelui. Într-adevăr, de multe ori se poate să spunem despre un „grangur" ajuns astfel prin puterile sale: „Este un om mic, meschin şi mărginit." Deşi vorbim despre cât de mult iubeşte el banii sau puterea, nu îl percepem ca fiind un om iubitor. De ce se întâmplă astfel? Pentru că bogăţia sau puterea au devenit pentru aceşti oameni mai degrabă scopuri în sine decât mijloace pentru un obiectiv spiritual. Singurul rest adevărat al iubirii este creşterea spirituală sau evoluţia umană.

Hobby-urile sunt activităţi care hrănesc sinele. Iubindu-ne pe noi înşine – adică hrănindu-ne pe noi înşine cu scopul de a ne dezvolta spiritual – avem nevoie să ne oferim singuri tot felul de lucruri care nu sunt în mod direct spirituale. Pentru a hrăni spiritul, trupul trebuie de asemenea hrănit. Avem nevoie de mâncare şi de adăpost. Indiferent de cât de devotaţi suntem dezvoltării spirituale, avem nevoie de odihnă şi relaxare, exerciţiu şi distracţie. Sfinţii mai trebuie să şi doarmă şi chiar profeţii trebuie să se joace. Astfel, hobby-urile pot fi un mijloc prin care ne iubim pe noi înşine. Dar hobby-ul ajunge un scop în sine atunci când mai curând devine un substitut decât un mijloc de dezvoltare de sine. Uneori, tocmai pentru că reprezintă un substitut pentru dezvoltarea de sine, ele ajung atât de populare. La cursurile de golf, de exemplu, pot fi întâlniţi bărbaţi şi femei agitaţi, al căror scop principal în viaţă este de a da lovituri cât mai reuşite atunci când joacă. Efortul lor pasionat de a-şi îmbunătăţi capacităţile le serveşte pentru a le da o senzaţie de progres în viaţă şi de a-i ajuta astfel să ignore realitatea faptului că s-au oprit să progreseze, că au renunţat la efortul de a se îmbunătăţi ca fiinţe umane. Dacă s-ar iubi mai mult, poate că nu ar mai fi atât de implicaţi în atingerea unui scop atât de puțin profund și nu ar mai avea un viitor atât de îngust.

Pe de altă parte, puterea și banii pot fi mijloace pentru un scop al iubirii. Cineva, de pildă, se poate zbate pentru a face carieră în politică, având ca obiectiv principal binele rasei umane. Sau există oameni care pot să adune avere nu de dragul banilor, ci pentru a-și trimite copiii la colegiu sau pentru a-și oferi lor înșile timp pentru studiu și reflecție, necesare dezvoltării lor spirituale. Acești oameni nu iubesc banii și puterea; ei iubesc umanitatea.

În lucrurile pe care le spun aici și de-a lungul acestui capitol, folosirea de către oameni a cuvântului „iubire" este atât de generală și de imprecisă, încât interferează cu semnificația pe care i-o dăm noi. Nu am mari așteptări că limbajul se va schimba în această privință. Totuși, atâta vreme cât vom continua să folosim cuvântul „iubire" pentru a descrie relațiile cu orice este important pentru noi, indiferent în ce lucru am investi, fără legătură cu calitatea relației, vom continua să avem dificultăți în a discerne diferența dintre înțelept și nebun, dintre bun și rău, dintre nobil și ignobil.

Folosind definiția noastră mai precisă, este clar, de exemplu, că nu putem iubi decât oamenii. Și aceasta pentru că, așa cum concepem noi lucrurile, doar ființele umane posedă un spirit capabil de o dezvoltare substanțială.* Să luăm în

---

* Recunosc că este posibil ca o astfel de concepție să fie falsă și că orice există poate să posede spirit. Distincția dintre noi ca ființe umane și diferite de animalele „inferioare", de plante, de pământul și pietrele inanimate este o manifestare a *maya*, o iluzie, în structura de referință mistică. Există niveluri diferite de înțelegere. În această carte mă ocup de iubire la un anumit nivel de înțelegere. Din păcate, capacitatea mea de comunicare este inadecvată pentru a cuprinde mai mult decât un singur nivel o dată sau pentru a face mai mult decât a arunca o privire fugară spre un alt nivel decât cel despre care discutăm.

considerare animalele de casă. „Iubim" câinele familiei. Îl hrănim, îi facem baie, îl pieptănăm şi-l mângâiem, îl dresăm şi ne jucăm cu el. Când este bolnav, se poate să lăsăm totul la o parte şi să alergăm cu el la veterinar. Când se pierde sau moare se poate să fim foarte îndureraţi. Într-adevăr, pentru unii oameni singuri, fără copii, animalele de casă pot deveni singura lor raţiune de a trăi. Dacă asta nu e iubire, atunci ce e? Să examinăm însă diferenţele dintre relaţia cu un animal de casă şi aceea cu o fiinţă umană. Mai întâi, comunicarea cu un animal de casă este foarte limitată în comparaţie cu aceea pe care am putea-o avea cu o fiinţă umană, dacă am lucra pentru aceasta. Noi nu ştim ce gândeşte animalul nostru de casă. Această lipsă a cunoaşterii ne permite să ne proiectăm în animalele de casă propriile gânduri şi sentimente şi astfel să simţim faţă de ele o apropiere emoţională care s-ar putea să nu corespundă deloc realităţii. În al doilea rând, suntem mulţumiţi de animalele noastre doar atât timp cât voinţa lor corespunde cu a noastră. Pe această bază ne alegem animalele de casă, iar dacă voinţa lor nu corespunde semnificativ cu a noastră, le alungăm. Nu ţinem împrejurul nostru animale care protestează şi se răzbună pe noi. Singura şcoală pe care o facem cu animalele noastre este şcoala obedienţei. Este însă posibil să dorim pentru alţi oameni ca ei să-şi dezvolte „o cale a lor"; într-adevăr, dorinţa ca ceilalţi să fie diferiţi este una dintre caracteristicile iubirii sincere. În final, în relaţiile cu animalele de casă noi căutăm să le cultivăm dependenţa faţă de noi. Nu vrem să crească şi să plece apoi de acasă. Vrem ca ele să rămână cu noi, dependente şi aproape de sufletul nostru. Apreciem în special ataşamentul faţă de noi mai degrabă decât independenţa lor.

Problema „iubirii" animalelor este foarte importantă, pentru că mulţi, foarte mulţi oameni sunt capabili să „iubească" *doar* animalele şi sunt incapabili să iubească sincer o fiinţă umană. Un mare număr de soldaţi americani au avut căsătorii idilice cu „mirese de război" din Germania, Italia sau Japonia, cu care nu pot comunica verbal. Dar când miresele lor au învățat să vorbească englezește, căsătoriile au început să se șubrezească. Militarii nu își mai puteau proiecta asupra nevestelor propriile gânduri, sentimente, dorințe și scopuri și nu mai puteau simți aceeași senzație de apropiere pe care alții o simt față de un animal de casă. Când soțiile lor învață limba engleză, bărbații încep să-și dea seama că aceste femei au idei, opinii și obiective diferite de ale lor. Pe măsură ce se întâmplă acest lucru, iubirea începe să crească pentru unii dintre ei; pentru cei mai mulți însă, ea se sfârșește. Femeia acum eliberată are dreptate să se păzească de bărbatul care cu afecțiune o consideră un animal de casă. El poate fi într-adevăr un individ a cărui afecțiune depinde de faptul că ea este asemeni unui animal de casă, un individ care nu are capacitatea de a respecta forța, independența, individualitatea. Poate că exemplul cel mai trist pentru acest fenomen este numărul mare de femei care nu sunt capabile să-și iubească copiii decât atunci când sunt sugari. Asemenea femei pot fi întâlnite pretutindeni. Ele pot fi mame ideale până când copilul împlinește doi ani – infinit de tandre, hrănindu-i cu bucurie la sân, mângâindu-i și jucându-se cu copilașii lor, mereu pline de afecțiune, total dedicate creșterii lor și extrem de fericite în ipostaza de mame. Apoi, aproape peste noapte, tabloul se schimbă. Imediat ce copilul începe să-și manifeste propria voință – să nu se supună, să se vaite, să refuze să se joace, câteodată să nu vrea să fie mângâiat, să se atașeze de alți oameni, să-și construiască o lume a lui – iubirea mamei se sfârșește. Ea-și pierde interesul față de el, investirea, îl percepe doar ca pe o bătaie de cap. În același timp, va simți o dorință copleșitoare de a fi iarăși însărcinată, să aibă iarăși un copil, un animal de casă. De obicei, va reuși să facă asta și ciclul se va repeta. Dacă nu, va căuta cu aviditate în vecini să aibă grijă de alți copii mici, în timp ce propriul ei copil, ceva mai mare, nu se va mai bucura de vreo atenţie. Pentru copil, „teribila vârstă de doi ani“ înseamnă nu numai sfârşitul perioadei de sugar, ci de asemenea sfârşitul experienţei iubirii din partea mamei. Durerea şi privarea de care au parte sunt evidente pentru oricine în afară de mamă, ocupată acum cu noul sugar. Efectul se vede în tiparul de personalitate depresivă sau de dependenţă pasivă, pe măsură ce copilul se îndreaptă spre vârsta adultă.

Se sugerează aici că „iubirea“ de sugari, animale şi chiar de parteneri dependenţi obedienţi este un tipar instinctual de comportament, căruia ar fi potrivit să-i aplicăm termenul de „instinct matern“ sau, mai general, de „instinct părintesc“. Putem să legăm acest fapt de comportamentul instinctual al „îndrăgostirii“: nu este vorba de o formă de iubire veritabilă, prin aceea că este relativ lipsită de efort şi nu este în totalitate un act de voinţă sau de alegere; ea încurajează supravieţuirea speciei, dar nu este orientată spre îmbunătăţire sau creştere spirituală; este aproape de iubire prin faptul că se îndreaptă către ceilalţi şi serveşte să iniţieze legături interpersonale din care poate apărea dragostea reală; dar pentru a dezvolta o căsnicie sănătoasă şi creatoare, pentru a creşte copii sănătoşi şi dezvoltaţi din punct de vedere spiritual sau pentru a contribui la evoluţia umanităţii este nevoie de mai mult decât atât.

Ideea este că hrănirea poate fi şi de obicei trebuie să fie mai mult decât o simplă nutriţie şi că stimularea creşterii spirituale este un proces infinit mai complicat decât cel condus de instincte. Mama menţionată la începutul acestei secţiuni, care nu îşi lăsa fiul să ia autobuzul spre şcoală, este un exemplu. Conducându-l cu maşina la şcoală şi apoi acasă, ea îl hrănea într-un anumit sens, dar era un surplus de care nu avea nevoie şi care în mod clar era mai degrabă un regres pentru creşterea lui spirituală. Alte exemple abundă: mame care îşi forţează copiii deja obezi să mănânce, taţi care le cumpără fiilor camere întregi de jucării şi fiicelor dulapuri întregi de haine; părinţi care nu stabilesc nicio limită şi nu se opun niciunei dorințe. Dragostea nu înseamnă a da pur și simplu; ea este o dăruire *judicioasă* și, tot așa, un refuz bine motivat. Este laudă meritată și critică constructivă. Este ceartă, strădanie, confruntare, îndemn, impulsionare și protecție, la care se adaugă alinare, toate acestea în mod judicios. Înseamnă să știi să conduci lucrurile. Cuvântul „judicios" înseamnă să judeci cu discernământ, iar aceasta necesită mai mult decât instinct; e nevoie de un proces bine gândit și deseori dureros de luare a deciziilor.

„Sacrificiu de sine"

Motivele din spatele dăruirii nejudicioase și al hrănirii distructive sunt multe, dar aceste cazuri au invariabil o trăsătură de bază comună: „dăruitorul", sub deghizarea iubirii, răspunde și își împlinește propriile lui nevoi, fără a ține cont de nevoile spirituale ale primitorului. Un pastor a venit fără prea multă tragere de inimă să mă vadă din cauză că soția sa suferea de o depresie cronică și amândoi fiii săi abandonaseră facultatea, locuiau acasă și erau în terapie psihiatrică. În ciuda faptului că întreaga lui familie era „bolnavă", la început era complet incapabil să înțeleagă că probabil și el juca un rol în boala lor. „Fac tot ce-mi stă în puteri să am grijă de ei și de problemele lor", povestea el. „Nu există niciun moment cât e ziua de lungă să nu mă gândesc la ei." Analiza situației a relevat faptul că acest om lucra într-adevăr pe brânci pentru a împlini cererile soției și ale copiilor săi. Le dăruise fiecăruia dintre fii câte o mașină și le plătise asigurarea, deși avea senzația că băieții ar fi trebuit să depună mai mult efort pentru a se întreține singuri. În fiecare săptămână își ducea soția la operă sau la teatru în oraș, chiar dacă îi displăcea profund să se ducă, iar opera îl plictisea de moarte. Cu toate că era îndeajuns de ocupat la slujbă, își petrecea cea mai mare parte a timpului deretecând după soția și copiii săi, care aveau un total dispreț pentru curățenia casei. „Nu ați obosit să vă tot ocupați de ei în tot acest timp?", l-am întrebat. „Ba da, bineînțeles, a răspuns el, dar ce altceva să fac? Îi iubesc și am prea multă compasiune pentru ei ca să nu le port de grijă. Preocuparea mea față de ei este atât de mare, încât nu mi-aș permite niciodată să stau când ei au nevoi care trebuie împlinite. Poate că nu sunt un bărbat strălucit, dar cel puțin sunt iubitor și îmi pasă de ei."

Interesant, a reieșit că tatăl său fusese un savant strălucit de un renume considerabil, dar de asemenea un alcoolic și un don juan, care arăta o completă lipsă de preocupare față de familie și o neglija grosolan. Încet-încet, pacientul meu a fost ajutat să înțeleagă că în copilărie el făcuse un legământ – să fie cât mai diferit de tatăl său, să fie un om plin de compasiune și de grijă în aceeași măsură în care tatăl său fusese nemilos și nepăsător. După o vreme a fost capabil să înțeleagă chiar că miza pe care o pusese în joc pentru a-și menține imaginea de sine de om iubitor și plin de compasiune era extraordinar de mare și că mult din comportamentul său, inclusiv cariera de pastor, fusese dedicat cultivării acestei imagini. Ceea ce nu a înțeles atât de ușor a fost gradul în care își infantilizase familia. Se referea continuu la soția sa ca fiind „pisicuța mea" și la fiii săi mari și voinici ca fiind „micuții". „Cum altfel să mă comport?", a pledat el. „S-ar putea să fiu prea iubitor ca reacție la comportamentul tatălui meu, dar acest lucru nu înseamnă să devin neiubitor sau să mă preschimb într-un ticălos." Ceea ce trebuia el să știe cu adevărat era că iubirea este mai complicată decât o simplă activitate, că ea cere participarea cu întreaga ființă – cu mintea și cu sufletul. Din cauza dorinței sale de a fi altfel decât tatăl său cât mai mult posibil, nu a putut să dezvolte un sistem de reacție flexibil pentru a-și exprima iubirea. A trebuit să învețe că a nu dărui când trebuie înseamnă mai multă compasiune decât a dărui când nu trebuie și că a cultiva independența celorlalți era un act mai iubitor decât cel de a avea grijă de oamenii care ar fi putut să aibă grijă de ei înșiși și singuri. A trebuit să învețe chiar că a-și exprima propriile nevoi, mânii, sentimente și așteptări era un lucru la fel de necesar pentru sănătatea mintală a familiei sale ca și sacrificiul de sine și că, prin urmare, iubirea trebuie să se manifeste și în confruntare tot atât de mult ca în acceptarea fericită.

Treptat, începând să-și dea seama cum și-a infantilizat familia, a început să facă schimbări. A încetat să strângă lucrurile după fiecare și s-a înfuriat când fiii săi nu au participat cum s-ar fi cuvenit la îngrijirea casei. A refuzat să continue să plătească asigurarea pentru mașinile lor, spunându-le că, dacă vor să conducă, va fi necesar să o plătească singuri. A sugerat că soția sa ar trebui să meargă singură la operă în New York. Făcând aceste schimbări, el risca să apară ca „băiatul cel rău" și a trebuit să renunțe la vechiul său rol de om atotputernic ce asigură nevoile familiei. Însă deși comportamentul lui anterior fusese motivat în primul rând de nevoia de a-și menține imaginea de sine ca fiind o persoană iubitoare, el avea capacitatea interioară de a iubi sincer și de aceea a fost în stare să realizeze acele modificări în el însuși. Atât soția, cât și cei doi fii ai lui au reacționat inițial cu furie la aceste schimbări. Dar curând, unul dintre fii s-a reîntors la facultate, iar celălalt și-a găsit o slujbă destul de solicitantă și și-a luat un apartament de unul singur. Soția sa a început să se bucure de noua ei independență și să se dezvolte în propriul ei fel. Bărbatul a devenit mai eficient în slujba sa de pastor și în același timp a avut o viață mai împlinită.

Din fericire, dragostea prost orientată a pastorului nu a ajuns mai departe, la o mai gravă perversiune a iubirii, care este masochismul. Profanii tind să asocieze sadismul și masochismul cu pura activitate sexuală, gândindu-le ca fiind plăceri sexuale ce provin din a produce sau a suferi durerea fizică. De fapt, adevăratul sado-masochism de ordin sexual este o formă relativ neobișnuită de psihopatologie. Cu mult mai obișnuit și în ultimă instanță mai grav este fenomenul sado-masochismului social, în care oamenii doresc în mod inconștient să rănească sau să fie răniți în relațiile lor interpersonale de natură nonsexuală.

Ca exemplu tipic, o femeie va căuta asistență psihiatrică pentru depresiile cauzate de abandonarea ei de către soț. Îi va spune psihiatrului o poveste nesfârșită despre cât de rău o tratează soțul ei: nu-i dă nicio atenție, o înșală cu o amantă, joacă banii de mâncare, pleacă de acasă cu zilele oricând are chef, vine beat acasă și o bate, iar în cele din urmă îi părăsește pe ea și pe copii în Ajunul Crăciunului – chiar în Ajunul Crăciunului! Inițial, terapeutul tinde să-i răspundă acestei „sărmane femei" cu o simpatie instantanee, dar nu durează mult și simpatia se evaporă odată ce află și alte lucruri. Mai întâi, terapeutul descoperă că acest tipar de rău tratament există de douăzeci de ani și că în acest timp „sărmana femeie" a divorțat brutal de soțul ei de două ori, apoi s-a recăsătorit cu el de două ori, și că au existat nenumărate separări, urmate de tot atâtea reîmpăcări. În continuare, după ce lucrează cu ea o lună sau două, ajutând-o să-și câștige independența, când totul pare să meargă bine, iar femeia se bucură în sfârșit de liniștea unei vieți departe de soțul ei, terapeutul vede cum ciclul se reia. Femeia dă buzna în birou într-una din zile, anunțând fericită că: „Henry s-a întors. Mi-a dat telefon cu o noapte înainte și mi-a spus că vrea să mă vadă. Pare complet schimbat, așa că l-am primit înapoi." Când terapeutul arată că pare a fi vorba doar de o repetiție a tiparului asupra căruia el împreună cu femeia căzuseră de acord că este distructiv, femeia spune: „Dar îl iubesc. Nu puteți nega iubirea." Dacă terapeutul încearcă să examineze cu zel „iubirea", pacienta renunță la terapie.

Ce se întâmplă aici? În încercarea de a înțelege lucrurile, terapeutul își amintește de evidenta mulțumire cu care femeia i-a povestit lunga istorie a felului în care este tratată de soțul ei și despre brutalitatea acestuia. Brusc, răsare o idee ciudată; poate că femeia rabdă tratamentul soțului ei, ba chiar îl caută, pentru chiar plăcerea de a vorbi despre el. Dar care să fie natura unei astfel de plăceri? Terapeutul își amintește atunci de corectitudinea arătată de femeie. Oare nu este vorba de faptul că lucrul cel mai important din viața ei este de a avea un sentiment de superioritate morală și, pentru a menține acest sentiment, are nevoie să fie rău tratată? Natura tiparului comportamental devine clară. Permițându-i să o trateze ca pe un lucru inferior, ea se simte superioară. În ultimă instanță, poate avea plăcerea sadică de a vedea cum soțul ei o roagă și o imploră să-l primească și cum pentru moment îi recunoaște superioritatea din poziția sa umilă, în timp ce ea decide dacă va avea sau nu mărinimia să se împace cu el. În acel moment, ea își ia revanșa. Când sunt consultate aceste femei, se descoperă, în general, că ele au fost umilite atunci când au fost copii. Ca rezultat, caută să se răzbune prin sentimentul lor de superioritate morală, care necesită umilință repetată și maltratare. Dacă lumea ne tratează bine, nu avem nevoie să ne luăm revanșa. Când căutarea răzbunării este scopul nostru în viață, vom avea nevoie să vedem cum lumea ne tratează rău pentru a ne justifica scopul. Masochiștii privesc supunerea lor la maltratare ca fiind iubire, ea nefiind de fapt altceva decât o necesitate de căutare nesfârșită a răzbunării, motivată în mod fundamental de ură.

Problema masochismului luminează și o altă concepție greșită despre iubire, destul de răspândită – cea a sacrificiului de sine. În virtutea acestei credințe, masochistul tipic poate vedea toleranța lui la maltratare ca sacrificiu de sine și astfel ca iubire, fără a-și recunoaște, prin urmare, ura. Pastorul a văzut, de asemenea, în comportamentul lui de a se sacrifica pe sine, iubire, deși era motivat nu de nevoile familiei, ci de propria necesitate de a-și menține o anume imagine despre sine însuși. La începutul tratamentului, el vorbea continuu despre „ce făcea“ pentru soţia şi copiii săi, lăsând impresia că nu obţine nimic din aceste acte. Dar obţinea. Dacă ne gândim la noi înşine ca făcând ceva *pentru* altcineva, ne negăm într-un fel responsabilitatea. Orice am face este pentru că alegem acest lucru, deoarece ne satisface cel mai mult. Dacă facem ceva pentru altul este pentru a ne satisface o nevoie pe care noi o avem. Părinţii care le spun copiilor: „Ar trebui să fii recunoscător pentru tot ce ţi-am dat“ sunt invariabil părinţi cărora le lipseşte iubirea într-un grad semnificativ. Oricine iubeşte veritabil cunoaşte plăcerea de a iubi. Când iubim cu adevărat, o facem pentru că aşa vrem. Avem copii deoarece îi dorim, iar dacă suntem părinţi iubitori, este pentru că alegem să fim aşa. Este adevărat că dragostea implică o schimbare de sine, dar aceasta este mai degrabă o extindere de sine decât un sacrificiu de sine. Aşa cum vom discuta din nou mai încolo, iubirea sinceră este o activitate de umplere de sine. Însă este chiar mai mult; ea lărgeşte, nu diminuează sinele; ea îl umple şi nu îl seacă. Într-un sens, iubirea este la fel de egoistă ca noniubirea. Iată iarăşi un paradox în faptul că dragostea este egoistă şi neegoistă în acelaşi timp. Nu egoismul sau neegoismul este cel care distinge iubirea de neiubire; scopul acţiunii este cel care face această distincţie. În cazul iubirii veritabile, obiectivul este totdeauna dezvoltarea spirituală. În cazul neiubirii, scopul este întotdeauna altul.

Iubirea nu este un sentiment

Am spus că iubirea este o acţiune, o activitate. Acest lucru ne conduce spre o altă concepţie greşită despre iubire, despre care trebuie să vorbim. Iubirea nu este un sentiment. Mulţi, mulţi oameni cred că posedă un sentiment de iubire şi chiar acţionează ca reacţie la acesta în toate felurile lipsite de dragoste şi distrugătoare. Pe de altă parte, un individ care iubeşte sincer îşi va revărsa dragostea în acţiuni constructive pentru o persoană pe care el o displace, pentru care nu are sentimente de iubire și poate chiar, într-un fel, acea persoană chiar îi repugnă.

Sentimentul iubirii este emoția care acompaniază experiența investirii, care, ne amintim, este procesul prin care un obiect devine important pentru noi. Odată ce investim în el, obiectul, la care în mod normal ne referim ca fiind „obiect al iubirii“, este investit cu energia noastră ca și cum ar fi parte din noi înșine, iar relația dintre noi și obiectul în care am investit se numește investire. Pentru că s-ar putea să avem mai multe astfel de relații în același timp, vorbim de investirile noastre. Procesul de a ne retrage energia dintr-un obiect al iubirii, care astfel își pierde importanța pentru noi, se numește contra-investire. Concepția greșită după care iubirea este un sentiment se datorează confuziei pe care o facem între investire și iubire. Această confuzie este de înțeles, pentru că sunt procese similare, existând însă și diferențe izbitoare între ele. Mai întâi, așa cum s-a arătat, putem investi în orice obiect, animat sau neanimat, posedând sau nu spirit. O persoană poate investi la bursă sau într-o bijuterie și poate simți iubire față de astfel de lucruri. În al doilea rând, faptul că am investit într-o altă ființă umană arată că nu ne pasă câtuși de puțin de dezvoltarea ei spirituală. O persoană care este dependentă va simți de obicei teamă față de dezvoltarea spirituală a partenerului în care a investit. O mamă care insistă să-și conducă fiul cu mașina la școală și apoi acasă în mod clar a investit în acel băiat; el este important pentru ea, dar nu la fel de importantă e și dezvoltarea lui spirituală. În al treilea rând, intensitatea investirilor pe care le facem deseori nu are nimic comun cu înțelepciunea sau cu angajarea. Doi străini se pot întâlni într-un bar și pot să investească într-o relație astfel încât nimic – nici întâlnirile programate înainte, nici promisiunile făcute sau stabilitatea familiei – nu e mai important pentru moment decât consumarea unei relații sexuale. În sfârșit, investirile noastre pot fi trecătoare sau de moment. Imediat ce actul sexual a fost consumat, cei doi din cuplul menționat s-ar putea găsi unul pe altul ca neatractivi și indezirabili. Deoarece contra-investim ceva aproape tot atât de repede pe cât am investit.

Iubirea sinceră, pe de altă parte, implică angajare și exercițiu al înțelepciunii. Când suntem preocupați de creșterea spirituală a cuiva, știm că lipsa de implicare este probabil dăunătoare, iar angajarea față de acea persoană este poate necesară pentru a ne manifesta preocuparea în mod efectiv. Din acest motiv, angajarea este piatra de temelie a relației psihoterapeutice. Este aproape imposibil pentru un pacient să aibă experiența unei semnificative dezvoltări personale fără o „alianță terapeutică“ cu medicul. Cu alte cuvinte, înainte ca pacientul să poată risca o schimbare majoră, el trebuie să simtă puterea și sentimentul de siguranță ce provin din credința că terapeutul este aliatul lui constant și stabil. Pentru ca această alianță să apară, doctorul trebuie să-i demonstreze pacientului, de obicei într-o perioadă considerabilă de timp, grija consecventă și statornică, iar aceasta poate apărea doar din capacitatea de angajare. Acest lucru nu înseamnă că terapeutul *simte* totdeauna plăcerea de a-l asculta pe pacient. Angajarea înseamnă că medicul îl ascultă pe pacient fie că-i place, fie că nu. Lucrurile nu sunt diferite în căsnicie. Într-un mariaj constructiv, la fel ca și într-o terapie constructivă, partenerii trebuie să se ocupe fiecare de celălalt și de relația lor în mod regulat, zilnic și predictibil, indiferent de ceea ce simt. Așa cum s-a menționat, mai devreme sau mai târziu partenerii unui cuplu constată că nu mai sunt îndrăgostiți și atunci când instinctul de împerechere a dispărut apare ocazia iubirii veritabile. Atunci când soții nu se mai simt totdeauna bine unul în compania celuilalt, când ar dori mai degrabă să fie despărțiți o vreme, iubirea lor începe să fie testată, descoperindu-se astfel prezența sau absența ei.

Asta nu înseamnă că partenerii dintr-o relaţie stabilă, constructivă, precum cea dintr-o psihoterapie intensivă sau dintr-o căsnicie, nu investesc unul în celălalt şi în relaţia însăşi în diferite feluri; ei o fac. S-a spus, de asemenea, că iubirea veritabilă transcende chestiunea investirii. Când dragostea există, ea există cu sau fără investire, cu sau fără sentimente de iubire. Este uşor – într-adevăr, este distractiv – să iubeşti investind şi având sentimente de iubire. Dar este posibil să iubeşti detaşat şi obiectiv, fără a investi emoţii şi fără sentimente autentice şi tocmai în această posibilitate se distinge iubirea veritabilă şi transcendentă de simpla investire. Cuvântul-cheie aici este „voinţa". Am definit iubirea ca fiind *voinţa* de extindere a sinelui în scopul nutririi creşterii noastre spirituale şi a altuia. Dragostea veritabilă este mai degrabă de ordin voliţional decât emoţional. Persoana care iubeşte cu adevărat o face pentru că a luat această decizie. Această persoană a făcut un angajament de a iubi, indiferent dacă sentimentul este prezent sau nu. Dacă el există, cu atât mai bine; dacă nu, angajarea în iubire şi voinţa de a iubi se menţin totuşi şi sunt exercitate. Reciproc, nu este doar posibil, ci şi necesar pentru o persoană care iubeşte să evite să acţioneze din sentimente de iubire. Aş putea întâlni o femeie care să mă atragă cu putere, faţă de care să am sentimente de iubire, dar pentru că ar fi distructiv pentru căsnicia mea să am o legătură cu ea, voi spune cu voce tare sau în liniştea inimii mele: „Simt că te iubesc, dar nu am să merg mai departe." În mod similar, aş putea refuza un nou pacient care este foarte interesant pentru că deja sunt angajat faţă de alţi pacienţi, dintre care unii pot fi considerabil mai puţin interesanţi şi mai dificili. Sentimentele mele de iubire pot fi nemărginite, dar capacitatea mea de a iubi este limitată. Prin urmare, trebuie să aleg persoana asupra căreia să-mi concentrez capacitatea de a iubi, spre care să-mi direcţionez voinţa de a iubi. Adevărata iubire nu este un sentiment de care să fim copleşiţi. Este un angajament. O decizie gândită.

Tendinţa comună de a confunda iubirea cu sentimentul iubirii le aduce oamenilor tot soiul de dezamăgiri. Un bărbat alcoolic, care realizează că soţia şi copiii săi sunt disperaţi în nevoia lor de atenţie, ar putea sta la un moment dat într-un bar cu lacrimi în ochi, spunându-i barmanului: „Îmi iubesc cu adevărat soţia şi copiii!“ Oamenii care deseori îşi neglijează copiii în cele mai grosolane feluri se vor considera cei mai iubitori părinţi. Este clar că în această tendinţă de a confunda dragostea cu sentimentul iubirii ar exista ideea de a-ţi face singur un serviciu. Este uşor şi deloc neplăcut să găseşti dovada dragostei în sentimentele de iubire. Ar putea fi dificil şi dureros să cauţi dovada iubirii în acţiuni. Dar pentru că dragostea adevărată este un act de voinţă care deseori transcende sentimentele de iubire efemere sau investirea, este corect să spunem „dragostea este ceea ce face ea cu adevărat“. Iubirea şi non-iubirea, la fel ca binele şi răul, sunt fenomene obiective, nu pur subiective.

Munca atenţiei

După ce am aruncat o privire asupra câtorva lucruri care nu sunt iubire, să analizăm acum câteva care sunt iubire. S-a menţionat în introducerea la acest capitol că definiţia iubirii implică efort. Când încercăm să ne extindem pe noi înşine, când facem un pas în plus sau când mergem încă o milă, facem acest lucru opunându-ne inerţiei lenei sau rezistenţei generate de frică. Extensia sinelui, lupta împotriva lenei o numim muncă. Înfruntarea fricii o numim curaj. Iubirea este atunci o formă de muncă sau o formă de curaj. Anume, ea este muncă şi curaj orientate spre menţinerea creşterii spirituale proprii sau a altuia. Putem să muncim sau să ne exercităm curajul în alte direcţii decât cea a creşterii spirituale, şi din acest motiv nu orice muncă şi nu orice curaj este iubire. Dar pentru că cere extindere de sine, iubirea presupune totdeauna muncă și curaj. Dacă o acțiune nu are la bază munca sau curajul, nu este un act de iubire. Aici nu există excepții.

Forma principală pe care o ia munca iubirii este atenția. Când iubim pe cineva, îi oferim lui sau ei întreaga noastră atenție; participăm la creșterea acelei persoane. Când ne iubim pe noi înșine, participăm la propria noastră dezvoltare. Când participăm la creșterea cuiva, avem grijă de acea persoană. Actul de a participa cere ca noi să facem efortul de a lăsa deoparte preocupările pe care le avem (așa cum a fost descris acest lucru cu privire la disciplina punerii între paranteze) și de a ne schimba conștiința într-un mod activ. Atenția este un act de voință, de muncă împotriva inerției propriilor noastre minți. După cum spunea Rollo May: „Când analizăm voința cu toate instrumentele aduse de psihanaliza modernă, vom fi împinși înapoi, către nivelul atenției sau intenției ca loc al voinței. Efortul care intră în exercițiul voinței este în fapt unul de atenție; forțarea voinței este efortul de a menține trează conștiința, adică încordarea de a păstra atenția focalizată."*

De departe, cel mai utilizat mod în care ne putem exersa atenția este ascultarea. Ne petrecem ascultând o perioadă imensă de timp, risipind-o în cea mai mare parte deoarece, în medie, majoritatea dintre noi suntem slabi ascultători. Un psiholog mi-a atras atenția că perioada de timp pe care o dedicăm pentru a-i învăța pe copiii noștri anumite materii în școală este invers proporțională cu frecvența cu care copiii vor folosi materia respectivă când vor crește. Din această cauză, un director va petrece cu greu o oră pe zi citind, două ore vorbind și opt ore ascultând. Totuși, cât sunt la școală, ne petrecem o mare perioadă din timp învățându-i pe copii

* *Love and Will*, Delta Books, Dell Pub., New York, 1969, p. 220.

să citească, foarte puțin timp învățându-i cum să vorbească și, de obicei, nu îi învățăm deloc să asculte. Nu cred că ar fi bine ca în școală să se predea exact aceleași materii care sunt necesare după terminarea școlii, dar cred că ar fi indicat să le oferim copiilor noștri câteva instrucțiuni despre modul în care să asculte – nu pentru ca ascultarea să fie mai lesnicioasă, ci mai degrabă pentru ca elevii să înțeleagă cât de dificil este să asculți bine. Să faci acest lucru corect este un exercițiu de atenție și implicit o muncă grea. Oamenii nu ascultă cum trebuie pentru că nu își dau seama de acest lucru sau pentru că nu sunt dispuși să facă această muncă.

Nu cu mult timp în urmă, am participat la o conferință a unei faimoase personalități, ce avea ca subiect relația dintre psihologie și religie, fapt de care eram interesat de mult timp. Datorită curiozității mele, aveam anumite cunoștințe despre subiect și am recunoscut imediat în conferențiar un mare înțelept. De asemenea, am simțit dragostea în efortul enorm pe care îl făcea pentru a comunica, cu tot felul de exemple, concepte foarte abstracte și greu de înțeles pentru noi, audiența sa. Prin urmare, l-am ascultat cu toată atenția de care eram capabil. Pe parcursul unei ore și jumătate în care a vorbit, sudoarea literalmente a curs pe fața mea în sala cu aer condiționat. Când a terminat, aveam o durere de cap zdrobitoare, mușchii gâtului îmi erau rigizi din cauza efortului concentrării și m-am simțit epuizat și stors de puteri. Deși am estimat că nu am înțeles mai mult de jumătate din ceea ce acest mare om ne comunicase în acea după-amiază, eram uimit de multitudinea de idei strălucite pe care mi le dăruise. După conferința la care au participat oameni interesați de cultură, m-am plimbat printre auditori, în timpul unei pauze de cafea, ascultând comentariile lor. În general, erau dezamăgiți. Cunoscându-i reputația, se așteptaseră la mai mult. Îl considerau greu de urmărit și având un discurs confuz. Nu era un orator atât de competent pe cât se aşteptaseră. O femeie a proclamat, de comun acord: „Pur şi simplu, nu ne-a spus nimic!“

În contradicţie cu ceilalţi, am putut auzi mai mult din ceea ce acest mare om spusese, şi asta pentru că am vrut să depun efortul de a-l asculta. Eram doritor să fac această muncă din două motive: mai întâi, deoarece mi-am dat seama de măreţia lui şi că lucrurile pe care le avea de spus erau de mare valoare; şi în al doilea rând, datorită interesului meu pentru acest domeniu, doream din tot sufletul să înţeleg ceea ce avea de spus, astfel încât să-mi lărgesc propria capacitate de înţelegere şi dezvoltare spirituală. A-l asculta era pentru mine un act de iubire. Şi aceasta deoarece îl percepeam ca fiind o personalitate de mare valoare, care merită toată atenţia, iar în acelaşi timp mă iubeam pe mine însumi, întrucât eram dornic să muncesc în numele dezvoltării mele spirituale. Deoarece el era profesorul şi eu elevul, el era cel care dădea şi eu cel care primeam, iubirea mea era în mod primar direcţionată către mine, motivată de ceea ce aş fi putut eu obţine din relaţia noastră şi nu de ceea ce aş fi putut să îi dau. Cu toate acestea, este foarte posibil ca el să fi simţit în audienţă intensitatea concentrării mele, atenţia mea, iubirea mea şi să fi fost, prin urmare, recompensat. Iubirea, după cum vom vedea mereu, este o stradă cu două sensuri, un fenomen reciproc, în care cel care primeşte oferă la rândul său, iar cel care oferă primeşte de asemenea.

De la acest exemplu de ascultare în rolul primitorului să trecem la cea mai obişnuită activitate de ascultare, de data aceasta în rolul celui care oferă: ascultarea copiilor. Procesul ascultării diferă în funcţie de vârsta lor. Deocamdată, să analizăm un copil de şase ani, din clasa întâi. Dacă i se dă ocazia, un copil în clasa întâi va vorbi aproape neîncetat. Cum pot părinţii să se descurce cu acest guraliv fără limită? Probabil cea mai uşoară cale este să îi interzică acest lucru. Deşi pare de necrezut, există familii în care copiilor le este aproape interzis să vorbească şi în care dictonul: „Copiii trebuie să fie văzuţi şi nu auziţi." se aplică 24 de ore pe zi. Se poate vedea că aceşti copii nu interacţionează niciodată, ei îi privesc tăcuţi dintr-un colţ pe adulţi, sunt observatorii fără grai, din umbră.

O a doua cale este să-i permiţi guralivului să vorbească, dar pur şi simplu să nu îl asculţi, astfel încât copilul să nu interacţioneze cu tine, să vorbească literalmente în vânt sau cu sine însuşi, creând un zgomot de fundal care se poate să fie enervant sau nu. A treia modalitate este să pretinzi că îl asculţi, continuând, pe cât posibil, ceea ce făceai sau şirul gândurilor tale, în acelaşi timp părând că îi acorzi copilului toată atenţia, scoţând ocazional câte un „Ah!, Oh!" sau „E interesant." ca răspuns la monolog, în momente mai mult sau mai puţin prielnice. O a patra cale o reprezintă ascultarea selectivă, care este o formă particulară de pretinsă ascultare, în care părinţii pot ciuli urechile atunci când copilul pare să spună ceva semnificativ, sperând să separe grâul de neghină cu un minim efort. Problema acestei modalităţi este că performanţa minţii umane de a filtra selectiv nu este teribil de competentă sau eficientă, având drept consecinţă faptul că o cantitate destul de mare de neghină este reţinută şi o mare cantitate de grâu pierdută. A cincea şi ultima modalitate este să-l asculţi cu adevărat pe copil, oferindu-i întreaga atenţie, cântărind fiecare cuvânt şi înţelegând fiecare propoziţie.

Aceste cinci modalităţi de reacţie la vorbirea copilului au fost prezentate în ordinea crescătoare a efortului, cea de-a cincea modalitate, ascultarea totală, necesitând din partea părintelui o cantitate sporită de energie, în comparaţie cu modalităţile de ascultare mai puţin solicitante. Cititorul poate deduce incorect că le voi recomanda părinţilor să urmeze întotdeauna a cincea modalitate, deci să practice întotdeauna ascultarea totală. E cam greu! În primul rând, înclinaţia spre comunicare a copilului de şase ani este atât de mare, încât părintelui care a ascultat totul cu atenție îi va rămâne foarte puțin timp pentru altceva. În al doilea rând, efortul necesar ascultării totale este atât de mare, încât părintele ar fi prea epuizat să mai facă și altceva. În ultimul rând, ar fi extrem de plictisitor, deoarece micul guraliv este, de fapt, în general, plicticos. Prin urmare, varianta recomandată ar fi o combinare a celor cinci modalități. Este necesar uneori să le ceri copiilor să tacă, de exemplu, în situațiile în care vorbirea lor poate distrage atenția de la alte activități cruciale, când poate cauza o întrerupere nepoliticoasă a altor persoane sau reprezintă o încercare de a dobândi o dominație ostilă sau nerealistă asupra celorlalți. În mod frecvent, copiii de șase ani vor vorbi pentru simpla plăcere de a vorbi și nu servește la nimic să le acorzi atenție când nici măcar nu o cer, fiind foarte mulțumiți să vorbească cu ei înșiși. Sunt și alte ocazii, în care copiii nu sunt mulțumiți să vorbească cu ei înșiși, ci doresc să comunice cu părinții și atunci nevoia lor poate fi satisfăcută mulțumitor printr-o pretinsă ascultare. În aceste momente, ceea ce vor copiii de la relația cu părinții nu este o comunicare, ci pur și simplu o apropiere, iar pretinsa ascultare va fi suficientă pentru a le da sentimentul că „sunt cu cineva" de care au nevoie. Mai mult, copiilor înșiși le place să se abată deseori de la comunicarea propriu-zisă și vor înțelege ca firească ascultarea selectivă a părinților lor, din moment ce și ei comunică selectiv. Ei înțeleg că aceasta e regula jocului. Așadar, doar pentru o perioadă mică din timpul în care vorbește un copil de șase ani este necesară sau este de dorit o ascultare totală și un răspuns adecvat. Una dintre multele sarcini ale părinților este aceea de a atinge un echilibru ideal între stilurile de ascultare și nonascultare, răspunzând cu cel mai potrivit stil nevoilor diferite ale copilului.

Deseori însă echilibrul nu poate fi atins, deoarece, chiar dacă nu e nevoie de mult timp, mulți părinți nu doresc sau nu pot să își cheltuiască acea energie necesară unei ascultări adevărate. Probabil majoritatea părinților. Ei se pot considera ascultători fideli când, în fapt, doar se prefac că ascultă sau ascultă selectiv, dar aceasta este o autoiluzionare creată pentru a-și camufla lenea. Deoarece ascultarea totală, indiferent cât de puțin ar dura, necesită un efort imens. În primul rând, necesită concentrare totală. Într-adevăr, nu poți asculta și în același timp să faci și altceva. Dacă un părinte chiar vrea să își asculte copilul, trebuie să renunțe la orice altceva. Timpul ascultării totale trebuie să fie dedicat complet copilului, trebuie să fie timpul copilului. Dacă nu vrei să renunți la toate celelalte, inclusiv la propriile tale griji și preocupări, atunci nu ești dornic să asculți cu adevărat. În al doilea rând, efortul cerut de o concentrare totală asupra vorbelor unui copil de șase ani este considerabil mai mare decât cel necesar ascultării unui conferențiar erudit. Modul de a vorbi al copilului este neclar – uneori folosește aglomerări de cuvinte intercalate cu pauze și repetiții –, ceea ce face dificilă concentrarea. Apoi, copilul vorbește de obicei despre subiecte care nu prezintă niciun interes imediat pentru adult, în timp ce ascultătorii unui mare vorbitor sunt direct interesați de subiectele discursului acestuia. Cu alte cuvinte, este plictisitor să asculți un copil de șase ani, ceea ce dublează dificultatea de a-ți păstra concentrarea focalizată. În consecință, ascultarea totală a unui copil de această vârstă este un adevărat efort de iubire. Fără această motivație, un părinte nu și-ar putea asculta copilul.

Dar de ce atâta muncă? De ce să depui atâta efort pentru a te concentra total asupra vorbăriei plictisitoare a unui copil de șase ani? În primul rând, dorința dvs. de a face acest efort este cea mai clară dovadă a respectului față de copilul dvs. Dacă îi oferiți copilului același respect pe care îl oferiți unui mare conferențiar, atunci copilul se va vedea apreciat și se va simți important. Nu există o cale mai bună și, în ultimă instanță, nu există o altă cale de a-i arăta copilului cât este de apreciat decât aceea de a-i acorda importanță. În al doilea rând, cu cât copiii se simt mai apreciați, cu atât vor începe să spună lucruri importante. Ei se vor ridica la nivelul așteptărilor dvs. În al treilea rând, cu cât vă ascultați mai mult copilul, cu atât veți realiza că printre întreruperi, bâlbâieli și vorbele aparent inocente, copilul are într-adevăr ceva important de spus. Dictonul care spune că marea înțelepciune vine „din gura copiilor" este recunoscut ca un fapt cert de către cei care într-adevăr îi ascultă. Ascultați-vă copilul cât trebuie și veți ajunge să înțelegeți că este o persoană extraordinară. Pe măsură ce vă veți da seama cât de extraordinar este copilul dvs., veți fi din ce în ce mai dispuși să îl ascultați și veți avea mai multe de învățat. În al patrulea rând, cu cât știți mai multe despre copilul dvs., cu atât veți putea să-l învățați mai multe. Dacă știți puține despre copilul dvs., îl veți învăța lucruri pe care fie nu e pregătit să le asimileze, fie deja le cunoaște și, probabil, le înțelege mai bine decât dvs. În final, cu cât copiii știu că sunt apreciați, că sunt considerați niște oameni extraordinari, cu atât ei vor dori să vă asculte și să vă acorde aceeași stimă. Și cu cât educația, bazată pe cunoașterea copiilor, este potrivită, cu atât copiii vor fi mai dornici să învețe de la dvs. Cu cât vor învăța mai multe, cu atât vor deveni mai extraordinari. Dacă cititorul simte că este vorba de un proces ciclic, are dreptate și înseamnă că apreciază ideea reciprocității iubirii. În locul unui cerc vicios regresiv, va intra într-un ciclu progresiv, creativ, al evoluției și dezvoltării. Valoarea creează valoare. Iubirea va da naștere la iubire. Părinții și copilul, împreună, se vor îndrepta, din ce în ce mai repede, în „*pas de deux*" spre iubire.

Am vorbit având în minte până acum un copil de șase ani. Cu copiii mai mici sau mai mari, echilibrul potrivit între ascultare și nonascultare diferă, dar procesul este în esență același. Cu copiii din ce în ce mai mici, comunicarea este din ce în ce mai nonverbală, dar necesită totuși perioade de concentrare totală. Nu poţi participa prea bine la un joc de copii când ai mintea în altă parte. Iar dacă joci fără să fii atent, eşti în pericol de a avea un copil neatent. Adolescenţii au nevoie de mai puţin timp din partea părinţilor pentru a fi ascultaţi decât un copil de şase ani, dar de mai mult timp de ascultare totală. Este puţin probabil ca ei să pălăvrăgească fără rost, dar când vorbesc doresc atenţie totală din partea părinţilor, chiar mai multă decât doresc copiii mai mici.

Nevoia de a fi ascultat de către părinţi nu se epuizează niciodată. Un bărbat educat, talentat, de 30 de ani, aflat în tratament pentru senzaţii de anxietate legate de lipsa de respect de sine, îşi amintea numeroase momente în care părinţii săi, de asemenea bine educaţi, nu au fost dornici să îl asculte sau considerau că ceea ce are el de spus este de mică importanţă. Dar dintre toate amintirile, cea mai vie şi mai dureroasă a fost cea de la 22 de ani, când a scris o lungă şi provocatoare teză, cu ajutorul căreia a absolvit facultatea, încununat cu lauri. Ambiţioşi în ceea ce-l privea pe fiul lor, părinţii au fost extrem de încântaţi de onorurile pe care acesta le-a primit. Însă în ciuda faptului că un an întreg el lăsase la îndemână, în sufragerie, o copie a lucrării sale, în văzul întregii familii şi deseori făcuse observaţii faţă de părinţii săi „să arunce poate o privire peste ea“, niciunul dintre ei nu şi-a făcut timp să o citească. „Îndrăznesc să spun că ar fi citit-o“, a spus el spre sfârşitul terapiei. „Îndrăznesc să spun că poate chiar mi-ar fi făcut complimente, dacă m-aş fi dus şi le-aş fi cerut franc: «Uitaţi ce e, vreţi, vă rog, să îmi citiţi teza? Vreau să ştiţi şi să apreciaţi ce gândesc eu.» Dar acest lucru ar fi însemnat să îi implor să mă asculte şi m-aş fi considerat lipsit de orice valoare dacă la 22 de ani aş fi ajuns să le cerşesc atenţia. Faptul de a cerşi atenţie nu m-ar fi făcut să mă simt mai apreciat.“

Ascultarea adevărată sau concentrarea totală sunt întotdeauna o manifestare a iubirii. O parte esenţială a ascultării cu adevărat o reprezintă disciplina focalizării, temporara renunţare sau lăsare la o parte a prejudecăților, a cadrelor de referință și a dorințelor, pentru a experimenta, atât cât e posibil, lumea interioară a celui care vorbește, punându-te în locul lui. Această contopire a vorbitorului cu ascultătorul este de fapt o extindere și o lărgire a sinelui, de la aceasta ajungându-se de fiecare dată la o nouă cunoaștere. Mai mult decât atât, întrucât ascultarea totală presupune focalizare, lăsarea la o parte a propriei persoane, ea implică temporar o acceptare totală a celuilalt. Sesizând această acceptare, vorbitorul se va simți din ce în ce mai puțin vulnerabil și va fi tot mai mult înclinat să își deschidă cele mai intime ascunzișuri ale sufletului în fața minții ascultătorului. Când acest lucru se întâmplă, vorbitorul și ascultătorul încep să se aprecieze din ce în ce mai mult, duetul iubirii începând din nou. Energia necesară pentru disciplina focalizării sau pentru concentrarea deplină a atenției este atât de intensă, încât poate fi dobândită doar prin intermediul iubirii, prin voința de a te extinde în scopul unei creșteri spirituale reciproce. În cea mai mare parte a timpului, această energie ne lipsește. Chiar dacă în relațiile cu societatea sau în treburile de zi cu zi am putea crede că ascultăm o mulțime de lucruri, în realitate procesul este selectiv. Avem niște idei prestabilite în minte și ne întrebăm în timp ce ascultăm cum am putea obține rezultatele dorite și cum am putea termina conversația mai repede sau cum să o îndreptăm către teme mai interesante.

Pentru că adevărata ascultare este iubirea în acțiune, niciunde nu este mai potrivită ca în căsnicie. Majoritatea partenerilor dintr-un cuplu nu se ascultă însă unul pe celălalt cu adevărat. În consecință, când cuplurile apelează la noi pentru consiliere sau terapie, o misiune majoră pentru ca procesul să fie încununat de succes este să îi învățăm cum să asculte. Nu rareori eșuăm, energia și disciplina cerute însemnând mai mult decât erau ei dispuși să investească sau să ofere. Cuplurile sunt deseori surprinse, chiar înspăimântate când le sugerăm că printre lucrurile pe care trebuie să le exerseze se numără și acela de a-și rezerva momente când să vorbească. Li se pare rigid, prea puțin romantic, fără spontaneitate. Însă ascultarea totală poate apărea doar atunci când ne putem face timp în acest scop, iar condițiile sunt prielnice. Ea nu poate avea loc când conducem mașina, când gătim, când suntem obosiți sau grăbiți, pe cale de a adormi, concentrați la altceva ori grăbiți. „Iubirea" romantică nu presupune efort, iar cuplurile ezită deseori să își asume efortul și disciplina ascultării și iubirii adevărate. Dar când și dacă reușesc, rezultatul îi recompensează pe deplin. Trăiesc iarăși și iarăși experiența de a asculta un soț și de a-și spune cu reală bucurie, odată ce procesul ascultării totale a început: „Am fost căsătoriți 29 de ani și nu știam acest lucru despre tine." Când se întâmplă aceasta, vom ști că în acea căsnicie creșterea a început.

Deși este adevărat că posibilitatea cuiva de a asculta cu adevărat se poate îmbunătăți gradual prin exercițiu, nu va fi niciodată un proces facil. Probabil că una dintre înzestrările de bază ale unui psihiatru este capacitatea de a asculta cu adevărat; însă de cel puțin cinci ori în timpul „orei de cincizeci de minute" mă surprind eșuând în încercarea de a asculta cu adevărat ceea ce spune pacientul meu. Uneori, pot să pierd șirul asociațiilor de idei ale pacientului și atunci este de datoria mea să îl întreb: „Îmi pare rău, dar mi-am lăsat gândirea să o ia razna pentru un moment și nu te-am ascultat cu adevărat. Poți să te întorci la afirmațiile de acum câteva minute?" Interesant este că, de obicei, pacienții mei nu se supără. Din contră, par să înțeleagă intuitiv că un element vital al capacității de a asculta cu adevărat intră în alertă semnalizând întreruperile când ascultarea încetează; iar faptul că mi-am dat seama că îmi lipsea atenția îl reasigură acum pe pacient că, în cea mai mare parte a timpului, într-adevăr îl ascult. A ști că cineva îl ascultă cu adevărat reprezintă deseori în și prin sine, pentru el, o terapie remarcabilă. În aproximativ un sfert din cazurile noastre, indiferent dacă pacientul este adult sau copil, apar îmbunătățiri considerabile și chiar spectaculoase în perioada primelor luni de psihoterapie, înainte ca rădăcina problemelor să fie descoperită și înainte de a fi făcut vreo interpretare semnificativă. Există mai multe motive pentru acest fenomen, dar consider că principalul îl reprezintă senzația pacientului că este ascultat cu adevărat, adeseori pentru prima dată după nenumărați ani sau poate chiar pentru prima oară.

Deși ascultarea este de departe cea mai importantă formă de atenție, în majoritatea relațiilor de iubire sunt necesare și alte forme, în special în ceea ce îi privește pe copii. Varietatea modalităților posibile este mare. Una este jocul. Cu copiii mici, va fi jocul culorilor sau „prinde mingea", cu copiii de șase ani, scamatoriile, pescuitul sau „de-a v-ați ascunselea", cu copiii de doisprezece ani poate fi badmintonul sau dominoul și așa mai departe. Față de cei mici, îți poți manifesta atenția citindu-le ceva, iar față de cei mai mari ajutându-i să-și facă temele pentru acasă. Activitățile împreună cu familia sunt importante: filme, ieșiri la iarbă verde, călătorii, târguri, carnavaluri. Câteva forme de atenție reprezintă pure servicii făcute unui copil: supravegherea unui micuț de patru ani pe plajă sau aproape nesfârșita îndrumare necesară tinerilor adolescenți. Dar ceea ce au în comun toate aceste forme de atenție – inclusiv ascultarea, de asemenea – este că toate implică timp petrecut cu copilul. A participa înseamnă a-ți petrece timp, iar calitatea atenției este proporțională cu intensitatea concentrării în această perioadă. Timpul petrecut cu copiii în aceste activități, utilizat așa cum se cuvine, le oferă părinților nenumărate ocazii de a-și analiza copilul și de a începe să îl cunoască mai bine. Dacă știu sau nu să piardă, cum își fac temele și cum învață, ce le place și ce nu, când sunt curajoși și când sunt înspăimântați în aceste activităţi – toate sunt informaţii vitale pentru părintele care îşi iubeşte copilul. Acest timp petrecut împreună cu micuţul efectuând diferite activităţi îi oferă de asemenea părintelui nenumărate ocazii pentru a-i forma abilităţi şi de a-l învăţa principiile de bază ale disciplinei. Fructuoasa activitate de observare şi învăţare a copilului este, bineînţeles, principiul de bază al terapiei prin joc, iar experimentaţii terapeuţi pentru copii pot deveni adepţi înfocaţi ai folosirii timpului petrecut, jucându-se cu micul lor pacient pentru a face observaţii semnificative şi intervenţii terapeutice.

Supravegherea unui copil de patru ani pe plajă, concentrarea asupra interminabilelor povestioare disparate spuse de un copil de şase ani, a-l învăţa pe adolescent să şofeze, a-ţi asculta cu adevărat partenerul de viaţă atunci când îşi descrie o zi de muncă la birou sau în faţa maşinii de spălat şi a-i înţelege problemele interioare necesită o răbdare deosebită şi o implicare a minţii pe cât de mult este posibil – toate acestea reprezintă sarcini care plictisesc deseori, sunt inconfortabile şi te storc de puteri în majoritatea cazurilor; ele înseamnă muncă. Dacă suntem foarte leneşi, nu le vom face deloc. Dacă suntem mai puţin leneşi, le vom face deseori şi bine. Pentru că iubirea este muncă, esenţa noniubirii este lenea. Subiectul lenei este unul de maximă importanţă. Este o temă implicită, care a fost analizată în prima secţiune despre disciplină şi în cadrul acesteia, despre iubire. Ne vom mai concentra asupra ei în partea finală, când vom avea o imagine mai clară.

Riscul pierderii

Actul iubirii – extinderea de sine –, aşa cum am spus, necesită o luptă cu inerţia lenei (munca) sau cu rezistenţa generată de frică (curajul). Să ne întoarcem acum de la munca iubirii la curajul iubirii. Când ne extindem pe noi înşine, sinele nostru intră într-un teritoriu nou şi nefamiliar, ca să spunem așa. Sinele nostru devine unul nou și diferit. Realizăm lucruri pe care nu am fost obișnuiți să le facem. Ne modificăm. Experiența schimbării, a unei activități neobișnuite, a faptului de a ne afla pe un teren nefamiliar, de a face lucruri într-un mod diferit este înspăimântătoare. A fost și va fi totdeauna. Oamenii se descurcă cu frica de schimbare în diferite feluri, dar teama este inevitabilă dacă ei se schimbă cu adevărat. Curajul nu înseamnă absența fricii; el înseamnă a face o acțiune în pofida ei, înseamnă a ieși din rezistența produsă de frica de necunoscut și de viitor. Un anumit nivel de dezvoltare spirituală și, prin urmare, de iubire necesită totdeauna curaj și implică riscuri. Vom lua acum în considerare riscul iubirii.

Dacă ești un om care merge frecvent la biserică, trebuie să fi observat o femeie spre 50 de ani care în fiecare duminică, cu exact cinci minute înainte de a începe slujba, fără să iasă cu nimic în evidență, se duce și se așază pe același loc în șirul de bănci din firida laterală din spatele bisericii. În momentul în care se termină slujba, în liniște, dar rapid, ea se îndreaptă spre ușă și dispare înaintea oricărui enoriaș și înainte ca preotul să poată să iasă pe scări pentru a-i conduce. Dacă ai vrea să o acostezi – ceea ce nu e prea probabil – și s-o inviți la cafeaua de după slujbă, ea îți va mulțumi politicos, privind nervos peste tine și îți va spune că are o obligație presantă, iar apoi va dispărea. Dacă o vei urmări cum se îndreaptă spre acea obligație presantă, vei descoperi că se duce direct acasă, un mic apartament, unde obloanele sunt totdeauna trase, descuie ușa, intră, încuie ușa imediat după ea și nu mai poate fi văzută până duminica următoare. Dacă ai putea să continui să o urmărești, ai putea vedea că are o slujbă de dactilografă de rang inferior într-un mare birou, unde își acceptă sarcinile fără să spună niciun cuvânt, bate la mașină fără nicio greșeală și înmânează lucrarea terminată fără niciun comentariu. Își mănâncă prânzul pe birou și nu are niciun prieten. Se duce acasă, se opreşte totdeauna la acelaşi supermagazin impersonal, pentru a-şi face câteva provizii, înainte de a dispărea în spatele uşii casei ei, ieşind doar pentru o nouă zi de muncă. Sâmbăta după-amiaza se duce la un cinematograf din cartier, care îşi schimbă programul o dată pe săptămână. Are un televizor, nu are telefon, nu primeşte aproape niciodată scrisori. Dacă ai reuşi cumva să comunici cu ea şi ai comenta că viaţa ei pare singuratică, ea ţi-ar spune că mai degrabă se bucură de singurătatea ei. Când ai între-ba-o dacă are măcar animale de casă, îţi va spune că a avut odată un câine care îi era foarte drag, dar care a murit cu opt ani în urmă şi niciun altul nu i-a luat locul.

Cine este această femeie? Nu ştim secretele inimii ei. Ştim că întreaga sa viaţă este devotată evitării riscului şi că în evoluţia sa, în loc să-şi lărgească sinele, şi l-a îngustat şi diminuat până aproape de inexistenţă. Ea nu a investit în nicio fiinţă. Dar am spus că simpla investire nu este iubire, că iubirea transcende investirea. Este adevărat, dar iubirea necesită investire la început. Putem iubi doar acel ceva care într-un fel sau altul are importanţă pentru noi. Dar investind, există întotdeauna riscul pierderii sau al respingerii. Dacă te apropii de o altă fiinţă umană, există totdeauna riscul ca acea persoană să se depărteze de tine, lăsându-te într-o singurătate mai dureroasă decât ai cunoscut înainte. Orice fiinţă ai iubi – o persoană, un animal de casă, o plantă – ea va muri. Ai încredere în cineva şi vei fi rănit. Sprijină-te pe cineva şi vei fi abandonat. Preţul investirii este durerea. Dacă cineva este hotărât să nu rişte nicio durere, atunci o asemenea persoană nu trebuie să facă prea multe lucruri: să nu aibă copii, să nu se căsătorească, să nu aibă parte de extaz sexual, să nu aibă speranţe şi ambiţii, să nu aibă prieteni – adică toate acele lucruri care fac viaţa vie, plină de sens şi semnificativă. Depărtează-te sau dezvoltă-te în orice direcţie şi durerea, la fel ca şi bucuria, va fi răsplata ta. O viaţă plină va fi plină de durere. Dar singura alternativă la a nu trăi din plin este să nu trăiești deloc.

Esența vieții este schimbarea, o panoplie de dezvoltare și de decădere. Alege viața și dezvoltarea și vei alege schimbarea și prospectarea morții. Probabil hotărâtoare pentru viața izolată, îngustă a femeii descrise mai sus a fost o experiență sau o serie de experiențe având în centru moartea, pe care ea le-a găsit atât de dureroase, încât a fost hotărâtă să nu mai aibă niciodată parte de experiența morții, chiar cu costul trăirii vieții ei. Evitând experiența morții, ea a trebuit să evite dezvoltarea și schimbarea. A ales o viață uniformă, lipsită de nou, de neașteptat, de trăirea morții, fără risc sau contestare. Am spus că încercarea de a evita suferința legitimă stă la rădăcina tuturor bolilor emoționale. Nu e surprinzător, majoritatea pacienților psihoterapiei (și probabil majoritatea celor care nu sunt pacienți, pentru că nevroza este mai degrabă o normă decât o excepție) au o problemă, indiferent dacă sunt tineri sau bătrâni, aceea de a sta drept și cu mintea limpede în fața realității. Este surprinzător că literatura psihiatrică abia începe să examineze semnificația acestui fenomen. Dacă trăim știind că moartea este tovarășul nostru constant, călătorind pe „umărul nostru stâng", atunci moartea poate deveni, în cuvintele lui Don Juan, „aliatul" nostru, chiar dacă unul înspăimântător, totuși o sursă permanentă de sfaturi înțelepte.* Prin sfaturile morții, prin conștientizarea constantă a limitării timpului de viață și iubire, putem totdeauna să fim îndrumați spre cea mai bună folosire a timpului și să trăim viața din plin. Dar dacă nu suntem dispuși să înfruntăm înspăimântătoarea prezență a

* Vezi Carlos Castaneda, *Învățăturile lui Don Juan: o cale de cunoaștere Jaqui*, *Cealaltă realitate*, *Călătorie la Ixtlan* și *Povestiri despre putere*. La un anumit nivel, acestea sunt cărți despre procesul psihoterapeutic. (*N. trad.*)

morţii de pe umărul stâng, ne privăm singuri de sfătuirea ei şi nu este posibil să trăim sau să iubim cu mintea limpede. Când ne sfiim de moarte, de natura mereu schimbătoare a lucrurilor, în mod inevitabil ne sfiim de viaţă.

Riscul independenţei

Astfel, toată viaţa reprezintă în sine un risc. Şi cu cât iubim mai mult în viaţa noastră, cu atât ne luăm mai multe riscuri. Dintre miile, poate chiar milioanele de riscuri pe care ni le luăm în timpul vieţii, cel mai mare este riscul creşterii. Maturizarea reprezintă pasul ieşirii din copilărie şi al intrării în perioada adultă. De fapt, este mai mult un salt înspăimântător decât un pas şi este un salt pe care multă lume nu l-a făcut cu adevărat niciodată în timpul vieţii. Astfel, deşi de la distanţă pot părea adulţi, ba chiar unii de succes, poate că majoritatea „oamenilor mari" rămân din punct de vedere psihologic, până în momentul morţii, copii care nu s-au separat de părinţii lor şi de puterea pe care o exercită aceştia asupra lor. Poate din cauză că a fost atât de chinuitor pentru mine personal, cred că pot ilustra cel mai bine esenţa maturizării şi enormul risc implicat de pasul gigantic pe care eu însumi l-am făcut pentru a intra în perioada adultă la sfârşitul celui de-al cincisprezecelea an al meu – din fericire, foarte devreme în viaţă. Deşi acest pas a fost o decizie conştientă, vreau să prefaţez povestirea mea prin a spune că nu aveam la acea vreme conştiinţa că ceea ce făceam se numea maturizare. Ştiam doar că săream în necunoscut.

La vârsta de 13 ani am plecat de acasă la Phillips Exeter Academy, o şcoală pregătitoare pentru băieţi, de foarte bună reputaţie, de pe Coasta de Est, la care fusese şi fratele meu. Ştiam că eram norocos să merg acolo, pentru că a fi la Exeter făcea parte din bine definitul meu plan care trebuia să mă conducă la una dintre cele mai bune facultăţi de

Ivy League, și de aici la cele mai înalte cercuri conducătoare, ale căror uși mi-ar fi fost larg deschise datorită pregătirii mele. M-am simțit extrem de norocos că mă născusem copilul unor părinți avuți, care își puteau permite „cea mai bună educație ce poate fi cumpărată cu bani" și am avut un sentiment puternic de siguranță, provenind din faptul de a fi parte a unui plan evident atât de bine gândit. Singura problemă a fost că aproape imediat după ce am început să studiez la Exeter am devenit mizerabil de nefericit. Motivele nefericirii mele îmi erau total obscure atunci și sunt încă profund misterioase pentru mine și astăzi. Pur și simplu nu mă încadram. Nu păream să mă potrivesc cu facultatea, studenții, cursurile, arhitectura, viața socială, mediul înconjurător în întregime. Totuși, se părea că nu pot să fac nimic altceva decât să încerc să fac ce era mai bine și să încerc să-mi modelez imperfecțiunile, astfel încât să mă adaptez cât mai bine planului care fusese stabilit pentru mine și care în mod evident părea corect. Și am tot încercat vreme de doi ani și jumătate. Totuși, în fiecare zi, viața mea părea mai fără sens și mai nenorocită. Ultimul an n-am făcut altceva decât să dorm, pentru că numai în somn puteam găsi un anumit confort. Retrospectiv, mă gândesc că poate somnul a fost cel care m-a pregătit inconștient și în tihnă pentru saltul pe care trebuia să-l fac. L-am făcut când m-am întors acasă în vacanța de primăvară, în anul trei, anunțând că nu mă mai reîntorc la școală. Tatăl meu a spus: „Dar nu poți să renunți – este cea mai bună educație pe care o poți cumpăra cu bani. Nu-ți dai seama la ce dai cu piciorul?"

„Știu că este o școală bună, am răspuns, dar nu mă mai întorc."

„De ce nu te poți adapta la ea, să faci din asta o reușită?"

„Nu știu, am răspuns, simțindu-mă total necorespunzător. Nu știu de ce o urăsc atât. Dar o urăsc și nu mă mai întorc."

„Ei bine, și ce-ai să faci atunci? Din moment ce pari să te joci cu viitorul tău, ce-ai de gând să faci?“

Încă o dată, am răspuns în mod mizerabil: „Nu știu. Tot ce știu e că nu mă mai întorc acolo.“

Părinții mei au fost pe drept cuvânt alarmați și m-au dus imediat la un psihiatru, care a declarat că sunt deprimat și mi-a recomandat o lună de spitalizare, dându-mi o zi timp de gândire ca să decid dacă aceasta era ceea ce voiam. Acea noapte a fost singura dată când am luat în considerare sinuciderea. A mă interna într-un spital psihiatric mi se părea ceva destul de nepotrivit pentru mine. Eram, așa cum spunea psihiatrul, deprimat. Fratele meu se adaptase la Exeter; eu de ce nu puteam? Știam că dificultatea de a mă adapta era în întregime greșeala mea și m-am simțit complet nepotrivit, incompetent și nevrednic. Mai rău, am crezut că sunt probabil nebun. Nu îmi spusese oare tatăl meu: „Trebuie să fii nebun să dai cu piciorul la o asemenea educație“? Dacă mă întorceam la Exeter, m-aș fi reîntors la tot ce era sigur, securizat, corect, constructiv, dovedit și cunoscut. Totuși, nu era de mine. În adâncul ființei mele, știam că nu este drumul meu. Dar care era drumul meu? Dacă nu mă întorceam, tot ceea ce se afla în fața mea era necunoscut, nedeterminat, nesigur, incert, neconsfințit, imprevizibil. Oricine ar fi apucat pe un astfel de drum trebuia să fie nebun. Eram îngrozit, dar apoi, în momentul când disperarea mea era mai mare, din subconștientul meu a venit o înșiruire de cuvinte, ca un straniu mesaj spiritual de la o voce care nu era a mea: „Singura securitate reală în viață constă în savurarea insecurității vieții.“ Cu toate că părea nebunesc și irațional, dar și divin, am decis să fac după cum voiam. M-am odihnit. Dimineața m-am dus să-l întâlnesc iarăși pe psihiatru și am spus că nu am să mă mai întorc vreodată la Exeter, dar că sunt gata să mă internez în spital. Făcusem saltul în necunoscut. Îmi luasem destinul în propriile mâini.

Procesul maturizării apare de obicei gradual, cu multiple salturi mici în necunoscut, precum cel pe care-l face un băiat de 8 ani care-și ia riscul să meargă pe bicicletă până la magazin de unul singur sau ca acela al unui băiat de 15 ani care merge la prima sa întâlnire cu o fată. Dacă vă îndoiți că acestea reprezintă riscuri reale înseamnă că nu vă puteți aminti angoasa implicată de aceste gesturi. Dacă observați chiar și cel mai sănătos copil, veți vedea nu doar nerăbdarea de a risca să intre în activități noi și de adult, ci de asemenea o ezitare, o împotrivire, o cramponare de ceea ce este sigur și familiar, o rămânere în dependență și copilărie. În plus, la niveluri mai mult sau mai puțin subtile, veți descoperi aceeași ambivalență într-un adult, inclusiv la dvs., cu acea tendință a omului mai în vârstă de a se agăța de ceea ce este vechi, cunoscut și familiar. Aproape zilnic, la vârsta de 40 de ani, am fost confruntat cu ocazii subtile de a risca să fac lucrurile în mod diferit, ocazii de a mă dezvolta. Încă mă maturizez și nu atât de repede pe cât ar trebui. Pe lângă toate micile salturi pe care ar trebui să le facem, există unele enorme, ca atunci când eu am părăsit școala, abandonând un întreg model de viață și valori în care fusesem crescut. Multă lume nu a făcut niciodată un astfel de salt enorm și, prin urmare, multă lume nu s-a maturizat deloc. În ciuda aparenței lor exterioare, ei rămân din punct de vedere psihologic în mare parte copii ai părinților lor, trăind după valorile învățate, motivați în primul rând de aprobarea sau dezaprobarea părinților lor (chiar atunci când părinții sunt de multă vreme morți și îngropați), fără a îndrăzni vreodată să-și ia destinul în propriile mâini.

Deși astfel de salturi mari sunt făcute de obicei în timpul adolescenței, ele pot fi făcute la orice vârstă. O mamă de 35 de ani, cu trei copii, măritată cu un soț șovin, inflexibil, batjocoritor și dominator, a început să-și dea seama încet și dureros că dependența ei de el și căsnicia reprezentau un fel de viaţă moartă. El bloca toate încercările ei de a schimba natura relaţiilor lor. Cu un incredibil curaj, ea a divorţat, ducând singură povara incriminărilor şi a criticilor vecinilor şi a riscului unui viitor necunoscut, împreună cu copiii ei, dar pentru prima oară în viaţă era liberă să fie ea însăşi. Un om de afaceri în vârstă de 52 de ani, deprimat în urma unui atac de cord, şi-a privit retrospectiv viaţa dominată de o ambiţie frenetică de a face întotdeauna mai mulţi bani şi de a creşte în ierarhia corporaţiei şi a găsit-o fără sens. După o lungă reflecţie, şi-a dat seama că fusese determinat de o nevoie de aprobare din partea unei mame dominatoare care îl critica permanent; a muncit până aproape să-şi dea sufletul pentru a ajunge în cele din urmă un om de succes în ochii ei. Riscând şi depăşind dezaprobarea ei pentru prima oară în viaţa lui, la fel, sfidând mânia soţiei sale, obişnuită să trăiască bine, şi a copiilor, care nu voiau să renunţe la stilul lor de viaţă costisitor, el s-a mutat la ţară şi şi-a deschis un mic magazin, unde restaurează piese de mobilă veche. Astfel de schimbări majore, astfel de salturi în independenţă şi autodeterminare sunt enorm de dureroase la orice vârstă şi necesită curajul suprem, fiind în mod frecvent rezultate ale psihoterapiei. Într-adevăr, din cauza marilor riscuri implicate, aceste schimbări necesită deseori psihoterapie pentru a fi împlinite, nu pentru că terapia diminuează riscul, ci pentru că ea te sprijină şi te învaţă să ai curaj.

Dar ce are această problemă a dezvoltării în comun cu iubirea, în afară de faptul că extinderea de sine implicată în actul iubirii reprezintă o lărgire a sinelui în noi dimensiuni? Mai întâi de toate, exemplele de schimbări descrise şi toate celelalte schimbări majore sunt acte de iubire de sine. Tocmai pentru că m-am simţit prea valoros pe mine însumi nu am dorit să rămân într-o şcoală în care mă simţeam mizerabil şi unde întreg mediul social nu se potrivea nevoilor mele. Deoarece a ţinut cont de ea însăşi, acea soţie a refuzat să mai tolereze un mariaj care îi limita aproape complet libertatea și îi reprima personalitatea. Pentru că îi păsa de el însuși, omul de afaceri nu a mai dorit să își dea sufletul pentru a împlini așteptările mamei sale. În al doilea rând, dragostea de sine nu doar că oferă motive pentru astfel de schimbări majore; ea este de asemenea baza pentru curajul de a risca. Doar pentru că părinții mei m-au iubit în mod clar și au pus preț pe mine când eram copil, m-am simțit suficient de sigur pe mine pentru a sfida așteptările lor și a mă depărta într-un mod radical de modelul pe care îl fixaseră pentru mine. Deși m-am simțit nefiresc, nevrednic și poate nebun făcând ceea ce am făcut, am fost capabil să tolerez aceste sentimente doar pentru că în același timp, la un nivel mai profund, m-am simțit o persoană bună, indiferent cât de diferit aș fi fost de alții. Îndrăznind să fiu diferit, chiar dacă asta însemna să fiu nebun, răspundeam astfel la mesajele de iubire anterioare primite de la părinții mei, care au fost cu sutele și care spuneau: „Ești frumos și iubit. Este bine că ești tu însuți. O să te iubim indiferent ce ai să faci, atât timp cât tu ești tu însuți." Fără acest sentiment de siguranță în ce privește iubirea părinților mei, reflectat în propria-mi iubire de sine, aș fi ales probabil cunoscutul în loc de necunoscut și aș fi continuat să urmez modelul preferat de părinții mei, cu costul extrem al unicității sinelui meu. În sfârșit, doar atunci când facem saltul în necunoscutul unui sine complet, al unei independențe psihologice și al unei individualități unice suntem liberi să urmăm căi și mai înalte ale creșterii spirituale și să ne manifestăm dragostea în dimensiunile ei cele mai ample. Atunci când cineva se căsătorește, începe o carieră sau are copii pentru a satisface așteptările părinților sau ale altcuiva, inclusiv ale societății ca întreg, angajarea va fi prin chiar natura ei una amăgitoare. Când cineva își iubește copiii în primul rând pentru că lumea se așteaptă ca el sau ea să se comporte cu iubire față de aceștia, atunci părintele va fi insensibil la anumite nevoi ale copiilor și incapabil să exprime iubirea în feluri mai subtile, deşi de multe ori mai importante. Cele mai înalte forme ale iubirii sunt în mod inevitabil alegeri total libere, şi nu acte de conformitate.

Riscul angajării

Indiferent dacă e înşelătoare sau nu, angajarea este fundaţia, temeiul oricărei relaţii de iubire veritabilă. Angajarea profundă nu garantează succesul unei relaţii, dar ajută mai mult decât orice la trăinicia ei. Angajările iniţial înşelătoare pot deveni mai profunde odată cu timpul; dacă nu, relaţia se va spulbera sau va fi în mod inevitabil bolnavă şi permanent fragilă. Deseori, nu suntem pe deplin conştienţi de imensitatea riscului implicat în angajarea profundă. Am sugerat deja că una dintre funcţiile de care se serveşte fenomenul instinctual al îndrăgostirii este aceea de a oferi participanţilor o mantie magică de omnipotenţă, care aduce orbirea în faţa riscului a ceea ce fac atunci când contractează o căsătorie. În ceea ce mă priveşte, am fost rezonabil de calm până când soţia mea m-a însoţit în faţa altarului, moment în care întreg corpul a început să-mi tremure. Am devenit atunci atât de înspăimântat, încât nu mi-am mai amintit nimic din ceremonie sau din petrecerea ce a urmat. În orice caz, simţul nostru de angajare după căsătorie este cel care face posibilă tranziţia de la îndrăgostire la iubirea veritabilă. Angajarea noastră de după momentul concepţiei copilului este cea care ne transformă din părinţi biologici în părinţi psihologici.* Angajarea este inerentă în orice relaţie de iubire veritabilă. Orice persoană preocupată cu adevărat de creşterea spirituală a altuia ştie conştient sau instinctiv că poate cultiva în mod semnificativ această creştere doar printr-o relaţie constantă. Copiii

---

* Importanţa distincţiei dintre a fi părinte biologic şi a fi părinte psihologic este elegant elaborată şi concretizată în Goldstein, Freud şi Solnit, *Beyond the Best Interests of the Child*, Macmillan, 1973.

nu pot ajunge la maturitatea psihologică într-o atmosferă imprevizibilă, bântuită de spectrul abandonului. Cuplurile nu pot rezolva într-un mod sănătos problema universală a căsniciei – dependență sau independență, dominare și supunere, libertate și fidelitate, de exemplu – fără siguranța de a ști că actul de a lupta pentru aceste lucruri nu va distruge prin el însuși relația.

Problemele angajării sunt majore, cauze ale multor tulburări de ordin psihiatric, iar chestiunile angajamentelor sunt cruciale în cursul psihoterapiei. Indivizii cu tulburări de personalitate tind să aibă doar angajamente înșelătoare, iar când tulburările lor sunt grave, acestor indivizi pare că le lipsește în totalitate capacitatea de a se angaja în vreun fel. Nu este vorba atât despre frica de riscul angajării, cât de faptul că ei nu înțeleg în mod fundamental ce înseamnă angajarea. Din cauză că părinții lor nu au reușit să se angajeze în vreun fel semnificativ față de copii, ei au crescut fără această noțiune. Pentru ei, angajarea reprezintă o abstracție dincolo de orizontul lor, un fenomen pe care nu-l pot gândi în întregime. Nevroticii, pe de altă parte, sunt în general conștienți de natura angajării, dar în mod frecvent sunt paralizați de frica de ea. De obicei, experiența lor din cea mai fragedă copilărie a fost una în care părinții erau suficient de angajați față de ei pentru ca și ei să se angajeze în schimb față de părinții lor. Dar când are loc o încetare a dragostei părintești prin moarte, abandon sau respingere cronică, apare ca efect transformarea angajării spontane a copilului într-o intolerabilă experiență a durerii. Angajările noi sunt atunci în mod natural înspăimântătoare. Astfel de răni pot fi vindecate doar dacă persoana respectivă va avea o experiență fundamentală și satisfăcătoare de angajare mai târziu. Din acest motiv, printre altele, angajarea este piatra de temelie a relației psihoterapeutice. Erau vremuri când mă cutremuram de pasul uriaș pe care îl făceam când acceptam un pacient nou pentru o terapie de lungă durată. Pentru o vindecare temeinică, este necesar ca terapeutul să se implice în relația lui cu un pacient nou în aceeași măsură și la același grad înalt de angajare precum părinții care își iubesc cu adevărat copiii. Simțul angajării pe care-l are terapeutul și constanța preocupării lui vor fi de obicei testate și inevitabil percepute de pacient în nenumărate feluri de-a lungul lunilor și anilor de terapie.

Rachel, o tânără frumoasă de 27 de ani, rece și distantă, a venit să mă consulte la sfârșitul unei căsnicii scurte. Soțul ei Mark o părăsise din cauza frigidității ei. „Știu că sunt frigidă“, a recunoscut Rachel. „Am crezut că mă voi încălzi în timp cu Mark, dar nu s-a întâmplat astfel. Nu cred că de vină este Mark. Nu mi-a plăcut să fac sex cu nimeni. Și ca să vă spun adevărul, nu sunt sigură că vreau. O parte din mine vrea, pentru că mi-ar plăcea să am un mariaj fericit într-o zi și să fiu normală – oamenii normali par să găsească ceva minunat în sex. Dar o altă parte din mine este mulțumită de felul cum stau lucrurile acum. Mark spunea totdeauna: «Relaxează-te și lasă să se întâmple.» Ei bine, poate că nu vreau să mă relaxez și să las să se întâmple, chiar dacă aș putea.“

În a treia lună a muncii noastre împreună, i-am spus lui Rachel că ea îmi spune totdeauna „Mulțumesc“ de cel puțin două ori înainte de a începe ședința – mai întâi, atunci când o întâlneam în camera de așteptare și încă o dată când intra pe ușa biroului meu. „Ce e greșit în a fi politicos?“, a întrebat ea.

„Nimic *per se*, am răspuns. Dar în acest caz, pare atât de inutil. Tu acționezi ca și cum ai fi un oaspete aici și nici măcar nu ești sigură că ai fi bine-venită.“

„Dar sunt un oaspete aici, este doar casa dvs.“

„Adevărat, am spus. Dar e de asemenea adevărat că tu îmi plătești 40 de dolari pe oră pentru timpul cât ești aici. Ai achiziționat acest timp și spațiul din acest birou și din acest motiv ai dreptul la el. Nu ești oaspete. Acest birou, această cameră de așteptare și timpul nostru împreună sunt dreptul tău. Sunt ale tale. Mă plătești pentru a avea acest drept, așa că de ce să-mi mulțumești pentru ceea ce îți aparține?"

„Nu pot să cred că gândiți în felul acesta!", a exclamat Rachel.

„Atunci crezi că te pot da afară oricând vreau, am replicat eu. Probabil crezi că este posibil să vii aici într-o dimineață, iar eu să-ți spun: «Rachel, lucrul cu tine a devenit plictisitor. Am decis să nu te mai consult. La revedere și noroc bun.»"

„Este exact ceea ce simt, a fost de acord Rachel. Nu m-am gândit niciodată la ceva ca fiind dreptul meu. Cel puțin nu în ceea ce privește o persoană. Adică nu mă puteți da afară?"

„O, presupun că aș putea. Dar nu o voi face. Nu aș vrea. Printre altele, nu ar fi nici etic. Uite ce e, Rachel. Atunci când accept un caz precum al tău, de terapie de lungă durată, îmi iau un angajament față de acel caz, față de acea persoană. Și mi-am luat un angajament față de tine. Voi munci cu tine atât cât este necesar, chiar dacă mi-ar lua un an, sau cinci ani, sau zece ani sau oricât. Nu știu dacă vei abandona lucrul nostru împreună atunci când vei fi pregătită să o faci sau înainte de asta. Dar oricum ar fi, tu ești cea care va pune punct relației noastre. Până la moartea mea, serviciile mele îți vor sta la dispoziție, atât timp cât le vei dori."

Nu mi-a fost greu să înțeleg problema pe care o avea Rachel.

La începutul terapiei, fostul ei soț, Mark, îmi spusese: „Cred că mama lui Rachel are multe de-a face cu problema ei. E o femeie remarcabilă. Ar fi fost un bun președinte la General Motors, dar ca mamă nu sunt sigur că este prea bună." Chiar așa era, Rachel fusese crescută sau mai degrabă condusă cu sentimentul că ar putea fi dată afară oricând greșește cu ceva. În loc ca Rachel să creadă că locul ei în casă este ceva sigur – un sentiment care poate veni doar de la părinții angajați în creșterea copiilor –, ea a simțit exact opusul: la fel ca pentru un salariat, poziția lui Rachel era garantată doar atât timp cât ea făcea ce i se cerea și se comporta în funcție de așteptări. Având în vedere că locul ei în casă nu era sigur pe vremea când era copil, cum să fi simțit că locul ei la mine era sigur?

Astfel de răni cauzate de faptul că părinții nu reușesc să se angajeze nu se vindecă prin câteva cuvinte, prin câteva asigurări superficiale. Trebuie lucrat la niveluri din ce în ce mai profunde, permanent. O astfel de ocazie, de exemplu, a apărut un an mai târziu. Ne concentrasem asupra faptului că Rachel nu a plâns niciodată în prezența mea – un alt lucru pe care nu își permitea „să-l lase să se întâmple". Într-o zi, când vorbea despre teribila singurătate care provine din faptul de a fi mereu în gardă, am simțit că este gata să izbucnească în lacrimi, dar că era nevoie de o ușoară forțare din partea mea, așa că am făcut ceva nu prea obișnuit: m-am aplecat peste ea, cum stătea întinsă pe canapea, și am mângâiat-o blând pe cap, murmurând: „Biata Rachel, biata Rachel!" Gestul a eșuat. Rachel s-a înăsprit imediat și s-a ridicat cu ochii uscați. „Nu pot să o fac. Nu pot lăsa să se întâmple." Acest lucru avea loc la sfârșitul ședinței. La următoarea întâlnire, Rachel a venit și s-a așezat pe canapea, în loc să se întindă. „Ei bine, acum e vremea ca dvs. să vorbiți", a anunțat ea.

„Ce vrei să spui?", am întrebat.

„O să-mi spuneți toate lucrurile care nu sunt în regulă cu mine."

M-am simțit încurcat. „Tot nu înțeleg ce vrei să spui, Rachel."

„Aceasta este ultima noastră ședință. O să însumați toate lucrurile care nu sunt în regulă cu mine, toate motivele pentru care nu mă mai puteți trata."

„N-am nici cea mai vagă idee despre ce se întâmplă", am spus.

Era rândul lui Rachel să fie încurcată. „Ei bine, a spus ea, la ultima ședință ați vrut să plâng. Ați vrut să plâng mai demult. La ultima ședință ați făcut totul ca să mă ajutați să plâng, iar eu tot nu am făcut-o, așa că o să renunțați la mine. Nu pot să fac ceea ce vreți dvs. Iată de ce astăzi va fi ultima noastră ședință."

„Tu chiar crezi că am să te concediez, nu-i așa, Rachel?"

„Da, oricine ar crede la fel."

„Nu, Rachel, nu oricine, poate mama ta. Dar eu nu sunt mama ta. Nu toată lumea este ca mama ta. Tu nu ești angajata mea. Nu ești aici ca să faci ceea ce vreau eu să faci. Ești aici ca să faci ceea ce vrei tu și când vrei tu. Aș putea să te îmboldesc, dar nu am nicio putere asupra ta. Nu te voi concedia niciodată. Vei fi aici atât timp cât vei dori."

Una dintre problemele pe care le au oamenii în general în relațiile lor ca adulți, în cazul în care nu au primit niciodată o fermă angajare din partea părinților lor, este sindromul „o să te părăsesc eu înainte să mă părăsești tu". Acest sindrom îmbracă multe forme sau deghizări. Una dintre forme este frigiditatea lui Rachel. Deși nu a apărut la un nivel conștient, ceea ce voia să exprime frigiditatea lui Rachel față de soț și față de prietenii anteriori era: „Nu o să mă dau ție când știu al naibii de bine că ai să mă lași baltă mâine, poimâine." Pentru Rachel, „a lăsa să se întâmple" în ceea ce privește sexualitatea sau alte lucruri reprezenta o angajare a ei, iar ea nu era dispusă să facă acest lucru când harta experienței ei trecute îi arăta ca sigur faptul că nimeni nu se va angaja în schimb față de ea.

Sindromul „o să te părăsesc eu înainte ca tu să mă părăsești" devine mai puternic pe măsură ce o persoană precum Rachel devine mai apropiată de o alta. După un an de terapie, cu două ședințe pe săptămână, Rachel m-a anunțat că nu își mai poate permite 80 de dolari pe săptămână. De la divorțul său, mi-a spus ea, trecea printr-o perioadă dificilă din punct de vedere financiar și trebuia ori să înceteze să mă vadă ori să mă vadă doar o dată pe săptămână. Realist vorbind, acest fapt era ridicol. Știam că Rachel avea o moștenire de 50 000 de dolari, pe lângă salariul modest pe care-l câștiga la serviciu, și că în comunitate era cunoscută ca făcând parte dintr-o familie veche și înstărită. În mod normal, aș fi confruntat-o cu faptul că își putea permite serviciile mele mult mai ușor decât alți pacienți și că fără nicio îndoială se folosea de problema banilor în mod fals, pentru a scăpa de o apropiere din ce în ce mai mare față de mine. Pe de altă parte, știam că moștenirea reprezenta pentru Rachel ceva mai mult decât banii în sine. Era ceva ce-i aparținea, ceva ce nu o va părăsi, un zid de siguranță într-o lume fără angajamente. Deși era destul de rezonabil în ceea ce mă privea să-i cer să intre în banii de moștenire pentru a plăti taxa standard, am crezut că este un risc pe care ea nu era încă gata să și-l asume și că dacă insistam ar fi plecat cu adevărat. Mi-a spus că s-a gândit la venitul ei și și-ar permite să plătească 50 de dolari pe săptămână, apoi mi-a oferit suma pentru o ședință. I-am spus că voi reduce taxa la 25 de dolari pe ședință și că voi continua să o văd de două ori pe săptămână. Ea m-a privit cu un amestec de frică, neîncredere și bucurie. „Chiar veți face asta?“, a întrebat ea. Am aprobat din cap. A urmat o lungă perioadă de tăcere. În cele din urmă, mai aproape de lacrimi decât fusese vreodată, Rachel a spus: „Pentru că mă trag dintr-o familie bogată, vânzătorii din oraș m-au încărcat cu cele mai mari prețuri suportabile. Dvs. îmi oferiți o reducere. Nimeni nu mi-a mai oferit o reducere până acum.“

De fapt, Rachel a părăsit terapia de mai multe ori în timpul anului următor, în bătălia purtată cu incertitudinea dacă să permită angajării noastre reciproce să se adâncească. De fiecare dată, după un schimb de scrisori sau telefoane de-a lungul unei săptămâni ori două, reușeam să o conving să se întoarcă. În cele din urmă, la sfârșitul celui de-al doilea an, am putut să ne ocupăm direct de chestiunile implicate. Am aflat că Rachel scria poezii și am rugat-o să mi le arate și mie. Mai întâi, a refuzat. Apoi a fost de acord, dar săptămână după săptămână „uita“ să mi le aducă. I-am explicat că refuzul de a-mi arăta poeziile are aceeași semnificație ca și refuzul sexualității față de Mark și de alți bărbați. De ce credea că a-mi arăta poemele reprezenta o angajare totală a ei? De ce credea că a-și împărtăși sexualitatea însemna de asemenea o angajare totală? Chiar dacă nu aș fi receptiv la poezii, asta ar însemna o totală respingere a ei? O să terminăm prietenia noastră pentru că ea nu e un mare poet? Poate că împărtășindu-mi din poeziile ei, relația noastră va deveni mai profundă. De ce îi era frică de o astfel de profunzime?

În cele din urmă, ajungând să accepte faptul că eu am un angajament față de ea, în cel de-al treilea an de terapie Rachel a început „să lase să se întâmple“. În cele din urmă, și-a asumat riscul de a mă lăsa să-i văd poeziile. Apoi, a putut să chicotească, să râdă și să tachineze. Relația noastră, care înainte fusese scorțoasă și formală, a devenit caldă, spontană, deseori luminându-i sufletul și bucurându-l. „Înainte nu știam că e posibil să fii atât de relaxat în prezența unei alte persoane, a spus ea. Este primul loc în viața mea în care mă simt în siguranță.“ De la securitatea biroului meu și a timpului petrecut împreună, ea a fost rapid capabilă să se aventureze mai departe, în alte relații. Și-a dat seama că sexul nu este o experiență de angajare, ci una de autoexprimare, joacă, explorare, învățare și abandonare fericită. Știind că eram totdeauna la dispoziția ei atunci când se simțea agresată, ca o bună mamă pe care nu o avusese, s-a simțit liberă să permită sexualității ei să izbucnească. Frigiditatea ei s-a retras. Până când a terminat terapia, în cel de-al patrulea an, Rachel a devenit o persoană vivace și pasionată, preocupată să se bucure de toate relațiile umane care îi ieșeau în cale.

Am fost, din fericire, capabil să îi ofer lui Rachel un grad suficient de angajare pentru a depăși efectele rele ale lipsei de angajare de care avusese parte de-a lungul copilăriei. Uneori nu am fost atât de norocos. Operatorul de computer pe care l-am descris în prima secțiune ca exemplu de transfer e un astfel de caz. Nevoia sa de angajare din partea mea era atât de mare, încât nu am fost capabil sau dispus să i-o ofer. Dacă angajarea terapeutului este insuficientă pentru a supraviețui vicisitudinilor relației, vindecarea temeinică nu apare. Totuși, dacă angajarea terapeutului este suficientă, atunci, de obicei – deși nu inevitabil –, pacientul va răspunde mai devreme sau mai târziu cu o angajare crescândă, atât față de terapeut, cât și față de terapia însăși. Punctul în care pacientul începe să-și demonstreze angajarea reprezintă momentul de cotitură al terapiei. Pentru Rachel, cred că acest punct a fost acela în care mi-a oferit poeziile sale. În mod ciudat, unii pacienți pot veni încrezători la terapie două sau trei ore pe săptămână timp de ani de zile și totuși să nu atingă acest punct. Alții ar putea să-l atingă chiar în primele două luni. Dar ei trebuie să-l atingă pentru a fi vindecați. Pentru terapeut, atingerea acestui punct este un moment minunat de eliberare și bucurie, pentru că atunci știe că pacientul și-a asumat riscul angajării de a se face bine și că, prin urmare, terapia va reuși.

Riscul angajării în terapie nu este doar riscul angajării în sine, ci este și riscul confruntării cu sine și al schimbării. În secțiunea precedentă, în discuția despre disciplina devoțiunii față de adevăr, am examinat dificultățile schimbării hărții realității, a viziunii asupra lumii și a transferurilor. Însă schimbări trebuie să existe dacă cineva vrea să ducă o viață cu iubire, care implică frecvente extinderi de sine în noi dimensiuni și teritorii de explorare. Vor apărea multe puncte în călătoria creșterii spirituale a cuiva, indiferent dacă este singur sau dacă are un psihoterapeut ca îndrumător, când va trebui să întreprindă acțiuni noi și nefamiliare, în consonanță cu noua sa viziune asupra lumii. A face astfel de acțiuni noi – a se comporta în mod diferit față de felul în care se comporta înainte – poate reprezenta un risc personal extraordinar. Un tânăr homosexual pasiv ia pentru prima oară inițiativa de a-i cere unei fete o întâlnire; o persoană care nu a avut niciodată încredere în nimeni se întinde pentru prima oară pe canapeaua analistului, permițându-i acestuia să iasă din raza lui de vedere; o soție anterior dependentă îl anunță pe soțul dominator că va obține o slujbă, indiferent dacă lui îi place sau nu, că are și ea o viață proprie de trăit; „băiatul mamei" de 50 de ani îi spune mamei lui să nu i se mai adreseze cu numele de alint, care îl infantilizează; un bărbat distant din punct de vedere emoțional, părând autosuficient și „puternic", își permite pentru prima oară să plângă în public; sau Rachel, care „lasă să se întâmple" și plânge pentru prima oară în biroul meu: aceste acțiuni și multe altele implică un risc personal și, prin urmare, provoacă adeseori mai multă frică decât are un soldat care intră în bătălie. Soldatul nu poate fugi, pentru că există o armă care îl amenință din spate și una care-l amenință din față. Dar individul care încearcă să se dezvolte se poate retrage totdeauna într-un model mai comod și mai familiar al unui trecut limitat.

S-a spus că psihoterapeutul de succes trebuie să vină în relația psihoterapeutică cu același curaj și cu același simț al angajării ca și pacientul. Terapeutul trebuie să riște și el schimbarea. Dintre toate regulile bune și folositoare ale terapiei care mi-au fost predate, sunt puține pe care nu am ales să le încalc într-un moment sau altul. Nu atât din lene sau din lipsă de disciplină, ci mai degrabă din frică și preocupare; din cauză că terapia pacientului meu părea să ceară acest lucru într-un fel sau altul, a trebuit să ies din siguranța rolului de analist prestabilit, să fiu diferit și să risc neconvenționalul. Când privesc retrospectiv la vreun caz încheiat cu succes pe care l-am avut, pot să văd că într-un anumit punct sau în mai multe puncte a trebuit să trec linia. Disponibilitatea medicului de a suferi în astfel de momente este poate esența terapiei, iar când este percepută de pacient, așa cum se întâmplă de obicei, este întotdeauna vorba despre un efect terapeutic. Din această disponibilitate de a se extinde pe ei înșiși și de a suferi împreună cu pacienții lor, terapeuții se dezvoltă și se schimbă pe ei înșiși. Încă o dată, când privesc retrospectiv la cazurile mele încheiate cu succes, nu este niciunul care să nu fi adus o schimbare semnificativă, deseori radicală, în atitudinile și perspectivele mele. Trebuia să se întâmple așa. Este imposibil să înțelegi cu adevărat pe cineva fără a-i face loc acelei persoane în tine însuți. Acest loc, care, vă reamintesc, reprezintă disciplina focalizării, necesită o extindere și, prin urmare, o schimbare de sine.

Așa se întâmplă cu faptul de a fi un bun părinte și tot așa cu faptul de a fi un bun psihoterapeut. Aceeași focalizare și extindere de sine sunt implicate în a-ți asculta copiii. Pentru a răspunde nevoilor lor sănătoase, trebuie să ne schimbăm pe noi înșine. Doar când suntem dispuși să suferim astfel de schimbări putem deveni părinții de care au nevoie copiii noștri. Și deoarece ei cresc permanent, iar nevoile lor se schimbă, suntem obligați să ne schimbăm și să creștem odată cu ei. Oricine cunoaște părinți care, de exemplu, pot să se ocupe eficient de copiii lor până la vârsta adolescenței, după care devin total ineficienți ca părinți din cauză că nu sunt capabili să se schimbe și să-și modifice atitudinile în ceea ce-i privește pe copiii, acum mai mari și mult diferiți de cum erau. Și ca în toate exemplele de iubire, ar fi incorect să vedem suferința și schimbarea implicate în faptul de a fi un bun părinte ca pe o formă de sacrificiu de sine sau de martiraj; din contră, părinții au mai mult de câștigat din acest proces decât copiii lor. Părinții care nu sunt dispuși să riște suferința schimbării, a creșterii și a învățării de la copiii lor aleg un drum al senilității – indiferent dacă își dau seama de asta sau nu –, iar copiii lor și lumea îi vor lăsa mult în urmă. A învăța de la copiii lor este pentru mulți cea mai bună ocazie de a-și asigura o bătrânețe plină de sens. Din păcate, multă lume nu profită de această ocazie.

Riscul confruntării

Ultimul și probabil cel mai mare risc al iubirii este cel al exercitării puterii cu umilință. Cel mai comun exemplu este actul confruntării iubitoare. Oricând ne confruntăm cu cineva, în fapt, îi spunem acelei persoane: „Te înșeli, eu am dreptate." Când un părinte se confruntă cu un copil, spunând: „Ești pe cale să devii un netrebnic!", părintele spune, în fapt: „Netrebnicia ta nu e un lucru bun. Am dreptul să te critic, deoarece eu nu sunt un netrebnic și deoarece eu am dreptate." Când un soț se confruntă cu soția în privința frigidității ei, el îi spune: „Ești frigidă și e greșit ca tu să nu-mi răspunzi sexual cu o mare ardoare, deoarece comportamentul meu sexual e normal, iar în celelalte privințe sunt în regulă. Tu ai o problemă din punct de vedere sexual, nu eu." Când o soție se confruntă cu soțul ei pe tema că el nu petrece destul timp cu ea și cu copilul, va spune: „Concentrarea ta asupra muncii nu e bună și e excesivă. În ciuda faptului că nu am slujba ta, am o viziune asupra lucrurilor mult mai bună decât a ta și știu cu siguranță că ar fi potrivit să te implici și în alte activități." Mulți oameni nu au nicio dificultate în a-și exercita capacitatea de confruntare, aceea de a spune: „Am dreptate, tu greșești, ar trebui să fii altfel." Părinții, soții și tot felul de oameni în tot tipul de roluri o aplică în mod curent sau la întâmplare, aruncând critici în stânga și-n dreapta, trăgând cu arma de la șold. Multe asemenea critici și confruntări, făcute de obicei în mod impulsiv, la supărare sau la mânie, fac să crească mai mult cantitatea de confuzie din lume decât cantitatea de iluminare.

Pentru persoana care iubește cu adevărat, actul criticării sau al confruntării nu apare cu ușurință; pentru ea, este clar că acest act are un mare potențial de aroganță. Confruntarea cu cineva iubit înseamnă a-ți asuma o poziție superioară moral și intelectual față de cel iubit, cel puțin în ceea ce privește chestiunea în discuție. Însă iubirea veritabilă va recunoaște și va respecta individualitatea unică și identitatea separată a celeilalte persoane. (Voi spune mai multe despre aceasta mai târziu.) Persoana care iubește cu adevărat, valorizând unicitatea și diferența persoanei iubite, va ezita, într-adevăr, să gândească: „Eu am dreptate, tu te înșeli; știu mai bine decât tine ce îți e mai bine." Dar realitatea vieții este în așa fel încât, uneori, o persoană știe mai mult decât cealaltă ce e mai bine pentru aceasta din urmă și în realitate se găsește pe o poziție de cunoaștere sau de înțelepciune superioară în privința subiectului în discuție. În aceste circumstanțe, cel mai înțelept dintre cei doi va avea, în fapt, obligația de a-l confrunta pe celălalt cu problema respectivă. Prin urmare, persoana iubitoare se va afla frecvent într-o dilemă, captivă între respectul iubitor pentru calea în viață a celui sau a celei iubite și responsabilitatea de a-și exercita iubitoarea îndrumare, atunci când iubitul pare a avea nevoie de ea.

Dilema poate fi rezolvată numai printr-o conștiincioasă scrutare de sine, în care cel ce iubește își va examina riguros valoarea înțelepciunii proprii și motivele care se află în spatele acestei nevoi de a-și asuma rolul de conducător. „Chiar văd clar cum stau lucrurile sau operez pe baza unor supoziții obscure? Chiar îl înțeleg cu adevărat pe cel pe care-l iubesc? S-ar putea ca nu aceasta să fie calea prin care cel pe care-l iubesc să devină mai înțelept; din această cauză percepția mea asupra nepriceperii sale să fie oare rezultatul propriului meu punct de vedere limitat? Nu cumva mă slujesc pe mine însumi, crezând că persoana pe care o iubesc are nevoie să fie redirecționată?" Acestea sunt întrebările pe care toți cei care iubesc cu adevărat trebuie să și le pună neîncetat. Această scrutare de sine, cât mai obiectivă, este esența umilinței și a blândeții. Din cuvintele unui călugăr britanic anonim, îndrumător spiritual, din secolul al XVI-lea, aflăm că: „Blândețea în sine nu este nimic altceva decât o cunoaștere și o simțire cu adevărat a sinelui unui om așa cum este el. Orice om care se privește și se simte pe sine cu adevărat așa cum este va avea cu siguranță blândețe."*

Există, deci, două căi de a confrunta și critica o altă ființă umană: aceea a siguranței instinctive și spontane că avem dreptate sau aceea de a crede că celălalt are probabil dreptate, idee la care ajungem printr-o scrupuloasă îndoială de sine și autoexaminare. Prima cale este cea a aroganței; este cea mai întâlnită modalitate de confruntare la copii, soți, profesori și indivizi în general, în treburile zilnice; ea este de obicei sortită eșecului, produce mai mult resentimente decât creșteri spirituale și are alte efecte neintenționate. A doua este calea umilinței; nu este una obișnuită, necesitând o veritabilă extensie de sine; este mult mai probabil să aibă succes și nu am observat, de-a lungul experienței mele, să fi fost vreodată distructivă.

Există un număr semnificativ de indivizi care, dintr-un motiv sau altul, au învățat să-și inhibe tendința instinctivă de a critica sau de a se confrunta cu spontană aroganță, dar care nu merg mai departe, ascunzându-se în siguranța morală a blândeții, neîncercând niciodată să își asume puterea. Un astfel de om a fost un preot, tatăl unei paciente ale mele de vârstă medie, care suferea din copilărie de o nevroză depresivă. Mama pacientei era o femeie mânioasă și violentă, care își domina familia prin firea ei țâfnoasă, prin

---

* *The Cloud of Unknowing*, trad. engl. Ira Progoff, Julian Press, New York, 1969, p. 92.

manipulări și nu rareori prin bătăi fizice aplicate soțului în fața fiicei. Preotul nu a ripostat niciodată și își sfătuia fiica să-i răspundă mamei ei așa cum o făcea și el, întorcându-i și celălalt obraz, în tradiția credinței creștine, cu respect și supușenie neîncetată. Când a început terapia, pacienta mea își venera tatăl pentru nesfârșita lui toleranță și „iubire". Nu a trecut mult timp, în orice caz, până a început să realizeze că blândețea tatălui însemna slăbiciune și că, în pasivitatea lui, a privat-o de o îngrijire părintească adecvată exact în aceeași măsură ca și mama sa, prin egoismul ei. Și-a dat, în sfârșit, seama că el nu a făcut de fapt nimic pentru a o proteja de răutatea mamei și pentru a înfrunta răul, nelăsându-i nicio opțiune, în afară de aceea de a încorpora amarele manipulări ale mamei, odată cu pseudoumilința lui, ca singurele modele comportamentale. A nu reuși într-o confruntare când aceasta este necesară în vederea creșterii spirituale reprezintă un eșec al iubirii tot atât de mare precum critica negândită, condamnarea și alte forme active de privare de îngrijire. Dacă își iubesc copiii, părinții trebuie, cu grijă și atenție poate, dar nu mai puțin activ, să-i înfrunte și să-i critice uneori, la fel de mult pe cât le vor permite copiilor lor să-i critice și să-i înfrunte. În mod similar, soții care se iubesc vor trebui să se înfrunte în mod repetat, în măsura în care relațiile din căsnicie servesc promovării creșterii spirituale între parteneri. Nicio căsnicie nu se poate numi de succes dacă soțul sau soția nu va fi cel mai bun critic al celuilalt. Este o concepție comună ideea că prietenia trebuie să fie o relație fără conflicte, un aranjament de tipul: „Dacă mă scarpini pe spate, te scarpin și eu", rezultând numai în urma unui schimb reciproc de favoruri și complimente prescrise de bunele maniere. Acest tip de relații sunt superficiale, interzic intimitatea și nu servesc numele de prietenie, care le este atât de ușor aplicat. Din fericire, există semne că ideea de prietenie a început să se adâncească. Confruntarea reciprocă în iubire este o parte semnificativă a tuturor relațiilor umane importante și de succes. Fără aceasta, relația este superficială sau chiar supusă eșecului.

Să confrunți sau să critici este o formă de exercitare a conducerii sau a puterii. Exercitarea puterii nu este nici mai mult, nici mai puțin decât o încercare de a influența cursul evenimentelor, umane sau de altă natură, printr-o acțiune conștientă sau inconștientă, într-o manieră predeterminată. Când ne confruntăm cu cineva sau criticăm pe cineva o facem deoarece vrem să schimbăm cursul vieții persoanei respective. Este evident că mai există multe alte căi, adesea superioare, pentru a influența cursul evenimentelor, în afara confruntării sau criticării, cum ar fi: sugestia, exemplul, recompensa și pedeapsa, întrebările, interdicțiile sau permisiunile, crearea de noi experiențe, organizarea activităților ș.a.m.d. Pot fi scrise volume întregi despre arta de a exercita puterea. Pentru obiectivele noastre, în orice caz, este suficient să spunem că persoanele care iubesc trebuie să se preocupe de această artă, pentru că, dacă doresc să contribuie la creșterea spirituală a celuilalt, ele trebuie să găsească cea mai eficientă cale pentru această creștere în condițiile date. Părinții iubitori, de exemplu, trebuie să se examineze mai întâi pe ei înșiși și să-și verifice riguros valorile înainte de a stabili cu precizie că știu ceea ce este mai bine pentru copilul lor. Apoi, făcând această determinare, ei vor putea de asemenea să analizeze caracterul și capacitățile copilului, înainte de a decide dacă acesta va fi mai înclinat să răspundă favorabil confruntării, laudei, sporirii atenției față de el sau aplicării uneia dintre celelalte forme de influențare. Să confrunți pe cineva cu ceva cu care nu se poate descurca va fi, în cel mai bun caz, o pierdere de timp, iar în majoritatea cazurilor va avea un efect vătămător. Dacă vrem să ne facem auziți, trebuie să vorbim într-o limbă pe care ascultătorul o poate înțelege și la un nivel la care poate opera. Dacă este vorba de iubire, trebuie să ne extindem pe noi înșine pentru a ne ajusta comunicarea în funcție de capacitățile celui pe care îl iubim.

Este clar că exercitarea puterii, atunci când iubim, necesită un mare volum de muncă, dar ce legătură are aceasta cu riscul implicat? Problema este: cu cât cineva iubește mai mult, cu atât va fi mai smerit; totuși, cu cât cineva este mai smerit, cu atât e mai copleșit de posibilitatea apariției aroganței din exercitarea puterii. Cine sunt eu să influențez cursul evenimentelor omenești? Ce autoritate m-a învestit să decid ce este mai bine pentru soția mea, pentru copilul meu, pentru țara mea sau pentru rasa umană? Cine mi-a dat dreptul să îndrăznesc să mă încred în propria-mi înțelegere, iar apoi să vreau să-mi exercit voința asupra lumii? Cine sunt eu să mă joc de-a Dumnezeu? *Acesta* este riscul. De câte ori ne exercităm puterea, ne așteptăm să influențăm cursul lumii, al umanității și, deci, ne jucăm de-a Dumnezeu. Majoritatea părinților, profesorilor, liderilor – majoritatea celor care exercită puterea – nu conștientizează acest lucru. În aroganța exercitării puterii fără o totală autoconștientizare, care este cerută de iubire, suntem binecuvântați, fericiți, dar distructivi, ignoranți în ceea ce privește faptul că ne jucăm de-a Dumnezeu. Dar aceia care iubesc cu adevărat și, ca urmare, muncesc pentru înțelepciunea pe care le-o cere iubirea știu că această acțiune înseamnă să te joci de-a Dumnezeu și mai știu de asemenea că nu există alternativă, cu excepția inacțiunii și neputinței. Iubirea ne constrânge să ne jucăm de-a Dumnezeu, având conștiința întreagă a ceea ce facem. Cu această conștiință, persoanele care iubesc își asumă responsabilitatea de a încerca să fie Dumnezeu, de a nu se juca neatenți de-a Dumnezeu și de-a îndeplini voința divină fără greșeală. Întâlnim aici, prin urmare, încă un paradox: numai ieșind de sub umilința cerută de iubire oamenii pot năzui să fie Dumnezeu.

Iubirea este disciplinată

Am indicat că energia pentru munca autodisciplinei derivă din iubire, care este o formă a voinței. Prin urmare, nu numai că autodisciplina este de obicei iubire transpusă în acțiune, dar de asemenea orice om care iubește veritabil se comportă cu autodisciplină și orice relație de iubire veritabilă cuprinde disciplina. Dacă aș iubi cu adevărat, evident că mi-aș ordona comportamentul într-un asemenea fel încât să contribuie cât se poate la creșterea spirituală a lui sau a ei. Doi tineri inteligenți, artiști „boemi", cu care am încercat să lucrez odată, aveau de patru ani o căsnicie marcată de țipete aproape zilnice, farfurii sparte și certuri ce se soldau cu zgârieturi pe față, continuând cu infidelități săptămânale și separări lunare. La scurt timp după ce ne-am început munca, fiecare dintre ei a perceput în mod corect că această terapie îi va conduce către creșterea autodisciplinei și, în consecință, spre o relație mult mai puțin discordantă. „Dar dvs. vreți să scoatem pasiunea din relația noastră, mi-au spus. Noțiunea dvs. de iubire și de căsnicie nu lasă loc pasiunii." Aproape imediat după aceasta, ei au părăsit terapia și mi s-a adus la cunoștință că trei ani mai târziu, după câteva încercări cu alți terapeuți, concertele lor zilnice de țipete și haoticul model al căsniciei lor continua neschimbat, la fel ca și slaba productivitate a vieților lor individuale. Nu e nicio îndoială că mariajul lor este, într-un sens, unul extrem de colorat. Dar este asemănător culorilor primare din picturile copilului, aruncate pe hârtie fără îndemânare, ocazional, nu fără șarm, dar, în general, așa cum se întâmplă cu arta copiilor: toate lucrările sunt cam la fel. În tăcutele nuanțe controlate ale lui Rembrandt se pot găsi culori infinit de bogate, unice și pline de înțelesuri. Pasiunea înseamnă simțirea marii profunzimi. Faptul că un sentiment este necontrolat nu indică, în niciun caz, că este mai adânc decât un sentiment disciplinat. Din contră, psihiatrii cunosc bine adevărul vechiului proverb:

„Râurile puţin adânci sunt zgomotoase." şi „Apele liniştite sunt adânci." Nu trebuie să ne închipuim că o persoană ale cărei sentimente sunt controlate şi stăpânite nu poate fi una plină de pasiune.

Deşi nimeni nu trebuie să fie sclavul propriilor sentimente, autodisciplina nu presupune strivirea şi nimicirea sentimentelor. Le spun frecvent pacienţilor mei că sentimentele lor sunt sclavii *lor* şi că arta autodisciplinării e asemănătoare artei proprietarilor de sclavi. În primul rând, sentimentele sunt sursa energiei; ele sunt precum puterea calului sau a sclavului, făcând posibilă îndeplinirea misiunilor vieţii. De vreme ce ele lucrează pentru noi, trebuie să le tratăm cu respect. Există două tipuri de greşeli comune pe care proprietarii de sclavi le pot face şi care reprezintă forme extreme şi opuse de conducere executivă. Primul tip de proprietar de sclavi nu-şi disciplinează deloc sclavii, nu le oferă nicio structură, nu le stabileşte limite, nu îi trimite în nicio direcţie şi nu este clar cine e şeful. Se va întâmpla, bineînţeles, ca în timp sclavii lui să se oprească din muncă şi să înceapă să se mute în conac, invadând salonul şi spărgând mobila, iar în curând proprietarul de sclavi va afla că el este sclavul acestor sclavi, trăind în acelaşi haos ca mai sus menţionatul cuplu „boem" cu tulburări de personalitate.

Celălalt stil de conducere, cel opus, ce presupune sentimentul de vinovăţie al nevroticului, sentiment ce influenţează deseori celelalte sentimente ale lui, este la fel de autodistructiv. Proprietarul de sclavi ce practică acest stil e atât de obsedat de teama că aceşti sclavi (sentimentele) pot să scape de sub control şi este atât de hotărât ca ei să nu îi cauzeze nicio problemă, încât îi bate regulat pentru a-l asculta şi îi pedepseşte sever la primul semn de putere din partea lor. Rezultatul acestui stil este acela că, într-un timp relativ scurt, sclavii devin din ce în ce mai puţin productivi, iar voinţa lor este stoarsă de severul tratament pe care l-au primit. Sau vor înclina din ce în ce mai mult spre o rebeliune fățișă. Dacă procesul durează destul timp, într-o noapte previziunea proprietarului de sclavi se va adeveri, iar sclavii se vor răscula, vor arde palatul și nu de puține ori cu proprietarul înăuntru. Aceasta este geneza unor psihoze și a unor nevroze copleșitoare. Administrarea potrivită a sentimentelor se face în mod clar de-a lungul unei complexe (prin urmare nici simplă, nici ușoară) și echilibrate căi de mijloc, necesitând grijă și atenție continuă. Aici, proprietarul își tratează sentimentele (sclavii) cu respect, crescându-le cu hrană bună, tratament și asistență medicală, ascultând și răspunzând vocilor lor, întrebându-le de sănătate, încurajându-le, organizându-le, stabilindu-le limitele, decizând clar între ele, redirecționându-le și învățându-le, nelăsând niciodată vreun semn de îndoială asupra a cine e șeful. Aceasta e calea unei autodiscipline sănătoase.

Printre sentimentele ce trebuie disciplinate se află și sentimentul iubirii. Așa cum am indicat, acesta nu este echivalent cu iubirea veritabilă, dar sentimentul se asociază cu investirea. Trebuie să fii foarte respectat și nutrit de energia lui creativă, dar dacă i se permite să o ia razna, rezultatul nu va fi o iubire veritabilă, ci confuzie și neproductivitate. Deoarece iubirea veritabilă implică o extensie de sine, sunt cerute cantități vaste de energie și, vrând sau nevrând, depozitul nostru de energie este limitat la fel ca și orele dintr-o zi. Nu putem să iubim pe oricine. Într-adevăr, putem avea sentimentul că iubim umanitatea și acest sentiment poate fi, de asemenea, de ajutor în aprovizionarea noastră cu destulă energie pentru a manifesta o dragoste veritabilă pentru câțiva indivizi anume. Dar iubirea veritabilă pentru relativ puțini indivizi este tot ceea ce ne stă în putere. Încercarea de a depăși limitele energiei noastre înseamnă a oferi mai mult decât putem da și există un punct de unde nu te mai poți întoarce, dincolo de care încercarea de a-i iubi pe toți cei ce ne apar în cale devine frauduloasă și dăunătoare pentru cei pe care vrem să-i ajutăm. În consecință, dacă suntem atât de fericiți încât să fim în poziția în care majoritatea indivizilor ne solicită atenția, trebuie să alegem dintre ei pe aceia de care suntem îndrăgostiți acum. Această alegere nu este ușoară; poate fi chinuitor de dureroasă, la fel cum poate fi asumarea puterii dumnezeiești. Dar ea trebuie făcută. Mulți factori trebuie avuți în vedere, în primul rând capacitatea posibilului primitor al dragostei noastre de a răspunde iubirii prin creștere spirituală. Oamenii au capacități diferite, un factor care va fi examinat mai târziu. Este, în orice caz, de necontestat că sunt o mulțime de asemenea spirite atât de încuiate în spatele unor armuri impenetrabile încât, în ciuda celor mai mari eforturi de a nutri și a crește acele spirite, ele sunt damnate la un eșec aproape sigur. Încercarea de a iubi pe cineva care nu poate beneficia din iubirea ta de creștere spirituală înseamnă a-ți irosi energia, a sădi sămânța pe un teren arid. Iubirea veritabilă e prețioasă, iar aceia care sunt capabili de iubire veritabilă știu că iubirea lor trebuie să fie focalizată cât de productiv posibil, prin autodisciplină.

Trebuie de asemenea analizată și cealaltă fațetă a problemei de a iubi prea multe persoane. Există unii oameni care pot să iubească mai mult de o singură persoană în același timp, să mențină simultan mai multe relații de iubire veritabilă. Aceasta este ea însăși o problemă din mai multe motive. Unul dintre ele este mitul vestic sau american al iubirii romantice, care sugerează că fiecare om este „menit“ unui alt om; astfel, prin extrapolare, el nu este sortit nimănui altcuiva. Acest mit, prin urmare, prescrie exclusivitatea relațiilor de dragoste, în particular, exclusivitatea sexuală. Mitul este de ajutor, probabil, contribuind la stabilitatea și productivitatea relațiilor umane, pentru că majoritatea ființelor umane își înfruntă limitele capacității lor de a se extinde în vederea dezvoltării de relații de iubire veritabilă numai cu soții și cu copiii lor.

Într-adevăr, dacă cineva poate spune că a construit o relație de iubire veritabilă cu partenerul și cu copilul, atunci poate spune că a reușit să realizeze ceea ce majoritatea oamenilor nu reușeau într-o viață. Există adeseori ceva patetic la individul care a eșuat în încercarea de a-și transforma familia într-o uniune a iubirii, căutând și relații de iubire în afara familiei. Prima obligație a unei persoane care iubește veritabil o vor constitui întotdeauna relațiile ei maritale și parentale. Totuși, există cazuri în care capacitatea cuiva de a iubi este suficient de mare pentru a construi cu succes relații de iubire în familie și pentru a avea energie și pentru alte relații. Pentru aceștia, mitul exclusivității nu este numai fals ca atare, dar reprezintă, de asemenea, o limită inutilă în fața capacității lor de a se oferi și altora, din afara familiei. Este posibil ca această limitare să fie depășită, dar o mare autodisciplină este cerută în extinderea sinelui pentru a evita „expansiunea prea lentă a sinelui". Despre această extraordinară complexitate a chestiunii (atinsă aici numai în trecere) vorbea Joseph Fletcher, teolog și autor al cărții *Noua moralitate*, așa cum mi-a relatat un prieten al meu: „Iubirea liberă e un ideal. Din nefericire, e un ideal de care doar câțiva dintre noi sunt capabili." Ceea ce a vrut să spună a fost că doar câțiva dintre noi au o capacitate de autodisciplină atât de mare încât să mențină relații în care există iubire veritabilă atât în familie, cât și în afara ei. Libertatea și disciplina sunt într-adevăr foarte strânse: fără disciplina iubirii veritabile, libertatea este în mod invariabil potrivnică iubirii și distructivă.

Între timp, unii dintre cititori s-ar putea simți sătui de conceptul de disciplină și vor concluziona că sunt avocatul unui stil de viață de o plictisitoare autodisciplină calvinistică permanentă! Permanentă autoanaliză! Datorie! Responsabilitate! Neopuritanism, ar spune unii. Spuneți-i așa cum vreți, iubirea veritabilă, cu toată disciplina pe care o presupune, este singura cale în această viață pentru a obține o bucurie substanțială. Apucați o altă cale și veți descoperi poate unele momente de bucurie extatică, dar ele vor zbura și vor fi din ce în ce mai amăgitoare. Când iubesc veritabil, îmi extind sinele și, când mă extind, cresc. Cu cât iubesc mai mult, cu cât iubesc mai îndelung, cu atât devin mai mare. Iubirea veritabilă este împlinire de sine. Cu cât nutresc mai mult creșterea spirituală a celorlalți, cu atât este mai bine hrănită creșterea mea spirituală. Sunt, în totalitate, o ființă umană egoistă. Nu fac niciodată ceva pentru altcineva, ci tot ce fac este pentru mine însumi. Și așa cum am crescut prin iubire, la fel a crescut și dragostea mea, tot mai prezentă, tot mai constantă. Poate că sunt neopuritan. Dar sunt și un nebun voios. Așa cum cântă John Denver:

Iubirea-i pretutindeni, eu o zăresc,
Tu ești tot ce poți să fii, fii deci
Viața-i perfectă, eu o doresc
*Și joacă cu mine jocul acest.**

Iubirea înseamnă separare

Chiar dacă actul de a nutri creșterea spirituală a altcuiva are efectul de a hrăni propriul spirit, o caracteristică majoră a iubirii veritabile este că distincția dintre sine și altcineva este întotdeauna menținută și conservată. Cel care iubește veritabil îl va percepe întotdeauna pe cel pe care îl iubește ca pe cineva care are o identitate total separată. Mai mult decât atât, întotdeauna cel care iubește veritabil va respecta și chiar va încuraja această separare și individualitatea unică a celui pe care îl iubește. Eșecul de a percepe și de a respecta această

---

* *Love Is Everywhere*, de John Denver, Joe Henry, Steve Weisberg și John Martin Sommers, copyright 1975 Cherry Lane Music Co, care ne-au acordat permisiunea de a o publica.

separare este întâlnit deseori și reprezintă cauza multor boli mintale și suferințe inutile.

În cele mai extreme forme, eșecul de a percepe separarea de tine a celuilalt se numește narcisism. Într-adevăr, indivizii narcisiști, în fapt, sunt neputincioși în a-și percepe copiii, soții sau prietenii ca fiind separați de ei înșiși la nivel emoțional. Prima dată când am început să înțeleg cât narcisism poate exista a fost în timpul unui interviu cu o pacientă schizofrenică, pe care o voi numi Susan X. Susan avea 31 de ani pe atunci. Până la vârsta de 18 ani, a avut câteva încercări serioase de sinucidere și a trebuit să fie internată aproape continuu timp de 13 ani într-o mulțime de spitale și sanatorii. În orice caz, cu siguranță datorită tratamentului psihiatric de calitate pe care l-a primit în cursul acestor ani, a început în sfârșit să se însănătoșească. Pentru câteva luni, cât a durat munca noastră, a demonstrat o creștere a capacității de a avea încredere în persoanele demne de acest lucru, de a distinge între persoanele demne de încredere și cele nedemne, de a accepta faptul că prezintă tulburări schizofrenice; a înțeles că va fi necesar să muncească mult tot restul vieții ei pentru a se autodisciplina și a lupta cu această boală, să se respecte pe sine și să facă ceea ce este necesar pentru a se îngriji, fără să fie nevoie să se sprijine pe alții pentru a continua să se îngrijească. Din cauza acestui mare progres, am simțit că se apropie timpul când Susan va fi în stare să părăsească spitalul și pentru prima oară în viața ei să-și poată menține și conduce cu succes o existență independentă. Aceasta s-a întâmplat când m-am întâlnit cu părinții ei, un cuplu arătos și sănătos, cam de 55 de ani. Am fost foarte fericit să le descriu progresul enorm al lui Susan și să le explic în detaliu motivele optimismului meu. Dar spre marea mea surpriză, puțin după ce am început să explic, mama lui Susan a început să plângă și a continuat să plângă de cum a auzit mesajul meu încurajator. La început am crezut că sunt lacrimi de bucurie, dar se vedea din expresia ei că era foarte tristă. În final, am spus: „Sunt dezorientat, doamnă X. Astăzi v-am spus lucruri care sunt mai mult decât încurajatoare, dar dumneavoastră păreți să fiți tristă.“

„Bineînțeles că sunt tristă, mi-a zis. Nu mă pot abține să nu plâng când mă gândesc cât a suferit biata Susan.“

Am pornit, atunci, într-o lungă explicare a ceea ce, într-adevăr, Susan a trebuit să sufere multă vreme de-a lungul bolii sale, dar le-am explicat și că în mod clar a învățat multe din această suferință, că partea cea mai grea a trecut și că nu e probabil ca ea să sufere de acum înainte mai mult decât oricare alt adult. Într-adevăr, ea s-ar putea să sufere mai puțin decât oricare dintre noi datorită înțelepciunii câștigate din bătălia cu schizofrenia. Doamna X continua să plângă în tăcere.

„Sincer, sunt încă încurcat, doamnă X, am spus. De-a lungul ultimilor 13 ani, trebuie să fi participat la cel puțin 20 de întâlniri de genul acesta cu psihiatrii lui Susan și, din câte știu eu, niciunul dintre ei nu a fost mai optimist decât mine. Nu vă simțiți mai degrabă bucuroasă decât tristă?“

„Nu mă pot gândi decât la ce viață dificilă înfruntă Susan“, răspunse printre lacrimi doamna X.

„Uitați, doamnă X, am spus, există ceva ce v-aș putea spune despre Susan astfel încât să vă fac să vă simțiți mai încurajată și fericită pentru ea?“

„Nefericita viață a lui Susan este atât de plină de durere“, a scâncit doamna X.

Brusc, am realizat că doamna X nu plângea pentru Susan, ci pentru ea însăși. Își deplângea propria suferință și durere. Însă întâlnirea era pentru Susan, nu pentru ea, iar ea își vărsa lacrimile în numele lui Susan. Cum poate face asta, m-am gândit? După aceasta, am realizat că doamna X nu putea acum să facă distincția între Susan și propria persoană. Ceea ce ea a simțit trebuia să simtă și Susan. O utiliza pe Susan ca pe un mijloc de exprimare a propriilor nevoi. Nu o făcea conștient sau malițios; în realitate, la nivel emoțional, nu putea să o perceapă pe Susan ca având o identitate separată de a ei. Susan era ea. În mintea ei, Susan ca entitate, individ separat cu personalitate, cu o cale diferită în viață, pur și simplu, nu exista – probabil, nici nimeni altcineva. Din punct de vedere intelectual, doamna X putea recunoaște alți oameni ca fiind diferiți de ea însăși. În adâncurile minții sale, întreaga lume era ea, doamna X, ea singură.

În experiențele ulterioare, am recunoscut adesea în mame ale copiilor schizofrenici indivizi extraordinar de narcisiști, cum era și doamna X. Nu se poate spune că asemenea mame sunt în toate cazurile narcisiste sau că mamele narcisiste nu pot da naștere unui copil normal. Schizofrenia este o boală extrem de complexă, cu evidente determinări genetice, ca și ale mediului înconjurător. Dar ne putem imagina profunzimea confuziei din copilăria lui Susan provocată de narcisismul mamei sale și se poate analiza în mod obiectiv interacțiunea mamelor narcisiste cu copiii lor. Într-o după-amiază în care doamnei X îi păruse rău pentru propria persoană, Susan ar fi putut veni de la școală aducând câteva dintre picturile pe care profesorul ei i le-a notat cu 10. Dacă i-ar fi spus mamei sale, plină de mândrie, ce repede progresează în acest domeniu, doamna X ar fi putut răspunde:

„Susan, mergi la culcare. Nu ar trebui să te extenuezi atât cu lucrul la școală. Sistemul de învățământ e depășit. Nu le mai pasă de copii." Pe de altă parte, într-o după-amiază când doamna X s-ar fi aflat într-o foarte bună dispoziție, Susan ar fi putut veni acasă în lacrimi din cauza faptului că a fost terorizată de câțiva băieți în autobuzul școlii, iar doamna X ar fi putut spune: „Nu este extraordinar că domnul Jones e un șofer de autobuz atât de bun? Este atât de răbdător și de drăguț cu toți copiii și răutățile voastre! Cred că ar trebui să îi oferiți un cadou mic și drăguț de Crăciun.“ De vreme ce ei nu îi percep pe ceilalți ca fiind alte persoane, ci doar o extensie a lor înșile, indivizilor narcisiști le lipsește empatia, care este capacitatea de a simți ce simte *celălalt.* Lipsindu-le empatia, de obicei părinții narcisiști le răspund copiilor în mod nepotrivit la nivel emoțional și eșuează în a recunoaște sau în a verifica sentimentele copilului. Nu este de mirare, deci, că asemenea copii cresc cu grave deficiențe în a recunoaște, a accepta și prin urmare în a-și stăpâni propriile sentimente.

Chiar dacă nu tot atât de narcisiști ca doamna X, marea majoritate a părinților eșuează, într-o anumită măsură, în a recunoaște în mod adecvat sau în a aprecia pe deplin individualitatea unică sau „faptul de a fi altul“ al copilului lor. Exemplele comune abundă. Părinții vor spune despre copilul lor: „Așchia nu sare departe de trunchi.“ sau îi vor spune: „Ești exact ca unchiul tău Jim.“, ca și cum copilul ar fi o copie genetică fidelă a lor înșile sau a familiei, când realitatea în ceea ce privește combinațiile genetice este aceea că toți copiii sunt extrem de diferiți, din punct de vedere genetic, comparativ cu fiecare dintre părinții lor și față de toți înaintașii lor. Tații sportivi își împing copiii înclinați spre învățătură către fotbal, iar tații cu meserii academice își îndrumă copiii cu înclinații sportive către cărți, făcându-i pe aceștia să resimtă în mod inutil multă vinovăție și tulburare. O soție de general se plângea de fiica lor de 17 ani: „Când e acasă, Sally stă tot timpul în camera ei, scriind poezii triste. E morbid, doctore. Și refuză cu desăvârșire să meargă la petreceri. Mi-e teamă că are o boală serioasă.“ După ce am intervievat-o pe Sally, o tânără fermecătoare și vivace, cu rezultate foarte bune la școală și având o mulțime de prieteni, le-am spus părinților ei că eu cred că Sally este perfect sănătoasă. Totodată, le-am sugerat că ei ar trebui să mai slăbească presiunea exercitată pentru ca ea să fie o copie fidelă a lor. Au plecat să consulte un alt psihiatru, unul care va fi în stare să se pronunțe asupra diferitelor deviații ale copilului lor.

Adolescenții se plâng frecvent că sunt disciplinați într-un anume fel nu dintr-o preocupare veritabilă, ci din cauza fricii părinților, că le vor crea o imagine proastă. „Părinții mei mă bat mereu la cap să îmi tai părul", obișnuiau adolescenții să spună acum câțiva ani. „Ei nu-mi pot explica de ce nu trebuie să îl port mare. Pur și simplu, nu vor ca alți oameni să-i vadă pe copiii lor cu părul lung. În realitate, nu le pasă câtuși de puțin de mine. Singurul lucru de care le pasă cu adevărat este imaginea lor." Asemenea resentimente adolescentine sunt adeseori justificate. Părinții, în fapt, eșuează în încercarea de a aprecia individualitatea unică a copiilor și îi privesc adeseori ca pe o extensie a lor înșile, în multe cazuri ca pe hainele lor elegante, gazonul atent îngrijit sau mașinile strălucitoare, care sunt extensii ale lor, reprezentând statutul lor în fața lumii. Acestor forme blânde, dar nu mai puțin distructive de narcisism parental des întâlnite li se adresează poate Kahlil Gibran în unele dintre cele mai rafinate cuvinte scrise vreodată despre creșterea copilului:

Copiii voștri nu sunt copiii voștri.
Ei sunt fiii și fiicele dorului Vieții de ea însăși îndrăgostită.
Ei vin prin voi, dar nu din voi,
Și, deși sunt cu voi, ei nu sunt ai voștri.
Puteți să le dați dragostea, nu însă și gândurile voastre,
Fiindcă ei au gândurile lor.
Le puteți găzdui trupul, dar nu și sufletul,
Fiindcă sufletele lor locuiesc în casa zilei de mâine, pe care voi nu o puteți vizita nici chiar în vis.
Puteți năzui să fiți ca ei, dar nu căutați să-i faceți asemenea vouă,
Pentru că viața nu merge înapoi, nici nu zăbovește în ziua de ieri.

Voi sunteţi arcul din care copiii voştri, ca nişte săgeţi vii, sunt azvârliţi.
Pe drumul nesfârşirii Arcaşul vede ţinta şi cu puterea Lui vă încordează, astfel ca săgeţile-I să poată zbura iute şi departe.
Şi puterea voastră, prin mâna Arcaşului, să vă aducă bucurie,
*Căci, precum El iubeşte săgeata călătoare, tot la fel iubeşte şi arcul cel statornic.**

Dificultatea pe care oamenii în general par să o aibă în a aprecia pe deplin separarea celor de care sunt apropiaţi are legătură nu doar cu faptul de a fi părinţi, ci şi cu relaţiile lor cele mai intime, inclusiv căsnicia. Nu cu mult timp în urmă, am ascultat într-un grup de cupluri o declaraţie a unui participant; el spunea că „scopul şi menirea" soţiei sale sunt acelea de a păstra casa curată şi de a-l hrăni cum se cuvine. Am fost îngrozit de ceea ce îmi părea a fi o manifestare greu mascată de şovinism masculin. Am considerat că aş putea să îi demonstrez aceasta chestionându-i pe ceilalţi membri ai grupului, pentru a se pronunţa despre cum percep ei scopul şi menirea soţiilor lor. Spre oroarea mea, ceilalţi şase, bărbaţi şi femei laolaltă, au dat răspunsuri destul de asemănătoare. Toţi au definit scopul şi menirea soţilor sau soţiilor lor în relaţie cu ei înşişi; toţi au clacat în a înţelege că propriile lor jumătăţi pot avea o existenţă separată de a lor sau un destin diferit de ceea ce le oferă căsnicia. „Dumnezeule mare, am exclamat, nu e de mirare că voi toţi aveţi dificultăţi în căsniciile voastre şi veţi continua să le aveţi până când veţi recunoaşte că fiecare dintre voi are propriul lui destin de îndeplinit." Grupul nu s-a simţit numai pedepsit, ci şi foarte confuz din cauza verdictului meu. Oarecum ostili, mi-au cerut să definesc scopul şi menirea soţiei mele. „Scopul şi

---

* Kahlil Gibran, *Profetul*, trad. rom. de Radu Cârneci, Editura Orion, 1991, p. 13.

menirea soției mele, Lily, am răspuns, este de a crește pentru a fi cea mai bună în ceea ce poate face, nu pentru beneficiul meu, ci pentru al ei și pentru gloria Domnului." Concepția aceasta le-a rămas străină pentru ceva timp, totuși.

Problema separării în relațiile apropiate a chinuit mințile oamenilor de-a lungul multor ani. În orice caz, a primit mai multă atenție din punct de vedere politic decât din punct de vedere al căsniciei. Comunismul pur, de exemplu, a dat naștere unei filozofii plăcute cuplurilor mai sus menționate – conform căreia scopul și menirea individului este acela de a servi relației, grupului, colectivului, societății. Doar destinul statului este important; destinul individului este considerat lipsit de importanță. Capitalismul pur, pe de altă parte, a susținut destinul individului chiar cu costul relației, grupului, colectivului, societății. Văduvele și orfanii pot muri de foame, iar asta nu trebuie să-l împiedice pe întreprinzătorul individual să se bucure de toate roadele inițiativei lui. Ar trebui să fie evident pentru orice minte cu discernământ că niciuna dintre aceste soluții pure la problema separării într-o relație nu ar avea succes. Sănătatea individuală depinde de sănătatea societății; sănătatea societății depinde de sănătatea indivizilor săi. Când lucrăm cu cupluri, soția mea și cu mine trasăm o analogie între căsnicie și o tabără de alpinism. Dacă unul vrea să facă alpinism, celălalt trebuie să aibă grijă de tabără, un loc în care se găsesc provizii și corturi, unde primul poate primi hrană și se poate odihni înainte de a se aventura din nou în căutarea unei noi provocări. Alpiniștii experimentați știu că trebuie să cheltuiască cel puțin la fel de mult timp, dacă nu mai mult, cu îngrijirea taberei ca și cu ascensiunea, pentru că supraviețuirea lor depinde de cât de atent verifică dacă tabăra este robust construită și bine aprovizionată.

O problemă obișnuită și tradițional masculină a mariajului este cea creată de soț, care, odată căsătorit, își dedică întreaga energie ascensiunii și deloc grijii față de căsnicie sau taberei de la bază, așteptându-se ca totul să fie în perfectă ordine oricând ar alege să se întoarcă aici pentru odihnă și recreere, înainte de a-și asuma vreo răspundere în întreținerea ei. Mai devreme sau mai târziu, „capitalistul" se va apropia de eșec și se va întoarce pentru a-și regăsi tabăra neîngrijită în ruină, soția ignorată fiind spitalizată pentru o cădere nervoasă, fugită cu un alt bărbat sau, cu alte cuvinte, demisionată din slujba ei de îngrijitor de tabără. O problemă maritală la fel de comună și tradițional feminină este creată de soția care, odată căsătorită, simte că țelul vieții ei a fost atins. Pentru ea, tabăra este vârful. Ea nu poate să înțeleagă sau să priceapă nevoia soțului ei de a înregistra experiențe și împliniri și după căsătorie și reacționează la acest lucru cu gelozie și nesfârșite cereri ca el să dedice tot mai multă atenție căminului. Ca și alte rezolvări „comuniste" ale problemei, aceasta creează o relație sufocantă și umilitoare, din care soțul, simțindu-se prins în cursă și limitat, poate alege să se elibereze în momentul „crizei de la mijlocul vieții". Mișcarea de eliberare feminină poate fi de ajutor în a arăta calea ce este în mod clar singura rezolvare ideală: căsnicia ca o adevărată instituție a cooperării, ce necesită mari contribuții mutuale, grijă, timp și energie, dar care există pentru scopul primar de a nutri creșterea spirituală individuală a fiecăruia dintre participanți, în vederea atingerii unor vârfuri proprii. Bărbatul și femeia trebuie să îngrijească împreună de cămin și împreună trebuie să se avânte spre înălțimi.

Ca adolescent, mă înfioram adesea la vorbele de iubire ale tinerei poete americane Ann Bradstreet spuse soțului ei: „Dacă vreodată doi ar fi unul, atunci – noi suntem."*

---

* *To My Dear and Loving Husband*, 1678, din *The Literature of the United States*, Editura Walter Blair *et al.*, Scott, Foresman, Glenview, Ill., 1953, p. 159.

Crescând, am realizat însă că separarea partenerilor îmbogățește cuplul. Căsniciile bune nu pot fi construite de indivizi înspăimântați de singurătatea lor, așa cum se întâmplă în majoritatea cazurilor, pentru a căuta o scăpare în căsătorie. Iubirea veritabilă nu respectă doar individualitatea celuilalt, ci caută să o cultive chiar cu riscul separării sau pierderii. Ultimul țel al vieții rămâne creșterea spirituală a individului, călătoria solitară pe culmi, care pot fi atinse numai de unul singur. Călătoriile semnificative nu pot fi duse la îndeplinire fără o nutrire potrivită, oferită de o căsnicie reușită sau de o societate de succes. Căsnicia și societatea există pentru scopul de bază de a asigura nutrirea acestor călătorii individuale. Sau, cum este în cazul iubirii veritabile, „sacrificiile" în interesul creșterii altora servesc în egală măsură pentru creșterea de sine. Este vorba de întoarcerea individului spre nutrirea căsniciei sau a societății de pe culmile pe care ea sau el le-au traversat singuri și care servesc ridicării acelei căsnicii sau societăți către noi înălțimi. Din acest punct de vedere, creșterea individuală și cea a societății sunt interdependente, dar individul se va afla întotdeauna singur și izolat în fața culmilor amenințătoare. Despre solitudinea înțelepciunii vorbește încă o dată profetul lui Kahlil Gibran, referindu-se la căsnicie:

Dar e bine să existe spații în acest împreună al vostru.
Pentru ca vânturile cerurilor să poată dansa printre voi.
Iubiți-vă unul pe altul, dar nu vă faceți din iubire opreliște:
Fie, mai degrabă, o mare vălurind între țărmurile sufletelor voastre.
Umpleți-vă, unul altuia, cupa, dar nu beți dintr-o singură cupă.
Împărțiți-vă pâinea, dar nu mâncați din aceeași bucată.
Cântați și dansați și veseliți-vă laolaltă, dar faceți ca fiecare să rămână singur,
Întocmai cum strunele lăutei sunt singure, în timp ce vibrează în aceeași armonie.

Dăruiți-vă inimile, fără a le lăsa, însă, una în paza celeilalte,
Pentru că numai mâna vieții vă poate cuprinde inimile,
Și țineți-vă alături, dar nu chiar așa de aproape,
Căci coloanele templului înălțate-s la anume distanță,
Iar stejarul și chiparosul nu cresc unul în umbra celuilalt.

Iubire și psihoterapie

Mi-e greu să descriu motivația și înțelegerea cu care am intrat în domeniul psihiatriei acum 15 ani. Cu siguranță, mi-am dorit să ajut oamenii. Procesul ajutării oamenilor în alte branșe ale medicinei implică tehnologia, cu care eu nu mă simt confortabil și care, de altfel, pare prea mecanicistă pentru a se potrivi gusturilor mele. De asemenea, am găsit că faptul de a discuta cu oamenii este mult mai distractiv decât să îi cercetezi amănunțit și să îi operezi, iar ciudățeniile minții umane păreau, inerent, mult mai interesante decât ciudățeniile corpului sau microbii care îl infectează. Nu aveam nicio idee despre cum pot psihiatrii să îi ajute pe oameni, excepție făcând fantasma conform căreia psihiatrii sunt posesorii unor cuvinte și tehnici magice de a interacționa cu pacienții, descurcând în mod magic ițele psihicului. Probabil îmi doream să fiu magician. Aveam o noțiune foarte vagă despre faptul că munca implicată ar avea de-a face cu dezvoltarea spirituală a pacienților și cu siguranță nici măcar prin gând nu-mi trecea că aceasta ar implica propria mea dezvoltare spirituală.

În timpul primelor zece luni de instruire ale mele, am lucrat cu pacienți foarte bolnavi și tulburați, care păreau a beneficia mult mai mult de pe urma tratamentelor cu șocuri electrice și pastile sau a unei îngrijiri atente decât de pe urma a ceea ce obțineau de la mine, dar am învățat cuvintele „magice“ tradiționale și tehnicile de interacțiune. După această perioadă, am început să am grijă de primul meu pacient nevrotic, care făcea de multă vreme psihoterapie ca pacient neinternat. Era o pacientă pe care o vom numi Marcia. Marcia venea să mă vadă de trei ori pe săptămână. A fost o adevărată bătălie. Nu voia să vorbească despre lucrurile pe care îmi doream să le aud sau nu voia să discute despre ele în felul în care doream, iar uneori nu voia să vorbească deloc. În câteva puncte, valorile noastre erau destul de diferite; în timpul bătăliei, a ajuns să se schimbe cumva, iar eu să mai schimb câte ceva în mine însumi. Dar lupta continua, în ciuda bagajului meu de cuvinte magice, tehnici și situații și nu exista niciun semn că starea Marciei s-ar fi îmbunătățit. Într-adevăr, la puțin timp după ce a început să mă consulte, ea și-a dezvoltat un model comportamental de o promiscuitate aproape inacceptabilă și timp de luni întregi a înregistrat neabătut nenumărate incidente de „comportament rău". În sfârșit, după un asemenea an, m-a întrebat, în mijlocul unei ședințe:

„Credeți că sunt o nenorocită?"

„Pari să vrei să îți spun ce cred despre tine", i-am răspuns, încercând să câștig timp.

Aceasta era exact ceea ce își dorea, a spus. Dar ce aș fi putut face acum? Ce cuvinte magice, tehnici sau metode mi-ar fi fost de ajutor? I-aș fi putut răspunde: „De ce mă întrebi asta?" sau „Ce îți închipui tu că aș crede eu despre tine?" sau „Ceea ce este important, Marcia, este nu cum te consider eu, ci opinia ta despre tine." Totuși aveam sentimentul că aceste strategii erau o formă de eschivare și că după un an întreg de ședințe ținute de trei ori pe săptămână, în sfârșit, Marcia era îndreptățită să obțină un răspuns onest de la mine în legătură cu ceea ce cred despre ea. Dar nu aveam niciun precedent pentru această situație; faptul de a-i spune în față unei persoane ceea ce crezi despre ea nu era unul dintre cuvintele magice sau tehnicile pe care vreunul dintre profesorii mei mi le predaseră. Am avut o interacțiune care nu îmi fusese niciodată sugerată sau recomandată în timpul instruirii mele; simplul fapt că nu îmi fusese menţionată era pentru mine o indicaţie că este o interacţiune dezaprobată, o situaţie în care orice psihiatru care se respectă nu şi-ar fi permis să intre. Cum să reacţionez? Cu inima strânsă, am încercat să merg pe ceea ce părea, într-adevăr, un teren foarte periculos. „Marcia, am spus, vii să mă vezi de peste un an. În decursul acestei perioade de timp, lucrurile nu au mers uşor între noi. O mare parte din timp am petrecut-o luptând, iar bătăliile au fost adeseori plictisitoare, enervante sau obositoare pentru amândoi. Însă în ciuda acestui lucru, tu ai continuat să mă consulţi, depunând un efort considerabil, trecând peste inconveniente, şedinţă după şedinţă, săptămână după săptămână, lună după lună. Nu ai fi fost în stare să faci acest lucru dacă nu ai fi tipul de persoană hotărâtă să se dezvolte şi care să vrea să muncească din greu pentru a deveni mai bună. Nu cred că aş putea crede despre cineva care munceşte atât de mult pentru sine cum o faci tu că este o nenorocită. Deci, răspunsul este: Nu, nu cred că eşti o nenorocită. În fapt, îţi admir întreaga muncă."

Dintre duzinile sale de iubiţi, Marcia a ales imediat unul, stabilind şi menţinând cu el o relaţie care în cele din urmă a dus la o căsătorie încununată de succes. Nu a mai fost promiscuă niciodată. A început imediat să vorbească despre lucrurile frumoase din ea însăşi. Senzaţia de zădărnicie din bătăliile anterioare s-a risipit instantaneu şi munca noastră a devenit cursivă şi uşoară, cu progrese remarcabile. În mod straniu, coborârea mea pe terenul periculos al revelării gândirii mele pozitive despre ea – ceva ce nu credeam că trebuie făcut –, în loc de a o răni, a reprezentat un mare câştig terapeutic şi a însemnat cu claritate punctul de cotitură în munca noastră.

Ce înseamnă asta? Înseamnă că tot ceea ce avem de făcut pentru a practica o terapie de succes este să le spunem pacienţilor noştri ceea ce gândim pozitiv despre ei? Nu prea.

În primul rând, în terapie este necesar să fim onești totdeauna. O admiram și o plăceam cu sinceritate pe Marcia. În al doilea rând, faptul că o plăceam și admirația mea erau de o reală importanță pentru ea, datorită duratei mari de timp de când ne cunoșteam și a profunzimii experiențelor noastre în terapie. În fapt, esența punctului de cotitură nu a avut de-a face cu admirația și cu faptul că o plăceam, ci cu natura relației noastre.

Un punct de cotitură similar a apărut în terapia unei tinere femei pe care o voi numi Helen, cu care m-am întâlnit de două ori pe săptămână timp de nouă luni, cu o lipsă de succes notabilă și pentru care nu aveam, încă, părea multe sentimente pozitive. Într-adevăr, după tot acest timp, nu prea aveam multe sentimente pentru ce reprezenta Helen. Niciodată nu mă întâlnisem cu un pacient o perioadă de timp atât de lungă fără să îmi formez câteva idei despre ceea ce reprezenta individul și despre natura problemei care trebuia rezolvată. Eram în totalitate confuz din pricina ei și mi-am petrecut o bună parte din câteva nopți încercând orice, dar fără succes, pentru a da un sens acestui caz. Îmi era clar însă că Helen nu avea încredere în mine. Se plângea zgomotos de faptul că nu am pentru ea nicio formă sau mod de înțelegere și că sunt interesat numai de banii ei. Mi-a vorbit astfel o ședință întreagă, după nouă luni de terapie: „Nu vă puteți imagina, doctore Peck, cât de frustrant este pentru mine să mă aștept să comunic cu dvs. când sunteți atât de puțin interesat de mine și din cauza aceasta atât de neglijent cu sentimentele mele."

„Helen, i-am răspuns, pare a fi frustrant pentru amândoi. Nu știu cum o să te facă să te simți ceea ce-ți voi spune, dar tu ești cel mai frustrant caz pe care l-am avut vreodată în cei zece ani de când practic psihologia. Nu am întâlnit niciodată pe cineva cu care să fi avut mai multă bătaie de cap într-un atât de lung interval de timp. Poate că ai dreptate să crezi că nu reprezint persoana potrivită pentru a lucra cu tine. Nu ştiu. Nu vreau să abandonez, dar sunt foarte sigur că sunt foarte confuz în ceea ce te priveşte şi mă întreb înainte de a înnebuni ce naiba nu merge în munca noastră."

Un zâmbet strălucitor apăru pe faţa lui Helen. „Dvs., după toate astea, chiar ţineţi la mine", spuse.

„Îmmm?", am întrebat.

„Dacă nu v-ar păsa cu adevărat de mine, nu aţi fi atât de frustrat", a replicat, ca şi cum ar fi fost ceva perfect evident.

La următoarea şedinţă, Helen a început să îmi spună lucruri pe care mai înainte le ţinuse ascunse sau despre care minţise şi după o săptămână am putut să înţeleg cu claritate problemele ei de bază, am putut să pun un diagnostic şi să aflu, în mare măsură, cum trebuie să se desfăşoare terapia.

Reacţia mea faţă de Helen a fost plină de sens şi a fost importantă pentru ea, datorită implicării mele adânci în relaţie şi datorită intensităţii bătăliei pe care o purtam împreună. Eram acum în măsură să identificăm ingredientul esenţial care face psihoterapia să fie reuşită şi eficientă. Nu era vorba de o „privire pozitivă necondiţionată", nici de „cuvinte magice", tehnici sau ipostaze; era vorba de implicare umană şi de luptă. Era vorba de disponibilitatea terapeutului de a se extinde pe sine însuşi, de a nutri creşterea spirituală a pacientului – voinţa de a ieşi dintr-o situaţie-limită, de a se implica cu adevărat la nivel emoţional în relaţie, de a se lupta într-adevăr cu pacientul şi cu sine însuşi. Pe scurt, ingredientul esenţial al unei psihoterapii de mare succes şi plină de înţelesuri este iubirea.

Este remarcabil, aproape incredibil, că voluminoasa literatură de specialitate din Occident asupra subiectului psihoterapiei ignoră tema iubirii. Guru hinduşi adeseori nu fac un secret din faptul că iubirea este sursa puterii lor.* Dar literatura din Occident cea mai apropiată de acest subiect este cea compusă din acele articole care au pretenția de a analiza diferențele dintre psihoterapeuții de succes și cei fără succes și care sfârșesc de obicei prin a menționa câteva caracteristici ale psihoterapeuților de succes, cum ar fi „căldura“ sau „empatia“. De fapt, părem să fim jenați de subiectul iubirii. Există o suită de motive pentru această stare de lucruri. Unul este confuzia între iubirea veritabilă și cea romantică, ce a invadat cultura noastră, la fel de bine ca și alte confuzii cu care am avut de-a face în această secțiune. Altul este înclinația noastră spre rațional, tangibil și măsurabil în „medicina științifică“, în timp ce disciplina psihoterapiei a evoluat în mare măsură în afara „medicinei științifice“. De vreme ce iubirea este intangibilă, doar parțial măsurabilă și un fenomen suprarațional, nu a putut fi obiect al analizei științifice.

Un alt motiv este forța tradiției psihanalitice în psihiatrie, a analistului blazat și detașat, tradiție pentru care succesorii lui Freud par să fie mai responsabili decât Freud însuși. În această concepție, orice sentiment de dragoste pe care pacientul îl nutrește pentru terapeut este etichetat ca „transfer“, iar orice sentiment de dragoste pe care terapeutul îl are pentru pacient este considerat „contratransfer“, implicând faptul că această manifestare sentimentală este anormală, mai degrabă o parte a problemei decât a soluției, și ar trebui evitată. Acest lucru este în mare parte absurd. Transferul, după cum am menționat în secțiunea anterioară, se referă la sentimente, percepții și răspunsuri *nepotrivite*. Nu este nimic nepotrivit în legătură cu pacienții care ajung să simtă dragoste față de terapeutul care îi ascultă cu adevărat oră după oră fără a-i judeca, care îi acceptă cu adevărat așa cum n-au mai fost

* Vezi Peter Brent, *The God Men of India*, Quadrangle Books, New York, 1972.

acceptați probabil înainte, care se reține în totalitate de la a se folosi de ei și care le-a alinat suferințele. În esență, transferul este cel care, în multe cazuri, îl împiedică pe pacient să dezvolte o relație de iubire cu terapeutul, iar însănătoșirea constă în a lucra asupra transferului, în așa fel încât pacientul să poată experimenta o relație de iubire reușită, adesea pentru prima dată. În mod similar, nu este nimic nepotrivit în sentimentele de iubire pe care terapeutul le poate avea pentru pacientul sau pacienta lui, atât timp cât pacientul se supune disciplinei psihoterapiei, cooperează în tratament, e dispus să învețe de la terapeut și începe să se dezvolte cu succes datorită acestei relații. Psihoterapia intensivă, în multe cazuri, este un proces de regăsire a unei griji părintești față de el. Nu este mai nepotrivit pentru psihoterapeut să aibă sentimente de iubire față de pacient decât este pentru un bun părinte să nutrească sentimente de iubire pentru copil. Din contră, este esențial pentru terapeut să-l iubească pe pacient pentru ca tratamentul să aibă efect, iar dacă terapia se dovedește a fi încununată de succes, atunci relația terapeutică este una de iubire reciprocă. Este inevitabil ca terapeutul să încerce sentimente de dragoste, care vor coincide cu iubirea veritabilă pe care el a demonstrat-o față de pacient.

În mare parte, bolile mintale sunt cauzate de o absență sau de un defect al iubirii pe care un copil anume o cere de la părinții săi pentru o maturizare de succes și o dezvoltare spirituală corectă. Este evident, deci, că în vederea vindecării prin psihoterapie, pacientul trebuie să primească de la psihoterapeut cel puțin o parte din dragostea veritabilă de care a fost privat. Dacă psihoterapeutul nu poate iubi veritabil un pacient, nu va apărea o vindecare adevărată. Nu are importanță cât de recunoscut și instruit poate fi psihoterapeutul, dacă nu poate să se extindă pe sine prin iubirea față de pacient, rezultatele experienței lor psihoterapeutice nu vor fi, în general, încununate de succes. Reciproc, un psihoterapeut cu foarte puţine recomandări, cu o minimă pregătire, dar care poate exercita o mare iubire, va ajunge la rezultate psihiatrice egale cu acelea ale celor mai buni psihiatri.

Datorită faptului că dragostea şi sexul sunt atât de strâns legate şi interconectate, este potrivit să menţionăm aici pe scurt tema relaţiilor dintre terapeuţi şi pacienţii lor, temă care suscită acum un mare interes în presă. Datorită necesităţii iubirii şi a naturii intime a relaţiei psihoterapeutice, este inevitabil ca atât pacienţii, cât şi terapeuţii să dezvolte în mod obişnuit puternice sau extrem de puternice atracţii sexuale unul pentru celălalt. Presiunile pentru ca aceste atracţii să fie consumate sexual pot fi enorme. Bănuiesc că unii dintre cei ce aparţin acestei branşe, a psihoterapeuţilor, şi care aruncă cu pietre într-un terapeut care s-a implicat într-o relaţie sexuală cu un pacient nu pot fi terapeuţi capabili de iubire şi nu pot avea, prin urmare, o viziune realistă asupra enormei presiuni implicate. Mai mult decât atât, dacă s-ar întâmpla să am un caz în care, după o analiză judicioasă şi pertinentă, să ajung la concluzia că dezvoltarea spirituală a pacientului meu va fi substanţial îmbunătăţită în urma unei relaţii sexuale între noi, voi fi de acord. Însă în 15 ani de experienţă nu am avut încă un asemenea caz şi mi se pare greu de imaginat că un asemenea caz ar putea exista în realitate. În primul rând, aşa cum am menţionat, rolul unui bun terapeut este în primul rând acela de bun părinte, iar părinţii nu se implică în relaţii sexuale cu copiii lor din câteva motive uşor de înţeles. Treaba unui părinte este aceea de a-i fi de ajutor copilului, şi nu să se folosească de copil pentru satisfacţia personală. Treaba unui terapeut este să îi fie de ajutor pacientului, şi nu să se folosească de pacient pentru satisfacerea propriilor sale nevoi. Treaba unui părinte este de a-şi încuraja copilul de-a lungul drumului pentru cucerirea independenţei, iar munca unui terapeut cu pacientul este asemănătoare. Este dificil de înţeles cum un terapeut s-ar putea implica într-o relație sexuală cu un pacient fără a intenționa să se folosească de el în vederea satisfacerii propriilor nevoi sau cum ar putea el urmări astfel să încurajeze independența pacientului.

Mulți pacienți, în particular, aceia cărora le place să fie mai seducători, au fost atașați sexual de părinții lor, lucru care a impietat clar asupra libertății, creșterii lor spirituale. Atât teoria, cât și practica, neîndestulătoare, pe care le avem sugerează clar că o relație sexuală între un terapeut și un asemenea pacient este destinată mai mult a cimenta atașamentele imature ale pacientului decât a le pierde. Chiar dacă relația nu s-a consumat din punct de vedere sexual, este în detrimentul terapeutului să „se îndrăgostească" de pacient, pentru că, așa cum am văzut, aceasta implică un colaps al limitelor eului și o diminuare a senzației normale de separare care există între indivizi.

Terapeuții care se îndrăgostesc de un pacient nu mai au posibilitatea de a fi obiectivi în legătură cu nevoile pacientului sau nu mai pot separa aceste nevoi de cele ale lui însuși. Din iubire pentru pacienții lor, terapeuții nu își pot îngădui să se îndrăgostească de pacienți. Pentru că iubirea veritabilă presupune respect pentru identitatea separată a celui iubit, terapeutul care iubește veritabil va recunoaște și va accepta că drumul în viață al pacientului este și trebuie să fie separat de al terapeutului. Pentru câțiva terapeuți, asta înseamnă că drumurile lor și cele ale pacientului nu trebuie să se intersecteze în afara orelor de terapie. Deși respect această opinie, în ceea ce mă privește, o consider însă de o rigiditate care nu e necesară. Cu toate că am avut o astfel de experiență cu o fostă pacientă, care a fost în mod clar în detrimentul ei, am avut multe alte experiențe de relații sociale cu foști pacienți care păreau în mod clar să aibă de câștigat din acest lucru la fel de mult ca și mine. Am avut de asemenea șansa să analizez cu succes unii prieteni foarte apropiați. Cu toate acestea, contactul social cu pacientul în afara orelor de terapie, chiar după ce ședința s-a terminat oficial, reprezintă ceva ce ar trebui început numai cu mare grijă și autoevaluare circumspectă, pentru a afla dacă nevoile terapeutului nu sunt, prin acest contact, în detrimentul pacientului.

Am examinat faptul că psihoterapia s-ar cuveni să fie (trebuie să fie, pentru a avea succes) un proces de iubire veritabilă – o idee oarecum eretică în cercurile psihiatriei tradiționale. Cealaltă fațetă a monedei este cel puțin la fel de eretică: dacă psihoterapia este iubire veritabilă, iubirea se cuvine a fi întotdeauna psihoterapeutică? Dacă ne iubim veritabil soția, părinții, copiii sau prietenii, dacă ne extindem în vederea hrănirii creșterii lor spirituale, acest lucru înseamnă că practicăm psihoterapia cu ei? Răspunsul meu este: *cu siguranță*. Din când în când, la cocteiluri, cineva îmi spune: „Trebuie să fie dificil pentru dvs., doctore Peck, să vă separați viața socială de cea profesională. În fond, nu se poate ca o persoană să-și analizeze familia și prietenii, nu-i așa?" De obicei, interlocutorul meu caută doar să întrețină o conversație plicticoasă și este mai puțin interesat și niciodată pregătit pentru a asimila o replică serioasă. Ocazional însă mi se oferă oportunitatea de a preda psihoterapia sau de a practica atunci și acolo, imediat, explicând de ce nici măcar nu încerc sau nu vreau să încerc să separ viața mea profesională de cea personală. Dacă îmi dau seama că soția mea, copilul meu, părinții sau prietenii mei suferă din cauza unei iluzii, a unui neadevăr sau a unui impediment inutil, am obligația să mă extind pe mine însumi către ei pentru a corecta situația cât mai repede posibil, așa cum fac cu pacienții mei, care mă plătesc pentru serviciile mele. Ar trebui să nu-mi ofer serviciile, înțelepciunea mea și iubirea familiei mele și prietenilor mei deoarece ei nu au contractat în mod special serviciile mele și nu mă plătesc pentru a fi atent la nevoile lor psihologice? Cu greu. Cum pot fi un bun părinte, tată, soț sau fiu, dacă nu mă folosesc de ocaziile de care dispun pentru a încerca, cu atâta îndemânare câtă posed, să-i învăț pe cei dragi ceea ce ştiu şi să-i ajut cât îmi stă în putere, să le ofer călătorii de creştere spirituală? Mai mult decât atât, mă aştept la aceleaşi servicii din partea familiei şi a prietenilor mei, în limita abilităţii lor. Deşi faptul că mă critică poate fi nemeritat, enervant uneori, şi învăţăturile lor pot să nu fie atât de înţelepte ca cele ale unui adult, de la copiii mei am învăţat mult despre cum să mă ajut. Soţia mea mă îndrumă la fel de mult pe cât o îndrum şi eu. Nu mi-aş numi prietenii prieteni dacă şi-ar reţine faţă de mine dezaprobarea onestă şi devotata lor grijă pentru înţelepciunea şi siguranţa direcţiei în care eu însumi călătoresc. Pot să mă dezvolt mai repede fără ajutorul lor decât cu el? Orice relaţie de iubire veritabilă este una de psihoterapie reciprocă.

Nu am văzut mereu lucrurile în acest fel. În anii de dinainte, apreciam mai mult admiraţia soţiei mele decât critica ei şi am făcut mai mult pentru a-i cultiva dependenţa decât puterea. Imaginea mea de sine ca soţ şi tată a fost aceea a unui om care se ocupă de aprovizionarea familiei, iar responsabilitatea mea se termina odată cu aducerea mâncării acasă. Casa mi-am dorit-o a fi un loc al confortului, nu al întrecerii. În acele timpuri, aş fi fost de acord cu ideea că nu este etic şi că ar fi primejdios şi distructiv pentru un psihoterapeut să îşi exercite îndemânarea asupra prietenilor şi familiei sale. Dar acest acord era motivat tot atât de mult de lene pe cât era de frica de a utiliza greşit propria-mi profesie. Psihoterapia, ca şi iubirea, este muncă şi e mai uşor să lucrezi opt ore pe zi decât să lucrezi şaisprezece. Este de asemenea mult mai uşor să iubeşti o persoană care îţi caută înţelepciunea, care călătoreşte pe teritoriul tău pentru a o obţine, care plăteşte pentru atenţia ta şi ale cărei cerinţe faţă de tine sunt limitate strict la cele 50 de minute, decât să iubeşti o persoană care îţi revendică atenţia ca pe un drept, ale cărei cereri pot să nu fie limitate, care nu te percepe ca pe o figură autoritară şi care nu solicită învăţătura ta. Aplicarea psihoterapiei acasă sau cu unul dintre prieteni necesită aceeași intensitate de autodisciplină și efort ca și la birou, dar în condiții mai puțin optime, ceea ce înseamnă că acasă sunt necesare chiar mai multă dragoste și efort. De aceea, sper că alți psihoterapeuți nu vor considera aceste cuvinte ca un îndemn de a începe să aplice imediat psihoterapia cu copiii și camarazii lor. Dacă cineva își continuă călătoria de creștere spirituală, capacitatea lui de a iubi va crește mereu. Dar întotdeauna ea este limitată și e clar că nimeni nu ar trebui să încerce psihoterapia peste capacitatea lui de a iubi, deoarece psihoterapia fără iubire va eșua sau poate fi chiar dăunătoare. Dacă poți să iubești șase ore pe zi, fii mulțumit pentru moment, capacitatea ta este deja peste medie; călătoria este lungă, iar capacitatea ta are nevoie de timp pentru a se dezvolta. Să practici psihoterapia cu unul dintre prieteni sau dintre membrii familiei, să iubești pe cineva tot timpul e un ideal, un țel spre care trebuie să te îndrepți, dar nu este realizabil instantaneu.

Pentru că, așa cum am indicat, oamenii care nu au formație de psihoterapeuți pot practica cu succes psihoterapia fără multă instruire atât timp cât iubesc veritabil ființele umane. Considerațiile pe care le-am făcut privind practicarea psihoterapiei cu un membru al familiei sau cu prietenii nu se aplică restrictiv terapeuților de profesie; acestea se vor aplica oricui. Ocazional, când pacienții mă întreabă când vor fi pregătiți pentru a termina terapia, le răspund: „Când tu însuți vei fi capabil să fii un bun terapeut.“ Acest răspuns e deseori foarte de folos în terapia de grup, când pacienții, bineînțeles, practică terapia unul asupra celuilalt și când eșecurile în a-și asuma cu succes rolul psihoterapeutului le pot fi arătate. Multor pacienți nu le place acest răspuns și câțiva vor spune: „E prea multă muncă. Să fac asta ar însemna să fiu nevoit să gândesc tot timpul în relațiile mele cu oamenii. N-aș vrea să gândesc atât de mult. N-aș vrea să muncesc așa de mult. Aș vrea doar să mă bucur de ele.“ Pacienții răspund deseori similar când le arăt că toate interacţiunile umane sunt oportunităţi fie pentru a învăţa, fie pentru a fi învăţaţi (să ofere sau să primească terapie). Când nici nu învaţă, nici nu sunt învăţaţi, ei ratează o oportunitate. Majoritatea persoanelor aproape că au dreptate când spun că nu vor să se îndrepte spre un asemenea ţel măreţ sau să muncească atât de greu în viaţă. Majoritatea pacienţilor, chiar aflaţi în grija celor mai pricepuţi şi iubitori terapeuţi, îşi vor termina terapia prea devreme ca să-şi perfecţioneze pe deplin potenţialul. Poate că ei au parcurs o distanţă scurtă sau destul de lungă în călătoria lor de dezvoltare spirituală, dar nu întreaga călătorie. Aceasta pare sau este prea dificilă. Ei sunt mulţumiţi că sunt oameni obişnuiţi şi nu năzuiesc la a fi Dumnezeu.

Misterul iubirii

Această discuţie a început cu mai multe pagini în urmă prin observaţia că iubirea este un subiect misterios şi că până acum misterul a fost ignorat. Întrebărilor ridicate aici până în acest moment li s-a răspuns. Dar există şi alte întrebări, la care nu se poate răspunde atât de uşor.

Un set de astfel de întrebări derivă mai degrabă logic din materialul discutat mai sus. A fost clarificat, de exemplu, faptul că autodisciplina se dezvoltă pe temelia iubirii. Dar acest lucru lasă fără răspuns întrebarea de unde apare iubirea. Şi dacă întrebăm acest lucru, trebuie să întrebăm care sunt cauzele absenţei iubirii. S-a sugerat că absenţa iubirii este cauza majoră a bolii mintale şi că prezenţa iubirii este, prin urmare, elementul vindecător esenţial în psihoterapie. Aşa stând lucrurile, cum de anumiţi indivizi născuţi şi crescuţi într-un mediu lipsit de iubire, neglijaţi constant şi câteodată brutalizaţi au reuşit cumva să-şi depăşească problemele copilăriei, uneori chiar fără ajutorul plin de iubire al psihoterapiei, şi să devină maturi, sănătoşi şi poate chiar oameni sfinți? Reciproc, cum de unii pacienți, aparent nu mai bolnavi decât alții, au eșuat parțial sau total în a răspunde la tratamentul psihoterapeutic chiar al celui mai înțelept și mai iubitor terapeut?

O încercare de a răspunde la acest set de întrebări va fi făcută în secțiunea finală, despre grație. Încercarea nu va aduce nimănui o satisfacție completă, nici chiar mie. Sper totuși că tot ceea ce am scris va aduce o anume iluminare.

Mai există un set de întrebări care au de-a face cu chestiuni deliberat omise sau puțin tratate în discuția despre iubire. Când iubita mea a stat pentru prima oară în fața mea dezbrăcată, cu totul deschisă privirii mele, un sentiment mi-a cutremurat toată ființa mea: venerația. De ce? Dacă sexul nu e mai mult decât un instinct, de ce nu m-am simțit „înfierbântat" sau înfometat? O astfel de foame ar fi suficientă pentru a asigura perpetuarea speciei. De ce venerație? De ce trebuie ca sexul să fie complicat cu adorație? Și pentru că a venit vorba, ce determină frumusețea? Am spus că obiectul iubirii veritabile trebuie să fie o persoană, pentru că doar oamenii au spirite capabile să se dezvolte. Dar cum rămâne cu cea mai bună creație în lemn a unui sculptor? Sau cu cea mai bună sculptură ce reprezintă o Madonă medievală? Sau cu statuia în bronz a unui conducător de car de luptă grecesc de la Delphi? Aceste obiecte inanimate nu sunt iubite de către creatorii lor? Nu este frumusețea lor legată de iubirea creatorilor? Cum rămâne cu frumusețea naturii – cu natura, acel ceva pe care-l numim „creație"? Și de ce în prezența frumuseții sau a bucuriei avem deseori acea stranie, paradoxală reacție de tristețe sau lacrimi? Cum se face că anumite măsuri muzicale interpretate într-un anume fel ne pot mișca atât? Și de ce ochii mei devin umezi când fiul meu de șase ani, încă bolnav, în prima noapte petrecută la spital după o operație de amigdale, vine brusc la mine, care stau obosit pe podea, și începe să mă frece blând pe spate?

În mod clar, există dimensiuni ale iubirii care n-au fost discutate și care sunt foarte dificil de înțeles. Nu cred că la întrebări despre aceste aspecte (și despre multe altele) va putea da răspuns sociobiologia. În mod curent, psihologia, prin cunoașterea granițelor eului, ar putea fi într-o mică măsură de ajutor – însă doar într-o mică măsură. Cei care știu cele mai multe despre astfel de lucruri se numără printre oamenii religioși, elevi ai Misterului. Asupra lor și asupra subiectului religiei trebuie să ne întoarcem dacă vrem să obținem licăriri de intuiție.

Restul acestei cărți se va ocupa de anumite fațete ale religiei. Următoarea secțiune va discuta, foarte limitat, relația dintre religie și procesul creșterii. Secțiunea finală se va concentra asupra fenomenului grației, asupra rolului pe care îl joacă ea în acest proces. Conceptul de grație este familiar religiei de milenii, dar este străin științei, inclusiv psihologiei. Eu cred totuși că înțelegerea fenomenului grației este esențială pentru a completa înțelegerea procesului de creștere în ființele umane. Ceea ce va urma sper să reprezinte o contribuție pentru lărgirea interfeței dintre religie și știința psihologiei.

CAPITOLUL III
Creșterea spirituală și religia

Viziunile asupra lumii și religia

Pe măsură ce ființele își sporesc disciplina, iubirea și experiența de viață, ele capătă o mai bună înțelegere a lumii și a locului pe care îl ocupă în ea. Invers, dacă omul nu reușește să-și sporească disciplina, iubirea și experiența de viață, nu progresează în înțelegerea lumii. Prin urmare, printre membrii rasei umane există o extraordinară diversitate în ce privește lărgimea orizontului și complexitatea înțelegerii pe care o avem despre ce e viața.

Înțelegerea este religia noastră. Din moment ce oricine are o anumită înțelegere – o viziune asupra lumii, indiferent cât de limitată, primitivă sau imprecisă –, toată lumea are o religie. Acest fapt, care nu e pe larg acceptat, este de o importanță covârșitoare: fiecare om are o religie.

Suferim, cred eu, de faptul că avem tendința de a defini religia prea îngust. Tindem să credem că religia trebuie să includă o credință în Dumnezeu, o practică rituală sau aderența la un anumit grup de credincioși. Suntem tentați să spunem despre cineva care nu merge la biserică sau care nu crede într-o ființă superioară că: „El nu este religios.“ Am auzit oameni învățați spunând: „Budismul nu este o religie propriu-zisă.“, „Unitarienii au exclus religia din credinţa lor.“ sau „Misticismul este mai mult o filozofie decât o religie.“ Tindem să vedem religia ca pe ceva monolitic, ca fiind o singură bucată, iar apoi, având în minte acest concept simplist, suntem încurcaţi şi nu putem înţelege cum doi oameni atât de diferiţi pot fi amândoi creştini. Sau evrei. Sau cum un ateu are un simţ mai dezvoltat al moralei catolice decât un catolic care ia parte regulat la liturghie.

Supervizând mai mulţi psihoterapeuţi, mi-am dat seama de fiecare dată că ei luau prea puţin, dacă nu deloc, în considerare felul în care pacienţii lor văd lumea. Există mai multe motive pentru acest lucru, dar printre ele se află ideea că dacă pacienţii nu se consideră pe ei înşişi religioşi, în virtutea necredinţei lor în Dumnezeu sau a neparticipării lor la o Biserică, prin urmare ei nu au religie şi chestiunea nu merită a fi cercetată. Dar implicit sau explicit, oricine are un set de idei şi de credinţe despre natura esenţială a lumii. Pacientul vede oare universul ca fiind fundamental haotic şi fără sens, astfel încât să nu-i pese decât de faptul de a înşfăca o plăcere cât de mică, oricând se iveşte momentul? Sau vede lumea ca pe un loc în care fiecare se luptă cu fiecare, în care cruzimea este un lucru necesar pentru a supravieţui? Sau vede lumea ca pe un loc hrănitor, în care totdeauna va apărea ceva bun şi în care nu trebuie să-ţi faci prea multe griji pentru viitor? Sau un loc care e dator să-l ţină în viaţă, indiferent de felul în care se comportă cât trăieşte? Sau pentru el universul are legi rigide din cauza cărora va fi doborât sau aruncat la o parte, de va trece câtuşi de puţin în afara liniei? Există tot felul de moduri de a vedea lumea. Mai devreme sau mai târziu, în cursul terapiei, mulţi terapeuţi vor ajunge să-şi dea seama cum vede un pacient lumea, dar dacă terapeutul caută anume să înţeleagă acest lucru, atunci va reuşi mai repede. Este esenţial ca terapeutul să ajungă la această înţelegere, pentru că felul în care vede pacientul lumea este întotdeauna o parte esențială a problemelor pe care le are și este necesară o corecție asupra felului de a vedea lumea pentru a se ajunge la vindecare. Așa că eu le spun terapeuților pe care-i supervizez: „Aflați religia pacienților voștri, chiar dacă ei spun că nu au religie.“

De obicei, religia sau felul cum vedem lumea este incomplet. Adeseori, pacienții nu sunt conștienți de felul în care văd ei lumea și uneori cred că posedă un anumit fel de religie când, de fapt, posedă ceva destul de diferit. Stewart, un inginer plin de succes, a devenit pe la 55 de ani foarte deprimat. În ciuda succesului său în carieră, a faptului că fusese un soț și un tată excelent, se simțea un om rău și nevrednic. „Lumea ar fi un loc mai bun dacă eu aș fi mort“, spunea el. Și credea acest lucru. Stewart avusese două încercări serioase de sinucidere. Niciun fel de asigurare rațională nu putea întrerupe nerealismul imaginii sale de om bun de nimic. În afară de simptomele obișnuite ale unei depresii grave, precum insomnia și agitația, Stewart suferea de dificultatea de a înghiți mâncarea. „Nu este doar din cauză că mâncarea are un gust rău“, spunea el. „Este și asta, dar parcă am o lamă de oțel în gât și nimic altceva în afară de lichide nu poate trece de ea.“ Testele speciale cu raze X au revelat faptul că nu exista nicio cauză fizică pentru această dificultate de a înghiți. Stewart nu făcea prea mult caz de religia sa. „Sunt un ateu pur și simplu“, afirma el. „Sunt om de știință. Singurele lucruri în care cred sunt cele pe care le poți vedea și atinge. Poate ar fi mai bine dacă aș avea credință într-un Dumnezeu iubitor, dar, sincer, nu pot să înghit o astfel de idioțenie. Am avut parte destul de asta când eram mic și sunt fericit că am terminat-o cu ea.“ Stewart crescuse într-o micuță comunitate vestică, fiind fiul unui pastor fundamentalist rigid și al soției sale la fel de rigide; își părăsise casa și Biserica cu prima ocazie ce i se ivise.

După câteva luni de la începutul tratamentului, Stewart a povestit următorul vis scurt. „Eram iarăși în casa copilăriei mele, din Minnessota. Era ca și cum aș fi rămas copil, deși știam că am aceeași vârstă pe care o am acum. Era în timpul nopții. În casă a intrat un bărbat. Avea de gând să ne taie gâturile. Nu l-am văzut niciodată pe acest bărbat, dar știam cine e: tatăl unei fete cu care îmi dădusem întâlnire de vreo două ori în timpul liceului. Asta a fost tot. Nu a existat niciun deznodământ. M-am trezit înspăimântat, știind că acest bărbat voia să ne taie gâturile."

I-am spus lui Stewart să-mi povestească tot ce știa despre acest bărbat din vis. „Nu vă pot spune nimic", a zis el. „Nu l-am cunoscut niciodată. M-am văzut cu fiica lui de două ori – nu chiar întâlniri, doar am condus-o acasă după întâlnirile grupului de tineri de la biserică. O dată i-am furat un sărut, în întuneric, în spatele unui tufiș." În acest moment, Stewart râse nervos și continuă: „În visul meu, am avut senzația că nu i-am văzut niciodată tatăl, deși știam că el e. De fapt, l-am văzut totuși în viața reală – de la distanță. Era șef de gară în orășelul nostru. Ocazional, îl vedeam când mă duceam în gară și priveam în după-amiezile de vară cum trec trenurile."

Ceva mi-a sclipit în minte. Și eu petreceam, pe când eram copil, leneșe după-amieze de vară privind trenurile. Acțiunea principală se desfășura în gară. Iar directorul gării era un fel de stăpân al acțiunii. El știa locurile îndepărtate din care veneau trenurile și unde se duceau. Știa care tren oprește și care nu, zguduind pământul când trecea. El potrivea ceasurile și dădea semnalele de plecare. El primea și trimitea poșta. Și când nu făcea aceste lucruri minunate, apăsa clapeta aparatului de transmisiuni, folosind un misterios limbaj ritmic, pentru a trimite mesaje peste tot în lume.

„Stewart, am spus, mi-ai zis că ești ateu și te cred. Există o parte din tine care crede că nu există Dumnezeu. Dar încep să bănuiesc că este o altă parte din tine care crede totuşi în Dumnezeu – într-un Dumnezeu periculos, care taie gâturile." Bănuiala mea a fost corectă. Pe măsură ce lucram împreună, cu încăpăţânare, luptând împotriva rezistenţelor, Stewart a început să-şi dea seama că în el există o credinţă stranie şi urâtă: presupunea, dincolo de ateismul său, că lumea este controlată şi condusă de o forţă răuvoitoare, o forţă care nu numai că putea să-i taie gâtul, dar chiar dorea acest lucru – dorea să-l pedepsească pentru o infracţiune. Am început încet – încet să ne concentrăm asupra acestei „infracţiuni", constând mai ales din minore incidente sexuale simbolizate prin „furtul unui sărut" de la fiica şefului de gară. În cele din urmă, a devenit clar că (printre alte motive ale depresiei sale) Stewart făcea penitenţă şi îşi tăia singur gâtul într-un mod figurat în speranţa că astfel l-ar fi oprit pe Dumnezeu să i-l taie literalmente.

De unde venea ideea de Dumnezeu rău şi lume răuvoitoare a lui Stewart? Cum se dezvoltă religia în oameni? Ce determină felul particular al unui om de a vedea lumea? Există un întreg complex de determinări, dar cartea de faţă nu va explora chestiunea aceasta în detaliu. Însă cel mai important factor în dezvoltarea religiei celor mai mulţi oameni este în mod evident cultura lor. Dacă suntem europeni, suntem înclinaţi să credem că Cristos a fost un bărbat alb, dacă suntem africani probabil credem că a fost negru. Dacă cineva este indian, s-a născut şi a crescut la Varanasi sau Mumbai, probabil că va deveni hindus şi va avea parte de ceea ce ar putea fi descris drept o perspectivă pesimistă asupra lumii. Dacă altcineva este american, s-a născut şi a crescut în Indiana, e mai probabil să ajungă creştin decât hindus şi să aibă o viziune optimistă asupra lumii. Înclinăm să credem şi noi ce cred oamenii din jurul nostru şi înclinăm să acceptăm ca fiind adevărat ce ne spun aceşti oameni despre natura existenţei, atunci când îi ascultăm în timpul anilor noştri de formare.

E mai puțin evident însă (nu și pentru psihoterapeuți) faptul că partea cea mai importantă a culturii noastre o reprezintă familia. Cultura fundamentală în care ne dezvoltăm este cea a familiei, iar părinții noștri sunt „liderii noștri culturali". Mai mult, cel mai semnificativ aspect al acestei culturi constă nu în ceea ce ne spun părinții noștri despre Dumnezeu, ci în ceea ce fac ei – felul în care se comportă unul cu celălalt, față de celelalte rude ale noastre și, înainte de toate, față de noi.

Cu alte cuvinte, ceea ce aflăm despre natura existenței atunci când creștem este determinat de natura experienței pe care o avem în microcosmosul familiei. În determinarea viziunii noastre asupra lumii, nu contează atât de mult ce spun părinții noștri, dar contează lumea unică pe care ei o creează pentru noi prin comportarea lor. „Sunt de acord că am această idee a unui Dumnezeu călău, a spus Stewart, dar de unde vine ea? Părinții mei credeau fără îndoială în Dumnezeu – vorbeau tot timpul despre aceasta – dar credința lor era într-un Dumnezeu al iubirii. Isus ne iubește. Dumnezeu ne iubește. Noi îl iubim pe Dumnezeu și pe Isus. Iubire, iubire, iubire, numai de asta auzeam."

„Ați avut o copilărie fericită?", l-am întrebat. Stewart mi-a aruncat o căutătură cruntă. „Nu vă mai jucați cu mine. Știți că nu am avut. Știți că a fost mizerabilă."

„De ce a fost atât de mizerabilă?"

„Știți și acest lucru. Știți cum a fost. Am avut parte de bătăi îngrozitoare. Curele, bâte, cozi de mătură, tot ce puteau ține în mână. Nu era nimic din ceea ce aș fi putut face care să nu merite o bătaie. O bătaie pe zi e ruptă din rai și te ajută să ajungi un bun creștin."

„Au încercat vreodată să vă stranguleze sau să vă taie gâtul?"

„Nu, dar sunt sigur că ar fi încercat dacă n-aș fi fost destul de atent." A urmat un lung moment de tăcere. Fața lui Stewart a devenit extrem de tristă. În cele din urmă, cu greu, a spus: „Încep să înțeleg."

Stewart nu este singurul care crede în ceea ce eu am ajuns să numesc un „Dumnezeu monstruos". Am avut mai mulți pacienți cu concepții similare în ceea ce-l privește pe Dumnezeu și cu idei la fel de terifiante și sumbre despre natura existenței. Surprinzător este că acest Dumnezeu monstruos nu mai este ceva comun în mințile oamenilor. În prima secțiune a cărții am făcut observația că, atunci când suntem copii, părinții noștri sunt ca niște zei pentru noi, iar felul în care procedează ei pare modul în care trebuie procedat în tot universul. Prima noțiune pe care o avem despre natura lui Dumnezeu (și, din nefericire, de multe ori singura) este o simplă extrapolare a naturii părinților noștri, un simplu amestec al caracterelor mamei și tatălui sau ale celor ce-i substituie. Dacă ei sunt părinți iubitori și iertători, probabil că vom crede într-un Dumnezeu iubitor și iertător. Iar ca adulți vom privi lumea ca pe un loc minunat, așa cum a fost și copilăria noastră. Dacă părinții noștri au fost aspri și ne-au pedepsit, probabil că ne vom maturiza cu credința într-un Dumnezeu monstruos, aspru și poruncitor. Iar dacă ei nu reușesc să aibă grijă de noi, probabil că vom vedea universul ca fiind tot atât de nepăsător față de noi.*

* Frecvent (dar nu întotdeauna), esența copilăriei pacienților și, prin urmare, a viziunii lor asupra lumii este conținută în „memoria timpurie". Prin urmare, deseori le spun pacienților mei: „Spuneți primul lucru de care vă puteți aminti." Unii pot protesta, spunând că nu pot face acest lucru, pentru că au mai multe amintiri timpurii. Dar când îi forțez să facă o alegere, răspunsul va varia de la „Ei bine, îmi amintesc de mama cum mă ridica și mă ținea în brațe pentru a-mi arăta un asfințit de soare" la „Îmi amintesc cum stăteam pe podeaua din bucătărie. Îmi udasem pantalonii, iar mama stătea lângă mine, agitând o lingură mare și țipând la mine." Probabil că aceste prime amintiri, deseori ținând de fenomenul memoriei fotografice, sunt memorizate atât de

Faptul că religia noastră sau viziunea noastră asupra lumii este inițial determinată în mare măsură de experiența unică a copilăriei ne aduce față în față cu o problemă centrală: relația dintre religie și realitate. Este problema microcosmosului și a macrocosmosului. Viziunea lui Stewart față de lume ca loc periculos în care e oricând posibil să i se taie gâtul dacă nu e foarte atent era perfect realistă, ținând seama de microcosmosul căminului în care și-a petrecut copilăria; a trăit sub dominația a doi adulți răi. Dar nu toți părinții și nu toți adulții sunt răi. În lumea mare – în macrocosmos – există diferite tipuri de părinți, oameni, societăți și culturi.

Pentru a avea o religie sau o viziune realistă asupra lumii – conformă cu realitatea cosmosului și a rolului nostru în el, atât cât știm despre această realitate – trebuie în permanență să ne revizuim și să ne extindem înțelegerea, încorporând noi cunoștințe despre lumea largă. Trebuie să ne lărgim în permanență cadrul de referință. Avem aici de-a face cu problematica realizării de hărți și a transferului, lucruri pe care le-am discutat în prima secțiune. Harta realității pe care o avea Stewart era potrivită pentru microcosmosul familiei sale, dar el a transferat această hartă într-un mod nepotrivit, ca referindu-se la lumea lui de adult unde era în mod grosolan incompletă și deci nefuncțională. Într-o anumită măsură, religia celor mai mulți adulți este un produs al transferului.

Mulți dintre noi operăm printr-un cadru de referință mai îngust decât cel de care suntem capabili, nereușind să transcendem influența culturii noastre particulare – ceea ce au sădit părinții în noi și experiența noastră din copilărie. Nu

---

precis pentru că ele simbolizează natura primei copilării a persoanei respective. Nu este surprinzător, atunci, că gustul amintirilor celor mai timpurii este în mod frecvent același cu gustul celor mai profunde sentimente despre natura existenței ale pacientului.

este de mirare deci că umanitatea este plină de conflicte. Avem de-a face cu o situație în care ființele umane care trebuie să aibă de-a face unele cu altele au viziuni foarte diferite asupra naturii realității și fiecare dintre ele crede că viziunea sa este cea corectă, pentru că se bazează pe experiența personală din microcosmosul său. Și pentru ca lucrurile să fie încă și mai rele, mulți dintre noi nu suntem conștienți de viziunea noastră interioară asupra lumii și cu atât mai puțin de experiența din care ea a rezultat. Bryant Wedge, psihiatru specializat în domeniul relațiilor internaționale, a studiat negocierile dintre Statele Unite și URSS și a reușit să delimiteze un set de idei fundamentale pe care le au americanii despre natura ființelor umane, a societății și a lumii și care diferă fundamental de cele pe care le au rușii. Aceste idei au dictat negocierile de ambele părți. Totuși, niciuna dintre părți nu era conștientă de presupozițiile sale sau de faptul că cealaltă parte opera cu un set diferit de presupoziții. Rezultatul inevitabil a fost că felul de a se comporta al rușilor le-a părut americanilor nebunesc sau deliberat malefic și, bineînțeles, rușilor li s-a părut că americanii au un comportament la fel de nebunesc și de malefic.* Suntem ca acei trei orbi din fabulă care fiecare în parte atinge o anumită parte dintr-un elefant, pretinzând apoi că deține adevărul despre întreaga înfățișare a animalului. Așa ne sfădim și noi pentru viziunile noastre microcosmice asupra lumii și toate războaiele par războaie sfinte.

---

* Bryant Wedge și Cyril Muromcew, „Psychological Factors in Soviet Disarmament Negotiation", *Journal of Conflict Resolution*, 9, nr. 1 (martie 1965), 18–36. Vezi, de asemenea, Bryant Wedge, „A Note on Soviet-American Negotiation", *Proceedings of the Emergency Conference on Hostility, Aggression, and War*, American Association for Social Psychiatry, 17–18 nov. 1961.

Religia ştiinţei

Creşterea spirituală este o ieşire din microcosmos spre un macrocosmos mereu mai larg. În primele stadii (cele de care se ocupă această carte) este vorba de o călătorie a cunoaşterii, nu a credinţei. Pentru a evada din microcosmosul experienţelor noastre anterioare şi pentru a ne elibera de transfer, este necesar să *cunoaştem*. Permanent trebuie să ne extindem domeniul cunoaşterii şi orizontul prin încorporarea şi digerarea de noi informaţii.

Procesul expansiunii cunoaşterii a fost una dintre temele majore ale acestei cărţi. Să ne amintim că în secţiunea precedentă iubirea a fost definită ca extindere – adică expansiune – a propriului sine şi a fost făcută observaţia că printre riscurile iubirii există riscul de a ne transporta în necunoscutul unei noi experienţe. Iar la sfârşitul primei secţiuni, despre disciplină, a fost de asemenea făcută observaţia că a învăţa ceva nou cere o renunţare la vechiul sine şi slăbirea trăiniciei cunoaşterii. Pentru a dezvolta o viziune largă, trebuie să fim dispuşi să abandonăm, să ucidem viziunea îngustă. Pe termen scurt, este mai confortabil să nu facem aceasta – să rămânem acolo unde suntem, să continuăm să folosim aceeaşi hartă a microcosmosului, să evităm suferinţa cauzată de moartea ideilor dragi nouă. Drumul creşterii spirituale merge însă în direcţia opusă. Începem prin a distruge ceea ce credem, căutând activ lucruri ameninţătoare şi nefamiliare, punând la îndoială în mod deliberat validitatea a ceea ce am învăţat şi ne-a fost drag. Drumul spre sfinţenie trece prin punerea la îndoială a *orice*.

În cel mai propriu sens al expresiei, începutul îl reprezintă ştiinţa. Începem prin a înlocui religia provenită de la părinţii noştri cu religia ştiinţei. Trebuie să respingem şi să ne răsculăm împotriva religiei părinţilor noştri, pentru că viziunea asupra lumii este inevitabil mai îngustă decât cea de care suntem capabili dacă profităm pe de-a-ntregul de experiența personală, inclusiv de experiența de adult și de experiența adăugată a generațiilor de oameni de-a lungul istoriei. Nu există ceva în genul unei religii de-a gata. Pentru a fi ceva vital, cel mai bun lucru de care suntem capabili, religia noastră trebuie să fie în întregime personală, trecută prin focul îndoielii și cercetării în creuzetul experienței realității. Așa cum spune teologul Alan Jones:

> *Una dintre problemele pe care le avem este aceea că foarte puțini dintre noi au dezvoltat o viață personală distinctă. Totul în ceea ce ne privește, chiar și emoțiile noastre, par a fi la mâna a doua. În multe cazuri, trebuie să apelăm la informații de mâna a doua pentru a funcționa. Accept cu încredere cuvântul unui doctor, om de știință, fermier. Nu îmi place să fac asta. Trebuie însă să o fac, pentru că ei posedă o cunoaștere vitală pe care eu nu o dețin. Informațiile de mâna a doua privind starea rinichilor mei, efectul colesterolului și creșterea găinilor le pot accepta. Dar când e vorba de scopul meu, de intențiile și de moartea mea, nu mai accept informațiile de mâna a doua. Nu pot supraviețui cu o credință la mâna a doua într-un Dumnezeu la mâna a doua. Trebuie să existe un cuvânt personal, o confruntare unică, dacă se întâmplă să fiu viu.**

Așa că, dacă vrem să fim sănătoși mintal și să creștem spiritual, trebuie să ne dezvoltăm religia noastră personală și să nu ne sprijinim pe cea a părinților noștri. Dar ce e „religia științei“? Știința este o religie, pentru că este o viziune asupra lumii de o complexitate considerabilă, cu multe teorii majore. Cele mai multe teorii majore susțin următoarele: universul este real și prin urmare un obiect valid de cercetare; cercetarea universului reprezintă o valoare pentru ființa umană; universul are sens – adică se conduce după anumite

---

* *Journey Into Christ*, Seabury Press, New York, 1977, pp. 91–92.

reguli și este predictibil; dar ființele umane sunt slabi cercetători, au superstiții, înclinații personale, prejudecăți și o profundă tendință de a vedea mai degrabă ceea ce vor să vadă decât ceea ce există în realitate; prin urmare, a cerceta și deci a înțelege cu acuratețe este necesar ca ființele umane să se supună ele însele disciplinei metodei științifice. Esența acestei discipline este experiența, adică noi nu putem să spunem că știm un lucru până nu l-am experimentat; deși disciplina metodei științifice începe cu experiența, experiența în sine nu este ceva în care să avem încredere; pentru a putea avea încredere în ea, experiența trebuie să fie repetabilă, de obicei sub forma unui experiment; mai mult, experiența trebuie să fie verificabilă, astfel încât și alți oameni să aibă parte de aceeași experiență în aceleași circumstanțe.

Cuvintele-cheie sunt „realitate“, „cercetare“, „cunoaștere“, „neîncredere“, „experiență“, „disciplină“. Acestea sunt cuvintele pe care le vom folosi de aici încolo. Știința este religia scepticismului. Pentru a scăpa din microcosmosul experienței copilăriei, din microcosmosul culturii și al dogmelor noastre, de jumătățile de adevăruri pe care ni le-au spus părinții noștri, este esențial să fim sceptici față de ceea ce am învățat până acum. Atitudinea științifică este cea care ne face să ne transformăm experiența personală a microcosmosului în experiență personală a macrocosmosului. Trebuie să începem să devenim oameni de știință.

Mulți pacienți care au luat deja acest start îmi spun: „Nu sunt un om religios. Nu mă duc la biserică. Nu mai cred prea multe din ce mi-au spus Biserica și părinții. Nu am credința părinților mei. Cred că m-am îndepărtat de spiritualitate.“ Atunci când eu pun la îndoială realitatea presupoziției că nu ar mai fi ființe spirituale, deseori este aproape un șoc pentru ei. „Dvs. aveți o religie, spun eu, și încă una profundă. Dvs. vă închinați adevărului. Credeți în posibilitatea de a crește și de a vă îmbunătăți – credeți în posibilitatea progresului spiritual.

În strădania pe care o presupune religia, dvs. sunteți dispus să suferiți durerea înfruntării și a dezvățării. Vă asumați riscul terapiei și faceți aceasta datorită religiei dvs. Nu cred deloc că ar fi realist să spun că sunteți mai puțin spiritual decât părinții dvs.; din contră, cred că spiritualitatea dvs. a evoluat peste cea a părinților dvs., că spiritualitatea dvs. a făcut un salt calitativ față de spiritualitatea lor, care este insuficientă pentru a le oferi măcar curajul de a se îndoi."

Un lucru ce sugerează faptul că știința, ca religie, reprezintă o îmbunătățire, un salt evolutiv față de alte viziuni asupra lumii este caracterul ei internațional. Vorbim despre comunitatea științifică mondială. Ea începe să devină o adevărată comunitate, mai strânsă decât Biserica Catolică, ce este o a doua astfel de comunitate. Oamenii de știință de oriunde pot vorbi și se pot înțelege unul cu celălalt mai mult decât noi, ceilalți. Într-o anumită măsură, ei au reușit să depășească microcosmosul culturii lor. Într-o oarecare măsură, au devenit înțelepți.

Într-o oarecare măsură însă. Deși cred că viziunea sceptică asupra lumii a spiritului științific este o îmbunătățire clară față de acea viziune asupra lumii care se bazează pe o credință oarbă, superstiții și prezumții neverificate, cred însă de asemenea că felul în care cei mai mulți oameni animați de un spirit științific privesc realitatea lui Dumnezeu nu depășește viziunea parohială a unui țăran care urmează cu ochii închiși credința tatălui lui. Oamenii de știință au mari dificultăți când este vorba de realitatea lui Dumnezeu.

Când privim din punctul de vedere al unui scepticism sofisticat la fenomenul credinței în Dumnezeu, nu suntem prea impresionați. Vedem dogmatismul și acțiunea bazată pe dogmatism, vedem război, persecuții și inchiziție. Vedem ipocrizie: oameni care predică altor oameni să-și ucidă semenii în numele credinței, să-și golească buzunarele pentru traiul altora și alte forme de brutalitate. Vedem o năucitoare diversitate de ritualuri și imagini fără legătură între ele; un zeu este o femeie cu șase brațe și șase picioare; altul este un bărbat șezând pe un tron; altul este elefant; altul este esența nimicului, panteon, zei ai căminului, trinități, unicități. Vedem ignoranță, superstiție, rigiditate. În ansamblu, credința în Dumnezeu arată jalnic. Este tentant să gândim că umanitatea ar fi mai bună fără credința în Dumnezeu și că Dumnezeu nu este doar o promisiune goală, ci poate fi și o promisiune otrăvită. Ar părea deci rațional să conchidem că Dumnezeu este o iluzie a minții oamenilor – o iluzie distructivă – și că, de fapt, credința în Dumnezeu este o formă a psihopatologiei umane, care trebuie vindecată.

Apare deci întrebarea: este credința în Dumnezeu ceva rău? Este o manifestare a transferului – o concepție a părinților noștri, derivată din microcosmos, proiectată în mod nepotrivit în macrocosmos? Sau, altfel spus, este o astfel de credință un mod de gândire primitiv sau copilăresc din care trebuie să ieșim pe măsură ce ne dezvoltăm, atingând niveluri mai înalte de conștientizare și maturitate? Dacă vrem să avem o atitudine științifică în încercarea de a răspunde la această întrebare, este esențial să ne întoarcem la realitatea faptelor clinice. Ce se întâmplă cu credința în Dumnezeu a unei persoane pe măsură ce ea se dezvoltă prin procesul terapiei?

Cazul lui Kathy

Kathy era cea mai înfricoșată persoană pe care am întâlnit-o. Când am intrat pentru prima oară în camera ei, stătea într-un colț, pe podea, murmurând ceea ce părea a fi un cântec. S-a uitat la mine cum stăteam în cadrul ușii și ochii ei s-au mărit de spaimă. S-a târât și s-a înghesuit într-un colț, împingând în ziduri ca și cum ar fi vrut să intre în ele. Am spus: „Kathy, sunt psihiatru. N-am să-ți fac niciun rău.“ Am luat un scaun, m-am așezat la o oarecare distanță față de ea și am așteptat. Un timp, a continuat să se împingă în perete. Apoi a început să se relaxeze, însă doar pentru a începe să plângă neconsolată. După ceva vreme, s-a oprit din plâns și a început să-și cânte singură. Am întrebat-o ce nu era în regulă. „Am să mor“, a spus ea repede, abia oprindu-se din cadența cântecului. Nu mi-a spus nimic altceva. A continuat să cânte. La fiecare cinci minute se oprea, părând extenuată, se tânguia câteva momente și își relua cântatul. La fiecare întrebare pe care i-o puneam, răspundea doar „Am să mor“, nepierzând nicio clipă ritmul cântecului. Parcă simțea că prin cântat s-ar fi apărat de moarte și nu-și permitea să se odihnească sau să adoarmă.

De la soțul ei, Howard, un tânăr polițist, am aflat informații minime. Kathy avea 20 de ani. Erau căsătoriți de doi ani. Nu existaseră probleme în cadrul mariajului. Kathy era apropiată de părinții ei. Nu avusese probleme de ordin psihologic mai înainte. Ceea ce se întâmpla acum era o surpriză completă. Se simțise bine până în acea dimineață. Îl condusese pe el la muncă cu mașina. Două ore mai târziu, sora lui îi dăduse telefon. Fusese să o viziteze pe Kathy și o găsise în starea aceasta. Au dus-o la spital. Nu, nu făcuse nimic bizar până atunci. Cu excepția poate a unui singur lucru. De aproape patru luni, îi era frică să meargă în locuri publice. Pentru a o ajuta, Howard a făcut el toate cumpărăturile de la magazin, în timp ce ea aștepta în mașină. De asemenea, se părea că îi era frică să fie lăsată singură acasă. Se ruga mult – dar de la o vreme se rugase mai mult decât știa el că se ruga atunci când o cunoscuse. Familia ei era religioasă. Mama ei mergea la liturghie de cel puțin două ori pe săptămână. Lucru curios – Kathy a încetat să mai meargă la slujbă imediat după ce s-a căsătorit. Lui îi convenea lucrul acesta. Dar ea încă se ruga mult. Pentru sănătatea ei fizică? Oh, sănătatea ei era excelentă. Nu fusese niciodată spitalizată. Leșinase însă o dată, în timpul nunţii. Metode de contracepţie? Lua pilule. Staţi un moment. Acum o lună ea îi spusese că încetase să mai ia pilule. Citise despre cât de periculoase sunt sau ceva de genul acesta. El nu se gândise prea mult la acest lucru.

I-am dat fetei cantităţi masive de tranchilizante şi sedative ca să poată dormi noaptea, dar în următoarele două zile comportamentul ei a rămas neschimbat; cânta neîncetat, nu era capabilă să comunice ceva în afară de convingerea că va muri negreşit, iar spaima nu îi slăbea nicio clipă. În ultimă instanţă, în cea de-a patra zi, i-am făcut o injecţie cu amitriptilină. „Această injecţie te va face somnoroasă, Kathy, i-am spus, dar nu te va face să adormi. Nici nu vei muri. Te va face capabilă să te opreşti din cântat. Te vei simţi foarte relaxată. Vei fi în stare să vorbeşti cu mine. Vreau să-mi spui ce s-a întâmplat în dimineaţa din ziua în care ai venit la spital." „Nu s-a întâmplat nimic", a răspuns Kathy. „L-ai condus pe soţul tău cu maşina la serviciu?" „Da. Apoi am mers acasă. Apoi nu ştiu decât că urma să mor."

„Ai mers acasă exact la fel ca în fiecare zi în care îl duceai pe soţul tău cu maşina la serviciu?"
Kathy începu să cânte din nou.

„Nu mai cânta, Kathy, i-am ordonat. Eşti complet în siguranţă. Te simţi foarte relaxată. Ceva a fost diferit în acea zi în care l-ai condus pe soţul tău la serviciu. Vrei să-mi spui ce a fost diferit?"

„Am apucat-o pe alt drum."
„De ce ai făcut asta?"
„Am luat-o pe drumul pe care se găsea casa lui Bill."
„Cine e Bill?", am întrebat-o.
Kathy a început din nou să cânte.
„Bill este un prieten de-al tău?"
„A fost. Înainte de a mă mărita."
„Ţi-e tare dor de Bill, nu-i aşa?"

Kathy se tângui atunci: „O, Doamne, am să mor!“
„L-ai văzut pe Bill în ziua aceea?“
„Nu.“
„Dar voiai să-l vezi?“
„Am să mor“, a răspuns Kathy.
„Ai senzația că Dumnezeu te va pedepsi pentru că ai vrut să-l mai vezi pe Bill?“
„Da.“
„De aceea crezi că ai să mori?“
„Da.“ Kathy începu din nou să cânte.

Am lăsat-o să cânte zece minute, timp în care mi-am adunat gândurile.

În cele din urmă, i-am spus: „Kathy, crezi că ai să mori deoarece crezi că știi cum gândește Dumnezeu. Dar greșești. Nu știi ce e în mintea lui Dumnezeu. Tot ce știi este ceea ce ți s-a spus despre Dumnezeu. Multe dintre cele ce ți s-au spus despre Dumnezeu sunt greșite. De exemplu, consult în fiecare zi bărbați și femei ca tine, care vor să fie necredincioși, iar unii chiar sunt și nu sunt pedepsiți de Dumnezeu. Știu asta pentru că ei continuă să vină să mă consulte. Și vorbesc cu mine. Și ajung mai fericiți. Tot așa și tu vei deveni mai fericită. Pentru că o să lucrăm împreună. Ai să înveți că nu ești o persoană rea. Și ai să afli adevărul – despre tine și despre Dumnezeu. Te vei privi pe tine însăți și viața ta cu mai multă bucurie. Dar acum trebuie să dormi. Iar când te vei trezi, nu-ți va mai fi teamă că ai să mori. Iar mâine, când o să ne vedem din nou, vei fi în stare să vorbești cu mine și vom discuta despre Dumnezeu și despre tine însăți.“

Dimineața, fetei îi era mai bine. Era încă înspăimântată și nu-i dispăruse convingerea că are să moară, dar nu mai era la fel de puternică. Încet, în acea zi și în multe altele care au urmat, povestea ei s-a conturat piesă cu piesă. În timpul ultimului an de liceu, avusese legături sexuale cu Howard.

El voia să o ia în căsătorie, iar ea a fost de acord. Două săptămâni mai târziu, în timpul nunții unui prieten, i-a venit brusc ideea că nu vrea să se mărite. Își pierduse firea. În afară de asta, se simțea confuză și nu știa dacă-l iubește sau nu pe Howard. Dar credea că trebuie să se căsătorească, pentru că știa că deja păcătuise prin relații premaritale cu el și acest păcat ar fi crescut enorm dacă nu-și consacra relația prin căsătorie. Totuși, nu voia copii, cel puțin nu până când ar fi fost sigură că-l iubește pe Howard. Așa că a început să ia pilule – un alt păcat. Nu avea putere să-și mărturisească aceste păcate și a încetat să se ducă la slujbă după ce s-a căsătorit. Îi plăcea să facă sex cu Howard. Totuși, din ziua căsătoriei lor, el își pierduse interesul față de sexualitatea ei. A rămas însă un soț ideal, îi cumpăra daruri, o trata în mod preferențial, muncea mult peste program, iar ei nu-i permitea să-și ia o slujbă. Dar ea ajunsese aproape să-l roage să facă sex, iar sexul de care avea parte o dată la două săptămâni era tot ce mai reușea să o scoată din plictiseala ei permanentă. Divorțul ieșea din discuție; acesta era un păcat de neconceput.

Fără să vrea, începuse să aibă fantezii cu infidelități sexuale. A crezut că poate va reuși să treacă peste ele dacă se va ruga mai mult, așa că a început să se roage în mod ritual, cinci minute la fiecare oră. Apoi Howard a observat și a pus întrebări despre ce se petrecea. Așa că a decis să se roage pe ascuns, ziua, când Howard nu era acasă, pentru a compensa faptul că nu se ruga seara, când el era acasă. A început să se roage mai frecvent și mai repede. Se ruga acum la fiecare jumătate de oră și își dublase viteza. Fanteziile despre infidelitate au continuat și gradual au devenit chiar mai frecvente și mai insistente. Oriunde mergea se uita după bărbați. Aceasta înrăutățea lucrurile. I s-a făcut frică să iasă în oraș fără Howard și chiar atunci când era cu el o înspăimântau locurile publice, unde putea vedea bărbați. S-a gândit că poate era mai bine să se ducă iarăși la biserică. Dar apoi și-a dat seama că întorcându-se la biserică făcea un păcat, dacă nu și-ar fi confesat fanteziile infidele unui preot. Iar acest lucru nu-l putea face. Și-a dublat iarăși viteza rugăciunilor. Pentru a-și ușura munca, a început să dezvolte un sistem elaborat, în care păstra un singur stil de psalmodiere tot timpul rugăciunii. Aceasta era geneza cântatului ei. Între timp, și-a perfecționat sistemul, reușind să cânte o mie de rugăciuni în cinci minute. La început, când mintea era ocupată cu perfecționarea psalmodierii, fanteziile despre infidelitate păreau a se fi rărit, dar odată ce sistemul fusese pus la punct, ele s-au reîntors în forță. Începuse chiar să se gândească cum să le ducă până la capăt. S-a gândit să-i dea un telefon lui Billy, fostul ei prieten. S-a gândit la barurile unde ar fi putut să meargă după-amiaza. Înspăimântată că într-adevăr ar putea face așa ceva, a încetat să mai ia pilule, sperând că frica de a nu rămâne gravidă o va ajuta să reziste. Dar dorința era din ce în ce mai puternică. Într-o după-amiază, a început să se masturbeze. A fost îngrozită. Acesta era poate cel mai mare păcat dintre toate. Auzise de dușurile reci și a făcut unul atât de rece cât a putut să-l suporte. A ajutat-o până când Howard a venit acasă. Dar a doua zi a început iarăși.

În cele din urmă, în dimineața următoare, a cedat. După ce l-a lăsat pe Howard la serviciu, s-a dus direct acasă la Bill. A parcat chiar în fața casei. A așteptat. Nu s-a întâmplat nimic. Se pare că nu era nimeni acasă. S-a dus la mașină și s-a rezemat de ea într-o poziție seducătoare. „Te rog, a șoptit ea, te rog, lasă-l pe Bill să mă vadă, lasă-l să mă observe." Tot nu s-a întâmplat nimic. „Te rog, lasă pe oricine să mă vadă, pe oricine. Trebuie să o fac cu cineva. O, Doamne! Sunt o curvă. Sunt curva Babilonului. Doamne, vindecă-mă, trebuie să mor!" A sărit în mașină și s-a dus acasă, în apartamentul ei. A luat o lamă și a vrut să-și taie venele. Nu a fost în stare. Dar Dumnezeu putea. Dumnezeu o va face. Dumnezeu îi va da ceea ce merită. El va termina cu toate acestea și va sfârși și cu ea. A venit timpul să înceapă priveghiul. „O, Doamne, sunt atât de speriată, sunt atât de speriată, Te rog, grăbește-Te, sunt atât de speriată!“ A început să cânte așteptând și așa a fost găsită de cumnata ei.

Această istorisire a ajuns să fie elucidată după doar luni de muncă sârguincioasă. Mult din această muncă s-a concentrat asupra felului cum concepea păcatul. De unde a aflat că masturbarea e un păcat? Cine i-a spus că e un păcat? De unde știa acela că e un păcat? Din ce cauză este masturbarea un păcat? Și așa mai departe. Nu știu nicio profesie atât de incitantă și de privilegiată precum practica terapeutică, dar uneori este foarte obositoare, atunci când atitudini de o viață sunt înfruntate metodic, una câte una, în toate particularitățile lor. Deseori, asemenea înfruntări reușesc, măcar parțial, înainte chiar ca întreaga poveste să iasă la suprafață. De exemplu, Kathy a fost în stare să-mi spună multe dintre detalii, cum ar fi fanteziile și tentațiile de a se masturba, doar după ce a început să pună la îndoială validitatea vinovăției ei și a concepției că aceste acte sunt păcate. Punându-și astfel de întrebări, ea a trebuit să pună la îndoială validitatea autorității și a înțelepciunii întregii Biserici Catolice sau măcar a bisericii pe care o frecventase. Nu e ușor să te iei de Biserica Catolică. A reușit să facă asta doar pentru că a simțit în mine un aliat și a înțeles încet-încet că eu sunt cu adevărat de partea ei, că sunt cu adevărat de bună-credință și că nu o voi duce spre iad. O astfel de „alianță terapeutică“, precum cea pe care am construit-o încet noi doi este o condiție pentru orice succes major în psihoterapie.

Mult din această muncă s-a desfășurat când ea nu mai era internată la spital. Kathy a putut fi externată la o săptămână după ce i-am administrat amitriptilină. Însă doar după patru luni de terapie intensă a reușit să vorbească despre ideea de păcat. „Cred că Biserica Catolică mi-a vândut o poliță.“ Când a început această fază a terapiei, am început să ne punem întrebarea: Cum s-a putut întâmpla aşa ceva? De ce a cumpărat-o?

Cum de nu a putut să gândească mai mult de una singură şi nu a înfruntat până acum autoritatea Bisericii Catolice în niciun fel? „Dar mama mi-a spus că nu trebuie să mă îndoiesc de Biserică", a spus Kathy. Şi aşa am început să lucrăm asupra relaţiilor pe care le avea Kathy cu părinţii ei. Cu tatăl ei nu avea nicio relaţie. Nu avea cu cine să vorbească. Tatăl ei muncea – altceva nu mai făcea. Muncea şi muncea, iar când venea acasă, adormea în fotoliu cu o bere. Cu excepţia serilor de vineri. Atunci ieşea în oraş să-şi bea berea. Mama ei ducea familia în spate. Singură, fără să aibă parte de confruntări, fără a fi contrazisă de cineva şi fără a i se opune cineva, ea mergea înainte. Era blândă, dar fermă. Dăruia, dar nu ceda. Liniştită, dar implacabilă. „Nu trebuie să faci cutare lucru, draga mea. Fetele bune nu fac asta." „Nu vrei să porţi pantofii aceştia, nu-i aşa, draga mea? Fetele din familii bune nu poartă astfel de pantofi." „Nu se pune problema că nu vrei să mergi la slujbă. Domnul vrea să mergem la slujbă." Încet-încet, Kathy a început să înţeleagă că în spatele puterii Bisericii Catolice stă enorma putere a mamei sale, o persoană atât de fină, dar atât de dominatoare, încât părea de neconceput să i te opui.

Dar psihoterapia rareori merge uşor. Într-o dimineaţă de sâmbătă, la şase luni după ce Kathy ieşise din spital, Howard mi-a dat telefon şi mi-a spus că soţia lui s-a închis în baie şi a început iarăşi să cânte. După instrucţiunile mele, el a convins-o pe Kathy să se reîntoarcă la spital, unde m-am dus să o văd. Kathy era aproape la fel de înspăimântată ca în prima zi în care o văzusem. Încă o dată, Howard nu avea nicio explicaţie de care să mă agăţ. Am dus-o pe Kathy în camera ei şi i-am ordonat: „Opreşte-te din cântat şi spune-mi care este problema."

„Nu pot."
„Ba da, Kathy, poţi."

Cu greu, prinzând o pauză de respiraţie în timp ce cânta, mi-a sugerat: „Poate că am să pot dacă ai să-mi dai din nou medicamentul adevărului."

„Nu, Kathy, i-am răspuns, de data asta eşti îndeajuns de puternică să o faci singură."

A gemut. Apoi s-a uitat la mine şi şi-a reluat cântecul. Dar în privirea ei am detectat mânie, aproape furie faţă de mine.

„Eşti supărată pe mine", am zis.

Şi-a scuturat capul în timp ce cânta.

„Kathy, i-am spus, pot să mă gândesc la o duzină de motive pentru care ai putea fi supărată pe mine. Dar nu pot şti care e dacă nu îmi spui. Poţi să vorbeşti cu mine. Va fi totul în regulă."

„Am să mor", a murmurat ea.

„Nu, n-ai să mori, Kathy. Nu ai să mori pentru că eşti supărată pe mine. Nu am să te omor pentru că eşti supărată pe mine. E în regulă să fii supărată pe mine."

„Anii mei nu mai sunt mulţi", a murmurat ea. „Anii mei nu mai sunt mulţi."

Ceva mi-a sunat straniu în aceste cuvinte. Nu erau cuvintele la care mă aşteptam. Cumva, ele îmi păreau nenaturale. Dar nu eram sigur ce trebuie să spun în afară de a mă repeta într-un fel sau altul.

„Kathy, te iubesc", i-am spus. „Te iubesc chiar dacă tu mă urăşti. Aşa este iubirea. Cum pot să te pedepsesc pentru că mă urăşti, dacă eu te iubesc?"

„Nu pe tine te urăsc", spuse ea şoptit.

Brusc mi-am dat seama. „Anii mei nu mai sunt mulți. Nu sunt mulți pe acest pământ. Asta este, nu e așa, Kathy? Cinstește pe mama și pe tatăl tău ca să trăiești ani mulți pe acest pământ. Cea de-a cincea poruncă. Cinstește-i sau mori. Asta s-a întâmplat, nu-i așa?"

„O urăsc", bolborosi ea. Apoi, cu voce tare, ca și cum ar fi fost impulsionată de propria voce spunând înfricoșătoarele cuvinte: „O urăsc. Îmi urăsc mama. O urăsc. Nu mi-a dat niciodată... nu mi-a dat niciodată... nu mi-a dat niciodată voie *să fiu eu*. M-a construit după propria ei imagine. M-a construit, m-a construit, m-a construit! Nu a lăsat nicio parte din mine să fie a mea."

De fapt, terapia cu Kathy era încă în primele stadii. Teroarea de zi cu zi exista încă, această teroare de a fi cu adevărat ea însăși în tot felul de lucruri mici pe care le făcea. Recunoscând faptul că mama ei a dominat-o total, Kathy a trebuit apoi să aibă de-a face cu cauza pentru care a lăsat ca toate acestea să se întâmple. Respingând dominația mamei sale, a trebuit să facă față procesului restabilirii propriilor valori și de luare a propriilor decizii, iar acest lucru o înspăimânta cumplit. Era mult mai în siguranță când o lăsa pe mama ei să ia toate deciziile, era mult mai simplu să adopte valorile mamei ei și pe ale Bisericii. Să-și direcționeze singură existența însemna multă muncă. Mai târziu, Kathy spunea: „Știți, nu aș schimba pentru nimic locul meu cu persoana care eram, deși uneori tânjesc la acele zile. Viața mea era mai ușoară atunci. Într-un fel."

Începând să fie mult mai independentă, Kathy l-a confruntat pe Howard cu nereușita lui ca amant. Howard i-a promis că se va schimba. Dar nu s-a întâmplat nimic. Kathy l-a presat. El a început să aibă atacuri de anxietate. La îndemnul meu, când a venit să mă consulte pentru această problemă, s-a dus la un alt psihoterapeut pentru tratament. A început să se confrunte cu sentimentele homosexuale plasate adânc, de care încercase să se apere prin căsătoria cu Kathy. Pentru că ea era fizic foarte atractivă, el a privit-o ca pe o „adevărată pradă“, un premiu pe care l-a câștigat, dovedindu-și lui însuși și lumii întregi competența lui masculină. Într-un fel, nu a iubit-o niciodată pe Kathy. Ajungând să accepte acest lucru, Kathy și cu el au căzut de acord în cel mai amical mod să divorțeze. Kathy a început să lucreze ca vânzătoare într-un mare magazin de îmbrăcăminte. Împreună cu mine, s-a chinuit cu nenumăratele mici, dar independente decizii pe care trebuia să le ia în legătură cu slujba ei. Cu pași mici, a devenit mai hotărâtă și mai încrezătoare în sine. S-a întâlnit cu mai mulți bărbați, intenționând să se căsătorească și să devină mamă, dar între timp a avut și succese la slujbă. A fost promovată la departamentul de achiziții al acelui magazin. După ce a terminat terapia, a fost numită șefă a departamentului și de curând am auzit că s-a mutat la o firmă mai mare și că se simțea mulțumită cu sine la vârsta de 27 de ani. Nu se mai duce la biserică și nu se mai consideră catolică. Nu știe dacă crede sau nu în Dumnezeu și vă va spune cu sinceritate că această chestiune nu i se pare foarte importantă în acest punct al vieții ei.

Am descris cazul acestei femei atât de pe larg pentru că este atât de tipic pentru relația dintre educația religioasă și psihoterapie. Există milioane de Kathy. Obișnuiesc să le spun oamenilor, în glumă, că Biserica Catolică îmi asigură traiul ca psihoterapeut. La fel aș putea spune și despre Biserica Baptistă, Lutherană, Presbiteriană sau oricare alta. Bineînțeles, Biserica nu era singura cauză a nevrozei de care a suferit Kathy. Într-un sens, Biserica a fost doar un instrument folosit de mama fetei pentru a cimenta și a întări excesiva ei autoritate părintească. S-ar putea spune, pe bună dreptate, că natura dominatoare a mamei, sprijinită de o absență a tatălui, a fost cauza fundamentală a nevrozei, dar și sub acest aspect cazul acestei fete a fost unul tipic. Cu toate acestea, și Biserica are o vină. Niciun profesor de religie de la școala parohială și niciun preot la ora de catehism nu a încurajat-o vreodată pe Kathy să își pună în mod rațional întrebări despre doctrina religioasă sau, în orice caz, să gândească de una singură. Nu a existat niciodată vreo dovadă a preocupării Bisericii pentru faptul că doctrina ei ar putea fi răstălmăcită, gândită rigid și nerealist sau că ar putea fi folosită sau pusă în aplicare în mod greșit. Una dintre modalitățile de a analiza problema pe care o avea Kathy ar fi aceea de a afirma că, deși ea a crezut cu toată inima în Dumnezeu, poruncile și concepția despre păcat, religia și felul în care ea înțelegea lumea erau luate de-a gata și nu s-au potrivit nevoilor ei. Ea a eșuat în a-și pune întrebări, a contesta, a gândi de una singură. Totuși, biserica de care aparținea Kathy – și acest fapt este tipic – nu a făcut nici cel mai mic efort să o ajute să-și construiască o religie personală mai adecvată și mai originală. Se pare că bisericile în general favorizează această luare de-a gata. Pentru că există multe cazuri precum cel al lui Kathy, întâlnite deseori în practică, mulți psihiatri și psihoterapeuți percep religia ca fiind Dușmanul. Ei pot crede că religia însăși este o nevroză – o colecție de idei iraționale inerente care servesc la înlănțuirea minților oamenilor, asuprind instinctele care-i fac să se dezvolte spiritual. Freud, raționalist și om de știință prin excelență, pare a fi văzut în mare lucrurile în această lumină și, pentru că el este cea mai influentă figură în psihiatria modernă (din multe și bune motive), atitudinile lui au contribuit la conceperea religiei ca o nevroză. Este într-adevăr tentant pentru psihiatri să se vadă pe sine ca pe niște cavaleri ai științei moderne, prinși într-o nobilă bătălie cu forțele distructive ale superstițiilor vechilor religii și cu dogmele iraționale, dar autoritare. Și, de fapt, psihiatrii trebuie să consume o enormă cantitate de timp și efort în lupta de eliberare a minții pacienților de ideile desuete ale religiei și de concepțiile care sunt în mod clar distructive.

Cazul Marciei

Dar nu toate cazurile sunt precum cel reprezentat de Kathy. Există multe alte tipare, unele destul de comune. Marcia a fost unul dintre primele mele cazuri pe termen lung. Era o femeie destul de sănătoasă, de 25 de ani, care mi-a atras atenția prin nefericirea ei generalizată. Deși nu putea pune degetul pe ceva greșit din viața ei, era inexplicabil de tristă. Și cu siguranță că arăta tristă. În ciuda sănătății ei și a educației universitare, părea o emigrantă îmbătrânită, împovărată și murdară. De-a lungul primului ei an de terapie, era îmbrăcată invariabil în haine care nu i se potriveau, de culoare albastră, gri, neagră sau maronie și căra cu ea o enormă geantă jerpelită și burdușită, de o culoare similară. Era singurul copil al unor părinți intelectuali, amândoi profesori universitari de succes, amândoi socialiști, din cei ce cred că religia e o promisiune goală. Ei s-au distrat pe seama fetei când ea, la vârsta adolescenței, a participat la o slujbă la biserică împreună cu o prietenă.

Atunci când a început terapia, Marcia era de acord din toată inima cu părinții ei. A anunțat, cumva cu îngâmfare, că ea este atee – nu un ateu de ocazie, ci unul adevărat, care credea că rasei umane i-ar fi cu mult mai bine dacă ar putea să scape de iluzia că Dumnezeu există sau că măcar ar putea să existe. Interesant însă, visele Marciei erau pline de simboluri religioase, precum păsări care zburau prin încăperi ținând în ciocuri pergamente pe care erau așternute, în străvechi limbi, mesaje obscure. Dar nu am confruntat-o pe Marcia cu acest aspect al inconștientului ei. Într-adevăr, nu ne-am ocupat deloc cu chestiuni religioase de-a lungul a doi ani de terapie. Ne-am concentrat în special pe relațiile ei cu părinții, doi indivizi foarte inteligenți și raționali, care au ajutat-o mult din punct de vedere material, dar care erau extraordinar de distanți din punct de vedere emoțional, în felul lor intelectual auster. În plus, față de distanța emoțională pe care o păstrau, amândoi erau atât de dedicați carierei lor, încât aveau puțin timp sau energie pe care să i le dăruiască ei. Rezultatul a fost acela că, deși aveau un cămin confortabil și neștirbit de nimic, Marcia era proverbiala „săraca fată bogată", un orfan din punct de vedere psihologic. Dar ea refuza să vadă acest lucru. A reacționat însă atunci când i-am sugerat că părinții ei au neglijat-o destul de mult și a reacționat și când i-am arătat că se îmbrăca asemeni unui orfan. E doar un nou stil, a spus ea, iar eu nu am dreptul să critic.

Progresul în terapia Marciei a fost dureros de încet, dar dramatic. Elementul-cheie era căldura și apropierea unei relații pe care am putut să o construim între noi, care contrasta cu relația pe care ea o avea cu părinții. Într-o dimineață, la începutul celui de-al doilea an de terapie, Marcia a venit la ședință cu o geantă nouă. Avea doar o treime din mărimea celei vechi și era viu colorată. După aceea, cam o dată pe lună, ea adăuga o nouă pată de culoare – portocaliu, galben, albastru-deschis și verde – îmbrăcăminții ei, părând o floare care își desface încet petalele. În penultima ședință cu mine ea s-a amuzat de felul în care se simțea și a spus: „Știți, este ciudat, nu doar interiorul meu s-a schimbat; totul din afara mea pare de asemenea schimbat. Chiar dacă stau tot aici, trăiesc în aceeași casă și fac unele dintre lucrurile pe care le făceam și înainte, întreaga lume îmi apare foarte diferită, o simt ca și cum ar fi foarte diferită. O simt caldă, sigură, iubitoare, incitantă și bună. Îmi amintesc că v-am spus că sunt atee. Nu mai sunt sigură de acest lucru. De fapt, cred că nu mai sunt deloc. Uneori, când simt că lumea e bine întocmită, îmi spun: «Știi ceva, pot să pun pariu că există un Dumnezeu. Nu cred că lumea ar putea fi atât de bine întocmită fără Dumnezeu.» E amuzant. Nu știu cum să vorbesc despre astfel de lucruri. Mă simt de parcă aș fi conectată, reală, de parcă aș fi parte dintr-un tablou foarte mare și astfel pot vedea mai mult din acest tablou. Știu că el este aici și știu că este bun și știu că sunt parte din el."

Prin terapie, Kathy s-a mutat dintr-un loc în care noțiunea de Dumnezeu era foarte importantă într-un loc în care această noțiune nu mai însemna nimic. Marcia, pe de altă parte, s-a mutat dintr-o zonă în care noțiunea de Dumnezeu era respinsă într-o una în care avea importante semnificații. Același proces, același terapeut, cu rezultate aparent opuse, dar încununate de succes. Cum să explicăm acest lucru? Înainte de a încerca să o facem, să mai luăm în considerare un alt tip de caz. În cazul fetei pe nume Kathy, a fost necesar ca terapeutul să înfrunte activ ideile ei religioase pentru a aduce schimbări în direcția unei dramatice diminuări a influenței ideii de Dumnezeu în viața ei. În cazul Marciei, ideea de Dumnezeu a început să-și crească influența, fără însă ca terapeutul să încerce să înfrunte în vreun fel ideile ei religioase. E oare necesar vreodată, ne-am putea întreba, ca terapeutul să înfrunte activ ateismul sau agnosticismul unui pacient și să-l conducă deliberat în direcția religiei?

Cazul lui Theodore

Ted avea 30 de ani când a venit să mă vadă și era un pustnic. Ultimii patru ani îi trăise într-o cabană mică în pădure. Avea doar câțiva prieteni și niciunul foarte apropiat. De trei ani nu avusese nicio întâlnire cu vreo fată. Ocazional, se ocupa de tâmplărie, dar majoritatea timpului și-l umplea cu pescuitul, cu cititul și luând decizii neimportante, precum ce va găti la cină, cum va găti și dacă își permite sau nu să-și cumpere o unealtă ieftină. Apoi, datorită unei moșteniri, a ajuns destul de bogat. Era de asemenea strălucit din punct de vedere intelectual. Și, așa cum spusese la prima noastră ședință, era parcă paralizat. „Știu că ar trebui să fac ceva mai constructiv, mai creativ cu viața mea", s-a plâns el, „dar nu pot lua nici cele mai mici decizii, cu atât mai mult decizii importante. Ar trebui să am o carieră. Ar trebui să mă duc la școală și să învăț o meserie, ceva, dar nu mă entuziasmează niciuna – profesorat, muncă de cercetare, relații internaționale, medicină, agricultură, ecologie –, parcă nimic nu mi se potrivește. Îmi țin treaz interesul o zi sau două, dar apoi fiecare domeniu îmi pare că prezintă probleme insurmontabile."

Problema sa, spunea Ted, a început pe la 18 ani, când a intrat la colegiu. Până atunci totul fusese în regulă. Avusese parte de o copilărie obișnuită într-un cămin stabil și bine întemeiat, împreună cu cei doi frați ai săi; părinții lui erau grijulii cu copiii, chiar dacă nu erau tot așa de grijulii unul cu celălalt. Ted avusese note bune și satisfacții la școala privată pe care o frecventase. Apoi – și poate acest lucru a avut o importanță crucială – a avut o relație pasională cu o femeie care l-a respins, iar acest lucru s-a întâmplat cu o săptămână înainte de a intra la facultate. Demoralizat, și-a petrecut primii doi ani din facultate bând. Totuși, încă mai avea note bune. Apoi a mai avut parte de alte iubiri, fiecare mai ezitantă și mai lipsită de succes decât ultima. Notele lui au început să scadă. Nu se mai putea decide despre ce să scrie în lucrările sale. Un prieten apropiat, Hank, a fost ucis într-un accident de automobil, la mijlocul celui de-al treilea an de facultate. În acel an, aproape că s-a oprit să mai bea. Dar problema pe care o avea cu luarea deciziilor se înrăutățea. Pur și simplu nu reușea să-și aleagă un subiect pentru lucrarea de diplomă. A terminat cursurile și și-a închiriat o cameră în afara campusului universitar. Tot ce mai trebuia să facă pentru a absolvi era să prezinte o scurtă lucrare de diplomă, din acelea care se pot termina într-o lună. Lui i-a luat însă trei ani. Apoi nu s-a mai întâmplat nimic. Cu șapte ani înainte de a veni la mine se retrăsese în păduri.

Ted simțea că problema lui își are rădăcinile în sexualitate. În fond, dificultățile lui începuseră, nu-i așa, cu relația lui de dragoste lipsită de succes. În afară de acest lucru, citise aproape tot ce scrisese Freud (mai mult decât citisem eu însumi). Așa că primele șase luni din terapie s-au scurs sondând adâncurile sexualității lui din copilărie, lucru care nu a dus nicăieri. Dar în acea perioadă au apărut câteva fațete interesante ale personalității sale. Una dintre ele consta în lipsa lui totală de entuziasm. De exemplu, voia să se facă vreme frumoasă, dar când se făcea, el ridica din umeri și spunea: „Nu este nicio diferență. În fond, fiecare zi e la fel cu alta." Pescuind în lac, a prins o știucă enormă: „Da, dar era mai mult decât puteam mânca și nu am prieteni cu care să o împart, așa că am aruncat-o înapoi."

Legat de această lipsă de entuziasm, era un fel de snobism global, de parcă toată lumea și tot ce se găsea în ea erau de un gust îndoielnic. El reprezenta ochiul critic. Am început să bănuiesc că folosea acest snobism pentru a ține la distanță lucrurile care altfel l-ar fi afectat emoțional. În ultimă instanță, Ted era foarte înclinat să fie secretos, fapt care făcea ca terapia să meargă încet. Cele mai importante fapte dintr-un incident trebuia să le ascundă. Mi-a povestit un vis: „Eram în clasă. Aveam un obiect – nu știu ce era – pe care l-am pus într-o cutie. Am aranjat cutia în așa fel încât nimeni să nu-și dea seama ce e înăuntru. Am pus cutia într-o scorbură dintr-un copac uscat și am astupat gaura cu scânduri trase la rindea. Dar stând în clasă, mi-am dat seama că scândurile nu erau la fel ca scoarța copacului. Am devenit anxios. M-am grăbit să mă duc la copac și am făcut ca scândurile să nu poată fi distinse de scoarță. Apoi m-am simțit mai bine și m-am întors în clasă." Clasa și cursurile erau, în visele lui Ted, așa cum sunt pentru mulți oameni, simboluri ale terapiei. Era clar că el nu voia ca eu să aflu miezul nevrozei sale.

Prima mică spărtură în armura lui Ted a apărut într-una din ședințele din primele șase luni de terapie. Noaptea dinainte el o petrecuse în casa unei cunoştinţe a lui. „A fost o seară îngrozitoare", s-a lamentat Ted. „El voia ca eu să ascult ultimul disc pe care-l cumpărase, cu muzica lui Neil Diamond din filmul *Jonathan Livingston Seagull.* A fost chinuitor. Nu înţeleg cum oamenii educaţi pot să asculte un astfel de putregai, pe care ei îl numesc muzică."

Intensitatea reacţiei lui snoabe m-a făcut să ciulesc urechile. „*Jonathan Livingston Seagull* e o carte religioasă", am comentat eu. „Şi muzica era tot religioasă?"

„Se poate spune că era tot atât de religioasă pe cât era de muzică."

„Poate că religiozitatea te-a supărat şi nu atât muzica", i-am sugerat eu.

„Da, eu găsesc o astfel de religiozitate supărătoare", a răspuns Ted.

„Ce fel de religiozitate?"

„Sentimentală. *Insipidă*", aproape şi-a scuipat vorbele Ted.

„Ce alt fel de religiozitate există?", l-am întrebat.

Ted m-a privit încurcat, deconcertat. „Nu prea există, cred. Bănuiesc că găsesc religia neatrăgătoare."

„Aşa ai simţit dintotdeauna?"

El a râs nervos. „Nu, când eram un adolescent cu creierul ameţit am fost religios. În ultimul an de liceu chiar am cântat la mica noastră biserică."

„Ce s-a întâmplat apoi?"

„Adică ce?"

„Ce s-a întâmplat cu religiozitatea ta?" am întrebat.

„Crescând, am abandonat-o, bănuiesc."

„Cum ai abandonat-o?"

„Cum adică cum am abandonat-o?" Ted începuse în mod clar să fie iritat. „Cum se abandonează ceva. Pur şi simplu, asta e tot."

„Când ai abandonat-o?“
„Nu știu. S-a întâmplat. Am spus. N-am mai fost niciodată la biserică în timpul facultății.“
„Niciodată?“
„Nici măcar o dată.“

„Deci, în ultimul an de liceu ai cântat la biserică, am comentat eu. Apoi, vara, ai avut parte de o relație de dragoste lipsită de succes. Iar apoi n-ai mai fost la biserică. E o schimbare cam abruptă. Crezi că faptul că prietena ta te-a respins nu are nicio legătură cu acest lucru?“

„Nu cred nimic. Același lucru li s-a întâmplat multora dintre colegii mei de clasă. Eram la vârsta când religia nu mai prezintă interes. Poate că prietena mea de atunci are legătură cu acest lucru, poate că nu. De unde să știu? Tot ce știu este că mi-am pierdut interesul pentru religie.“

Următoarea spărtură în platoșa pe care și-o construise s-a petrecut o lună mai târziu. Ne concentrasem pe remarcabila lipsă de entuziasm a lui Ted, pe care el a recunoscut-o imediat. „Ultima oară când îmi amintesc că am fost entuziast a fost acum zece ani, în anul al treilea de facultate“, a spus el. „Entuziasmul s-a datorat unei lucrări pe care am scris-o la sfârșitul semestrului din toamnă la cursul de literatură britanică.“

„La ce se referea lucrarea?“, am întrebat.
„Nu prea mai țin minte, a trecut multă vreme.“
„Hocus-pocus“, am spus. „Poți să-ți amintești, dacă vrei.“
„Ei bine, cred că era vorba de Gerard Manley Hopkins. A fost unul dintre primii adevărați poeți moderni. *Pied Beauty* era probabil poemul asupra căruia mă concentrasem.“

Am ieșit din birou, m-am dus la biblioteca mea și m-am întors cu un volum de poezie britanică plin de praf, din vremea facultății mele. *Pied Beauty* era la pagina 819. Am citit:

Slavă Domnului pentru lucrurile pictate
Pentru cerurile în două culori ca o vacă bălțată
Pentru alunițele roz cu care sunt zugrăviți păstrăvii zglobii.
Pentru castanele maronii abia căzute, pentru aripile cintezei,
Pentru peisajul îmbucătățit și împărțit – țarina lucrată sau ținutul sălbatic și neumblat
Și pentru toate meșteșugurile, cu mecanismele, angrenajele și sculele lor,

Pentru toate lucrurile inversate, neobișnuite, sărăcăcioase, stranii,
Fie ele nestatornice sau pline de pistrui (cine știe cum?)
Agere și molcome; dulci și sărate, sclipind și întunecate
Lui, Tată al frumuseții schimbătoare,
Laudă Lui.

Mi-au dat lacrimile. „Este un poem despre entuziasm“, am spus.

„Da.“
„Este, de asemenea, foarte religios.“
„Da.“
„Ai scris acea lucrare la sfârșitul semestrului de toamnă, deci asta trebuie să fi fost prin ianuarie.“
„Da.“

Am simțit crescând o tensiune incredibilă. Nu am fost sigur ce ar fi trebuit să fac. Cu speranță, m-am aruncat înainte: „Deci ai fost respins de prima ta prietenă adevărată și ai părăsit entuziasmul pentru biserică. Trei ani mai târziu, cel mai bun prieten a murit și ai părăsit entuziasmul pentru orice.“

„Nu eu l-am părăsit. Mi-a fost luat.“ Ted aproape striga acum, mai emoționat decât îl văzusem vreodată.
„Dumnezeu te-a respins“, deci și tu l-ai respins pe Dumnezeu.“
„De ce să fi făcut așa?“ a întrebat el. Este o lume urâtă. Totdeauna a fost o lume urâtă.“
„Am crezut că ai avut o copilărie fericită.“

„Nu, și ea a fost urâtă."

Și așa fusese. Dedesubtul calmului său exterior, căminul copilăriei lui Ted fusese un continuu câmp de luptă sângeros. Cei doi frați mai mari ai lui tăbărau pe el cu o răutate incomparabilă. Părinții lui, prea ocupați de propriile lor treburi și de animozitatea dintre ei ca să se mai îngrijească și de aparent minorele probleme ale copiilor, nu i-au oferit lui, celui mai mic și mai slab, nicio protecție. Scăparea venea de la lungile plimbări solitare și de la singurătatea sa și am reușit să stabilim că stilul său de viață de ermit își avea rădăcinile în perioada de dinainte de a fi împlinit 10 ani. Școala particulară pe care a urmat-o, cu micile ei cruzimi, a fost ca o eliberare. Pe măsură ce vorbea, sentimentul lui Ted față de lume – sau mai degrabă izbucnirea acestui sentiment – se întețea. În lunile care au urmat, el s-a eliberat nu doar de durerea pricinuită de copilărie și de moartea prietenului său Hank, ci și de durerea a mii de alte morți, refuzuri și pierderi. Toată viața părea să-i fi fost un vârtej de moarte și suferință, pericole și sălbăticie.

După 15 luni de terapie, a venit și momentul de răscruce. Ted a venit la ședință cu o cărțulie la el. „Mereu ați vorbit despre cât de secretos sunt – și bineînțeles așa sunt", a spus el. „Noaptea trecută răscoleam prin niște lucruri vechi și am găsit acest jurnal pe care l-am ținut în anul al doilea de facultate. Nici măcar nu m-am uitat în el, ca să nu-l cenzurez. M-am gândit că probabil ați dori să citiți despre mine, așa cum eram acum 10 ani, textul integral, fără cenzură."

Am spus că vreau și asta am făcut în următoarele două nopți. Nu a fost de fapt foarte revelator, cu excepția faptului că a confirmat că felul de a fi al lui Ted, singuratic, izolat printr-un snobism născut din durere, era încă de pe atunci bine înrădăcinat. Mi-a atras însă atenția o mică vinietă. Descria cum se plimbase singur într-o duminică de ianuarie, cum fusese prins de o puternică furtună de zăpadă și se întorsese în dormitor la câteva ore după ce se întunecase afară. „Am simțit un fel de bună dispoziție“, scria el, „după reîntoarcerea în siguranța camerei mele, nu diferită de cea pe care am trăit-o vara trecută, când am fost atât de aproape de moarte.“ La următoarea ședință, i-am cerut să-mi povestească ce se întâmplase când spunea că fusese atât de aproape de moarte.

„Oh, v-am povestit despre asta“, a spus Ted.

Între timp, ajunsesem să-mi dau seama că, de fiecare dată când Ted spunea că deja îmi spusese ceva, el încerca de fapt să-mi ascundă anumite lucruri.

„Ești din nou secretos“, i-am spus.

„Ei bine, sunt sigur că v-am spus. Oricum, nu a fost vorba de mare lucru. Vă amintiți că am lucrat în Florida în vara dintre primul și cel de-al doilea an de facultate. A fost un uragan. Furtuni din acelea care-mi plac mie. În momentul culminant al furtunii am ieșit afară, pe debarcader. Un val m-a umplut de apă. Apoi altul m-a lovit din spate. S-au nimerit chiar în acel moment să vină peste mine. Totul s-a întâmplat foarte repede.“

„Ai mers până la capătul debarcaderului chiar când era furtuna mai puternică?“, am întrebat neîncrezător.

„V-am spus, îmi plac furtunile. Voiam să mă apropii de acea furie elementară.“

„Pot să înțeleg acest lucru. Amândurora ne plac furtunile. Dar nu știu dacă m-aș pune într-o astfel de situație primejdioasă.“

„Ei bine, știți că am o tendință suicidală“, răspunse Ted aproape diabolic. „Și fără îndoială că în acea vară am avut gânduri de sinucidere. Am analizat acest lucru. Sincer, nu îmi amintesc să mă fi dus pe debarcader cu vreo intenție conștientă de a mă sinucide. Dar cu siguranță nu îmi păsa prea mult de viață și recunosc posibilitatea de a mă fi comportat ca un sinucigaș."

„Ai fost udat bine?"

„Da. Abia îmi mai amintesc ce s-a întâmplat. Era atâta ceață, că nu puteai vedea nimic. Bănuiesc că a venit un val mare. Am simțit că mă izbește, m-am simțit măturat și apoi pierdut în apă. Nu puteam face nimic ca să mă salvez. Eram sigur că am să mor. M-am îngrozit. După aproximativ un minut, m-am simțit împins înapoi de apă – trebuie să fi fost un fel de val din spate – și o secundă mai târziu m-am izbit de stâlpii de beton ai debarcaderului. M-am târât până la marginea debarcaderului, am înșfăcat-o și cu greutate m-am târât până la mal. Asta a fost tot."

„Ce părere ai despre această experiență?"

„Ce vreți să spuneți prin ce părere am?" a întrebat Ted în felul său refractar.

„Pur și simplu ce am întrebat. Ce părere ai?"

„Vă referiți la salvare?" a întrebat el cu îndoială în glas.

„Da."

„Ei bine, cred că am avut noroc."

„Noroc?" am întrebat și eu cu îndoială în glas. „Nu a fost o banală coincidență acel val venit din spate?"

„Da, asta a fost."

„Unii ar spune că a fost ceva miraculos", am comentat.

„Bănuiesc că a fost noroc."

„Bănuiești că a fost noroc!" am repetat eu, provocându-l.

„Da, la naiba, bănuiesc că a fost noroc."

„E interesant, Ted", i-am spus. Ori de câte ori se întâmplă ceva dureros îl blestemi pe Dumnezeu, te revolți împotriva murdăriei și a mizeriei acestei lumi. Dar când ți se întâmplă ceva bun crezi doar că ai avut noroc. O mică tragedie și e greșeala lui Dumnezeu. O miraculoasă binecuvântare și spui că e vorba de un pic de noroc. Ce faci aici?"

Confruntat cu inconsecvența atitudinii sale față de șanse și de ghinioane, Ted a încercat să se concentreze din ce în ce mai mult asupra lucrurilor bune din lume, asupra a ceea ce e dulce și a ceea ce e amar, asupra luminii orbitoare și a întunericului. După ce a analizat suferința pe care i-o lăsaseră moartea lui Hank și alte morți pe care le experimentase, a început să vadă și cealaltă față a monedei vieții. A ajuns să accepte necesitatea suferinței și să priceapă natura paradoxală a existenței, lucrurile „bălțate". Această acceptare a apărut, bineînțeles, în contextul unei relații calde între noi, iubitoare și din ce în ce mai plăcute. A început să se schimbe. Doar temporar, a început să își dea din nou întâlniri cu fete. A început de asemenea să-și exprime un entuziasm timid. Natura lui religioasă a înflorit. Peste tot pe unde se uita vedea misterul vieții și al morții, creația, decăderea și regenerarea. Citea teologie. A ascultat de la *Jesus Christ, Superstar* la *Godspell* și chiar și-a cumpărat propriul disc cu *Jonathan Livingston Seagull*.

După doi ani de terapie, într-o dimineață, Ted a anunțat că a venit timpul să meargă mai departe. „M-am decis să urmez o școală de psihologie", mi-a spus. „Știu ce o să spuneți, că nu fac decât să vă imit, dar m-am gândit la acest lucru și nu este adevărat."

„Continuă", l-am rugat.
„Ei bine, am ajuns la concluzia că trebuie să încerc să fac ce este cel mai important. Dacă e să mă reîntorc la școală, vreau să studiez lucrurile cele mai importante."
„Continuă."
„Așa că am decis că mintea umană este importantă. Și a face terapii este important."
„Mintea umană și psihoterapia, acestea sunt cele mai importante lucruri?" am întrebat eu cu îndoială în glas.
„Presupun că Dumnezeu este cel mai important lucru."
„Atunci de ce nu îl studiezi pe Dumnezeu?"

„Îmi pare rău. Pur și simplu, nu înțeleg“, a spus Ted.
„Asta pentru că îți blochezi singur înțelegerea“, am răspuns.
„Sincer, nu înțeleg. Cum poate cineva să-l studieze pe Dumnezeu?“
„Psihologia se studiază în școli. Și Dumnezeu se studiază în școli“, am răspuns eu.
„Vreți să spuneți școli de teologie.“

„Da.“
„Adică să devin preot.“
„Da.“
„Oh, nu, n-aș putea face așa ceva“, răspunse Ted agasat.
„De ce nu?“

Ted deveni atunci ingenios. „Nu există o diferență necesară între un psihoterapeut și un preot. Adică, și preotul face multă terapie. Iar a face terapie este ca și cum ai fi puțin preot.“

„Așa că de ce nu devii preot?“
„Mă presați“, clocotea Ted. „Cariera mea este decizia mea personală. De mine depinde să am cariera pe care o vreau. Se presupune că terapeuții nu trebuie să-și direcționeze pacienții. Nu este rolul dvs. să alegeți pentru mine. Eu sunt cel ce alege.“

„Uite ce e“, i-am spus, nu fac nicio alegere pentru tine. Acum nu fac altceva decât să analizez lucrurile. Analizez alternativele ce ți s-au deschis. Tu ești cel care, din anumite motive, nu vrea să privească una dintre alternative. Tu ești cel care vrea să facă cel mai important lucru. Tu ești cel care simte că Dumnezeu este cel mai important lucru. Totuși, când îți spun să ai în vedere alternativa unei cariere pentru Dumnezeu, tu o excluzi. Spui că nu poți face așa ceva. Foarte bine dacă nu o poți face. Dar *este* una dintre atribuțiile mele de a fi interesat de ce simți că nu poți, de ce excluzi această alternativă.“

„Pur și simplu nu pot fi preot", s-a lamentat Ted.
„De ce?"

„Pentru că... pentru că un preot este în mod public un om al lui Dumnezeu. Adică, ar trebui să-mi fac publică credința în Dumnezeu. Ar trebui să fiu entuziasmat public de această credință. Pur și simplu nu pot face așa ceva."

„Nu, trebuie să o ții secretă, nu-i așa?", am spus. Aceasta este nevroza ta și trebuie să o ții în continuare așa. „Nu poți să te entuziasmezi în public. Trebuie să ții entuziasmul în dulap, nu-i așa?"

„Uitați ce e, nu știți cum e. Nu știți cum e să fii eu. De fiecare dată când deschid gura și sunt entuziasmat de ceva, frații mei mă vor hărțui din această cauză, s-a tânguit Ted."

„Deci ai încă 10 ani, iar frații tăi sunt pe aici, prin preajmă, am remarcat eu."

Ted începuse să plângă, privindu-mă frustrat. „Asta nu e tot", a spus el lăcrimând. „Mai e și felul în care părinții mei mă pedepseau. De câte ori făceam ceva greșit, ei îmi luau lucrurile la care țineam. «Ia să vedem de ce este Ted mai entuziasmat? Ah, da, de călătoria de săptămâna viitoare la mătușa sa. E foarte nerăbdător să meargă. Ia să-i spunem noi că, întrucât a fost rău, nu va mai merge să-și vadă mătușa. Asta e. Apoi mai sunt arcul și săgețile lui. Îi plac la nebunie arcul și săgețile. Ia să i le luăm!» Simplu. Un sistem simplu. Orice lucru care mă entuziasma îmi era luat. Orice lucru pe care l-am iubit, l-am pierdut."

Și așa am ajuns la miezul profund al nevrozei lui Ted. Printr-un act de voință, amintindu-i permanent că nu mai are 10 ani, că nu mai este supus poruncilor părinților săi, el s-a străduit să-și comunice entuziasmul, dragostea sa de viață și iubirea pentru Dumnezeu. S-a decis să urmeze o facultate de teologie. Cu câteva săptămâni înainte de a pleca, am primit cecul cu banii pentru şedinţele din luna anterioară. Ceva mi-a sărit în ochi. Semnătura lui părea mai lungă. M-am uitat mai atent. Înainte, el semna totdeauna cu „Ted". Acum era „Theodore". I-am atras atenţia asupra schimbării.

„Speram că veţi observa, mi-a spus. Cred că într-un fel încă mai ţin secrete, nu-i aşa? Când eram copil, mătuşa mea mi-a spus că trebuie să fiu mândru de numele meu, de Theodore, care înseamnă «iubitor de Dumnezeu». Am fost mândru. Le-am spus fraţilor mei despre asta. Doamne, ce şi-au mai bătut joc de mine! M-au făcut fătălău în cel puţin zece feluri. «Fătălăul de la corul bisericesc. De ce nu pupi altarul? De ce nu-l pupi pe dirijor?»" Ted a zâmbit. „Mă rog, ştiţi toată placa. Aşa că am ajuns să mă jenez de numele meu. Acum câteva săptămâni mi-am dat seama că nu mă mai simt jenat. Aşa că am decis ca de-acum să-mi folosesc numele întreg. Până la urmă, sunt totuşi un iubitor de Dumnezeu, nu-i aşa?"

Copilul şi apa din copaie

Istoriile cazurilor de până acum au fost prezentate ca răspuns la întrebarea: este credinţa în Dumnezeu o formă de psihopatologie? Dacă vrem să ieşim din mirajul învăţăturilor primite în copilărie, al superstiţiilor şi al tradiţiilor locale, trebuie să răspundem la această întrebare. Aceste cazuri prezentate indică faptul că răspunsul nu este unul simplu. Uneori răspunsul este da. Credinţa necondiţionată pe care o avea Kathy în Dumnezeu, în Biserică şi în învăţăturile primite de la mama ei i-au întârziat în mod clar dezvoltarea şi i-au otrăvit spiritul. Doar îndoindu-se de credinţa ei şi lepădându-se de ea a fost Kathy în stare să se aventureze mai departe într-o viaţă mai cuprinzătoare, mai satisfăcătoare, mai productivă. Doar atunci a avut libertatea de a se dezvolta. Dar răspunsul este uneori şi negativ. Tot aşa cum Marcia a trecut de recele microcosmos al copilăriei ei spre o lume mai largă și mai caldă, iar credința ei în Dumnezeu s-a dezvoltat odată cu ea, în liniște și în mod natural. Iar credința în Dumnezeu asuprită a lui Ted a trebuit să fie readusă la viață ca parte a eliberării și a resurecției spiritului său.

Cum trebuie să privim aceste răspunsuri de nu și da? Oamenii de știință se dedică aflării adevărului și răspunsului la întrebări. Dar și ei sunt oameni ca toți oamenii și vor ca răspunsurile să fie clare, ușoare și simple. În dorința lor de a găsi soluții simple, oamenii de știință sunt înclinați să cadă în două capcane atunci când își pun întrebări despre realitatea lui Dumnezeu. Prima este aceea de a arunca și copilul odată cu apa din copaie. Iar cea de-a doua este viziunea de tunel.

Există, fără îndoială, multă apă de baie murdară în jurul realității lui Dumnezeu. Războaie sfinte. Inchiziția. Sacrificii de animale. Sacrificii de oameni. Superstiție. Batjocoriri. Dogmatism. Ignoranță. Ipocrizie. Identificarea cu dreptatea. Rigiditate. Cruzime. Arderea de cărți. Vânătoarea de vrăjitoare. Inhibiție. Frică. Conformitate. Sentimentul morbid de vinovăție. Nebunie. Această listă este aproape nesfârșită. Dar toate acestea reprezintă oare ceea ce Dumnezeu le-a dat oamenilor sau ceea ce oamenii i-au dat lui Dumnezeu? Este cât se poate de evident – credința în Dumnezeu este deseori distructiv de dogmatică. Atunci problema constă în aceea că oamenii sunt înclinați să creadă în Dumnezeu sau că oamenii tind să fie dogmatici? Oricine a întâlnit un ateu înrăit știe că un astfel de om poate fi la fel de dogmatic în necredința lui ca un credincios în credința lui. De credința în Dumnezeu trebuie să scăpăm noi sau de dogmatism?

Un alt motiv pentru care oamenii de știință au înclinația de a arunca și copilul odată cu apa din copaie este acela că știința însăși, așa cum am sugerat, este o religie. Neofitul în știință, de curând convertit la concepția despre lume a științei, poate fi la fel de fanatic ca un cruciat creștin sau ca un soldat al lui Allah. Așa se întâmplă mai ales în cazul în care ajungem la știință dintr-o cultură și dintr-un cămin în care credința în Dumnezeu este constant asociată cu ignoranța, superstiția, rigiditatea și ipocrizia. Avem atunci destule motivații – emoționale, ca și intelectuale – pentru a sparge idolii credinței primitive. Un semn de maturitate la savanți îl reprezintă conștientizarea faptului că știința poate fi supusă dogmatismului la fel ca oricare religie.

Am afirmat ferm că este esențial pentru dezvoltarea noastră spirituală să devenim oameni de știință, sceptici față de ceea ce am fost învățați – adică, față de locurile comune și presupozițiile culturii noastre. Dar deseori și noțiunea de știință devine un idol cultural și este necesar să devenim sceptici și față de acesta. Este într-adevăr posibil să elaborăm o credință în Dumnezeu. Ceea ce vreau eu să sugerez este că este posibil să ne maturizăm prin credința în Dumnezeu. Ateismul sceptic sau agnosticismul nu este în mod necesar cea mai înaltă treaptă de înțelepciune la care poate ajunge ființa umană. Din contră, există motive să crezi că în spatele noțiunilor înșelătoare și al falselor concepții despre Dumnezeu există o realitate care este Dumnezeu. La acest lucru se referă Paul Tillich când vorbește de „Dumnezeu de dincolo de Dumnezeu“ și de aceea unii creștini sofisticați proclamă „Dumnezeu a murit! Trăiască Dumnezeu.“ Este oare posibil ca drumul dezvoltării spirituale să ne conducă mai întâi dincolo de superstiții spre agnosticism și de la agnosticism spre o cunoaștere adecvată a lui Dumnezeu? Despre această cale vorbea Sufi Aba Said ibn Abi-l-Khair acum mai bine de nouă sute de ani:

Până ce școală și minaret nu se vor fi sfărâmat
Această a noastră sfântă lucrare nu se va fi terminat,
Până ce credința va deveni necredință, iar ea la rându-i credință
*Nu va exista musulman adevărat.**

Indiferent dacă drumul dezvoltării spirituale trece sau nu în mod necesar printr-un ateism sceptic sau agnosticism spre o credință adecvată în Dumnezeu, fapt e că intelectuali sofisticați sau oameni sceptici precum Marcia și Ted par să se dezvolte în direcția credinței. Și trebuie observat că această credință a lor nu este aceeași cu cea în care a evoluat Kathy. Dumnezeu, care este înainte de scepticism, s-ar putea să fie puțin asemănător cu Dumnezeu care vine după aceea. Așa cum am menționat la începutul acestei secțiuni, nu există o singură religie, monolitică. Există multe religii și probabil multe niveluri de credință. Unele religii s-ar putea să nu fie sănătoase pentru unii oameni – altele s-ar putea să fie. Toate acestea au o anume importanță pentru oamenii de știință precum psihiatrii și psihoterapeuții. Având de-a face într-un mod atât de direct cu procesul dezvoltării spirituale, ei, mai mult decât oricine, sunt chemați să facă judecăți asupra a cât de sănătos este sistemul credinței cuiva. Din cauză că psihoterapeuții aparțin în general unei tradiții sceptice, dacă nu strict freudiene, ei au tendința să considere patologică orice credință pasionată în Dumnezeu. În unele ocazii, această tendință poate să treacă dincolo, devenind o înclinație manifestă și o prejudecată. Nu demult am întâlnit un student în ultimul an care lua serios în considerare posibilitatea de a intra într-o mănăstire peste câțiva ani. Făcuse psihoterapie în anul anterior și o continua. „Dar n-am fost în stare să-i spun terapeutului meu despre mănăstire sau despre profunzimea credinței mele religioase“, mi s-a confesat el. „Nu cred că ar înțelege.“ Nu îl cunosc

---

* Citat din Idries Shah, *The Way of the Sufi*, Dutton paperback, New York, 1970, p. 44.

îndeajuns pe acest tânăr pentru a putea spune ce înțeles are pentru el mănăstirea sau dacă dorința lui de a intra la mănăstire are rădăcini determinate nevrotic. Aș fi vrut foarte mult să-i spun: „Trebuie să-i spui terapeutului tău despre acest lucru. Este esențial pentru reușita terapiei ca tu să fii deschis în privința oricărui subiect, mai ales în ceea ce privește o chestiune serioasă ca aceasta. Trebuie să ai încredere în obiectivitatea terapeutului tău." Dar nu i-am spus-o. Pentru că nu am fost cu totul sigur că terapeutul lui va fi obiectiv, că îl va înțelege în adevăratul sens al cuvântului.

Psihiatrii și psihoterapeuții care au o atitudine simplistă față de religie pot face deservicii unora dintre pacienți. Acest lucru este valabil și dacă ei cred că religia este bună și sănătoasă. Este, de asemenea, valabil și dacă aruncă și copilul odată cu apa din copaie și dacă privesc religia ca pe ceva bolnav sau ca fiind Dușmanul. Și, în ultimă instanță, va fi, de asemenea, valabil dacă în fața complexității acestei chestiuni se retrag și încearcă să nu mai aibă deloc de-a face cu problemele religioase ale pacientului, ascunzându-se sub o mantie de o atât de totală obiectivitate, încât nu mai consideră că ei ar avea rolul de a se implica spiritual și religios în vreun fel. Dar pacienții au deseori nevoie de implicarea lor. Nu vreau să spun că ei ar trebui să renunțe la obiectivitate sau să o contrabalanseze cu propria spiritualitate într-un mod facil. Nu. Dimpotrivă, pledoaria mea constă în aceea că psihoterapeuții de orice fel ar trebui să se străduiască să devină nu mai detașați, ci mai degrabă mai concentrați pe chestiunile religioase decât sunt în mod obișnuit.

Viziunea științifică de tunel

Ocazional, psihiatrii întâlnesc pacienți cu un straniu defect al vederii; aceștia nu sunt în stare să vadă decât o mică porțiune în fața lor. Ei nu pot să vadă nimic în dreapta lor, nimic în stânga, dedesubt sau deasupra locului asupra căruia își ațintesc privirea. Nu pot vedea două lucruri apropiate în același timp, ci doar un singur lucru o dată, iar apoi trebuie să-și întoarcă fața ca să-l vadă și pe celălalt. Ei aseamănă acest simptom cu privirea printr-un tunel, când nu poți vedea decât un mic cerc de lumină și claritate doar la celălalt capăt. Nu poate fi găsită nicio dereglare fizică în sistemul lor vizual, care să explice acest simptom. Este ca și cum, dintr-un anumit motiv, ei nu vor să vadă altceva decât ceea ce ochii lor întâlnesc în momentul respectiv, adică doar acele lucruri asupra cărora au ales să își îndrepte atenția.

Un alt motiv important pentru care oamenii de știință sunt înclinați să arunce apa din copaie odată cu copilul este faptul că nu văd copilul. Mulți oameni de știință pur și simplu nu văd dovada realității lui Dumnezeu. Ei suferă de un fel de viziune de tunel, au un fel de ochelari de cal psihologici, autoimpuși, care nu-i lasă să-și mute atenția spre domeniul spiritului.

Dintre cauzele acestei viziuni de tunel, aș vrea să discut două, care rezultă din natura tradiției științifice. Prima este o problemă de metodologie. În lăudabila sa insistență pentru experiență, observație precisă și verificabilitate, știința a pus mare accent pe măsurare. A măsura ceva înseamnă a experimenta acel ceva într-o anumită dimensiune, în care să facem observații de o mare precizie, care sunt repetabile și pentru alții. Utilizarea măsurătorii a făcut ca știința să facă pași enormi în înțelegerea materiei universului. Dar în virtutea succesului ei, măsurarea a devenit un fel de idol științific. Rezultatul este acea atitudine a multor oameni de știință nu numai de scepticism, ci chiar de respingere categorică a tot ceea ce nu poate fi măsurat. E ca și cum ar spune: „Ce nu putem măsura nu putem ști; nu are niciun rost să ne preocupăm de ceea ce nu putem ști, prin urmare, ce nu poate fi măsurat este lipsit de importanță și nu merită atenția noastră.“ Din cauza acestei atitudini, mulți oameni de știință exclud din considerațiile lor serioase toate chestiunile care sunt – sau par să fie – intangibile. Inclusiv problematica lui Dumnezeu.

Această presupoziţie stranie, dar extrem de comună, cum că lucrurile care nu sunt uşor de studiat nu merită atenţie, începe să fie contestată de câteva inovaţii relativ recente din cadrul ştiinţei însăşi. Una dintre aceste inovaţii este reprezentată de metodele de studiu din ce în ce mai sofisticate. Prin folosirea unor aparaturi precum microscoapele electronice, spectrofotometre, computere şi a unor programe de calculator, cum ar fi cele pentru tehnici statistice, suntem acum capabili să facem măsurători ale unor fenomene incredibil de complexe, care acum câteva decenii erau nemăsurabile. Prin urmare, şi viziunea ştiinţifică s-a lărgit. Şi continuă să se lărgească, aşa încât poate că în curând vom putea spune: „Nu este nimic dincolo de limitele vederii noastre. Dacă decidem să studiem ceva, totdeauna vom putea găsi metodologia potrivită pentru a face acest lucru."

Altă inovaţie care ne ajută să scăpăm de viziunea de tunel este relativ recenta descoperire de către ştiinţă a realităţii paradoxului. Acum o sută de ani, paradoxul semnifica eroare pentru spiritul ştiinţific. Dar explorând fenomene precum natura luminii, electromagnetismul, mecanica cuantică şi teoria relativităţii, ştiinţa fizică s-a maturizat în ultimul secol până acolo încât a recunoscut din ce în ce mai mult faptul că, la un anumit nivel, realitatea *este* paradoxală. Astfel, J. Robert Oppenheimer scria:

> *La ceea ce par a fi întrebări simple suntem tentaţi fie să nu dăm niciun răspuns, fie să dăm un răspuns care la prima vedere va fi mai mult o reminiscenţă dintr-un straniu catehism decât o afirmaţie simplă din ştiinţa fizicii. Când întrebăm, de exemplu, dacă poziţia unui electron va rămâne aceeaşi, trebuie să răspundem „nu"; când întrebăm dacă poziţia electronului se schimbă în timp, trebuie să răspundem „nu"; când*

*întrebăm dacă electronul stă pe loc, trebuie să răspundem „nu"; când întrebăm dacă electronul este în mișcare, trebuie să răspundem „nu". Buddha dădea astfel de răspunsuri când era întrebat care va fi condiția omului după moarte; dar ele nu sunt răspunsuri familiare pentru tradiția științei secolelor al XVII-lea și al XVIII-lea.**

Misticii ne-au vorbit de-a lungul secolelor în paradoxuri. Este posibil să fi început să întrezărim un teren pe care știința și religia să se întâlnească? Când vom fi capabili să spunem „omul este o ființă muritoare și nemuritoare în același timp", și „lumina este undă și corpuscul în același timp", atunci vom fi început să vorbim același limbaj. Este oare posibil ca drumul dezvoltării spirituale care pleacă de la superstițiile religioase spre scepticismul științific să ne ducă în ultimă instanță la o realitate religioasă veritabilă?

Această posibilitate, aflată la începutul ei, de a unifica știința și religia este faptul cel mai semnificativ și mai incitant în viața noastră intelectuală de astăzi. Dar este numai începutul. În bună parte, religia și știința rămân în cadrele lor de referință autoimpuse, fiecare închistată în propria-i viziune de tunel. Să examinăm, de exemplu, cum se comportă fiecare dintre ele în chestiunea miracolelor. În ultimii aproximativ patru sute de ani știința a elucidat mai multe „legi naturale", cum ar fi aceea potrivit căreia „atracția dintre două obiecte este direct proporțională cu masa lor și invers proporțională cu distanța dintre ele" sau „energia nu poate fi nici creată, nici distrusă". Dar având succes în descoperirea legilor naturale, oamenii de știință, în viziunea lor asupra lumii, au făcut din legile naturale un idol, tot așa cum au făcut un idol din noțiunea de măsurare. Rezultatul a fost că reprezentanții științei au presupus că orice eveniment care

---

* *Science and the Common Understanding*, Simon and Schuster, New York, 1953, p. 40.

nu poate fi explicat prin legile naturale cunoscute este ireal. În ceea ce privește metodologia, știința este tentată să spună: „Ceea ce este foarte dificil de studiat nu merită să fie studiat." Iar în ceea ce privește legile naturale, știința este înclinată să spună: „Ceea ce e foarte dificil de înțeles nu există."

Biserica a fost puțin mai deschisă. După reprezentanții Bisericii, ceea ce nu poate fi înțeles în termeni de legi naturale este un miracol, iar miracolele există. Dar în afară de autentificarea existenței miracolelor, Bisericii i-a fost teamă să privească aceste miracole de foarte aproape. „Miracolele nu au nevoie să fie examinate științific" – a fost atitudinea religioasă prevalentă. „Ele trebuie pur și simplu acceptate ca acte ale lui Dumnezeu." Religia nu a vrut să fie zguduită de știință, tot așa cum știința nu a vrut să fie zguduită de religie.

Vindecări miraculoase au fost folosite, de exemplu, de Biserica Catolică pentru a-și autentifica sfinții, iar pentru multe confesiuni protestante acestea sunt aproape ceva obișnuit. Totuși, Bisericile nu le-au spus niciodată medicilor: „Vreți să vă alăturați nouă pentru a studia aceste fenomene fascinante?" Nici medicii nu au spus: „Vreți să fim împreună pentru a examina științific aceste lucruri care s-ar putea dovedi de mare interes în profesia noastră?" În loc de aceasta, atitudinea medicilor a fost aceea de a spune că vindecările miraculoase nu există, că boala de care o persoană a fost vindecată era inexistentă de la început, pentru că fie a fost vorba de o dereglare imaginară, precum reacția de somatizare a istericilor, fie de un diagnostic greșit pus. Din fericire totuși, câțiva oameni de știință serioși, medici și căutători ai adevărului, oameni religioși sunt pe cale să înceapă să examineze natura unor astfel de fenomene, cum ar fi remisiunea spontană a cancerului și exemplele ce par vindecări de succes.

Acum 15 ani, când am absolvit școala medicală, eram sigur că nu există miracole. Astăzi sunt sigur că miracolele abundă.

Această schimbare în conștiința mea a fost produsă de doi factori care au acționat mână în mână. Unul e reprezentat de întreaga diversitate de experiențe pe care le-am avut ca psihiatru, experiențe care inițial păreau comune, dar care, atunci când m-am gândit la ele mai profund, păreau a indica faptul că munca mea cu pacienții pentru dezvoltarea lor spirituală a fost ajutată în moduri pentru care nu am o explicație rațională – modalități care au fost miraculoase. Aceste experiențe, unele dintre ele am să le povestesc, m-au făcut să mă îndoiesc de presupoziția mea că apariția miracolelor e imposibilă. Odată ce m-am îndoit de această presupunere, am devenit deschis la posibila existență a miraculosului. Această deschidere, care a fost cel de-al doilea factor ce a cauzat schimbarea mea de conștiință, mi-a permis apoi să încep să privesc existența cotidiană având ochi și pentru miraculos. Cu cât am privit mai mult, cu atât am găsit mai mult miraculos. Dacă ar fi un singur lucru pe care aș vrea ca cititorul să și-l amintească din această carte, acela ar fi că el posedă capacitatea de a percepe miraculosul. Despre aceasta s-a scris recent:

Sesizarea sinelui se naște și se maturizează într-un fel de conștientizare distinctă, o conștientizare care a fost descrisă în multe feluri de către diferiți oameni. Misticii, de exemplu, au vorbit despre ea ca fiind perceperea divinității și a perfecțiunii lumii. Richard Bucke se referă la ea ca la conștiința cosmică; Buber o descrie în termenii relației Eu-Tu; iar Maslow a etichetat-o ca fiind „cunoașterea Ființei". Noi vom folosi termenul lui Ouspensky și o vom numi percepția miraculosului. „Miraculosul" se referă nu doar la fenomenele extraordinare, ci de asemenea la locurile comune, pentru că absolut orice poate evoca această conștientizare specială care ni se oferă pe măsură ce-i acordăm îndeajuns de multă atenție. Odată ce percepția se leapădă de dominația prejudecăților și a interesului personal, este liberă să experimenteze lumea așa cum este ea însăși și să zărească măreția ei inerentă...

*Percepția miraculosului nu necesită nicio credință sau presupoziție. Este pur și simplu vorba de a acorda o atenție deplină și minuțioasă darurilor vieții, adică ceea ce este prezent cu atâta constanță, încât de obicei este considerat dat. Adevărata minune a lumii este dată pretutindeni în cea mai măruntă parte a trupurilor noastre, în spațiile vaste ale cosmosului și în intima legătură a acestora și a tuturor lucrurilor... Suntem parte a unui ecosistem bine echilibrat, în care interdependența merge mână în mână cu individuația. Suntem cu toții indivizi, dar suntem și părți ale unui întreg mai mare, uniți în ceva vast și frumos, aflat dincolo de orice descriere. Percepția miraculosului este esența subiectivă a conștientizării de sine, rădăcina din care se trag cele mai înalte trăsături și experiențe ale omului.**

În gândirea despre miracole, eu cred că structura noastră de referință a fost prea dramatică. Am căutat rugul aprins, despărțirea apelor mării, vocea ce vine din ceruri. Ar trebui în schimb să privim la evenimentele de zi cu zi din viețile noastre pentru a găsi dovezi ale miraculosului, menținând în același timp o orientare științifică. Acest lucru îl voi face în următoarea secțiune a cărții, când voi examina faptele comune din practica psihiatrică ce m-au condus la înțelegerea extraordinarului fenomen al grației.

Aș vrea însă să concluzionez păstrând o notă de precauție. Această interfață dintre știință și religie poate fi un teren mișcător primejdios. Vom avea de-a face cu percepții extrasenzoriale și fenomene „psihice“ sau „paranormale“, ca și cu

* Michael Stark și Michael Washburn, „Beyond the Norm: A Speculative Model of Self-Realization“, *Journal of Religion and Health*, vol. 16, nr. 1 (1977), pp. 58–59.

alte varietăți ale miraculosului. Este esențial să ne păstrăm mintea trează. Recent, am participat la o conferință ce avea ca subiect vindecarea prin credință, la care mai mulți vorbitori, cu o bună educație, au prezentat dovezi anecdotice – pentru a indica faptul că ei sau alții sunt posesori ai unei puteri de a vindeca – într-o astfel de manieră, încât au sugerat că dovezile lor sunt riguroase și științifice, când de fapt nu erau. Dacă un vindecător își pune mâinile pe o încheietură inflamată, iar a doua zi umflătura nu mai este inflamată, acest lucru nu înseamnă că pacientul a fost însănătoșit de către vindecător. Încheieturile inflamate se dezumflă mai devreme sau mai târziu, încet sau brusc, nu contează ce este pus pe ele. Faptul că două evenimente apar unul după altul nu înseamnă în mod necesar că ele sunt legate cauzal. Pentru că întreg acest domeniu este atât de ambiguu și de întunecos, este mai important decât orice să ne apropiem de el cu un scepticism sănătos, ca nu cumva să ne amăgim pe noi înșine și pe alții. Printre căile prin care alții pot fi amăgiți stă, de exemplu, lipsa de scepticism și testare riguroasă, atât de des prezente la acei oameni care sunt susținători publici ai realității fenomenelor psihice. Astfel de indivizi dau acestui domeniu un prost renume. Din cauză că acest domeniu al fenomenelor psihice atrage atât de mulți oameni cu o slabă priză la realitate, pentru mulți observatori realiști este tentant să concluzioneze că înseși fenomenele psihice sunt ireale, dar nu este cazul. Există multă lume care încearcă să găsească răspunsuri simple la întrebări grele, alăturând literatură de popularizare științifică și concepții religioase cu mari speranțe, dar și cu puțină gândire. Faptul că multe astfel de alăturări eșuează nu trebuie să ducă la concluzia că o astfel de alăturare este fie imposibilă, fie neindicată. Așa cum este esențial ca vederea noastră să nu fie mutilată de viziunea de tunel a oamenilor de știință, tot astfel este esențial ca facultățile noastre critice și capacitatea de a fi sceptici să nu fie orbită de strălucitoarea frumusețe a domeniului spiritual.

Capitolul IV
Grația*

Miracolul sănătății

Uimitoare grație! Ce dulce-i sunetul
Ce-a mântuit un obidit ca mine
Am fost pierdut, dar regăsit acum
Orb am fost, dar acum văd.

Grația mi-a învățat inima teama,
Dar grația mi-a alungat temerile.
Cât de scumpă-mi fu această grație
De când întâiași dată am crezut!

Prin multe pericole, amăgiri, capcane
Am trecut deja;
Dar grația m-a dus nevătămat departe
Și grația m-a călăuzit spre casă.

Și când vom fi fost de zece mii de ani aici
Ca soarele strălucind,
O zi nu vom avea mai puțin ca la-nceput
*Lui Dumnezeu laudă să-I aducem.***

---

* Am preferat traducerea termenului *grace* (din original) prin „grație“, și nu prin „har“, așa cum ar fi fost firesc în contextul cultural românesc, pentru a face mai inteligibilă concepția autorului și trimiterile culturale ale acestuia. (*N. trad.*)

** *Amazing Grace*, de John Newton (1725–1807).

Primul cuvânt asociat cu grația în acest faimos imn evanghelic american este cuvântul „uimitor“. Ceva ne bulversează când nu face parte din cursul normal al lucrurilor, când nu este predictibil prin ceea ce cunoaștem noi a fi „legile naturale“. Ceea ce urmează va demonstra că grația este un fenomen comun și că într-o anumită măsură este unul predictibil. Dar realitatea grației va rămâne neexplicată în cadrul conceptual al științei convenționale și al „legilor naturale“, așa cum le înțelegem noi. Ea va rămâne miraculoasă și uimitoare.

Există o serie de aspecte din practica psihiatrică ce nu încetează niciodată să mă uimească, pe mine ca și pe mulți alți psihiatri. Unul dintre acestea este faptul că pacienții noștri se vindecă din punct de vedere mental într-un mod uluitor. Este un lucru obișnuit pentru alți specialiști în medicină să acuze psihiatrii că practică o disciplină inexactă și neștiințifică. Fapt este că se cunoaște mai mult despre cauzele nevrozelor decât se cunoaște despre marea majoritate a altor afecțiuni umane. Prin psihanaliză este posibil să trasăm etiologia și dezvoltarea unei nevroze la un pacient cu o exactitate și precizie rareori întâlnite în alt domeniu medical. Este posibil să ajungem să cunoaștem exact și precis cum, când, unde și de ce un individ dezvoltă un simptom nevrotic anume sau un tipar comportamental. Este, de asemenea, posibil să cunoaștem cu aceeași exactitate și precizie cum, când, unde și de ce poate fi tratată sau a fost vindecată o nevroză. Ceea ce nu știm totuși este de ce nevrozele nu sunt mai severe – de ce un pacient ușor nevrotic nu este unul grav nevrotic, de ce un pacient grav nevrotic nu este psihotic. În mod inevitabil, descoperim că un pacient a suferit o traumă sau traume de un anumit fel, astfel încât să-i producă o anume nevroză, dar traumele au o intensitate care *în cursul normal al lucrurilor* ar trebui să producă o nevroză mult mai gravă decât cea pe care o are pacientul.

Un remarcabil om de afaceri plin de succes, de 35 de ani, a venit să mă vadă din cauza unei nevroze care putea fi descrisă ca fiind doar una ușoară. Fusese un copil nelegitim și de-a lungul primei sale copilării crescuse, într-o suburbie a orașului Chicago doar cu mama sa, care era surdă și mută. Când avea 5 ani, statul, crezând că o astfel de mamă nu e competentă să crească un copil, i l-a luat fără niciun avertisment sau explicație și l-a plasat succesiv în trei orfelinate, unde a avut parte de umilințele obișnuite și de o totală lipsă de afecțiune. La vârsta de 15 ani, a paralizat parțial ca rezultat al unei rupturi de anevrism congenital al unuia dintre vasele de sânge din creier. La 16 ani a părăsit ultimul orfelinat și a început să trăiască pe cont propriu. Previzibil, la vârsta de 17 ani a intrat la închisoare pentru un act de violență pe cât de greșit, pe atât de fără sens. În închisoare nu a primit niciun tratament psihiatric. După șase luni de plictisitoare privare de libertate, când a fost eliberat, autoritățile i-au găsit un post de umil lucrător într-un depozit al unei companii modeste. Niciun psihiatru sau asistent social nu i-ar fi prevăzut viitorul altfel decât în culori sumbre. Totuși, după trei ani, el a devenit cel mai tânăr șef de departament din istoria companiei. După cinci ani, când s-a căsătorit cu o femeie aflată tot într-un post de conducere, el a părăsit compania și în cele din urmă a reușit să-și pornească propria afacere, ajungând un om relativ bogat. În perioada în care a făcut tratament cu mine, devenise și un tată bun și iubitor, un intelectual autodidact, un lider al comunității și un artist împlinit. Cum, când, de ce și de unde au venit toate acestea? Dacă mă refer la obișnuitele concepte ale cauzalității, nu știu. Împreună, am reușit să trasăm cu exactitate, în cadrul uzual cauză-efect, ceea ce a determinat nevroza sa ușoară și să o vindecăm. Nu am fost în stare nici în cel mai mic grad să determin originea succesului său neașteptat.

Am citat acest caz anume pentru că traumele observabile au fost atât de dramatice, iar circumstanțele succesului lui atât de evidente. În majoritatea cazurilor, traumele copilăriei sunt considerabil mai subtile (deși de obicei la fel de devastatoare), iar dovada sănătății mai puțin simplă, tiparul fiind fundamental același. Rareori vedem pacienți care să nu fie, de exemplu, mai sănătoși mintal decât părinții lor. Știm foarte bine de ce oamenii devin bolnavi mintal. Ceea ce nu înțelegem este de ce oamenii supraviețuiesc traumelor din viețile lor, așa cum de fapt se întâmplă. Știm exact de ce anumiți oameni se sinucid. Nu știm, având în vedere conceptele obișnuite de cauzalitate, de ce unii nu se sinucid. Tot ce putem spune este că există o forță, o mecanică pe care nu o înțelegem pe de-a-ntregul care pare să opereze în mod curent în majoritatea oamenilor pentru a-i proteja și pentru a le apăra sănătatea mintală chiar în cele mai neprielnice condiții.

Deși procesele implicate în dereglările mintale în mod frecvent nu corespund cu cele implicate în dereglările fizice, în această privință ele se aseamănă aparent. Cunoaștem mult mai mult despre cauzele bolilor fizice decât știm despre cauzele sănătății fizice. Întrebați orice doctor, de exemplu, ce cauzează meningitele meningococice și veți primi un răspuns imediat. „Meningococii, bineînțeles." Există totuși o problemă aici. Dacă în iarna aceasta iau în fiecare zi culturi din această bacterie din gâturile locuitorilor micului oraș în care locuiesc, o voi descoperi la nouă din zece oameni. Totuși niciunul dintre locuitorii micului meu oraș nu a suferit de meningită meningococică de mulți ani și nici nu e probabil să sufere în această iarnă. Ce se întâmplă? Meningita meningococică e o boală relativ rară. Totuși, agentul care o cauzează este extrem de răspândit. Doctorii care folosesc conceptul de rezistență pentru a explica acest fenomen postulează faptul că trupul posedă o apărare care se opune invaziei în corp a meningococului, la fel ca întregii mulțimi de organisme ubicue care produc boli în organism. Nu e nicio îndoială că acest lucru este adevărat. Cunoaștem multe despre această apărare și despre felul cum operează ea. Dar rămân multe întrebări. Deși printre oamenii din țară care vor muri de meningită meningococică în această iarnă vor fi și oameni slăbiți sau cunoscuți ca având o rezistență defectuoasă, majoritatea lor vor fi indivizi care înainte erau sănătoși și cărora nu li se cunoșteau defecțiuni ale sistemului imunitar. La un anumit nivel, am putea spune cu încredere că meningococul a fost cauza morții lor, dar această concluzie ar fi în mod clar una superficială. La un nivel mai profund, nu vom ști însă de ce au murit ei. Cei mai mulți vor spune că forțele care în mod normal ne protejează viața au eșuat cumva să opereze în acești oameni.

Deși sistemul imunitar acționează de obicei în bolile infecțioase precum meningita, el poate să intervină într-un fel sau altul în cazul tuturor bolilor fizice, doar că în cazul bolilor neinfecțioase nu avem aproape nicio idee despre felul în care funcționează rezistența. Un individ poate să sufere o singură criză relativ ușoară de colită ulceroasă – o afecțiune acceptată de obicei ca fiind de natură psihosomatică –, să-și revină complet și să-și continue viața fără să mai aibă parte vreodată de acest necaz. Altul poate avea atacuri repetate și să devină afectat cronic de această boală. Un altul poate avea parte de un curs fulminant al afecțiunii și poate muri rapid chiar după prima criză. Boala pare a fi aceeași, dar consecințele pot fi complet diferite. De ce? Nu avem nicio idee despre acest lucru, în afară de a spune că indivizi cu un anume tipar al personalității par a avea diferite tipuri de dificultăți în a rezista afecțiunii, în timp ce majoritatea dintre noi nu au nicio dificultate. Cum se întâmplă aceste lucruri? Nu știm. Aceste tipuri de întrebări pot fi puse pentru aproape toate bolile, inclusiv cele mai comune, cum ar fi atacurile de inimă, leșinurile, cancer, ulcer peptic și altele. Un număr din ce în ce mai mare de gânditori au început să sugereze că aproape toate afecţiunile sunt de natură psihosomatică – că psihicul este implicat cumva în diferitele defecţiuni ale sistemului imunitar. Dar uluitoare nu sunt aceste defecţiuni ale sistemului, ci faptul că acesta funcţionează atât de bine. În cursul normal al lucrurilor, ar trebui să fim mâncaţi de vii de bacterii, consumaţi de cancer, supraîncărcaţi de grăsimi şi cheaguri de sânge, erodaţi de acizi. E mai puţin remarcabil faptul că ne îmbolnăvim şi murim; ceea ce este cu adevărat remarcabil este că de obicei nu ne îmbolnăvim şi nu murim foarte repede. Putem spune, prin urmare, acelaşi lucru despre afecţiunile fizice ca şi despre cele psihice: există o forţă, un mecanism pe care nu-l înţelegem prea bine ce pare a opera în mod curent în majoritatea oamenilor, protejându-le şi întărindu-le sănătatea fizică, chiar şi în cele mai neprielnice condiţii.

Chestiunea accidentelor ridică şi ea mai multe întrebări interesante. Mulţi medici şi mulţi psihiatri au trăit experienţa întâlnirii faţă în faţă cu fenomenul predispoziţiei la accidente. Printre multele exemple din cariera mea, cel mai dramatic a fost cazul unui băiat de 14 ani pe care am fost rugat să-l consult pentru ca el să fie admis la centrul de tratament pentru delincvenţi minori. Mama lui murise când el avea 8 ani, în noiembrie. La 9 ani, în noiembrie, a căzut de pe o scară şi şi-a fracturat humerusul (partea de sus a braţului). Când avea 10 ani, în luna noiembrie, a avut un accident cu bicicleta şi a avut fractură de craniu şi numeroase contuzii grave. La 11 ani, în luna noiembrie, a căzut dintr-un luminator, fracturându-şi şodul. Când avea 12 ani, în noiembrie, a căzut de pe skateboard şi şi-a fracturat încheietura unei mâini. La 13 ani, în noiembrie, a fost lovit de o maşină, care i-a fracturat pelvisul. Nimeni nu şi-a pus întrebarea dacă acest băiat avea într-adevăr o predispoziţie pentru accidente sau de ce o avea. Însă cum au apărut aceste accidente? Acest băiat nu și le-a cauzat singur, în mod conștient. Și nici nu a fost conștient de tristețea cauzată de moartea mamei lui, spunându-mi afabil că „a uitat totul despre ea". Pentru a începe să înțelegem cum au apărut aceste accidente, cred că e nevoie să luăm în considerare conceptul de rezistență la accidente, așa cum o facem când discutăm despre sistemul imunitar în caz de boală, să ne gândim la termeni precum rezistență la accident și predispoziție la accident. Nu e ușor de acceptat că anumiți oameni, în anumite perioade ale vieții lor, sunt predispuși la accidente; de asemenea, nu e ușor de acceptat că în cursul normal al lucrurilor majoritatea dintre noi sunt rezistenți la accidente.

Într-o zi de iarnă, pe la apusul soarelui, când aveam 9 ani, în vreme ce traversam o stradă înzăpezită, cărându-mi cărțile de școală, am alunecat și am căzut. În acel moment, o mașină care venea cu viteză a derapat, oprindu-se cu bara de protecție chiar deasupra capului meu; picioarele și corpul îmi ajunseseră sub mașină. M-am tras de acolo și, panicat, am fugit acasă, fără să am nici cea mai mică rană. Acest incident în sine nu pare neapărat remarcabil; s-ar putea spune pur și simplu că am avut noroc. Dar dacă îl punem laolaltă cu alte exemple? De mai multe ori a fost cât pe-aci să fiu lovit de mașini; uneori, când conduceam automobilul, aproape am lovit pietoni sau bicicliști în întuneric; uneori, am apăsat pe frână la un stop și nu mi-a lipsit decât o palmă sau două să mă ciocnesc de un alt vehicul; alteori, la schi, puțin a lipsit să nu intru în copaci și să cad de la înălțime; de mai multe ori, crose de golf mi-au zburat prin păr și așa mai departe. Ce înseamnă asta? Duc o existență fermecată? Dacă cititorii își examinează propriile vieți sub acest aspect, bănuiesc că majoritatea vor găsi în experiențele lor personale tipare similare de dezastre evitate la limită, accidente pe punctul de a se întâmpla și al căror număr este cu mult mai mare decât cel al accidentelor care s-au întâmplat cu adevărat. De asemenea, cred că cititorii vor recunoaște că tiparele lor personale de supraviețuire, de rezistență la accident, nu sunt rezultatul niciunui proces conștient de decizie. Atunci cei mai mulți dintre noi ducem oare „vieți fermecate“? Să fie oare adevărat acel vers din cântec?

Unii ar putea gândi că nu e nimic incitant aici, că toate lucrurile despre care am vorbit sunt simple manifestări ale instinctului de supraviețuire. Dar a denumi un lucru înseamnă și a-l explica? Faptul că avem un instinct de supraviețuire pare banal doar pentru că l-am denumit instinct? Înțelegerea noastră privind originea și mecanismele instinctelor este în cel mai bun caz minusculă. De fapt, chestiunea accidentelor sugerează faptul că tendința noastră de a încerca să supraviețuim poate fi altceva, mai uimitor decât un instinct, care este el însuși un fenomen miraculos. Deși nu înțelegem mare lucru despre instincte, le concepem ca operând înăuntrul granițelor individului care le posedă. Rezistența la afecțiunile mintale sau la bolile fizice ne-o putem imagina ca fiind localizată în inconștient sau în procesele organice ale individului. Accidentele, totuși, implică interacțiuni între indivizi sau între indivizi și lucruri neînsuflețite. Roțile mașinii acelui bărbat n-au trecut peste mine când aveam 9 ani din cauza instinctului meu de supraviețuire sau pentru că șoferul poseda o rezistență instinctivă la a mă omorî? Poate că avem un instinct care conservă nu doar viețile noastre, ci și pe ale altora.

Deși nu am experimentat personal acest lucru, am mai mulți prieteni care au fost martori la accidente de automobile în care „victimele“ au ieșit aproape intacte din niște vehicule atât de zdrobite, încât nu le mai puteai recunoaște. Reacția lor a fost una de pură uimire. Nu pot să înțeleg cum a putut cineva supraviețui unei astfel de izbituri și, mai mult, fără să aibă răni grave, declară ei! Cum explicăm aceasta? Șansă pură? Acești prieteni, care nu sunt oameni religioși, au fost uimiţi mai ales pentru că nu şansa pare a fi fost implicată în aceste incidente. „Nimeni n-ar fi supravieţuit“, spun ei. Deşi nu sunt religioşi şi nici nu se gândesc profund la ceea ce spun în încercarea de a înţelege aceste experienţe, prietenii mei au făcut remarci precum: „Cred că Dumnezeu îi iubeşte pe beţivi.“ sau „Cred că nu-i venise vremea.“ Cititorul poate alege să pună misterul unor astfel de incidente pe seama „şansei pure“, a unui inexplicabil „capriciu“ sau a „sorţii“ şi vor fi satisfăcuţi să închidă subiectul fără a mai căuta alte explicaţii. Dacă e să examinăm totuşi mai departe astfel de incidente, explicarea lor prin concepţia noastră despre instincte nu este foarte satisfăcătoare. Oare mecanismul neînsufleţit al unui motor posedă instinctul de a se bloca singur, astfel încât să conserve forma corpului uman dinăuntrul vehiculului? Sau fiinţa umană posedă un astfel de instinct încât în momentul impactului să-şi adapteze forma trupului la felul în care se contorsionează vehiculul? Astfel de întrebări par în mod inerent absurde. Deşi am ales să explorez mai departe posibilitatea ca astfel de incidente să aibă o explicaţie, este clar că percepţia noastră tradiţională despre instincte nu este de mare ajutor. De mai mult folos ne poate fi ideea de sincronicitate. Înainte de a lua în considerare ideea de sincronicitate, ne va fi totuşi de ajutor să examinăm mai întâi unele aspecte ale funcţionării unei părţi a minţii umane pe care o denumim inconştient.

Miracolul subconştientului

Când încep să lucrez cu un nou pacient, deseori desenez pe hârtie un cerc mare. Apoi, la circumferinţă, desenez o mică nişă. Arătând spre interiorul nişei, spun: „Aceasta reprezintă mintea noastră conştientă. Tot restul cercului, 95 de procente sau mai mult, reprezintă subconştientul nostru. Dacă vei munci îndeajuns de mult şi din greu pentru a te înţelege pe tine însuţi, vei ajunge să descoperi că această vastă parte din mintea ta de care ești puțin conștient conține bogății dincolo de imaginație."

Bineînțeles, una dintre căile prin care cunoaștem existența acestui tărâm ascuns al minții și bogăția pe care el o conține este calea viselor. Un bărbat distins a venit să mă consulte pentru o depresie care dura de mai mulți ani. Nu găsea nicio bucurie în munca pe care o făcea, dar nu știa din ce cauză. Deși părinții lui erau relativ săraci și necunoscuți, mai mulți dintre strămoșii tatălui său fuseseră bărbați faimoși. Pacientul meu s-a referit puțin la ei. Depresia lui era cauzată de mai mulți factori. Doar după mai multe luni a început să ia în considerare problema ambiției sale. La ședința care a urmat imediat după o alta în care problema ambiției fusese pentru prima oară ridicată, el a povestit un vis pe care-l avusese cu o noapte înainte; iată un fragment: „Eram într-un apartament plin cu piese de mobilier imense, apăsătoare. Eram mult mai tânăr decât sunt acum. Tatăl meu voia să navighez de-a lungul golfului ca să iau o barcă pe care, din diferite motive, el o lăsase pe o insulă dincolo de strâmtoare. Eram nerăbdător să fac această călătorie și l-am întrebat cum pot găsi barca. El m-a luat deoparte, acolo unde se găseau acele piese de mobilier imense și apăsătoare și un cufăr enorm, de cel puțin patru metri lungime și care se înălța până la tavan, având 20 sau 30 de sertare gigantice, și mi-a spus că puteam găsi barca dacă priveam peste cufăr." Inițial, semnificația acestui vis mi-a fost neclară, așa că i-am cerut, după cum se obișnuiește, să asocieze cu ceva acest cufăr enorm cu sertare. Imediat, el mi-a spus: „Din anumite motive, poate pentru că mobila aceea părea atât de apăsătoare, mă face să mă gândesc la un sarcofag." „Dar sertarele?", l-am întrebat. Brusc, el a zâmbit răutăcios: „Poate vreau să-mi ucid toți strămoșii", a spus. „Mă face să mă gândesc la un mormânt sau la o criptă de familie, fiecare dintre sertare fiind îndeajuns de mare pentru a conține un trup." Semnificația visului a fost atunci clară. Într-adevăr, în tinerețea sa, își luase ca reper de viață mormintele faimoșilor săi strămoși pe linie paternă și își urmase drumul către glorie. Dar a descoperit că acesta este o forță apăsătoare în viața sa și a dorit să poată să-și ucidă psihologic strămoșii pentru a se putea elibera de această forță constrângătoare.

Oricine s-a ocupat mai mult de vise va recunoaște în acesta un vis tipic. Aș vrea să mă concentrez asupra unuia dintre aspectele care îl fac să fie tipic. Acest bărbat a început să se ocupe de problema sa. Aproape imediat, subconștientul său a produs o dramă care a elucidat cauza problemei, de care el nu fusese conștient până atunci. A făcut acest lucru folosind simboluri într-o manieră la fel de elegantă ca aceea dintr-o piesă de teatru reușită. E greu să ne imaginăm că o altă experiență ce ar fi apărut în acel moment în cadrul terapiei ar fi putut să fie tot atât de elocvent edificatoare pentru el și pentru mine precum acest vis. Subconștientul lui în mod clar părea că vrea să-l ajute pe el și munca noastră împreună și făcea aceasta cu o dorință mistuitoare.

Psihoterapeuții fac din analiza viselor o parte semnificativă a muncii lor tocmai pentru că sunt atât de folositoare în general. Trebuie să mărturisesc că există multe vise a căror semnificație mă depășește complet și este tentant să dorești cu nerăbdare ca inconștientul să aibă decența să îți vorbească într-un limbaj clar. Totuși, în acele ocazii în care reușim să facem traducerea, mesajul pare a fi totdeauna destinat nutririi dezvoltării noastre spirituale. În experiența mea, visele care pot fi interpretate oferă invariabil informații folositoare despre cel ce le visează. Ajutorul vine într-o diversitate de forme: ca avertisment pentru eșecuri personale; ca ghid pentru soluționarea problemelor pe care nu suntem capabili să le rezolvăm; ca indicație adecvată că greșim atunci când credem că avem dreptate și ca încurajare corectă că avem dreptate atunci când credem că probabil greșim; ca sursă de informații necesare despre noi înșine, informații care ne lipsesc; ca acela ce ne ajută să găsim direcția când ne simțim pierduți; ca indicator pe drumul pe care avem nevoie să mergem atunci când ne scufundăm.

Subconștientul poate să comunice cu noi atunci când suntem treji cu tot atâta eleganță și generozitate ca atunci când dormim, deși într-o formă destul de diferită. Este vorba despre „gândurile nefolositoare" sau despre fragmentele de gânduri. Cea mai mare parte a timpului, așa cum facem și cu visele, nu dăm nicio atenție acestor gânduri inutile și le dăm la o parte ca și cum ele n-ar avea nicio semnificație. Acesta este motivul pentru care pacienții terapiei psihanalitice sunt învățați iarăși și iarăși să spună *orice* le vine în minte, nu contează cât de stupide sau insignifiante pot părea vorbele lor la început. De câte ori un pacient spune: „E ridicol, dar acest gând prostesc tot îmi vine în minte – nu are niciun sens, dar mi-ați spus să vă spun astfel de lucruri", știu că pacientul a primit un mesaj extrem de valoros din partea subconștientului, un mesaj care va ilumina în mod semnificativ situația în care se află. Deși aceste „gânduri inutile" ne oferă de obicei o privire în interiorul nostru, ele pot de asemenea să ne ofere informații dramatice din interiorul altora și al lumii din afara noastră. Ca exemplu de mesaj al subconștientului prin „gândurile nefolositoare", ce aparține unei categorii destul de largi, aș vrea să vă descriu experiența propriei mele minți atunci când am lucrat cu o pacientă. Aceasta era o femeie tânără care suferea din adolescența timpurie de o senzație de amețeală, senzație ce putea să o facă să se prăbușească în orice moment și pentru care nu fusese descoperită nicio cauză fizică. Din cauza acestei senzații de amețeală, ea avea un mers rectiliniu și amplu, aproape împleticindu-se. Era destul de inteligentă și de fermecătoare și inițial n-am avut nicio idee despre ce ar fi putut să-i cauzeze amețeala, pe care mai mulți ani de psihoterapie nu reușiseră să i-o vindece și din cauza căreia venise și la mine pentru ajutor. Pe la mijlocul celei de-a treia ședințe, cum stătea ea așezată confortabil, vorbind despre una sau despre alta, mi-a apărut brusc în minte un cuvânt: „Pinocchio". Am încercat să mă concentrez asupra a ceea ce spunea pacienta mea, așa că am îndepărtat imediat cuvântul din conștiință. Dar după un minut, în pofida voinței mele, cuvântul mi-a apărut iarăși în minte, aproape vizibil, ca și cum ar fi fost scris literă cu literă în spatele ochilor mei: „P i n o c c h i o". Destul de supărat, mi-am mijit ochii și m-am străduit să-mi îndrept atenția către pacientă. Totuși, după încă un minut, de parcă ar fi posedat propria lui voință, cuvântul mi-a apărut iarăși în minte, cerând parcă a fi recunoscut. Atunci mi-am spus mie însumi: „Stai puțin, dacă acest cuvânt este atât de nerăbdător să-mi intre în minte, mai bine îi dau atenție, pentru că știu că astfel de lucruri pot fi importante și mai știu că dacă subconștientul încearcă să-mi spună ceva trebuie să-l ascult." Așa am făcut. „Pinocchio! Ce naiba poate să însemne Pinocchio? Doar nu crezi că are vreo legătură cu pacienta? Doar nu crezi că ea e Pinocchio, nu? Hei, stai puțin; e drăguță, e ca o păpușă. Este îmbrăcată în roșu, alb și albastru. De fiecare dată când a venit aici era îmbrăcată în roșu, alb și albastru. Merge caraghios, cu mersul țeapăn al unui soldat de lemn. Hei, asta este! Este o păpușă. Dumnezeule, este Pinocchio! Este o păpușă!" Instantaneu, mi-a fost relevat esențialul despre pacientă: ea nu era o persoană reală; era o păpușică țeapănă din lemn, care încerca să fie vie, dar îi era teamă că în orice moment s-ar putea prăbuși și sfârși într-o grămadă de bețe și de sfori. Unul după altul, au apărut rapid faptele în sprijinul acestei afirmații: o mamă incredibil de dominatoare, care trăgea sforile și care era foarte mândră că își învățase fiica „să meargă peste noapte la toaletă"; dorința totală a fetei de a se devota împlinirii așteptărilor celorlalți, de a fi curată, îngrijită, ordonată și de a spune doar ceea ce se cuvine, încercând frenetic să păcălească cerințele ce-i erau adresate; o lipsă totală a automotivației și a capacității de a lua singură decizii.

Această informație enorm de valoroasă despre pacienta mea a apărut în conștient ca un intrus nedorit. Eu nu l-am invitat, nu l-am dorit. Prezența lui îmi părea străină și irelevantă pentru treaba în care eram angrenat, o distragere a atenției de care nu aveam nevoie. Inițial, i-am rezistat, încercând de mai multe ori să-l dau afară pe ușa pe care intrase. Această calitate de a părea străin și nedorit este caracteristica materialului subconștient și maniera lui de a se prezenta în mintea conștientă. În parte, din cauza acestei calități și a rezistenței ce-i este asociată din partea minții conștiente, Freud și primii lui urmași au fost tentați să perceapă subconștientul ca pe un depozit a ceea ce este primitiv, antisocial și rău în noi. E ca și cum ei ar fi presupus, ținând cont de faptul că conștiința nu îl vrea, că acest material subconștient e „rău". În aceeași direcție, ei au tins să presupună că boala psihică rezidă cumva în subconștient, ca un demon în adâncurile subterane ale minții noastre. Lui Jung îi revine responsabilitatea de a fi inițiat o corecție a acestei viziuni, pe care a făcut-o în diferite feluri, inclusiv prin născocirea expresiei: „înțelepciunea subconștientului". Propria mea experiență a confirmat perspectiva lui Jung în această privință, până acolo încât am ajuns la concluzia că boala mintală nu este un produs al subconștientului; ea este în schimb un fenomen al conștiinței sau al unei relații defectuoase dintre conștient și subconștient. Să luăm în considerare chestiunea refulării, de exemplu. Freud a descoperit la mulți dintre pacienții săi dorințe sexuale și sentimente ostile de care ei nu erau conștienți, dar care în mod clar îi făcea să fie bolnavi. Din cauza acestor dorințe și sentimente aflate în subconștient, a apărut ideea că subconștientul este cel care „a cauzat boala mintală". Dar de ce erau aceste dorințe și sentimente localizate în subconștient, de la început? De ce erau ele reprimate?

Răspunsul este că mintea conștientă nu le voia. Și în acest a nu voi, în această renegare constă problema. Chestiunea nu constă în faptul că ființele umane au sentimente ostile și sexuale, ci mai degrabă în faptul că au o minte conștientă care deseori nu este dispusă să facă față acestor sentimente și să tolereze durerea de a avea de-a face cu ele, fiind în același timp doritoare să le ascundă sub preș.

Un al treilea mod în care se manifestă subconștientul și în care ne vorbește, dacă avem grijă să-l ascultăm (ceea ce nu facem de obicei), este prin comportamentul nostru. Mă refer la erori de pronunție și la alte „greșeli" în comportament sau la „actele ratate" freudiene, pe care Freud, în *Psihopatologia vieții cotidiene*, le demonstrează a fi inițial manifestări ale subconștientului. Folosirea cuvântului „psihopatologie" de către Freud pentru a descrie aceste fenomene indică iarăși orientarea sa negativă în ceea ce privește subconștientul; el îl percepe ca jucând un rol dușmănos sau cel puțin pe acela al unui diavol răutăcios care încearcă să ne înșele, mai curând decât a-l vedea în chip de zână bună care muncește din greu pentru a ne face să fim onești. Când un pacient face o eroare în cadrul psihoterapiei, evenimentul este invariabil de folos procesului terapeutic sau însănătoșirii. În aceste momente, mintea conștientă a pacientului este angajată într-o încercare de a combate terapia, intenționând să ascundă adevărata natură a sinelui său de terapeut și de propria autoconștientizare. Subconștientul, totuși, este cel care se aliază cu terapeutul, luptând pentru deschidere, onestitate, adevăr, străduindu-se în realitate să „spună lucrurile așa cum sunt".

Aș vrea să dau câteva exemple. O femeie meticuloasă, care nu era în stare să recunoască în sine emoția furiei și care prin urmare era incapabilă să-și exprime mânia în mod deschis, a început să întârzie de fiecare dată câteva minute la ședința de terapie. I-am sugerat că asta se întâmpla deoarece simțea un anume resentiment față de mine sau față de terapie. Ea a negat ferm că ar exista o astfel de posibilitate, explicându-mi că întârzierile se datorau cutărui sau cutărui accident din viața ei și proclamându-și aprecierea totală față de mine și de motivația de a lucra împreună. Într-o seară ce a urmat unei ședințe, ea a făcut plățile facturilor lunare, inclusiv pentru mine. Cecul de la ea mi-a ajuns nesemnat. La următoarea ședință, am informat-o despre acest lucru, sugerându-i că nu m-a plătit când trebuia din cauză că era furioasă. Atunci mi-a spus: „Dar este ridicol! Nu mi s-a întâmplat niciodată în viață să nu semnez un cec. Știți cât de meticuloasă sunt în aceste chestiuni. Este imposibil să nu fi semnat cecul dvs." I-am arătat cecul nesemnat. Deși se controla extrem de bine în timpul ședințelor noastre, atunci a izbucnit brusc în plâns. „Ce mi se întâmplă?", s-a văitat ea. „Mă simt divizată. E ca și cum aș fi doi oameni." În criza ei și cu recunoașterea din partea mea că într-adevăr era ca o casă divizată împotriva ei însăși, ea a început pentru prima oară să accepte posibilitatea că cel puțin o parte din ea adăpostește sentimente de furie. Primul pas pentru progresul terapiei fusese făcut. Un alt pacient care avea o problemă cu mânia era un bărbat ce credea că este imoral să simtă, cu atât mai mult să exprime, furie față de vreun membru al familiei sale. Pentru că sora sa îl vizita uneori, el îmi vorbea despre ea și o descria ca fiind o „persoană extrem de încântătoare". Mai târziu, a început să-mi povestească despre o mică petrecere pe care urma să o găzduiască în noaptea aceea, la care, spunea el, a invitat și un cuplu din vecini și „bineînțeles, pe sora mea vitregă". I-am subliniat faptul că se referise la ea ca fiind sora lui vitregă. „Bănuiesc că o să-mi spuneți despre acele acte ratate freudiene", a remarcat el voios. „Da, i-am răspuns. Ceea ce îți spune subconștientul este că tu nu vrei ca sora ta să fie sora ta, că atâta cât te privește, ea este doar sora ta vitregă și că de fapt urăști tupeul ei." „Nu urăsc tupeul ei", a răspuns el, „dar vorbește neîncetat și știu că la cina din seara asta va monopoliza întreaga conversație. Cred că uneori mă deranjează." Iarăși a fost făcut un mic pas înainte.

Nu orice act ratat exprimă ostilitate sau sentimente „negative" ce au fost respinse. Ele toate exprimă sentimentele care au fost respinse, negative sau pozitive. Ele exprimă adevărul. Felul în care sunt cu adevărat lucrurile, opus modului în care credem că sunt. Poate că actul ratat cel mai mișcător din experiența mea a fost făcut de o tânără femeie în timpul primei ei vizite la mine. Știam că părinții ei sunt oameni distanți și insensibili, care o crescuseră cu mare simț de răspundere, dar în absența afecțiunii sau a unei griji iubitoare. Ea mi s-a prezentat ca fiind o femeie de lume neobișnuit de matură, încrezătoare în sine și independentă, care credea că a venit la mine pentru tratament pentru că, după cum explica ea, „nu mai am niciun scop pentru moment și sunt stăpână pe timpul meu și cred că puțină psihanaliză ar putea contribui la dezvoltarea mea intelectuală." Cercetând de ce nu mai are niciun scop pe moment, am aflat că tocmai părăsise facultatea din cauza unei sarcini de cinci luni. Ea nu voia să se mărite. Se gândise vag că ar putea să dea copilul spre adopție, după ce acesta se năștea, și să plece în Europa pentru a-și continua educația. Am întrebat-o dacă l-a informat pe tatăl copilului, pe care ea nu-l mai văzuse de patru luni. „Da, mi-a spus ea. I-am lăsat un bilețel prin care l-am încunoștințat că relația noastră a fost produsul unui copil." Vrând să spună că, de fapt, copilul a fost produsul relației lor, ea mi-a spus în loc de asta că sub masca unei femei de lume ea era o fetiță flămândă, tânjind după afecțiune, care a rămas gravidă într-o încercare disperată de a obține grija maternă, iar în final a devenit ea însăși mamă. Nu am confruntat-o cu actul ei ratat, pentru că nu era deloc gata să-și accepte nevoile de dependență sau să le trăiască, deși eram sigur că le avea. Totuși, actul ratat i-a fost de ajutor, pentru că m-a făcut să conștientizez că persoana care stătea în fața mea era un copil speriat, care avea nevoie de blândețe protectoare și de cel mai simplu fel de a fi îngrijită, aproape fizic, probabil multă vreme de atunci încolo.

Acești trei pacienți cu actele lor ratate nu încercau să se ascundă atât de mine, cât de ei înșiși. Prima pacientă credea că nu există nicio fărâmă de resentiment în ea. Cel de-al doilea pacient era convins că nu are niciun sentiment de animozitate față de vreunul dintre membrii familiei sale. Ultima pacientă se gândea la ea ca fiind o femeie de lume. Printr-un complex de factori, concepția noastră conștientă despre noi înșine este divergentă aproape întotdeauna, într-un grad mai mic sau mai mare, față de persoana care suntem în realitate. Aproape totdeauna suntem mai mult sau mai puțin competenți decât credem că suntem. Subconștientul însă știe cine suntem în realitate. O sarcină majoră și esențială în procesul dezvoltării spirituale constă în munca neîntreruptă de a duce concepția conștientă despre sine a cuiva într-o congruență progresiv mai mare cu realitatea. Când o mare parte a acestei sarcini care durează toată viața este realizată cu o relativă rapiditate, așa cum se întâmplă în psihoterapia intensivă, individul se simte deseori „renăscut". „Nu mai sunt persoana care eram", va spune pacientul, cu reală bucurie, despre schimbările dramatice din conștiința sa; „Sunt o persoană complet nouă și diferită." O astfel de persoană nu are dificultăți în a înțelege cuvintele cântecului: „Am fost pierdut, dar regăsit acum / Orb am fost, dar acum văd."

Dacă ne identificăm pe noi înșine cu concepția despre noi sau cu conștientizarea de sine sau cu conștiința noastră în general, atunci trebuie să spunem că subconștientul este o parte în noi care este mai înțeleaptă decât noi înșine. Am vorbit despre această „înțelepciune a subconștientului" în primul rând în termeni de cunoaștere de sine și revelație de sine. În exemplul cu pacienta pe care subconștientul meu mi-a relevat-o ca fiind Pinocchio, am încercat să demonstrez că subconștientul este mai înțelept decât noi atât în ceea ce privește alți oameni, cât și în ceea ce ne privește pe noi înșine. Fapt este că subconștientul nostru este mai înțelept decât noi în aproape orice împrejurare. Ajungând după lăsarea întunericului în Singapore, unde plecasem în vacanță pentru prima oară, soția mea și cu mine am părăsit hotelul pentru o plimbare. Curând am ajuns într-un spațiu deschis larg, la capătul căruia, câteva clădiri mai încolo, am putut zări în întuneric forma vagă a unei construcții de mari dimensiuni. „Mă întreb oare ce clădire este aceea?“, a spus soția mea. I-am răspuns imediat cu o siguranță totală și fără să mă gândesc: „O, acesta este Clubul de Cricket din Singapore.“ Cuvintele mi-au venit pe limbă spontan. Aproape imediat le-am regretat. Nu mă bazam pe nimic spunându-le. Nu numai că nu mai fusesem niciodată în Singapore, dar nu mai văzusem niciodată un club de cricket – ziua în amiaza mare și cu atât mai puțin în întuneric. Totuși, spre amuzamentul meu, ajungând de cealaltă parte a clădirii, am văzut o placă din bronz deasupra intrării, pe care se putea citi *Singapore Cricket Club.*

Cum am știut acest lucru, pe care de fapt nu îl știam? Printre posibilele explicații se numără teoria lui Jung despre „inconștientul colectiv“, care spune că moștenim înțelepciunea reieșită din experiența strămoșilor noștri, fără ca noi să fi avut personal acea experiență. Deși acest tip de cunoaștere poate părea bizar unei minți științifice, existența ei este în mod destul de straniu recunoscută în limbajul nostru cotidian. Să luăm însuși cuvântul „a recunoaște“. Când citim o carte și ajungem la o idee sau la o teorie care ni se pare atrăgătoare, „sună clopoțelul“, „recunoaștem“ că este adevărată. Totuși ideea sau teoria respectivă pot fi unele pe care nu le-am gândit niciodată conștient. Cuvântul spune că „recunoaștem“ concepția respectivă, ca și cum am fi cunoscut-o odată, am uitat-o, iar apoi o recunoaștem ca pe un vechi prieten. Este ca și cum întreaga cunoaștere și întreaga înțelepciune ar fi deja conținute în mințile noastre și atunci când aflăm „ceva nou" nu facem decât să descoperim ceva care exista demult în noi. Această concepție este în mod similar reflectată în cuvântul „educație", care este derivat din latinescul *educare*, ce se traduce literal prin „a scoate în afară" sau „a conduce în afară". Prin urmare, când educăm oamenii, dacă folosim cuvântul în mod serios, noi nu băgăm ceva înăuntrul minții lor; mai degrabă scoatem ceva din ea; ducem ceva din inconștient spre conștientizare. Ei sunt posesorii cunoașterii de multă vreme.

Dar care este sursa acestei părți din noi care e mai înțeleaptă decât noi? Nu știm. Teoria lui Jung despre inconștientul colectiv sugerează că înțelepciunea noastră este moștenită. Experimente științifice recente cu material genetic în conjuncție cu fenomenele memoriei sugerează că este într-adevăr posibil să fi moștenit cunoașterea, care este depozitată sub forma unor coduri în acidul nucleic din celulele noastre. Conceptul de depozitare chimică a informației ne permite să începem să înțelegem cum poate fi depozitată informația potențial disponibilă pentru mintea umană în câțiva centimetri cubi de substanță cerebrală. Dar chiar acest extraordinar de sofisticat model, care permite depozitarea în spații mici a cunoașterii moștenite ca și a celei trăite, lasă fără răspuns majoritatea întrebărilor care ne sperie mintea cel mai mult. Când speculăm asupra tehnologiei unui astfel de model – cum ar fi el construit, cum ar fi sincronizat ș.a.m.d. – suntem încă în totală venerație în fața fenomenului minții umane. Speculațiile în privința acestei chestiuni diferă puțin de cele asupra unor modele de control al cosmosului precum cel al lui Dumnezeu cu armiile și corurile de arhangheli, îngeri, serafimi și heruvimi care îl ajută în misiunea sa de a ordona universul. Mintea, care uneori crede că astfel de lucruri nu există ca miracol, este ea însăși un miracol.

Miracolul serendipității

Deși este foarte posibil pentru noi să concepem extraordinara înțelepciune a subconștientului, așa cum am discutat până acum, ca fiind ultima parte explicabilă a moleculelor ce alcătuiesc substanța cerebrală și operează cu o tehnologie miraculoasă, nu avem încă o explicație pentru așa-numitele „fenomene psihice", care sunt în mod clar legate de funcționarea subconștientului. Într-o serie de experimente sofisticate, medicul Montague Ullman și dr. Stanley Krippner au demonstrat convingător că este posibil pentru un individ treaz să „transmită" în mod curent și repetat imagini către un alt individ care doarme câteva camere mai încolo și că aceste imagini vor apărea în visele celui ce doarme.*

O astfel de transmisie nu apare doar în laborator. De exemplu, nu este neobișnuit ca doi indivizi care se cunosc să aibă în mod independent vise identice sau incredibil de similare. Cum se întâmplă acest lucru? Nu avem nici cea mai vagă idee.

Dar se întâmplă că validitatea unor astfel de întâmplări este dovedită științific în termeni de probabilitate. Eu însumi am avut într-o noapte un vis care consta într-o serie de șapte imagini. Am aflat mai târziu că un prieten care dormise în casa mea cu două nopți înainte se trezise dintr-un vis în care acele șapte imagini apăruseră în aceeași ordine. Niciunul dintre noi nu a putut să stabilească un motiv pentru această întâmplare. Am fost incapabili să legăm visele de orice experiență împărtășită de amândoi sau de alt fel pe care am

---

* „An Experimental Approach to Dreams and Telepathy: II Report of Three Studies", *American Journal of Psychiatry* (martie 1970), pp. 1282–1289. Oricine, oricât ar fi de puțin convins despre realitatea ESP sau de sceptic în ceea ce privește validitatea științifică a acestui fapt, este îndemnat să citească acest articol.

fi avut-o și nici nu am fost în stare să interpretăm visele în vreun fel. Totuși, știam că ceva mult mai semnificativ s-a întâmplat. Mintea mea are milioane de imagini la îndemână din care să construiască un vis. Probabilitatea să fi fost doar o coincidență ca eu să fi selectat aceleași șapte imagini în aceeași ordine ca și prietenul meu era astronomic de mică. Evenimentul era atât de neplauzibil, încât am știut că nu putea apărea accidental.

Faptul că evenimente foarte neplauzibile, pentru care nu poate fi determinată nicio cauză în cadrul legilor naturale cunoscute, apar cu o frecvență neplauzibilă a ajuns să fie cunoscut ca principiul sincronicității. Nici eu, nici prietenul meu nu știam cauza sau motivul pentru care am avut vise atât de neplauzibil de similare, dar unul dintre aspectele evenimentului a fost acela că noi am avut aceste vise la scurt timp unul după altul. Cumva, timpul pare elementul important, poate chiar crucial în aceste evenimente neplauzibile. Mai devreme, în discuția despre înclinația spre accidente și rezistența la ele, s-a făcut mențiunea că nu de puține ori oamenii ies nevătămați din vehicule zbrobite și pare ridicol a gândi că mașinăria se contorsionează într-o asemenea formă încât să protejeze șoferul sau că șoferul se contorsionează luând o formă care să se potrivească cu mașina zdrobită. Nu există nicio lege naturală cunoscută prin care forma pe care o ia vehiculul (evenimentul A) să cauzeze supraviețuirea șoferului sau ca forma șoferului (evenimentul B) să facă vehiculul să se contorsioneze într-un anumit fel. Deși nu a existat o relație de cauzalitate între evenimentul A și evenimentul B, ele au apărut neplauzibil în mod sincron – adică amândouă în același timp –, astfel încât, în fapt, șoferul a supraviețuit. Principiul sincronicității nu explică de ce sau cum s-au întâmplat acestea. El susține doar că astfel de conjuncții neplauzibile de evenimente apar mai frecvent decât sunt prezise de probabilitate. El nu explică miracolul.

Principiul servește doar la a sublinia faptul că miracolele par a fi chestiuni care țin de coordonarea în timp și care sunt uimitor de comune.

Incidentul cu visele similare aproape sincrone este unul care poate fi calificat, în virtutea neprobabilității lui statistice, ca fiind un fenomen psihic sau „paranormal“, chiar dacă semnificația incidentului este obscură. Probabil că cel puțin înțelesul majorității fenomenelor psihice, paranormale, este de asemenea obscur. Totuși, o altă caracteristică a fenomenelor psihice, aparte față de neplauzibilitatea lor statistică, este frecvența semnificativă cu care astfel de apariții par a fi benefice – într-un anume fel binefăcător pentru unul sau mai mulți participanți umani implicați. Un om de știință respectabil, matur și foarte sceptic, care făcea analiză cu mine, mi-a povestit recent următorul incident: „După ultima noastră ședință, era o zi atât de frumoasă, încât m-am hotărât să mă duc acasă pe șoseaua care înconjoară lacul. Așa cum știți, acest drum are o mulțime de curbe foarte strânse. Luasem probabil zece asemenea curbe când brusc m-am gândit că o mașină ar fi putut să vină de după colț pe banda mea de șosea. Fără să mă mai gândesc, am apăsat puternic pe frâne și am oprit. Imediat după ce am făcut acest lucru, o mașină a luat imediat curba cu roțile la doi metri de banda galbenă și abia a reușit să mă evite, deși mă aflam pe partea de șosea corespunzătoare. Dacă nu opream, ciocnirea în curbă ar fi fost inevitabilă. Nu am idee ce m-a făcut să opresc. Aș fi putut să fac acest lucru la oricare din cele zece astfel de curbe pe care le-am luat, dar n-am făcut-o. Am mers de multe ori pe acea șosea înainte și, deși m-am gândit că este periculoasă, n-am oprit mașina niciodată. Mă face să mă gândesc că are legătură cu niște percepții extrasonzoriale și alte lucruri de genul acesta. Nu am nicio altă explicație.“

Este posibil ca aparițiile statistic improbabile să sugereze într-o anumită măsură că exemplele de sincronicitate sau paranormal pot fi pe cât de benefice, pe atât de dăunătoare. Auzim mereu despre accidente ciudate, dar și despre unele care ar fi putut să se întâmple, dar care nu au avut loc. Deși plină de obstacole metodologice, o cercetare a acestei probleme ar trebui făcută. Acum nu pot să afirm decât că am o impresie fermă, dar „neștiințifică“ potrivit căreia frecvența unor astfel de apariții benefice, improbabile din punct de vedere statistic, este în mod clar mult mai mare decât a celor în care rezultatul pare a fi vătămător. Rezultatele benefice ale unor astfel de apariții nu e necesar să salveze doar vieți; mult mai des ele doar îmbunătățesc viața sau determină o dezvoltare a ei. Un excelent exemplu de astfel de apariție este „visul scarabeului“ al lui Carl Jung, povestit în articolul său „Despre sincronicitate“, pe care îl voi cita în întregime:

Exemplul meu privește o tânără pacientă care, în ciuda eforturilor făcute de ambele părți, s-a dovedit a fi din punct de vedere psihologic inaccesibilă. Dificultatea consta în faptul că ea știa totdeauna totul despre orice. Excelenta ei educație o înzestrase cu o armă care se potrivea în mod ideal scopului său, mai precis, cu un raționalism cartezian bine șlefuit, cu o impecabilă idee „geometrică“ asupra realității. După mai multe încercări nefructuoase de a îndulci raționalismul ei cu o înțelegere mai umană a lucrurilor, a trebuit să mă limitez la speranța că va apărea ceva neașteptat și irațional, ceva care va mistui retorta intelectuală în care ea se izolase. Într-o zi, stăteam în fața ei, cu spatele la fereastră, ascultându-i revărsarea de retorică. Avusese un vis impresionant în noaptea precedentă, în care cineva îi dădea un scarabeu de aur – o bijuterie costisitoare. În timp ce ea încă îmi povestea acest vis, am auzit în spatele meu o bătaie ușoară în geam. M-am întors și am văzut că era o insectă zburătoare destul de mare, care ciocănea în geamul ferestrei, într-un efort clar de a vrea să intre în încăperea întunecată. Acest lucru mi s-a părut foarte straniu. Am deschis fereastra imediat și am prins insecta în aer, în timp ce zbura. Era o insectă din familia *scarabeului, un cărăbuș de trandafir* (Cetonia aurata), *a cărui culoare galben-verzuie semăna foarte bine cu aceea a unui scarabeu de aur. I-am întins pacientei mele insecta cu aceste cuvinte: „Iată scarabeul dvs." Această experiență a produs breșa pe care o doream în raționalismul ei și a spart gheața în ceea ce privește rezistența ei intelectuală. Tratamentul putea continua acum cu rezultate mulțumitoare.**

Discutând despre aceste evenimente paranormale cu consecințe benefice, vorbim de fapt despre fenomenul serendipității. *Webster's Dictionary* definește serendipitatea ca fiind „darul de a găsi lucruri valoroase sau agreabile fără a le căuta". Există câteva caracteristici care intrigă în această definiție. Una dintre ele este determinarea serendipității ca dar, ceea ce implică faptul că unii oameni îl posedă, iar alții nu, că unii oameni sunt norocoși, iar alții nu sunt. Una dintre tezele principale ale acestei secțiuni a cărții este că grația, manifestată în parte prin „lucruri valoroase sau agreabile care nu sunt căutate", este la îndemâna tuturor, dar că unii profită de ea, alții nu. Lăsând insecta înăuntru, prinzând-o și dând-o pacientei, Jung a profitat clar de grație. Unele motive și unele căi prin care oamenii eșuează să profite de grație vor fi explorate mai târziu, în subcapitolul „Rezistența la grație". Pentru moment, vreau să sugerez că unul dintre motivele pentru care nu reușim să profităm pe de-a-ntregul de grație este acela că nu suntem pe deplin conștienți de prezența ei – adică nu găsim lucruri valoroase fără a le fi căutat, pentru că nu reușim să apreciem valoarea darului care ni se oferă. Cu alte cuvinte, evenimente ale serendipității ne apar tuturor, dar deseori nu reușim să recunoaștem natura lor de serendipitate; considerăm că aceste evenimente nu au nimic remarcabil și, prin urmare, nu putem să profităm de ele.

---

* *The Portable Jung*, ed. Joseph Campbell, Viking Press, New York, 1971, pp. 511 și 512.

Acum cinci luni, având la dispoziție două ore între întâlnirile pe care le aveam într-un anumit oraș, l-am întrebat pe un coleg care locuia acolo dacă pot să-mi petrec timpul în biblioteca din casa lui, pentru a lucra la rescrierea primei secțiuni a acestei cărți. Când am ajuns acolo, am întâlnit-o pe soția colegului meu, o femeie distantă și rezervată, căreia se pare că nu-i plăceam prea mult, fusese de-a dreptul ostilă față de mine, aproape arogantă, în mai multe ocazii. Am discutat incomod vreo cinci minute. În cursul conversației noastre superficiale, ea mi-a spus că a auzit că scrisesem o carte și m-a întrebat care este subiectul ei. I-am spus că ea se ocupă de dezvoltarea spirituală și că nu am terminat-o încă. După aceea, m-am dus în bibliotecă să lucrez. După o jumătate de oră, ajunsesem într-un punct mort. O parte din ceea ce scrisesem despre subiectul responsabilității mi se părea complet nesatisfăcător. Era clar că trebuia să extind acea parte pentru a face mai comprehensibile concepțiile discutate acolo, dar am simțit totuși că aceasta ar fi o abatere de la cursul lucrării. Pe de altă parte, nu eram dispus să șterg întreaga secțiune, pentru că simțeam că o menționare a acestor concepții era necesară. M-am luptat cu această dilemă timp de o oră fără a ajunge nicăieri, devenind din ce în ce mai frustrat, simțindu-mă din ce în ce mai neajutorat în rezolvarea acestei situații.

În acest moment, a intrat încet în bibliotecă soția colegului meu. Felul ei de a fi era timid și ezitant, respectuos și totuși cald și blând, foarte diferit de felul în care fusese în orice altă întâlnire dinainte. „Scotty, sper că nu deranjez, mi-a spus ea. Dacă deranjez, spune-mi." I-am spus că nu și că am ajuns într-un punct mort și că nu mai eram în stare să fac niciun progres pentru moment. Ținea în mâini o carte. „Am găsit această carte din întâmplare", a spus ea. „M-am gândit că s-ar putea să te intereseze. Poate că nu se va întâmpla așa. Dar mi-a trecut prin minte că s-ar putea să-ți fie de ajutor.

Nu știu de ce." Simțindu-mă iritat și presat de timp, i-aș fi spus în mod normal că sunt afundat în cărți până peste urechi – fapt care era adevărat – și că nu aș fi avut niciun pic de timp să o citesc în viitorul apropiat. Dar strania ei umilință m-a făcut să-i dau un alt răspuns. I-am spus că apreciez bunătatea ei și că voi încerca să o citesc cât mai curând posibil. Am luat cartea cu mine acasă, fără a ști când ar putea fi „cel mai curând posibil". Dar chiar în acea seară, ceva m-a determinat să las la o parte toate celelalte cărți și să consult cartea pe care mi-o dăduse ea. Era un volum subțire intitulat *How People Change*, scris de Allen Wheelis. Mare parte din carte trata problema responsabilității. Unul dintre capitole exprima cu eleganță, în profunzime, ceea ce voiam eu să spun când încercam să lărgesc acea secțiune dificilă a cărții mele. În dimineața următoare, am condensat acea secțiune într-un paragraf scurt și concis, iar într-o notă de subsol i-am recomandat cititorului cartea lui Wheelis ca pe o ideală elaborare a subiectului. Dilema mea era rezolvată.

Aceasta nu era o întâmplare nemaipomenită. N-au existat surle și trompete care s-o anunțe. Aș fi putut s-o ignor. Aș fi putut trăi și fără ea. Totuși, am fost atins de grație. Întâmplarea a fost atât extraordinară, cât și obișnuită – extraordinară pentru că probabilitatea de a se întâmpla era foarte mică, obișnuită pentru că astfel de întâmplări benefice cu probabilitate foarte mică se întâmplă tot timpul, în liniște, bătând la ușa conștientizării noastre nu mai dramatic decât o insectă care ciocăne ușor geamul ferestrei. Întâmplări similare au avut loc de zeci de ori în luna în care soția colegului meu mi-a împrumutat cartea. Ele mi s-au întâmplat tot timpul. Pe unele dintre ele le recunosc. De unele pot profita fără a fi măcar conștient de natura lor miraculoasă. Nu există nicio cale prin care să-mi dau seama cât de multe astfel de întâmplări mi-au scăpat.

Definiția grației

Până acum, în această secțiune, am descris o mulțime de fenomene care au următoarele caracteristici comune:

a. Ele contribuie la nutrirea – sprijină, protejează și îmbunătățesc – vieții umane și la dezvoltarea spirituală.
b. Mecanismul acțiunii lor este fie incomplet înțeles (ca în cazul rezistenței fizice și a viselor), fie total obscur (ca în cazul fenomenelor paranormale), în funcție de principiile legilor naturale, așa cum sunt ele interpretate de gândirea științifică curentă.
c. Apariția lor este frecventă, are loc în mod curent, este un loc comun și este în mod esențial universală pentru umanitate.
d. Deși influențată potențial de conștiința umană, originea lor este în afara voinței conștiente și dincolo de procesul luării conștiente de decizii.

Deși privite în general separat, am ajuns să cred că elementele lor comune indică faptul că aceste fenomene sunt parte sau manifestări ale unui singur fenomen: o puternică forță care își are originea în afara conștiinței umane, care nutrește dezvoltarea spirituală a ființei umane. Cu sute sau chiar mii de ani înainte de conceptualizarea științifică a unor lucruri precum sistemul imunitar, starea de vis și inconștientul, această forță a fost consecvent recunoscută de către religie, care i-a dat numele de grație. Și i-a adus laude.

Ce avem de făcut – noi, care avem o minte sceptică și orientată științific – cu această „puternică forță ce își are originea în afara conștiinței umane, care nutrește dezvoltarea spirituală a ființei umane“? Nu putem atinge această forță. Nu avem niciun mod corespunzător de a o măsura. Totuși, ea există. Este reală. Să punem în funcțiune viziunea de tunel și să o ignorăm pentru că ea nu se potrivește prea ușor cu conceptele științifice tradiționale ale legilor naturale? Pare periculos să facem astfel. Eu cred că nu putem spera să ne apropiem de o înțelegere a cosmosului, a locului omului în cosmos și, prin urmare, a înseși naturii omului fără a încorpora fenomenul grației în cadrul nostru conceptual.

Totuși, nu putem nici măcar să localizăm această forță. Putem doar să spunem unde nu este: în conștiința umană. Atunci unde locuiește ea? Unele dintre fenomenele pe care le-am discutat, cum ar fi visele, sugerează faptul că grația locuiește în mintea inconștientă a individului. Alte fenomene, precum sincronicitatea și serendipitatea, indică faptul că această forță există dincolo de granițele individului. Nu doar pentru că suntem oameni de știință nu ne este ușor să localizăm grația. De-a lungul secolelor, omul religios, care, bineînțeles, atribuie originea grației lui Dumnezeu și crede că ea este cu adevărat iubirea lui Dumnezeu, a avut de asemenea dificultăți în a-l localiza pe Dumnezeu. Există în teologie două tradiții mari și opuse în această privință: prima, doctrina emanației, care susține că grația emană de la un Dumnezeu exterior omului; cealaltă, doctrina imanenței, care susține că grația emană de la un Dumnezeu din centrul ființei umane.

Această chestiune – și de fapt întreaga problemă a paradoxului – rezultă din dorința noastră de început de a localiza lucrurile. Ființa umană are o tendință profundă de a conceptualiza în termeni de entități discrete. Percepem lumea ca fiind compusă din astfel de categorii: oi, ghete, ceară roșie și altele. Tindem să înțelegem fenomenele plasându-le în categorii particulare, spunând că aceasta este cutare sau cutare ca entitate. Este fie asta, fie cealaltă, dar nu poate fi amândouă. Oile sunt oi și nu sunt ghete. Eu sunt eu și tu ești tu. Entitatea eu reprezintă identitatea mea, iar entitatea tu este identitatea ta și tindem să fim complet descumpăniți dacă identitățile se combină sau se amestecă. Așa cum am arătat mai înainte, gânditorii hinduși sau budiști cred că percepția de entități discrete este o iluzie sau *maya*, iar fizicienii moderni, preocupați de relativitate, de fenomenul undă-corpuscul, electromagnetism etc. devin din ce în ce mai conștienți de limitările abordării noastre conceptuale în termeni de entități. Este greu să scăpăm de ele. Tendința noastră de a gândi în entități ne constrânge să vrem să localizăm lucrurile, chiar unele precum Dumnezeu sau grația și chiar atunci când știm că această tendință a noastră împiedică înțelegerea acestor chestiuni.

Încerc să nu consider deloc individul ca pe o adevărată entitate și atâta vreme cât limitările mele intelectuale mă constrâng să gândesc (sau să scriu) în termeni de entități, concep granițele individului ca fiind marcate de o membrană foarte permeabilă – o firidă, dacă vreți, în locul unui zid; o firidă pe sub care și deasupra căreia alte „entități" urcă, se furișează, curg. Tot așa cum mintea noastră conștientă este continuu parțial permeabilă subconștientului, la fel subconștientul nostru este permeabil „minții" din afară, „minte" care ne permează pe noi, fără a fi totuși noi ca entități. O descriere mai elegantă și mai adecvată a acestei situații decât cea a limbajului de secol al XX-lea cu membrane permeabile este cea realizată în limbajul religios din sec. al XIV-lea (cca 1393) de Maica Julian, pustnică din Norwich, Anglia, care descria relația dintre grație și entitatea individuală astfel: „Așa cum corpul este înveșmântat în haine, carnea în piele, oasele în carne, iar inima în întreg, tot așa noi, suflet și trup, suntem înveșmântați și împrejmuiți de bunătatea lui Dumnezeu. Da, și chiar mai simplu; pentru că toate acestea vor trece și vor pieri, dar Bunătatea lui Dumnezeu este mereu întreagă."*

---

* *Revelations of Divine Love*, cap. IV, Editura Grace Warrack, British Book Centre, New York, 1923.

În orice caz, indiferent cui le atribuim sau unde le localizăm, „miracolele" descrise indică faptul că dezvoltarea noastră ca ființe umane este ajutată de o forță diferită de voința noastră conștientă. Pentru a înțelege mai bine natura acestei forțe, cred că putem trage un folos din luarea în considerare a altui miracol: procesul de dezvoltare a întregii vieți, căruia noi i-am dat numele de evoluție.

Miracolul evoluției

Deși nu ne-am concentrat până acum asupra ei ca asupra unui concept, într-un fel sau altul, de-a lungul acestei cărți, am fost preocupați de evoluție. Creșterea spirituală reprezintă evoluția unui individ. Trupul unui individ are șansa să treacă prin toate ciclurile vieții, dar nu evoluează. Nu apar noi tipare fizice. Declinul capacității fizice la vârste înaintate este inevitabil. În timpul unei vieți, totuși, spiritul uman poate evolua în mod dramatic. Pot apărea noi tipare. Capacitatea spirituală poate să crească (deși de obicei nu se întâmplă așa) până în momentul morții la vârste înaintate. Viața ne oferă o serie nelimitată de oportunități pentru creștere spirituală până la sfârșitul ei. Deși în centrul acestei cărți se află evoluția spirituală, procesul evoluției fizice este similar cu cel al evoluției spiritului și ne oferă un model pentru înțelegerea mai departe a procesului dezvoltării spirituale și a semnificației grației.

Cea mai izbitoare trăsătură a procesului evoluției fizice este faptul că el este un miracol. Dat fiind ceea ce înțelegem din univers, evoluția n-ar fi trebuit să apară; acest fenomen n-ar trebui să existe deloc. Una dintre legile naturale fundamentale este cea de-a doua lege a termodinamicii, care arată că energia tinde în mod natural de la o stare de organizare mai complexă spre o stare de mică organizare, de la o stare de înaltă diferențiere la o stare de slabă diferențiere.

Cu alte cuvinte, universul este un proces de dezagregare. Exemplul frecvent folosit pentru a descrie acest proces este cel al unui râu care în mod natural curge la vale. E nevoie de energie și de muncă – pompe, ecluze și oameni care cară găleți – pentru a inversa acest proces, pentru a ne întoarce la izvoare, pentru a duce apa înapoi în vârful dealului. Iar această energie trebuie să vină de undeva din altă parte. Un sistem de energie trebuie să sece pentru a menține altul. Până la urmă, după legea a doua a termodinamicii, după miliarde și miliarde de ani, universul se va încetini treptat până când va atinge cel mai de jos punct, ca o „mâzgă" amorfă, total dezorganizată, total nediferențiată, în care nu se mai întâmplă nimic. Această stare de completă dezorganizare și nediferențiere este numită entropie.

Curgerea naturală la vale a energiei către o stare de entropie poate fi numită forță entropică. Putem vedea cum „curgerea" evoluției este îndreptată împotriva forței entropice. Procesul evoluției este o dezvoltare a organismelor de la cea mai de jos stare către stări cu o complexitate, diferențiere și organizare din ce în ce mai mari. Un virus este un organism extrem de simplu, doar ceva mai mult decât o moleculă. O bacterie este mai complexă, mai diferențiată, posedând o celulă, diferite tipuri de molecule și un metabolism. Un parameci are un nucleu, cili și un sistem digestiv. Buretele de mare are nu numai celule, ci și diferite tipuri de celule aflate în interdependență. Insectele și peștii au un sistem nervos cu metode complexe de locomoție și chiar o organizare socială. Și așa urcăm pe scara evoluției, o scară de o complexitate, organizare și diferențiere din ce în ce mai mari, până ajungem la om, care posedă un enorm cortex cerebral și tipare de comportament extraordinar de complexe, fiind, din câte știm, în vârful acestei scări. Am afirmat că procesul evoluției este un miracol, pentru că are un nivel crescut de organizare și diferențiere și merge contra legilor naturale. În cursul obişnuit al lucrurilor, noi, cei care scriem și citim această carte, ar trebui să nu existăm.*

Procesul evoluției poate fi reprezentat printr-o piramidă în vârful căreia se găsește omul, organismul cel mai complex și cel mai puțin multiplicat; virușii, organismele cele mai numeroase, dar și cele mai puțin complexe, se situează la baza piramidei.

ORGANIZAREA CEA MAI ÎNALTĂ

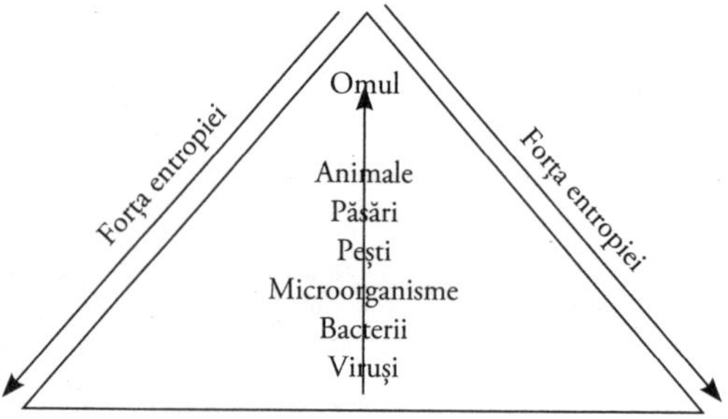

ENTROPIA

Vârful împinge în sus, mergând împotriva forțelor entropiei. Înăuntrul piramidei am plasat o săgeată pentru a simboliza această forță a evoluției, care trage după sine acest „ceva" ce a sfidat permanent și cu atâta succes „legile naturale" de-a lungul a milioane și milioane de generații și care trebuie ea însăși să reprezinte o lege naturală încă nedefinită.

---

* Concepția conform căreia evoluția merge împotriva legii naturale nu este nici nouă, nici originală. Îmi amintesc de un autor pe care l-am studiat în timpul facultății și care spunea: „Evoluția este o disturbare în a doua lege a termodinamicii", dar din păcate nu am putut să localizez referința. Mai recent, o astfel de concepție a fost elaborată de Buckminister Fuller, în cartea sa *And it Came to Pass – Not to Stay*, Macmillan, New York, 1976.

Evoluția spirituală a umanității poate fi de asemenea reprezentată astfel:

Subliniez iarăși că procesul creșterii spirituale este unul dificil și care necesită mult efort. Lucrurile stau astfel pentru că este un proces condus împotriva rezistenței naturale, împotriva înclinației naturale de a ține lucrurile pe calea pe care sunt, împotriva cramponării de vechile hărți și de vechile feluri de a acționa, împotriva căilor ușoare. Despre rezistența naturală, această forță entropică ce operează în viața noastră spirituală, mai am multe de spus, pe scurt. Dar ca și în cazul evoluției fizice, miracolul constă în faptul că această rezistență este depășită. Noi ne dezvoltăm. În ciuda tuturor acestor rezistențe, devenim ființe umane mai bune. Nu toți. Nu ușor. Dar un număr semnificativ de oameni reușesc să se îmbunătățească pe sine și cultura lor. Există o forță care ne împinge să alegem calea cea mai grea, prin care să transcendem noroiul și mizeria în care deseori ne naștem.

Această diagramă a procesului dezvoltării spirituale poate fi aplicată existenței unui singur individ. Fiecare dintre noi are propriul imbold de a se dezvolta și fiecare din noi, sub influența acestui imbold, trebuie să lupte de unul singur împotriva propriei lui rezistențe. Diagrama se aplică, de asemenea, umanității ca întreg. Evoluând ca indivizi, facem și societatea noastră să evolueze. Cultura care ne-a nutrit în copilărie este nutrită la rândul ei prin puterea noastră ca adulți. Cei care reușesc să se dezvolte nu numai că se bucură de fructele acestei dezvoltări, ci dăruiesc aceste fructe lumii. Evoluând ca indivizi, noi ducem umanitatea în spate. Și astfel umanitatea evoluează.

Ideea că planul dezvoltării spirituale a umanității este un proces de ascensiune cu greu poate fi văzută ca adecvată realității de o generație deziluzionată de idealul progresului. Peste tot e război, corupție și poluare. Cum poate cineva în mod rațional să sugereze faptul că rasa umană progresează din punct de vedere spiritual? Și totuși, eu exact asta sugerez. Senzația de deziluzionare provine din faptul că așteptăm mai mult de la noi înșine decât strămoșii noștri de la ei înșiși. Comportamentul uman, care nouă ni se pare respingător și jignitor, era acceptat ca un lucru normal cu ani în urmă. Unul dintre punctele asupra cărora se concentrează această carte se referă la responsabilitatea părinților de a-și nutri spiritual copiii. Cu greu putem spune că aceasta este astăzi o temă la ordinea zilei, dar acum câteva secole în general ea nu făcea deloc parte dintre preocupările oamenilor. Deși găsesc că astăzi grija părintească nu e de o calitate prea bună, am toate motivele să cred că este mult superioară celei de acum câteva generații. O recentă trecere în revistă a aspectelor îngrijirii copiilor începe, de exemplu, cu observația următoare:

> *Dreptul roman îi dădea tatălui control absolut asupra copiilor săi, pe care-i putea vinde sau condamna la moarte fără teamă de pedeapsă. Această concepție a dreptului absolut a fost preluată în dreptul englez, unde a prevalat până în secolul al XIV-lea, fără o schimbare importantă. În Evul Mediu, copilăria nu era privită ca o fază unică a vieții, așa cum o*

*considerăm noi astăzi. Era ceva obișnuit ca, după ce împlineau 7 ani, copiii să fie trimiși în slujba cuiva sau făcuți ucenici, iar învățătura să fie pusă pe plan secundar față de munca pe care un copil o îndeplinea pentru stăpânul său. Copilul și servitorul păreau să fie de nedistins în ceea ce privește felul cum erau tratați. Chiar și limbajul deseori nu reușește să găsească termeni diferiți pentru ei. Abia începând din secolul al XVI-lea copilul ajunge să fie privit ca prezentând un interes particular, cu sarcini importante și specifice de îndeplinit pentru dezvoltarea sa și ca fiind demn de afecțiune.**

Dar care este forța care ne împinge pe noi ca indivizi și ca specie să ne dezvoltăm împotriva rezistenței naturale a propriei letargii? Deja i-am spus numele. Este iubirea. Iubirea a fost definită ca „voința de extindere de sine în intenția de a nutri creșterea spirituală proprie sau a altuia“. Ne dezvoltăm pentru că muncim să ne dezvoltăm și muncim să ne dezvoltăm pentru că ne iubim pe noi înșine. Iubirea este cea care ne face să ne înălțăm. Și iubirea față de ceilalți este cea care ne face să-i ajutăm să se înalțe. Iubirea, extinderea sinelui, este chiar actul evoluției. Este evoluția în progres. Forța evoluției prezentă în toate aspectele vieții se manifestă în omenire ca dragoste umană. În iubirea omenească stă forța miraculoasă care desfide legea naturală a entropiei.

Alfa și Omega

A rămas încă fără răspuns întrebarea pusă la sfârșitul secțiunii despre iubire: de unde vine ea? Dar acum ea poate fi lărgită spre o întrebare poate chiar fundamentală: de unde vine întreaga forță a evoluției? Iar acesteia îi putem adăuga confuzia noastră în ceea ce privește originea grației.

---

* André P. Derdeyn, „Child Custody Contests in Historical Perspective“, *American Journal of Psychiatry*, vol. 133, nr. 12 (dec. 1976), p. 1369.

Pentru că iubirea este conștientă, în timp ce grația nu este. De unde vine această „forță puternică având originea în afara conștiinței umane care dezvoltă creșterea spirituală a oamenilor“?

Nu putem răspunde la aceste întrebări în același fel în care putem răspunde, în mod științific, de unde provine făina, oțelul sau larvele. Nu doar pentru că aceste întrebări sunt intangibile, ci pentru că ele sunt de asemenea fundamentale pentru „știința“ noastră, așa cum se prezintă ea astăzi. Iar acestea nu sunt singurele întrebări fundamentale la care știința nu poate răspunde. Știm oare cu adevărat ce este electricitatea, de exemplu? Sau care este locul de unde provine energia? Sau de unde provine universul? Poate că într-o zi știința va răspunde la întrebările fundamentale. Până atunci, dacă va răspunde vreodată, nu putem decât să speculăm, să teoretizăm, să postulăm, să construim ipoteze.

Pentru a explica miracolul grației și al evoluției, noi considerăm ipoteza existenței unui Dumnezeu care vrea ca noi să creștem – un Dumnezeu care ne iubește. Pentru mulți, aceste ipoteze par prea simple, prea ușoare; pentru mulți, ele par fantezii, copilărești și naive. Dar ce altceva avem? A ignora datele printr-o viziune de tunel nu înseamnă a da un răspuns. Nu putem obține un răspuns dacă nu punem întrebările. Oricât de simplu ar fi, dacă nu a observat datele și nu a pus întrebările, nimeni nu a putut să emită o ipoteză mai bună sau măcar să emită una. Până când cineva va lansa o ipoteză mai bună, trebuie să suportăm această stranie idee copilărească a unui Dumnezeu iubitor, fără a avea argumente teoretice.

Iar dacă vom lua în serios această noțiune a unui Dumnezeu iubitor, vom descoperi că ea nu presupune o filozofie simplă.

Dacă postulăm că această capacitate de a iubi, acest imbold de a crește și de a evolua sunt cumva „sădite“ de Dumnezeu în noi, trebuie să ne întrebăm atunci cu ce scop. De ce vrea Dumnezeu ca noi să creștem? Către ce ne dezvoltăm noi? Care este punctul final, scopul evoluției? Ce vrea Dumnezeu de la noi? Nu am aici intenția de a mă implica în distincții teologice fine și sper că savanții mă vor ierta dacă voi tăia toate aceste „dacă“, „și“ sau „dar“ care aparțin teologiei speculative. Pentru că oricât ne-am abține de la ele, noi toți care postulăm un Dumnezeu iubitor și ne gândim cu adevărat la acest lucru vom ajunge în cele din urmă la o singură terifiantă idee: Dumnezeu vrea să devenim El însuși (sau Ea însăși sau Aceasta însăși). Ne dezvoltăm către bine. Dumnezeu este scopul evoluției. Dumnezeu este sursa forței evoluționare și Dumnezeu este destinația ei. Aceasta este ceea ce înțelegem atunci când spunem că El este Alfa și Omega, începutul și sfârșitul.

Când am spus că aceasta este o idee terifiantă, am vorbit blând. Este o idee veche, dar de milioane de ani fugim de ea într-o panică totală. Pentru că nicio idee care a apărut vreodată în mintea omului nu așază pe umerii noștri o astfel de sarcină. Este cerința cea mai mare din istoria umanității. Nu doar pentru că este dificil de a o concepe. Dimpotrivă, este esența simplității. Pentru că, dacă noi credem în ea, ea ne va cere atunci tot ceea ce e posibil să-i dăm, tot ceea ce avem. Una este să credem într-un Dumnezeu bun și vechi, care are grijă de noi de la înălțimea poziției sale puternice, pe care noi nu vom fi niciodată în stare să o atingem, și cu totul altceva este să credem într-un Dumnezeu care se gândește ca noi să atingem poziția Lui, puterea Lui, înțelepciunea Lui, identitatea Lui. Dacă gândim că este posibil ca omul să devină Dumnezeu, această credință, prin chiar natura ei, plasează asupra noastră obligația de a încerca să atingem posibilul. Dar noi nu vrem această obligație. Nu vrem să muncim chiar atât de mult. Nu vrem responsabilitatea lui Dumnezeu. Nu vrem să fim nevoiți să gândim tot timpul.

Atâta vreme cât vom putea crede că divinitatea este imposibil de atins pentru noi înșine, nu va trebui să ne preocupăm de dezvoltarea noastră spirituală, să ne împingem pe noi înșine spre niveluri de conștiință și acte de iubire din ce în ce mai înalte; putem să ne relaxăm și să fim doar oameni. Dacă Dumnezeu este în cerurile Lui, și noi suntem aici, și niciodată cele două nu se vor întâlni, putem să-i lăsăm Lui toată responsabilitatea pentru evoluția și conducerea universului. Putem face doar puținul nostru, pentru a ne asigura o bătrânețe confortabilă și să sperăm că atunci vom avea parte de sănătate, fericire, copii recunoscători și nepoți; dar ce e dincolo de asta nu trebuie să ne preocupe. Aceste scopuri sunt dificil de atins și cu greu pot fi subapreciate. Totuși, pe măsură ce începem să credem că este posibil ca omul să devină Dumnezeu, nu ne vom mai putea odihni niciodată prea mult, nu vom mai putea spune „în regulă, slujba mea s-a sfârșit, munca mea e făcută". Trebuie permanent să ne sforțăm pe noi înșine spre o înțelepciune din ce în ce mai mare, spre o eficacitate din ce în ce mai mare. Prin această credință ne-am prins singuri, cel puțin până la moarte, în cursa unei munci de ocnaș pentru îmbunătățirea de sine și dezvoltarea spirituală. Responsabilitatea lui Dumnezeu trebuie să fie a noastră. Nu este deci de mirare că ne repugnă credința în posibilitatea divinității.

Ideea că Dumnezeu ne nutrește într-un mod activ, astfel încât noi să putem crește, să fim ca El, ne aduce față în față cu propria noastră lene.

Entropia și păcatul originar

Această carte, fiind despre dezvoltarea spirituală, trebuie să trateze și cealaltă fațetă a medaliei: obstacolele în dezvoltarea spirituală. În ultimă instanță, există un singur obstacol, și anume lenea. Dacă o depășim, toate celelalte obstacole vor fi trecute. Dacă nu o depășim, niciunul dintre celelalte obstacole nu va putea fi sărit. Având în vedere conceptul de disciplină, am discutat despre lenea implicată în evitarea suferinței inerente sau despre alegerea celei mai ușoare căi. Am discutat, de asemenea, faptul că iubirea înseamnă disponibilitatea de a extinde sinele. Lenea este opusul iubirii. Dezvoltarea spirituală înseamnă un mare efort, așa cum am reamintit iarăși și iarăși. Suntem acum în situația în care putem examina natura lenei în perspectivă și a ne da seama că lenea este forța entropică ce se manifestă în viețile noastre, ale tuturor.

Timp de mulți ani, am crezut că noțiunea de păcat originar nu are sens și chiar că nu are obiect. Sexualitatea nu mi se părea a fi în mod necesar un păcat. Nici diferite alte pofte ale mele. Deseori eram indulgent cu mine însumi când mâncam peste măsură o masă excelentă și, deși aveam parte poate de suferințe din cauza indigestiei, cu siguranță nu sufeream din cauza sentimentelor de vinovăție. Percepeam păcatul din lume: pălăvrăgeala, prejudecata, tortura, brutalitatea. Dar nu reușeam să percep vreun păcat inerent la sugari, nici nu mi se părea rațional să cred că un copil mic era blestemat din cauza strămoșilor care mâncaseră din fructul copacului cunoașterii binelui și a răului. Gradual însă, am devenit din ce în ce mai conștient de natura ubicuă a lenei. În strădania de a-mi ajuta pacienții să se dezvolte, am descoperit că inamicul meu principal era invariabil lenea lor. Și am devenit conștient în mine însumi de șovăiala de a mă extinde spre noi domenii ale gândirii, ale responsabilității și ale maturității. Un lucru îl aveam clar în comun cu restul umanității, iar acesta era propria mea lene. În acest moment, brusc povestea cu șarpele și mărul a început să aibă sens.

Cheia problemei rezidă în ceea ce lipsește. Povestea sugerează că Dumnezeu avea obiceiul să „umble prin rai, în răcoarea serii"* și că existau canale deschise de comunicare între El și om. Dar dacă era așa, de ce Adam și Eva, fiecare separat sau împreună, înainte sau după îndemnul șarpelui, nu i-au spus lui Dumnezeu: „Suntem curioși de ce Tu nu vrei să mâncăm fructul copacului cunoașterii binelui și a răului. Nouă ne place cu adevărat aici și nu vrem să părem nerecunoscători, dar legea Ta în această privință nu prea o înțelegem și am fi recunoscători dacă ea ne-ar fi explicată?" Dar, bineînțeles, ei nu au spus acest lucru. În schimb, au mers înainte și au încălcat legea lui Dumnezeu, fără a înțelege vreodată motivul existenței acestei legi, fără a face efortul de a-l înfrunta pe Dumnezeu în mod direct, de a-i pune la îndoială autoritatea sau de a comunica cu El la un nivel rezonabil de matur. Ei au ascultat de șarpe, dar nu au reușit să asculte și varianta lui Dumnezeu, înainte de a acționa.

De ce acest eșec? De ce nu a existat un pas intermediar între tentație și act? Oare acest pas intermediar să fie esența păcatului? Pasul lipsă este cel al dezbaterii. Adam și Eva ar fi putut pune la cale o dezbatere între șarpe și Dumnezeu, dar nereușind să facă asta, nu au obținut varianta lui Dumnezeu asupra problemei. Dezbaterea dintre șarpe și Dumnezeu este simbolul dialogului dintre bine și rău, care poate și trebuie să apară în mintea ființelor umane. Nereușita noastră în a conduce – sau de a conduce deplin și din toată inima – această dezbatere internă între bine și rău este cauza acelor acțiuni rele care constituie păcatul. În dezbaterea asupra înțelepciunii unei acțiuni propuse, ființele umane nu reușesc în mod curent să obțină varianta lui Dumnezeu asupra problemei respective. Ei nu reușesc să-L consulte sau să-L asculte pe Dumnezeu din interiorul lor, acea cunoaștere a ceea ce e corect, care locuiește inerent în mințile tuturor oamenilor. Acest eșec se datorează lenei. A menține aceste

---

* *Facerea* 3:8. (*N. trad.*)

dezbateri interne înseamnă a lucra din greu. Ele au nevoie de timp și de energie pentru a fi dirijate. Iar dacă le luăm în serios – dacă-l ascultăm serios pe acest „Dumnezeu“ din noi –, vom descoperi de obicei că suntem îndemnați să apucăm pe calea mai grea, pe calea care necesită un efort mai mare. A conduce această dezbatere înseamnă a ne deschide pe noi înșine către suferință și luptă. Fiecare și oricare dintre noi, mai des sau mai rar, va fugi de această muncă, va căuta să evite pasul cel dureros. La fel ca Adam și Eva și ca oricare dintre strămoșii noștri suntem cu toții leneși.

Așa că păcatul originar există; este lenea noastră. Este foarte reală. Există în fiecare și în oricare dintre noi – sugari, copii, adolescenți, adulți și vârstnici; înțelepți sau proști; schilozi sau oameni întregi; unii dintre noi pot fi mai puțin leneși decât alții, dar cu toții suntem leneși într-o oarecare măsură. Nu contează cât de energici și ambițioși sau chiar înțelepți am putea fi, dacă privim cu adevărat în noi înșine vom descoperi lenea la un anumit nivel. Este forța entropică din noi care ne trage în jos și care ne ține din spate pentru a nu înainta pe calea evoluției spirituale.

Unii cititori ar putea să-și spună în sinea lor: „Dar eu nu sunt leneș, lucrez șaizeci de ore pe săptămână la mine la serviciu. Seara sau la sfârșit de săptămână, deși sunt destul de obosit, mă căznesc să ies cu consoarta, să-mi duc copiii la grădina zoologică, să ajut la treburile casei, să fac o mulțime de alte lucruri. Uneori mi se pare că tot ce fac este să muncesc, să muncesc, să muncesc.“ Acești cititori se poate să îmi fie simpatici, dar nu pot decât să persist în ideea că vor găsi lenea dacă vor privi în ei înșiși. Pentru că lenea ia alte forme decât cele indicate de numărul de ore petrecute la slujbă sau dedicate responsabilităților față de alții. O formă majoră de lene este frica. Mitul lui Adam și al Evei poate fi din nou folosit pentru a ilustra acest lucru. S-ar putea spune, de exemplu, că nu lenea a fost cea care i-a oprit pe Adam și pe Eva de la a-I pune întrebări lui Dumnezeu despre motivele ce se aflau în spatele legii Lui, ci frica în fața măreției lui Dumnezeu sau teama față de sceptrul lui Dumnezeu. Dar deși nu orice frică este lene, de cele mai multe ori chiar asta este. Mare parte din teama noastră este față de schimbarea de *status quo*, frica de a pierde ceea ce avem dacă ne aventurăm mai departe de locul în care ne găsim acum. În secțiunea despre disciplină, am vorbit despre faptul că oamenii găsesc noile informații a fi amenințătoare, pentru că dacă și le-ar însuși, ar avea mult de lucru pentru a-și revizui propria hartă a realității și ei caută în mod instinctiv să evite această muncă. În consecință, deseori luptăm împotriva noilor informații mai degrabă decât să încercăm să le asimilăm. Rezistența este motivată prin teamă, da, dar baza acestui sentiment este lenea; frica de muncă este cea cu care avem de-a face. La fel, în secțiunea despre iubire am vorbit despre riscul de a ne extinde într-un nou teritoriu, în noi angajamente și responsabilități, în noi relații și niveluri de existență. Iată, din nou aici apare riscul pierderii *status quo*-ului și frica de munca implicată pentru a ajunge la un nou *status quo*. Deci este destul de probabil ca lui Adam și Evei să le fi fost frică de ceea ce s-ar fi putut întâmpla cu ei dacă ar fi deschis acest subiect în fața lui Dumnezeu; în schimb, au încercat să apuce calea cea ușoară, nelegitima scurtătură a ticăloșiei, dobândirea unei cunoașteri pentru care nu au muncit și speranța că vor putea să evadeze. Dar nu s-a întâmplat astfel. A-L întreba pe Dumnezeu ne poate costa multă muncă, dar morala acestei povestiri este că trebuie să-L întrebăm.

Psihoterapeuții știu că, deși pacienții vin la ei căutând o schimbare într-un fel sau altul, ei sunt de fapt îngroziți de acest lucru sau de munca pe care o presupune schimbarea. Din cauza acestei terori sau a lenei, majoritatea pacienților – poate nouă din zece – care încep procesul de psihoterapie îl abandonează cu mult înainte ca el să se fi încheiat.

Majoritatea acestor renunțări (sau eschivări) apar după primele ședințe sau după primele luni de tratament. Dinamica este clară în cazul pacienților căsătoriți, care devin conștienți în primele ședințe de terapie că mariajul lor este îngrozitor de dezordonat sau de distructiv și că deci calea spre sănătatea mintală va trece fie prin divorț, fie printr-un proces extrem de dificil și dureros de restructurare completă a mariajului. De fapt, acești pacienți au deseori conștiința acestui fapt la nivel subliminal înainte de a căuta să facă psihoterapie, iar primele ședințe de terapie nu fac decât să confirme faptul că ei deja știu și sunt îngroziți de acest fapt. În orice caz, ei devin copleșiți de frica de a face față unei aparent imposibile dificultăți de a trăi singuri sau aparent unei egal de imposibile dificultăți de a munci timp de luni și ani împreună cu partenerii lor pentru o îmbunătățire radicală a relației. Așa că opresc tratamentul, uneori după două sau trei ședințe, alteori după zece sau douăzeci. Pot să se oprească invocând scuze precum: „Ne-am decis că am făcut o greșeală când am crezut că avem bani pentru tratament." sau pot să se oprească în mod onest, recunoscând deschis: „Mi-e frică de ceea ce ar putea face această terapie cu mariajul meu. Știu că este o eschivă, poate odată o să am curajul să mă întorc." Cu orice preț, ei optează pentru menținerea *status quo*-ului mizerabil, preferându-l extraordinarei cantități de efort pe care își dau seama că trebuie să-l depună pentru a ieși fiecare din propria cursă.

În primele stadii ale dezvoltării spirituale, indivizii nu sunt de obicei conștienți de propria lene, deși s-ar putea să recunoască de formă astfel de lucruri, spunând: „O, bineînțeles, ca oricare alt om, am și eu momentele mele de lene." Acest lucru se întâmplă din cauza părții leneșe din ei, care este ca un diavol lipsit de scrupule și specializat în deghizări înșelătoare. El acoperă propria lene în tot felul de raționalizări pe care partea cea mai dezvoltată din sine nu le poate distinge ușor și nu poate lupta împotriva lor, pentru că este prea slabă. O persoană va răspunde la sugestia că ar trebui să-și însușească o nouă cunoaștere într-un anumit domeniu astfel: „Acest domeniu a fost studiat de o mulțime de oameni, fără să ajungă vreunul la vreun răspuns." sau: „Știu un om care se pricepea la asta și era un alcoolic care s-a sinucis." sau: „Nu-nveți cal bătrân la ham" sau: „Dvs. încercați să mă manipulați pentru a deveni o copie a dvs. și nu cred că asta trebuie să facă psihoterapeutul." Toate aceste răspunsuri și multe altele sunt mușamalizări ale lenei pacienților sau ale discipolilor, desemnate să o mascheze nu atât față de terapeut sau de profesor, cât față de ei înșiși. A recunoaște lenea așa cum este și a-ți da seama că și tu suferi de ea este începutul retezării ei.

Din aceste motive, cei care sunt în stadii de dezvoltare spirituală relativ avansate sunt chiar cei care sunt mai conștienți de propria lene. Cei mai puțin leneși sunt aceia care se cred a fi cei mai trândavi. În strădania mea personală de a mă maturiza, am devenit gradual mai conștient de noi cunoștințe care tind, ca și cum ar fi după ele, să se furișeze pe lângă mine. Sau am zărit căi noi, constructive ale gândirii, pe care pașii mei au început să se târască, părând a fi de capul lor. Bănuiesc că de multe ori aceste valoroase gânduri s-au furișat pe lângă mine neobservate și că am rătăcit de la aceste valoroase căi fără să știu ce fac. Dar când am devenit conștient de faptul că îmi trag picioarele după mine, am fost silit să-mi încordez voința și să-mi iuțesc pașii chiar în direcția pe care o ocoleam. Lupta împotriva entropiei nu ia sfârșit niciodată.

Cu toții avem un sine bolnav și unul sănătos. Nu contează cât de nevrotici sau chiar de psihotici am putea fi, chiar dacă părem a fi total înspăimântați și complet rigizi, încă există o parte din noi, oricât de mică, ce vrea ca noi să creștem, căreia îi place schimbarea și dezvoltarea, care e atrasă de nou și de necunoscut și care este gata să muncească și să-și asume riscurile implicate în dezvoltarea spirituală. Și nu contează cât părem de sănătoși și de evoluați spiritual, există încă o parte în noi, oricât de mică, ce nu vrea ca noi să ne încordăm, care se cramponează de ceea ce este vechi și familiar, care e înspăimântată de orice schimbare sau efort, dorind confortul cu orice preț și absența durerii cu orice cost, chiar dacă pedeapsa va consta în ineficacitate, stagnare sau regresie. În unii dintre noi sinele sănătos pare patetic de mic, complet dominat de lene și de frica monumentalului sine bolnav. Alții dintre noi pot să se dezvolte rapid, sinele lor sănătos dominant fiind nerăbdător să se înalțe în strădania de a evolua către divinitate; sinele sănătos trebuie totuși să fie întotdeauna vigilent împotriva lenei sinelui bolnav, care încă bântuie în interiorul nostru. Sub un aspect, noi, ființele umane, suntem toate egale. În fiecare și în toți există un sine dublu, unul bolnav și unul sănătos – o pulsiune de viață și o pulsiune de moarte, dacă vreți. Fiecare dintre noi reprezintă întreaga rasă umană; în fiecare dintre noi există instinctul pentru divinitate și speranța pentru omenire și în fiecare dintre noi există păcatul originar al lenei, forța entropică mereu prezentă trăgându-ne în jos încă din copilărie spre mormânt și spre mlaștinile sau smârcurile din care am evoluat.

Problema răului

Sugerând că lenea este păcatul originar și că lenea în forma sinelui bolnav ar putea fi chiar diavolul, ar fi relevant să completăm puțin tabloul făcând câteva remarci despre natura răului. Problema răului este poate una dintre cele mai mari probleme ale teologiei. Totuși, așa cum s-a întâmplat cu multe alte probleme „religioase“, știința psihologiei a acționat, cu câteva excepții minore, ca și cum răul nu ar exista. Psihologia poate contribui mult la elucidarea acestui subiect. Sper că voi putea să contribui la aceasta în lucrări care vor urma. Deocamdată, fiind vorba doar de o temă periferică din această carte, mă voi limita la a prezenta pe scurt patru concluzii la care am ajuns în ceea ce privește natura răului.

Mai întâi, trebuie să conchid că răul este real. Nu este o plăsmuire a imaginației sau a slăbiciunii minții religioase primitive în încercarea de a explica necunoscutul. Există cu adevărat oameni și instituții făcute de către oameni care răspund cu ură în prezența binelui și ar distruge binele atât cât le stă în putere să o facă. Ele ar face acest lucru nu cu o răutate conștientă, ci într-un fel de orbire, de lipsă de conștiință a propriului rău – într-adevăr, căutând să evite orice astfel de conștientizare. Așa cum a fost descris răul în literatura religioasă, ele urăsc lumina și instinctiv vor face orice ca să o evite, inclusiv încercând să o stingă. Astfel de oameni ar distruge lumina în propriii lor copii și în toate ființele ce se află în puterea lor.

Oamenii răi urăsc lumina, pentru că ea îi dezvăluie pe ei înșiși lor înșile. Ei urăsc binele, pentru că el dezvăluie propria lor răutate. Ei urăsc iubirea, pentru că le dezvăluie lenea. Ei vor distruge lumina, binele, iubirea pentru a evita durerea conștientizării de sine. A doua concluzie a mea este atunci că răul este lenea dusă până la extrem. Așa cum am definit-o, iubirea este antiteza lenei. Lenea obișnuită este nereușita pasivă de a iubi. Unii oameni leneși obișnuiți pot să nu ridice un deget pentru a se extinde pe sine până când nu sunt constrânși să o facă. Ei vor lua în considerare orice acțiune ce le stă în putere pentru a-și proteja propria lene, pentru a conserva integritatea sinelui lor bolnav. În loc de a-i nutri, ei îi vor distruge de fapt pe ceilalți din această cauză. Dacă e necesar, chiar îi vor ucide pentru a scăpa de durerea propriei lor dezvoltări spirituale. Pentru că integritatea sinelui lor bolnav este amenințată de sănătatea spirituală a celor din jurul lor, ei vor căuta prin toate mijloacele să zdrobească şi să demoleze sănătatea spirituală care ar putea exista în apropierea lor. Definesc răul atunci ca un exerciţiu de putere politică – ca impunere a propriei voinţe asupra celorlalţi printr-o coerciţie făţişă sau mascată – pentru a evita extinderea sinelui în scopul nutririi dezvoltării spirituale. Lenea obişnuită este non-iubire; răul este anti-iubire.

Cea de-a treia concluzie a mea este că existenţa răului este inevitabilă, cel puţin în acest stadiu al evoluţiei umane. Dată fiind forţa entropică şi faptul că oamenii posedă liber arbitru, este inevitabil ca lenea să fie bine stăpânită de unii şi complet nestăpânită de ceilalţi. Entropia pe de o parte şi cursul evoluţionar al iubirii pe de altă parte sunt forţe opuse şi este un fapt natural că aceste forţe se vor găsi într-un echilibru relativ în majoritatea oamenilor, deşi unii, la o extremă, vor manifesta o iubire aproape pură, iar alţii, la cealaltă extremă, o pură entropie a răului. Pentru că ele sunt forţe aflate în conflict, este de asemenea inevitabil ca aceia care se află la extreme să fie încleştaţi în bătălie; este tot atât de natural pentru rău să urască binele precum este pentru bine să urască răul.

Am ajuns la o ultimă concluzie, aceea că în timp ce entropia este o forţă enormă în cele mai extreme forme ale răului uman, este straniu de ineficientă ca forţă socială. Eu însumi am fost martor al răului în acţiune, atacând în mod vicios şi distrugând în mod eficient spiritele şi minţile a zeci de copii. Dar răul se retrage dacă avem în vedere tabloul în mare al evoluţiei umane. Pentru că fiecare suflet pe care îl distruge – şi sunt destule – este folositor pentru salvarea celorlalte. Pe neştiute, răul serveşte ca baliză pentru a-i avertiza pe ceilalţi să se îndepărteze de bancurile lui de nisip. Din cauză că majoritatea am fost dăruiţi cu un simţ aproape instinctiv de oroare faţă de nelegiuirea răului, atunci când îi recunoaştem prezenţa, personalităţile noastre devin vigilente prin conştientizarea existenţei lui. Acesta este un semnal pentru a ne purifica. Răul a fost cel care, de exemplu, l-a ridicat pe Hristos pe cruce, fapt care ne-a făcut pe noi să-l vedem din depărtare. Implicarea noastră personală în lupta împotriva răului din lume reprezintă una dintre căile prin care ne dezvoltăm.

Evoluția conștiinței

Cuvintele „conștient" și „conștientizare" au apărut aici în mod repetat până acum. Oamenii răi se opun conștientizării propriei lor condiții. Un semn al celor avansați spiritual este conștientizarea propriei lor leni. Oamenii deseori nu sunt conștienți de propria lor religie sau de viziunea lor asupra lumii și în cursul dezvoltării lor religioase este necesar ca ei să devină conștienți de propriile presupoziții și înclinații. Prin înfrânare și prin concentrare ne dezvoltăm devenind mult mai conștienți de ceea ce iubim și de lume. O parte esențială a disciplinei o constituie dezvoltarea conștientizării responsabilității și a puterii noastre de a alege. Capacitatea de conștientizare o atribuim acelei părți a minții pe care o numim conștiență sau conștiință. Suntem acum în punctul în care putem defini dezvoltarea spirituală ca extindere sau evoluție a conștiinței.

Cuvântul „conștient" este derivat din prefixul latinesc *con*, însemnând „cu" și cuvântul *scire,* însemnând „a cunoaște". A fi conștient înseamnă „a cunoaște cu". Dar cum putem înțelege acest „cu"? A cunoaște cu *ce*? Am vorbit despre faptul că partea inconștientă a minții noastre este posesoarea unei cunoașteri extraordinare. Ea știe mai mult decât știm noi, prin „noi" fiind definit sinele nostru conștient. Iar atunci când devenim conștienți de un adevăr nou, acest lucru se întâmplă pentru că noi îl recunoaștem ca fiind adevăr; noi îl recunoaștem ca fiind ceva deja cunoscut. Să conchidem oare că a deveni conștient înseamnă a cunoaște *cu* inconștientul?

Dezvoltarea conștiinței este extinderea în mintea noastră conștientă a cunoașterii *odată cu* conștientizarea minții noastre inconștiente, care deja posedă această cunoaștere. Este un proces al minții conștiente care ajunge în sincronicitate cu inconștientul. Acesta n-ar trebui să fie un proces străin psihoterapeuților, care în mod curent definesc terapia ca pe un proces de a „face inconștientul conștient" sau de a lărgi domeniul conștiinței în raport cu domeniul inconștientului.

Dar încă nu am explicat în ce mod posedă inconștientul toată această cunoaștere pe care noi nu am aflat-o încă în mod conștient. Încă o dată, întrebarea este atât de importantă, însă nu avem un răspuns științific. Încă o dată, nu putem decât să emitem ipoteze. Și încă o dată, nu cunosc nicio ipoteză la fel de satisfăcătoare ca postularea existenței unui Dumnezeu care este intim asociat cu noi – atât de intim, încât El este parte din noi. Dacă vreți să aflați cel mai potrivit loc în care să căutați grația, acesta este în voi înșivă. Este sugerat aici faptul că interfața dintre Dumnezeu și om este cel puțin în parte interfața dintre inconștient și conștient. Se poate spune cumva că inconștientul este Dumnezeu. Dumnezeu înăuntrul nostru. Suntem parte din Dumnezeu tot timpul. Dumnezeu a fost în noi tot timpul, este acum, va fi mereu.

Cum se poate întâmpla așa ceva? Dacă cititorul este îngrozit de ideea că inconștientul este Dumnezeu, ar trebui să-și amintească faptul că aceasta nu este o concepție eretică, fiind în esență aceeași cu concepția creștină a Duhului Sfânt sau a Sfântului Spirit care locuiește în noi toți. Găsesc de mare ajutor a înțelege relația dintre Dumnezeu și noi înșine gândind inconștientul ca pe un rizom sau ca pe un sistem de rădăcini incredibil de mare și de bogat, care hrănește mica plantă a conștiinței ce încolțește în mod vizibil din inconștient. Îi sunt îndatorat pentru această analogie lui

Jung, care, descriindu-se pe sine însuşi ca pe o „aşchie a deităţii infinite", continuă să spună:

> *Viaţa am asemuit-o întotdeauna unei plante care trăieşte din rizomul ei. Viaţa sa propriu-zisă nu este vizibilă, ea îşi are sălaşul în rizom. Ceea ce devine vizibil deasupra pământului durează doar o vară. Apoi se ofileşte – o apariţie efemeră. Dacă ne gândim la devenirea şi la dispariţia infinită a vieţii şi culturilor, ni se conturează impresia unei deşertăciuni absolute; dar eu n-am pierdut niciodată sentimentul perenităţii vieţii sub eterna schimbare. Ceea ce se vede este floarea, ea este cea care dispare. Rizomul dăinuie.**

Jung nu a mers niciodată atât de departe, încât să afirme că Dumnezeu există în inconştient, deşi scrierile sale sunt orientate clar în această direcţie. Ceea ce a făcut el a fost să dividă inconştientul într-un „inconştient personal", mai superficial, şi un „inconştient colectiv", profund, care este comun genului uman. În viziunea mea, inconştientul colectiv este Dumnezeu; conştientul este omul ca individ, iar inconştientul personal este interfaţa dintre ele. Având acest rol de interfaţă, este inevitabil ca inconştientul personal să fie un loc în care să existe o anumită tulburare, scena unei bătălii între voinţa lui Dumnezeu şi cea a individului. Am descris înainte inconştientul ca fiind un tărâm benign şi iubitor. Aşa cred că este. Dar visele, deşi conţin mesaje de înţelepciune iubitoare, conţin de asemenea multe semne de conflict; deşi pot fi vise de plăcută reînnoire de sine, ele pot fi, de asemenea, şi coşmaruri înfricoşătoare, tumultuoase. Din cauza acestui tumult, bolile mintale au fost localizate de către majoritatea gânditorilor în inconştient, ca şi cum

---

* C.G. Jung, *Amintiri, vise, reflecţii*, Consemnate şi editate de Aniela Jaffé, trad. rom. de Daniela Ştefănescu, Humanitas, Bucureşti, 1996, p. 19.

inconștientul ar fi sălașul psihopatologiei, iar simptomele ar fi ca niște demoni subterani care ies la suprafață pentru a-i scoate din minți pe oameni. Așa cum am mai spus, perspectiva mea este opusă. Cred că de fapt conștientul este sălașul psihopatologiei, iar afecțiunile mintale sunt afecțiuni ale conștiinței. Ne îmbolnăvim din cauză că sinele nostru conștient se opune înțelepciunii noastre inconștiente. Tocmai deoarece conștiința este tulburată apare acest conflict între ea și inconștientul care caută să o vindece. Cu alte cuvinte, boala mintală apare atunci când voința conștientă a individului deviază substanțial de la voința lui Dumnezeu, care este voința propriului inconștient al individului. Am spus că scopul suprem al dezvoltării spirituale este ca individul să devină una cu Dumnezeu. Să cunoască împreună cu Dumnezeu. Pentru că de acum inconștientul este Dumnezeu, vom putea defini în continuare scopul creșterii spirituale ca fiind atingerea divinității de către sinele conștient. Asta înseamnă pentru individ să devină total, în întregime Dumnezeu. Înseamnă oare aceasta că scopul este unirea conștiinței cu inconștientul, devenind astfel inconștientă? Nu prea. Ajungem acum la rostul a toate acestea. Rostul este de a deveni Dumnezeu, conservând însă conștiința. Dacă mugurele conștiinței care se dezvoltă din rizomul Dumnezeului inconștient poate deveni el însuși Dumnezeu, atunci Dumnezeu își va asuma o nouă formă de viață. Aceasta este semnificația existenței noastre individuale. Suntem născuți pentru că putem deveni, ca și conștiințe individuale, o nouă formă de viață a lui Dumnezeu.

Conștiința este partea executivă a întregii noastre ființe. Conștiința este cea care ia decizii și le traduce în acțiuni. Dacă ar fi să devenim inconștienți cu totul, am fi într-adevăr ca un nou-născut, una cu Dumnezeu, dar incapabili de vreo acțiune care să facă simțită prezența lui Dumnezeu în lume. Așa cum am menționat, există în gândirea mistică a teologiei hinduse sau budiste ideea regresiunii, în care statutul nou-născutului, fără granițe ale eului, este comparat cu Nirvana, iar scopul intrării în Nirvana pare similar cu reîntoarcerea în pântecul matern. Scopul teologiei prezentate aici și al majorității misticilor este exact opusul. Nu este vorba de a deveni lipsiți de eu, nou-născuți inconștienți. Mai degrabă este vorba de a dezvolta un ego matur, conștient, care apoi să poată deveni eu al lui Dumnezeu. Dacă adulți fiind, mergem pe două picioare, suntem capabili să facem alegeri independente care influențează lumea, putem să ne identificăm libera noastră voință matură cu cea a lui Dumnezeu, atunci Dumnezeu își va asuma, prin intermediul eului nostru conștient, o nouă și puternică formă de viață. Vom deveni mijlocitorii lui Dumnezeu, brațele sale, ca să spunem așa, și prin urmare parte din El. Și atât cât putem prin deciziile noastre conștiente să influențăm lumea în acord cu voința Sa, viețile noastre în sine vor deveni mijlocitoare ale grației lui Dumnezeu. Noi înșine vom deveni o formă a grației lui Dumnezeu, lucrând în numele Lui, în mijlocul umanității, creând iubire acolo unde nu exista înainte, trăgând până la nivelul nostru de conștiință pe aproapele nostru, împingând planul evoluției umane înainte.

Natura puterii

Am ajuns acum în punctul în care putem înțelege natura puterii. Este un subiect foarte greșit înțeles. Unul dintre motivele acestei înțelegeri greșite este acela că există două feluri de puteri – politică și spirituală. Mitologia religioasă s-a ostenit să traseze distincția dintre cele două. Înainte de nașterea lui Buddha, de exemplu, profeții l-au informat pe tatăl său că Buddha va crește și va deveni cel mai mare rege de pe pământ sau un om sărac care va fi cel mai mare conducător spiritual pe care l-a cunoscut vreodată lumea. Ori una, ori alta, dar nu amândouă. Iar lui Hristos, Satan i-a oferit

„toate împărățiile lumii și slava lor"*. Dar el a respins această alternativă pentru a muri, aparent neputincios, pe cruce.

Puterea politică reprezintă capacitatea de a-i constrânge pe alții în mod fățiș sau mascat să facă vrerea cuiva. Această capacitate rezidă în poziție, cum ar fi cea de rege sau de președinte, sau în avere. Prin urmare, puterea politică nu este legată de divin sau de înțelepciune. Oameni foarte proști sau foarte răi au pășit pe acest pământ ca regi. Puterea spirituală rezidă totuși în întregime în individ și nu are nimic de-a face cu capacitatea de a-i constrânge pe ceilalți. Oameni de o mare putere spirituală pot fi bogați și pot ocupa în anumite ocazii poziții politice de conducător, dar este tot atât de posibil să fie săraci și lipsiți de autoritate politică. Atunci, ce este această putere spirituală dacă nu capacitatea de a constrânge? Este capacitatea de a lua decizii cu o conștientizare maximă. Este conștiința.

Mulți oameni, în majoritatea timpului, iau decizii conștientizând puțin din ceea ce fac. Ei întreprind acțiuni, înțelegând puțin din propriile motive și fără a începe să cunoască ramificațiile alegerilor lor. Știm cu adevărat ce facem atunci când acceptăm sau respingem un client potențial? Când lovim un copil, când promovăm un subordonat, când flirtăm cu o cunoștință? Oricine a lucrat mai mult timp în arena politică știe că multe dintre acțiunile făcute cu cele mai bune intenții vor fi ratate și se vor dovedi dăunătoare la final; sau că oameni cu motive vulgare pot promova o cauză aparent ticăloasă și care se va dovedi în ultimă instanță a fi constructivă. La fel și creșterea copiilor. Este mai bine să faci ceea ce trebuie din motive greșite decât să faci lucruri greșite din motive corecte? Deseori suntem în întuneric atunci când

* *Evanghelia după Luca* 4:8. (*N. trad.*)

credem că suntem foarte siguri pe noi și iluminați atunci când suntem foarte confuzi.

Ce să facem când suntem în derivă pe un ocean de ignoranță? Unii sunt nihiliști și spun „Nimic“. Ei propun că ar trebui să navigăm în continuare, ca și cum nu ar fi posibil să descoperim nicio rută care să ne ducă spre un adevăr clar sau către o destinație pe această mare întinsă. Dar alții, suficient de conștienți pentru a ști că s-au rătăcit, îndrăznesc să spere că ar putea ieși din ignoranță, dezvoltând o mai mare conștientizare. Ei au dreptate. Este posibil. Dar o astfel de mare conștientizare nu ajunge la ei printr-o singură străfulgerare orbitoare. Ea vine încet, piesă cu piesă, și fiecare piesă ia naștere prin efortul pacientului de a studia și de a observa totul, inclusiv pe el însuși. Ei sunt elevi umili. Drumul dezvoltării spirituale este drumul de-a învăța întreaga viață.

Dacă acest drum este urmat multă vreme și cu suficient avânt, vor începe să apară și piesele cunoașterii. Ușor lucrurile vor începe să aibă sens. Există alei întunecoase, dezamăgiri, concepții la care ajungi doar pentru a le abandona. Dar este posibil să ajugem gradual la o înțelegere din ce în ce mai profundă a semnificației existenței noastre. Și treptat putem ajunge în locul în care putem ști în realitate ce facem. Putem să ajungem la putere.

Experiența puterii spirituale este în mod fundamental una fericită. Există o fericire care provine din faptul de a stăpâni. Într-adevăr, nu există satisfacție mai mare decât aceea de a fi expert, de a ști cu adevărat ce faci. Cei care au crescut spiritual cel mai mult sunt cei care sunt experți în a trăi. Și mai există o altă bucurie, chiar mai mare. Este bucuria comuniunii cu Dumnezeu. Pentru că atunci când știm cu adevărat ce facem participăm la atotcunoașterea lui Dumnezeu. Conștientizând în întregime natura unei situații, a motivelor noastre de a acționa în această împrejurare, rezultatele și ramificațiile acțiunilor noastre, atingem acel nivel de conștientizare care în mod normal ne așteptăm să-i aparțină lui Dumnezeu. Sinele nostru conștient a reușit să ajungă în armonie cu mintea lui Dumnezeu. Cunoaștem împreună cu Dumnezeu.

Totuși, cei care au atins acest stadiu al creșterii spirituale, această stare de mare conștientizare, sunt în mod invariabil posedați de o umilință fericită. Pentru că ei conștientizează și faptul că neobișnuita lor înțelepciune își are originea în inconștient. Ei sunt conștienți de conexiunea lor cu rizomul și sunt conștienți că această cunoaștere a lor ajunge de la rizom la ei prin această conexiune. Eforturile lor de a ști sunt doar eforturi de a deschide conexiunea și sunt conștienți că rizomul, inconștientul lor, nu este doar al lor, ci al întregii omeniri, al vieții întregi, al lui Dumnezeu. Invariabil, când sunt întrebați de sursa cunoașterii și a puterii lor, cei cu adevărat puternici vor răspunde: „Nu este puterea mea. Puterea mică pe care o am este doar o infimă expresie a unei puteri cu mult mai mari. Eu sunt un simplu mijloc. Nu este deloc puterea mea.“ Am spus că această umilință este fericită. Acest lucru se întâmplă din cauză că, având conștiința conectării cu Dumnezeu, cei cu adevărat puternici trăiesc o diminuare a sentimentului de sine. „Fie după voia Ta, nu a mea. Fă din mine instrumentul Tău.“ este singura lor dorință. O astfel de pierdere a sinelui aduce cu sine totdeauna un fel de extaz calm, diferit de experiența faptului de a fi îndrăgostit. Conștienți de conectarea lor intimă cu Dumnezeu, ei experimentează o încetare a singurătății. Aceasta este comuniunea.

Deși este fericită, experiența puterii spirituale este de asemenea înspăimântătoare. Cu cât conștientizarea este mai mare, cu atât este mai dificil de acționat. Am menționat acest fapt în concluzia de la prima secțiune, atunci când am folosit analogia cu cei doi generali, fiecare trebuind să ia decizia dacă să-și implice soldații diviziei în bătălie. Cel care își privea divizia doar ca pe o unitate strategică putea avea un somn ușor după ce luase decizia. Dar pentru celălalt, conștient de viața fiecărui om de sub comanda sa, decizia va fi groaznică. Cu toții suntem generali. Orice acțiune am face, ea poate influența cursul civilizației. Decizia de a lăuda sau de a pedepsi un singur copil poate avea vaste consecințe. E ușor să acționezi având conștiința unor date limitate și lăsând zarurile să cadă cum vor. Totuși, cu cât conștientizarea noastră este mai mare, cu atât trebuie să asimilăm din ce în ce mai multe date și să le integrăm în luarea deciziei. Cu cât știm mai mult, cu atât decizia devine mai complexă. Însă cu cât știm mai mult, cu atât devine posibil să prezicem cum vor cădea zarurile. Dacă ne asumăm responsabilitatea de a încerca să prezicem cu exactitate cum va cădea fiecare zar, e posibil să fim atât de copleșiți de complexitatea sarcinii, încât să ne scufundăm în inacțiune. Dar această inacțiune este ea însăși o formă de acțiune și a nu face nimic ar putea fi cel mai bun curs al acțiunii în anumite împrejurări, deși în altele ar putea fi un curs dezastruos și distructiv. Deci, puterea spirituală nu este simplă conștientizare; este capacitatea de a menține abilitatea de a lua decizii cu o conștientizare din ce în ce mai mare. Iar puterea divină este aceea de a lua decizii cu o conștientizare totală. Dar diferit de ceea ce se înțelege popular prin această noțiune, omnisciența nu face ca luarea deciziei să fie mai ușoară; dimpotrivă, ea devine din ce în ce mai dificilă. Cu cât cineva e mai aproape de divinitate, cu atât acela simte simpatie față de Dumnezeu. A participa la omnisciența lui Dumnezeu înseamnă a împărtăși agonia Lui.

Mai există o problemă în ceea ce privește puterea: solitudinea.* Aici există o similitudine în cel puțin o dimensiune

---

* Fac o distincție între solitudine și singurătate. Singurătatea este lipsa de disponibilitate a celorlalți oameni de a comunica cu cineva la vreun nivel. Oamenii puternici sunt înconjurați de alții, lacomi de a comunica

între puterea spirituală și cea politică. Cineva care este aproape de vârful evoluției spirituale seamănă cu cel ce e aproape de vârful puterii politice. Nu mai există nimeni deasupra, cineva în curtea căruia să arunce pisica; nu mai există nimeni pe care să se dea vina; nimeni care să-i spună ce să facă. S-ar putea să nu mai existe nimeni aflat la același nivel cu care să împartă chinul și responsabilitatea. Alții îl pot sfătui, dar decizia îi aparține doar lui. El singur este responsabil. Într-o altă dimensiune, solitudinea enormei puteri spirituale este chiar mai mare decât cea a puterii politice. Pentru că nivelul conștientizării rareori este atât de înalt ca poziția pe care o ocupă, omul politic puternic are aproape totdeauna oameni egali din punct de vedere spiritual cu care să poată comunica. Astfel, președinții și regii au prietenii și sfetnicii lor. Dar persoana care a evoluat la cel mai înalt nivel de conștientizare, de putere spirituală, e foarte probabil să nu aibă pe nimeni în cercul său de cunoștințe cu care să împărtășească o astfel de profunzime a înțelegerii. Una dintre temele predominante ale Evangheliilor este senzația de continuă frustrare a lui Hristos de a nu găsi pe nimeni care să-l înțeleagă cu adevărat. Nu contează cât de mult a încercat, cât de mult s-a extins pe sine, el nu a putut ridica nici măcar spiritele propriilor discipoli la nivelul său. Cei mai înțelepți l-au urmat, dar nu l-au putut ajunge din urmă și toată iubirea sa nu l-a putut elibera de necesitatea de a conduce, mergând înainte îngrozitor de solitar. Solitudinea de acest fel este „împărtășită" de cei care merg cel mai departe în călătoria creșterii spirituale. Nu e vorba că o astfel de sarcină nu poate fi purtată, pentru că distanțându-ne de oameni, relația noastră cu Dumnezeu devine inevitabil mai apropiată. În comuniunea dezvoltării

---

cu ei; prin urmare, rareori sunt singuri și poate chiar tânjesc după singurătate. Solitudinea însă este indisponibilitatea cuiva de a comunica la nivelul tău de conștientizare.

conștiinței, a cunoașterii împreună cu Dumnezeu, există îndeajuns de multă bucurie pentru a ne sprijini.

Grația și boala mintală: mitul lui Oreste

S-au făcut mai multe afirmații aparent disparate despre natura sănătății mintale și a bolii; „Nevroza este întotdeauna un substitut pentru suferința legitimă“; „Sănătatea mintală înseamnă devotarea față de realitate cu orice preț.“; și „Boala mintală apare atunci când voința conștientă a individului deviază substanțial de la voința lui Dumnezeu, care este voința inconștientului individului.“ Să examinăm acum această chestiune a bolii mintale mai îndeaproape și să unim aceste elemente într-un întreg coerent.

Ne trăim viețile într-o lume reală. Pentru a le trăi cum trebuie, este necesar să ajungem să înțelegem realitatea lumii cât putem de bine. Dar la o astfel de înțelegere nu ajungem ușor. Multe aspecte ale realității lumii și ale relației noastre cu lumea sunt dureroase pentru noi. Le putem înțelege doar prin efort și suferință. Oricare dintre noi, într-o măsură mai mare sau mai mică, încearcă să evite acest efort și această suferință. Ignorăm aspectele dureroase ale realității, alungând din conștiința noastră anumite fapte neplăcute. Cu alte cuvinte, încercăm să ne apărăm conștiința, conștientizarea pe care o avem de realitate. Facem acest lucru printr-o multitudine de mijloace, pe care psihiatrii le numesc mecanisme de apărare. Oricare dintre noi folosește astfel de mecanisme pentru a-și limita conștientizarea. Dacă în lenea noastră și în frica noastră de a suferi ne apărăm masiv de conștientizare, înțelegerea de către noi a lumii va avea puțin sau deloc de-a face cu realitatea. Din cauză că acțiunile noastre se bazează pe înțelegerea noastră, comportamentul nostru va deveni nerealist. Când acest lucru se întâmplă într-o măsură suficientă, semenii noștri își dau seama că „am pierdut legătura cu realitatea", socotindu-ne bolnavi mintal, deși noi suntem convinși de sănătatea noastră.* Dar încă mult înainte ca lucrurile să ajungă la această extremă, iar boala să fie observată de semenii noștri, inconștientul nostru observă neadaptarea noastră crescândă. O astfel de observație ne este oferită de către inconștient printr-o diversitate de mijloace: coșmaruri, crize de anxietate, depresii și alte simptome. Deși mintea noastră conștientă neagă realitatea, subconștientul, care este omniscient, cunoaște situația reală și încearcă să ne ajute, prin formarea simptomelor stimulând mintea noastră conștientă să realizeze că ceva e greșit. Cu alte cuvinte, simptomele dureroase și nedorite ale bolii mintale sunt manifestări ale grației. Ele sunt produse ale „puternicei forțe ce-și are originea în afara conștiinței, care nutrește creșterea noastră spirituală".

Am arătat deja într-o scurtă discuție despre depresie, spre sfârșitul primei secțiuni despre disciplină, că simptomele depresive sunt pentru individul suferind semne că multe nu sunt în regulă cu el și că trebuie făcute modificări majore. Unele exemple de cazuri pe care le-am folosit pentru a demonstra alte principii pot fi, de asemenea, folosite pentru a-l ilustra pe următorul: simptomele neplăcute ale bolii mintale servesc pentru a le atrage oamenilor atenția că au luat un drum greșit, că spiritele lor nu se dezvoltă și sunt într-o gravă primejdie. Dar aș vrea să descriu pe scurt încă un caz pentru a demonstra anume rolul simptomelor.

---

* Recunosc că această schemă a bolii mintale este cumva exagerat de simplificată. Nu sunt luați, de exemplu, în considerare factorii fizici sau biochimici, care pot fi de o mare sau chiar predominantă importanță în anumite cazuri. Recunosc, de asemenea, că este posibil ca unii indivizi să fie mult mai aproape de realitate decât semenii lor și să fie socotiți „nesănătoși" de către o „societate bolnavă". Totuși, schema prezentată aici este adevărată pentru majoritatea exemplelor de boli mintale.

Betsy era o femeie de 32 de ani, drăguță și inteligentă, dar cu o sfioșenie aproape virginală, care a venit să mă vadă din cauza unor crize severe de anxietate. Era singurul copil al unor părinți catolici din clasa muncitoare, care fuseseră cumpătați și strânseseră bani să o trimită la facultate. După un an de facultate însă, în ciuda faptului că se descurca bine cu studiile, s-a decis să abandoneze și să se căsătorească cu băiatul de peste drum – care era mecanic. Și-a luat o slujbă ca vânzătoare într-un magazin. Toate au mers bine timp de doi ani. Dar apoi, brusc, au apărut crizele de anxietate. De neconsolat. Erau total imprevizibile – cu excepția faptului că apăreau totdeauna când era în afara apartamentului, undeva fără soțul ei. Se puteau întâmpla când mergea la cumpărături, când era la slujbă în magazin sau pur și simplu când se plimba pe stradă. Intensitatea panicii pe care o simțea în acele momente era copleșitoare. Trebuia să abandoneze orice făcea și să fugă literalmente spre casă sau la garajul unde lucra soțul ei. Doar atunci când era cu el sau acasă, panica se diminua. Din cauza acestor atacuri, a trebuit să-și părăsească slujba.

Când tranchilizantele pe care i le dădea medicul generalist nu au reușit să oprească sau măcar să influențeze intensitatea atacurilor de panică, Betsy a venit să mă consulte. „Nu știu ce e rău cu mine", s-a văitat ea. „Totul în viața mea e minunat. Soțul meu este bun cu mine. Ne iubim foarte mult. Mi-a plăcut slujba pe care o am. Acum totul e groaznic. Nu știu de ce mi se întâmplă asta. Simt că o să înnebunesc. Ajutați-mă. Ajutați-mă ca lucrurile să fie la fel de bune cum erau înainte." Dar, bineînțeles, Betsy a descoperit lucrând împreună cu mine că înainte lucrurile nu mergeau chiar atât de bine. Încet și dureros, a ieșit la suprafață faptul că, deși soțul ei era bun cu ea, o iritau mai multe lucruri la el. Manierele îi erau vulgare. Aria de interese îi era restrânsă. Când voia să se distreze, nu știa altceva decât să se uite la televizor. O plictisea. Apoi a început să recunoască faptul că și slujba ei de casier în magazin o plictisea. Așa că a început să se întrebe de ce a părăsit facultatea pentru o existență atât de neincitantă. „Ei bine, mă simțeam din ce în ce mai neconfortabil acolo", a recunoscut ea. „Tinerii de acolo luau droguri și făceau mult sex. Nu mă simțeam în regulă în această privință. Mă luau la întrebări nu doar băieții care voiau să facă sex cu mine, dar chiar prietenele mele. Credeau că sunt naivă. Mi-am dat seama că începusem să mă îndoiesc de mine însămi, de Biserică și chiar de valorile părinților mei. Cred că eram speriată." În cursul terapiei, Betsy a început să-și pună întrebarea dacă nu cumva fugea de ceva atunci când a părăsit facultatea. În cele din urmă, s-a întors la facultate. Din fericire, în ceea ce o privește, soțul ei s-a dovedit doritor de a se dezvolta odată cu ea și a mers și el la facultate. Orizonturile lor s-au lărgit rapid. Și, bineînțeles, atacurile de anxietate au luat sfârșit.

Există mai multe feluri de a privi acest caz destul de tipic. Atacurile de anxietate ale lui Betsy erau în mod clar o formă de agorafobie (literal, frică de piețe publice, dar mai uzual, frică de spații deschise), iar pentru ea reprezenta o frică de libertate. Avea aceste atacuri atunci când era afară, nestânjenită de soțul ei, liberă să se miște și să stabilească legături cu ceilalți. Frica de libertate era esența bolii ei mintale. Unii ar putea spune că boala ei consta în atacurile de anxietate ce reprezentau frica de libertate, dar eu găsesc că e mai folositor, mai relevant să privesc lucrurile în alt fel. Frica de libertate pe care o avea Betsy preceda atacurile de anxietate. Din cauza acestei frici a părăsit facultatea și a început procesul restrângerii dezvoltării sale. După cum cred eu, Betsy era bolnavă cu trei ani înainte de apariția simptomelor. Totuși, nu era conștientă de boala ei și de răul pe care și-l făcea prin autorestrângere. Simptomele, aceste atacuri de anxietate pe care ea nu le dorea și nu le ceruse, din cauza cărora se simțea „blestemată", „de neconsolat", au fost cele care au făcut-o să-şi conştientizeze în cele din urmă boala şi au forţat-o să reintre pe drumul autocorecţiei şi dezvoltării. Cred că acest model e adevărat pentru majoritatea bolilor mintale. Simptomele şi boala nu sunt acelaşi lucru. Boala există înainte de simptome. În loc de a fi boala, simptomele sunt începutul vindecării ei. Faptul că sunt nedorite face cu atât mai mult din ele un fenomen al graţiei – un dar de la Dumnezeu, un mesaj de la inconştient, dacă doriţi, pentru a iniţia o autoexaminare şi o reparaţie.

Aşa cum se întâmplă în general cu graţia, majoritatea oamenilor resping acest dar şi îi nesocotesc mesajul. Fac acest lucru într-o diversitate de moduri, toate reprezentând încercări de a evita responsabilitatea pentru boala lor. Încearcă să ignore simptomele, pretinzând că ele nu sunt cu adevărat simptome, că oricine are parte de „aceste mici atacuri din când în când". Încearcă să facă ceva împrejurul lor, părăsindu-şi slujbele, încetând să mai şofeze, mutându-se într-un nou oraş, evitând anumite activităţi. Încearcă să se ferească de aceste simptome prin tranchilizante, prin micile pilule prescrise de medic sau anesteziindu-se ei înşişi prin alcool sau alte droguri. Chiar dacă acceptă faptul că au aceste simptome, prin multe mijloace subtile, ei vor încerca de obicei să dea vina pe lumea din afară – pe rudele nepăsătoare, pe prietenii falşi, pe companiile lacome, pe societatea bolnavă şi chiar pe soartă – pentru condiţia în care se găsesc. Doar câţiva, care acceptă responsabilitatea simptomelor lor, care îşi dau seama că simptomele lor sunt o manifestare a tulburării sufletului lor, iau în seamă mesajul subconştientului şi acceptă graţia. Acceptă propria inadecvare şi durerea necesară de a lucra pentru a se vindeca. Dar pentru ei, ca şi pentru Betsy şi toţi ceilalţi doritori să înfrunte durerea unei psihoterapii există o mare răsplată. Despre ei vorbea Hristos în prima dintre

Fericiri: „Fericiți cei săraci cu duhul, căci a lor e împărăția cerurilor."*

Ceea ce am spus aici despre relațiile dintre grație și boala mintală este frumos redat în marele mit grecesc al lui Oreste și al Furiilor.**

Oreste era fiul cel mare al lui Atreus, bărbat care încercase în mod greșit să se dovedească mai puternic decât zeii. Din cauza nelegiuirii săvârșite împotriva lor, zeii l-au pedepsit pe Atreus, aruncând un blestem asupra tuturor urmașilor săi. Ca parte a acestui blestem aruncat asupra casei Atrizilor, mama lui Oreste, Clitemnestra, i-a omorât tatăl și și-a omorât soțul, pe Agamemnon. Această nelegiuire a făcut ca blestemul să cadă pe capul lui Oreste, în virtutea codului grecesc al onoarei. Fiul este obligat înainte de toate să-l omoare pe ucigașul tatălui său. Totuși, cel mai mare păcat pe care-l putea comite un grec era acela de a-și ucide mama. Oreste a fost torturat de această dilemă. În cele din urmă, a făcut ceea ce părea că trebuie să facă și și-a omorât mama. Pentru acest păcat, zeii l-au pedepsit pe Oreste să fie bântuit de Furii, de trei harpii înfiorătoare, care puteau fi văzute și auzite doar de el și care îl torturau zi și noapte cu critica lor trăncănitoare și apariția lor înspăimântătoare.

Urmat oriunde se ducea de către Furii, Oreste rătăcea căutând ispășire pentru crima sa. După mulți ani de reflecție singuratică și anulare de sine, Oreste le-a cerut zeilor să-l

---

* Matei 5:3.

** Sunt multe versiuni ale acestui mit, cu diferențe substanțiale între ele. Niciuna dintre versiuni nu este cea pe care s-o putem numi versiunea corectă. Versiunea dată aici este cea mai condensată, din cartea *Mithology*, de Edith Hamilton (Mentor Books, New American Library, New York, 1958). Am ajuns la acest mit datorită folosirii lui de către Rollomay în cartea *Love and Will* și de către T.S. Eliot în *Reuniune de familie*.

elibereze de blestemul ce apăsa pe casa lui Atreus şi de Furiile care-l bântuiau, afirmând că a reuşit să ispăşească uciderea mamei sale. S-a întrunit un tribunal al zeilor. Vorbind în apărarea lui Oreste, Apollo a argumentat că el pusese la cale întreaga situaţie ce îl adusese pe Oreste în poziţia în care nu a avut de ales, trebuind să-şi omoare mama şi, prin urmare, Oreste nu putea fi responsabil de aceasta. În acest punct, Oreste a sărit în sus şi şi-a contrazis propriul apărător, spunând: „Eu am fost, Apollo, cel care mi-am ucis mama." Zeii erau uluiţi. Niciodată până atunci un membru al casei lui Atreus nu îşi asumase întreaga responsabilitate fără să dea vina pe zei. În cele din urmă, zeii au decis judecata în favoarea lui Oreste şi nu numai că l-au eliberat de sub blestemul ce apăsa casa lui Atreus, dar de asemenea au transformat Furiile în Eumenide, spirite iubitoare, prin a căror sfătuire înţeleaptă Oreste va avea întotdeauna o soartă favorabilă.

Înţelesul acestui mit nu este obscur. Eumenidele sau „cele blânde" se referă, de asemenea, la „purtătoarele graţiei". Furiile halucinatorii care puteau fi percepute doar de către Oreste reprezintă simptomele, iadul personal al bolii sale mintale. Transformarea Furiilor în Eumenide reprezintă transformarea bolii mintale în soarta bună de care am vorbit. Această transformare a apărut datorită faptului că Oreste a fost dispus să accepte responsabilitatea pentru boala lui mintală. Deşi în ultimă instanţă căuta să se elibereze de ele, el nu vedea Furiile ca pe o pedeapsă nedreaptă şi nu se percepea pe el însuşi ca fiind victima societăţii sau a orice altceva. Fiind un rezultat inevitabil al blestemului ce apăsa casa lui Atreus, Furiile simbolizează faptul că boala mintală este o problemă de familie, apărută în fiecare dintre părinţi sau strămoşi, că păcatul tatălui este trecut asupra copilului. Dar Oreste nu a dat vina pe familia sa – pe părinţii sau pe bunicii săi, aşa cum ar fi putut să o facă. Nu a dat vina nici pe zei sau pe „soartă". În schimb, şi-a acceptat condiţia ca fiind cea pe care și-a construit-o singur și a făcut efortul de a se vindeca. A fost un proces lung, așa cum tind să fie majoritatea terapiilor. Dar ca rezultat, el a fost vindecat și, prin acest proces de vindecare, prin propriul efort, lucrurile care altădată îi provocau suferință au fost cele care i-au adus înțelepciunea.

Toți psihoterapeuții experimentați au văzut acest mit transpus în practica lor și au fost martori ai transformării Furiilor în Eumenide, în mințile și viețile pacienților cu care au avut cel mai mare succes. Nu a fost o transformare ușoară. Imediat ce și-au dat seama că, în ultimă instanță, procesul terapiei le cere să-și asume responsabilitatea pentru condiția în care se găsesc și pentru procesul vindecării, majoritatea pacienților, indiferent cât de doritori de terapie păreau să fie la început, au abandonat-o. Au ales să fie mai degrabă bolnavi și să dea vina pe zei decât să se facă bine, fără a mai da vina pe altcineva. Din minoritatea care a rămas să continue terapia, mulți au trebuit să fie învățați să-și asume responsabilitatea totală pentru ei înșiși ca parte a vindecării lor. Această învățare – „instruire“ ar fi un cuvânt mai potrivit – este strădania terapeutului care-și confruntă metodic pacientul cu ezitarea lui de a-și asuma responsabilitatea iarăși și iarăși și iarăși, ședință după ședință, lună după lună și deseori an după an. Frecvent, la fel ca și copiii încăpățânați, ei se vor zbate și vor țipa atunci când sunt conduși către ideea unei responsabilități complete pentru ei înșiși. Însă, în cele din urmă, vor reuși. Este rar pacientul care intră în terapie cu disponibilitatea de a-și asuma o responsabilitate totală încă de la început. Terapia, în astfel de cazuri, deși poate mai este încă necesară un an sau doi, este relativ scurtă, relativ netedă și deseori un proces foarte plăcut atât pentru pacient, cât și pentru terapeut. În orice caz, indiferent dacă e relativ ușoară sau dificilă și prelungită, transformarea Furiilor în Eumenide va apărea. Cei care au stat față în față cu boala lor mintală, care și-au acceptat totala responsabilitate pentru ea şi au făcut schimbările necesare în ei înşişi pentru a depăşi boala şi-au dat seama nu numai că sunt vindecaţi şi eliberaţi de blestemele copilăriei lor şi ale strămoşilor, dar şi că trăiesc într-o lume nouă şi diferită. Problemele de altădată sunt percepute acum ca oportunităţi. Barierele dezgustătoare de altădată sunt acum provocări bine-venite. Gânduri înainte nedorite devin intuiţii folositoare; sentimente înainte renegate devin sursă de energie şi îndrumare. Întâmplări care odinioară păreau a fi poveri par acum daruri, inclusiv simptomele din care şi-au revenit. „Depresia şi atacurile mele de anxietate au fost cele mai bune lucruri care mi s-au întâmplat vreodată", vor spune ei la sfârşitul unei terapii reuşite. Chiar dacă vor ieşi din terapie fără credinţă în Dumnezeu, astfel de pacienţi care au reuşit vor avea totuşi un sentiment foarte real că au fost atinşi de graţie.

Rezistenţa la graţie

Oreste nu s-a dus la psihoterapeut; s-a vindecat singur. Chiar dacă ar fi existat psihoterapeuţi în Grecia Antică, el tot ar fi trebuit să se vindece singur. Pentru că aşa cum am menţionat, psihoterapia este doar un instrument – o disciplină. De pacient depinde să aleagă sau să respingă instrumentul, iar odată ales, pacientul este cel care hotărăşte cât să folosească acest instrument şi cu ce scop. Există oameni care vor depăşi tot felul de obstacole – de exemplu, bani insuficienţi, experienţe anterioare dezastruoase cu psihiatri sau psihoterapeuţi, dezaprobarea rudelor, clinici reci şi respingătoare – pentru a urma o terapie şi pentru a obţine fie şi o picătură din beneficiile ei posibile. Alţii însă vor respinge terapia chiar dacă le va fi oferită pe o tavă de argint; sau chiar dacă ajung să se angreneze într-o relaţie terapeutică, vor trece prin ea ca gâsca prin apă, netrăgând niciun folos, indiferent de cât de capabil este terapeutul, indiferent de efortul şi de iubirea lui. Deşi la sfârşitul unui caz de succes sunt tentat să am sentimentul că eu l-am vindecat pe pacient, știu că, în realitate, nu am fost mai mult decât un catalizator – și că am avut noroc să fiu astfel. Dacă în ultimă instanță oamenii se vindecă singuri cu sau fără instrumentul psihoterapiei, de ce sunt atât de puțini cei care o fac și atât de mulți cei care nu o fac? Dacă drumul creșterii spirituale, în ciuda dificultății, este deschis tuturor, de ce atât de puțini aleg să meargă pe el?

La această problemă se referea Hristos când a spus „căci mulți sunt chemați, dar puțini sunt aleși". Dar de ce sunt aleși doar puțini și ce îi distinge pe aceștia de cei mulți? Răspunsul pe care mulți psihoterapeuți sunt obișnuiți să îl dea se bazează pe o concepție privind diferitele grade de gravitate în psihopatologie. Cu alte cuvinte, ei cred că, deși mulți oameni sunt bolnavi, unii sunt mai bolnavi decât alții, iar cei mai bolnavi sunt mai dificil de vindecat. Mai mult, gravitatea bolii mintale a cuiva este în mod direct determinată de cât de devreme au fost privați de grija părintească și de gravitatea acestei privațiuni suferite în copilărie. Anume, se crede că indivizii cu psihoze au avut parte de foarte puțină grijă din partea părinților în primele nouă luni de viață; boala poate fi ameliorată printr-o formă sau alta de tratament, dar e aproape imposibil de vindecat. Se crede că indivizii cu tulburări de personalitate au avut parte de o grijă părintească adecvată ca sugari, dar foarte săracă în perioada dintre vârsta de nouă luni și doi ani, cu rezultatul că ei sunt mai puțin bolnavi decât psihoticii, dar încă destul de bolnavi pentru a fi dificil de vindecat. Despre indivizii cu nevroze se crede că au avut parte de o grijă părintească adecvată în prima copilărie, dar că apoi această grijă a devenit neîndestulătoare cândva, după vârsta de doi ani, dar de obicei începând înainte de vârsta de cinci sau șase ani. Despre nevrotici se crede că sunt mai puțin bolnavi decât cei cu tulburări de personalitate sau psihotici și, prin urmare, mai ușor de tratat și de vindecat.

Cred că există destul de mult adevăr în această schemă și că ea formează o teorie psihiatrică destul de folositoare practicienilor în mai multe feluri. Nu trebuie criticată cu totul. Totuși, ea nu ne spune întreaga poveste. Printre altele, ea denigrează importanța vastă a grijii părintești în copilăria târzie și adolescență. Există motive bune pentru a crede că grija părintească insuficientă în acești ani din urmă poate produce ea însăși boli mintale și că o bună grijă părintească în timpul anilor din urmă poate vindeca multe sau chiar pe toate rănile cauzate de grija părintească insuficientă din primii ani. Mai mult, deși schema are o valoare predictivă în sens statistic – nevroticii sunt în general mai ușor de tratat decât persoanele cu tulburări de personalitate, iar cei cu tulburări de personalitate sunt în general mai ușor de tratat decât psihoticii –, ea nu reușește să prezică prea bine cursul dezvoltării într-un caz individual. Astfel, cea mai rapidă analiză reușită în întregime pe care am făcut-o vreodată a fost cea a unui bărbat care a venit la mine cu o psihoză majoră și a cărui terapie a ajuns cu bine la sfârșit în nouă luni. Pe de altă parte, am lucrat timp de trei ani cu o femeie care în mod clar avea „doar" o nevroză și care ar fi trebuit să dobândească doar o minimă îmbunătățire.

Printre factorii pe care această schemă a diferitelor grade de gravitate a bolilor psihice nu reușește să îi ia în considerare se numără acel lucru efemer din pacient care poate fi numit „voința de a crește". Este posibil ca un individ să fie extrem de bolnav și totuși, în același timp, să posede o extrem de puternică „voință de a crește", caz în care vindecarea va apărea. Pe de altă parte, o persoană care este doar ușor bolnavă, atât cât putem defini afecțiunea psihiatrică, dar căreia îi lipsește voința de a crește nu se va mișca un centimetru din poziția ei nesănătoasă. Cred, prin urmare, că voința de a crește a pacientului este în mod crucial hotărâtoare pentru succesul sau eșecul psihoterapiei. Totuși, există un factor care nu este deloc înțeles sau măcar recunoscut de către teoria psihiatrică din zilele noastre.

Deși recunosc extrema importanță a acestei voințe de a crește, nu știu în ce măsură voi fi capabil să contribui la înțelegerea ei, fiindcă acest concept ne aduce încă o dată în pragul misterului. Se va vedea imediat că voința de a crește este în esență același fenomen ca și dragostea. Iubirea este voința de extindere de sine prin creștere spirituală. Oamenii care iubesc veritabil sunt prin definiție oameni aflați în creștere. Am discutat despre faptul că însăși capacitatea de a iubi este nutrită de către grija iubitoare a părinților, dar am făcut, de asemenea, observația că nutrirea părintească de una singură nu reușește să asigure existența acestei capacități în toți oamenii. Cititorul își va aminti că a doua secțiune a acestei cărți se termina cu patru întrebări despre iubire, dintre care vom discuta acum două: de ce unii oameni nu reușesc să răspundă la tratamentul celor mai buni și mai iubitori terapeuți și de ce unii oameni depășesc copilării lipsite total de iubire cu sau fără ajutorul psihoterapiei, pentru a deveni ei înșiși persoane pline de iubire? Cititorul își va aminti, de asemenea, că am afirmat atunci că mă îndoiesc că voi putea răspunde la aceste întrebări, spre satisfacția completă a cuiva. Am sugerat că poate fi totuși aruncată o oarecare lumină asupra acestor întrebări, luând în considerare conceptul de grație.

Am ajuns să cred și am încercat să demonstrez că, de fapt, capacitatea de a iubi a oamenilor și, prin urmare, voința lor de a crește sunt nutrite nu doar de iubirea părinților în timpul copilăriei, dar de asemenea, de-a lungul vieților lor, de către grație sau de către iubirea lui Dumnezeu. Aceasta este o puternică forță externă conștiinței lor, care operează prin intermediul subconștientului la fel ca și prin intermediul unei persoane iubitoare, alta decât părinții și prin alte căi adiționale pe care nu le înțelegem. Datorită grației, este posibil ca oamenii să depășească traumele cauzate de părinții lipsiți de iubire și să devină ei înșiși oameni iubitori, care s-au ridicat mult deasupra părinților pe scara evoluției umane. De ce atunci doar unii oameni cresc spiritual și evoluează dincolo de circumstanțele felului în care s-au comportat părinții? Cred că grația este disponibilă pentru oricine, că suntem cu toții învăluiți în dragostea lui Dumnezeu, niciunul mai puțin nobil decât altul. Singurul răspuns pe care îl pot da este prin urmare acela că mulți dintre noi aleg să nu ia în seamă chemarea grației și să refuze ajutorul ei. Afirmația lui Hristos – „căci mulți sunt chemați, dar puțini sunt aleși" – aș putea-o traduce ca însemnând „toți sunt chemați și de către grație, dar puțini dintre noi aleg să asculte chemarea ei".

Întrebarea devine atunci: de ce doar atât de puțini dintre noi aleg să ia în seamă chemarea grației? De ce cei mai mulți dintre noi se opun grației? Am vorbit mai devreme despre grația care ne înzestrează cu o anumită rezistență inconștientă la boală. Cum se face atunci că părem să posedăm o rezistență egală la sănătate? Răspunsul la această întrebare a fost dat deja. Este vorba de lenea noastră, de păcatul originar al entropiei cu care am fost blestemați. Tot așa cum grația este sursa supremă a forței care ne împinge să urcăm scara evoluției umane, entropia este cea care ne face să rezistăm la această forță, să rămânem pe treapta confortabilă și ușoară pe care ne aflăm acum sau chiar să coborâm la forme de existență din ce în ce mai puțin pretențioase. Am vorbit pe larg despre cât de dificil este să ne disciplinăm, să iubim veritabil, să creștem spiritual. Este natural să dăm înapoi în fața dificultății. Deși ne-am ocupat de fundamentul problemei entropiei sau lenei, mai există un aspect al ei care merită încă o dată o mențiune particulară: chestiunea puterii.

Psihiatrii și alți oameni sunt familiarizați cu faptul că problemele psihiatrice apar cu o remarcabilă frecvență la indivizi curând după ce au fost promovați într-o poziție de mai mare putere și responsabilitate. Psihiatrul militar care este mai familiarizat cu problema „nevrozei de promovare“ este de asemenea conștient că problema nu apare cu o frecvență și mai mare din cauza numărului mare de soldați care reușesc să reziste încă de la început promovării. Există mulți militari de carieră de rang inferior care, pur și simplu, nu doresc să devină sergenți de companie, plutonieri sau plutonieri majori. Există un mare număr de subofițeri care mai degrabă ar muri decât să devină ofițeri și care în mod repetat resping ofertele de instruire pentru a deveni ofițeri, grad pentru care, în virtutea inteligenței și stabilității lor, ar părea bine dotați.

Așa se întâmplă și cu creșterea spirituală, la fel ca în viața profesională. Deoarece chemarea grației înseamnă o promovare, o chemare către o poziție de o mai mare responsabilitate și putere. A fi conștient de grație, a experimenta personal prezența ei constantă, a ști cât de aproape ești de Dumnezeu înseamnă a cunoaște și a experimenta continuu o liniște și o pace interioară pe care doar câțiva o posedă. Pe de altă parte, această cunoaștere și conștientizare aduc cu ele o mare responsabilitate. A experimenta apropierea de Dumnezeu înseamnă, de asemenea, a simți obligația de a fi Dumnezeu, de a fi agent al puterii și iubirii Lui. Chemarea grației este chemarea către o viață de grijă plină de efort, către o viață de servire și de sacrificiu. Este o trecere de la copilăria spirituală la maturitatea spirituală, o chemare la a fi părinte pentru omenire. T.S. Eliot descrie această chestiune în predica de Crăciun pe care Thomas Becket o ține în piesa *Omor în catedrală*.

> *Dar gândiți-vă puțin la cuvântul „pace“. Nu vi se pare ciudat că îngerii trebuie să vestească Pacea când lumea fără încetare este îndurerată de Război și de frica de Război? Nu vi se pare vouă că vocile îngerești greșesc și că promisiunea este o dezamăgire sau o înșelătorie?*

Reflectați acum la felul cum Domnul însuși a vorbit despre Pace. El le-a spus discipolilor Săi: „Pace vă las vouă, pacea Mea o dau vouă."
*S-a gândit El la pace așa cum ne gândim noi la ea: regatul Angliei în pace cu vecinii săi, baronii în pace cu regele, gospodarul socotindu-și în pace câștigurile, casa măturată, cel mai bun vin pentru prieteni pe masă, nevasta cântându-le copiilor? Acei bărbați discipoli ai Săi nu știau despre astfel de lucruri, ei mergeau în călătorii departe pentru a suferi pe mare și pe uscat, pentru a cunoaște tortura, pentru a fi închiși, dezamăgiți, pentru a suferi moartea prin martiraj. Ce înțelege atunci El prin pace? Dacă întrebați aceasta, amintiți-vă că El a spus, de asemenea, „nu precum dă lumea vă dau Eu".**
*Deci El le-a dat discipolilor Săi pace, dar nu pace așa cum o dă lumea.***

Deci, odată cu pacea grației, vin și responsabilitățile, datoriile, obligațiile chinuitoare. Nu este remarcabil faptul că atât de mulți sergenți bine dotați nu doresc să-și pună pe umeri epoleții de ofițer? Nu este de mirare că pacienții psihoterapiei n-au nici cel mai mic gust pentru puterea care însoțește sănătatea mintală autentică. O tânără care a făcut terapie cu mine timp de un an pentru o depresie extinsă și care a ajuns să afle o mulțime de lucruri despre psihopatologia rudelor sale era extrem de bucuroasă într-o zi pentru că reușise să se descurce cu înțelepciune, sânge rece și ușurință într-o situație de familie. „M-am simțit cu adevărat bine", a spus ea. „Aș vrea să simt acest lucru mai des." I-am spus că acest lucru se poate întâmpla, arătându-i că motivul pentru care s-a simțit atât de bine era acela că pentru prima oară când a fost vorba de familia ei s-a aflat într-o poziție de

* *Evanghelia după Ioan* 14:27. (*N. trad.*)

** *The Complete Poems and Plays*, 1909–1950, Harcourt Brace, New York, 1952, pp. 198 și 199.

putere, fiind conștientă de comunicarea lor distorsionată și de felurile nesincere în care încercau să o manipuleze pentru a realiza așteptările lor nerealiste și că astfel a reușit ea să fie la înălțimea situației. I-am spus că odată ce va putea să-și extindă acest tip de conștientizare la alte situații, va putea să se găsească de tot mai multe ori la „înălțimea situației" și, prin urmare, să aibă parte de sentimente bune din ce în ce mai frecvent. M-a privit cu un început de sentiment de oroare. „Dar asta mi-ar cere să gândesc tot timpul!", a spus ea. Am fost de acord că puterea ei ar putea să evolueze și să se mențină prin multă gândire și că ea se va debarasa astfel de sentimentul de neputință aflat la rădăcina depresiei ei. A devenit furioasă. „Nu vreau să gândesc tot timpul", a țipat ea. „Nu am venit aici pentru ca viața mea să devină mai dificilă. Nu vreau decât să pot să mă relaxez și să mă bucur. Dvs. așteptați de la mine ca eu să fiu un fel de Dumnezeu sau ceva în genul ăsta!" E trist să spun că la scurtă vreme după aceea această femeie potențial strălucită a terminat tratamentul prea puțin vindecată, îngrozită de pretențiile pe care le avea sănătatea mintală de la ea.

Ar putea suna ciudat pentru un novice, dar psihoterapeuții sunt familiarizați cu faptul că oamenii sunt în mod curent îngroziți de sănătatea mintală. O parte majoră a sarcinii psihoterapiei constă nu doar în a-i face pe pacienți să ajungă la experiența sănătății mintale, dar, de asemenea, printr-un amestec de consolare, redare a încrederii și de severitate, să prevină faptul ca pacienții să fugă de această experiență odată ce au avut-o. Într-o privință, această frică este legitimă și, în sine, nu nesănătoasă: frica de a deveni puternic este aceea de a folosi greșit puterea. Sfântul Augustin scria: „*Dilige et quod vis fac.*", însemnând: „Dacă ești iubitor și sârguincios, vei putea face orice vei dori."*

---

* *1 Ioan 7. Patrologia Latina* 35, 2033.

Dacă oamenii progresează îndeajuns în psihoterapie, ei vor lăsa în cele din urmă în spate sentimentul că nu pot să coopereze cu o lume copleșitoare și fără milă și într-o zi își vor da seama brusc că le stă în putere să facă tot ce vor. Conștientizarea acestei libertăți este înspăimântătoare. „Dacă pot să fac tot ce vreau", vor gândi ei, ce mă va opri de la a face greșeli grosolane, de la a comite nelegiuiri, de la a fi imoral, de la a abuza de libertatea și de puterea mea? Sunt sârguința și iubirea mea suficiente ca să mă conducă?"

În cazul în care conștientizarea puterii și a libertății este trăită ca o experiență a chemării grației, așa cum se întâmplă deseori, răspunsul va fi de asemenea: „O, Doamne, mi-e teamă că nu sunt vrednic de încrederea Ta." Această frică este bineînțeles ea însăși parte integrantă a sârguinței și iubirii cuiva și prin urmare este folositoare în guvernarea de sine care previne abuzul de putere. Din acest motiv ea nu trebuie lăsată la o parte; dar nu trebuie să fie atât de uriașă încât să oprească o persoană să ia în seamă chemarea grației și să-și asume puterea de care este capabilă. Cei care au chemarea grației pot să se lupte ani de zile cu frica lor înainte de a putea să o depășească și să-și accepte propria evlavie. Când această frică și senzație de nevrednicie sunt atât de mari încât să oprească asumarea puterii, este vorba de o problemă nevrotică, ce ar putea deveni problema centrală în psihoterapia cuiva.

Dar pentru mulți oameni nu frica de faptul că ar putea abuza de putere reprezintă problema principală în rezistența lor la grație. Nu partea din maxima Sfântului Augustin cu „fă ce vrei" este indigestă pentru ei, ci partea cu „fii sârguincios". Mulți dintre noi sunt precum copiii sau adolescenții; credem că libertatea și puterea adultului ni se cuvine, dar nu prea avem apetit pentru responsabilitatea și disciplina de sine a adultului. Așa cum ne simțim oprimați de către părinții noștri – sau de către societate sau de soartă – la fel avem nevoie de puteri deasupra noastră pe care să dăm vina pentru condiția în care ne aflăm. A ne ridica până la poziția unei asemenea puteri, în care să nu avem pe cine da vina în afară de noi înșine, reprezintă o stare de lucruri care provoacă frică. Așa cum am menționat deja, dacă Dumnezeu nu ar fi cu noi în această poziție înaltă, am fi îngroziți de solitudinea noastră. Totuși, mulți au o capacitate atât de mică de a tolera solitudinea puterii, încât mai degrabă resping prezența lui Dumnezeu decât să aibă experiența lor înșile ca singur căpitan al vasului lor. Mulți oameni vor pacea fără solitudinea puterii. Și vor încrederea în sine a adultului fără să trebuiască să se maturizeze.

Am spus în mai multe feluri cât de dificil este să te maturizezi. Foarte puțini pășesc siguri pe ei și fără șovăială în viața de adult, totdeauna doritori de responsabilități noi și mai mari. Mulți își târăsc picioarele și în fapt nu devin niciodată mai mult decât parțial adulți, totdeauna dând înapoi de la cerințele unei maturizări complete. Așa este și cu creșterea spirituală, inseparabilă de procesul maturizării psihologice. Chemarea grației este în forma sa ultimă o somație de a fi una cu Dumnezeu, de a-ți asuma egalitatea cu Dumnezeu. Prin urmare, este o chemare la maturitate completă. Suntem obișnuiți să ne imaginăm experiența convertirii sau a bruștei chemări a grației ca pe un fenomen de tipul „O, bucurie!“ Din experiența mea, ea este de multe ori, măcar parțial, un fenomen „O, la naiba!“ În momentul în care auzim în cele din urmă chemarea, am putea spune: „O, mulțumesc Doamne!“; sau am putea spune: „O, Doamne, sunt nevrednic“ sau am putea spune: „O, Doamne, chiar trebuie?“

Deci faptul că „mulți sunt chemați, dar puțini sunt aleși“ este ușor explicabil în lumina dificultăților inerente de a răspunde la chemarea grației. Întrebarea cu care am rămas atunci nu este de ce oamenii eșuează în a accepta psihoterapia sau de ce eșuează să beneficieze de ea, chiar când se află în cele mai bune mâini, și nici de ce oamenii se opun în mod curent grației; forța entropiei face să fie natural faptul de a se comporta astfel. Mai degrabă, întrebarea este opusă: cum de câțiva iau în seamă chemarea, care este atât de dificilă? Ce-i distinge pe acești câțiva de cei mulți? Nu pot să răspund la această întrebare. Acești oameni pot veni cu o formație cultă bogată sau cu o formație superstițioasă împovărătoare. Ei pot să fi avut experiența unor părinți iubitori, dar e la fel de probabil să fi trăit experiența unei profunde privări de afecțiune părintească sau de grijă veritabilă. Ei pot intra în psihoterapie din cauza unor dificultăți minore de adaptare sau cu boli mintale copleșitoare. Pot fi bătrâni sau tineri. Pot lua în seamă brusc chemarea grației și cu aparentă ușurință. Sau pot lupta împotriva ei și o pot blestema, făcându-i loc doar gradual și dureros, centimetru cu centimetru. Prin urmare, cu experiența pe care am dobândit-o de-a lungul anilor, am devenit mai puțin selectiv în hotărârea pe cine voi încerca să tratez. Îmi cer scuze față de cei pe care i-am exclus de la terapie ca rezultat al ignoranței mele. Am învățat că în primele stadii ale procesului psihoterapeutic nu am absolut nicio capacitate de a prezice care dintre pacienții mei nu va reuși să răspundă la terapie, care va răspunde printr-o creștere semnificativă, totuși parțială, și care va crește miraculos imediat până la starea de grație. Hristos însuși a vorbit despre imposibilitatea de a prezice grația când i-a spus lui Nicodim: „Vântul suflă unde voiește și tu auzi glasul lui, dar nu știi de unde vine și încotro se duce. Astfel este cu oricine e născut din Duhul.“*

După ce am spus atât cât am putut despre fenomenul grației, la final nu ne-a rămas decât să recunoaștem natura ei misterioasă.

---

* *Evanghelia după Ioan* 3:8.

Întâmpinarea grației

Și suntem iarăși în fața unui paradox. De-a lungul acestei cărți, am scris despre creșterea spirituală ca și cum ar fi un proces predictibil și ordonat. Am dat de înțeles că, de fapt, creșterea spirituală poate fi învățată așa cum cineva învață pentru doctorat, de exemplu; dacă îți plătești taxele și muncești îndeajuns, bineînțeles că vei reuși să primești acest grad academic. Am interpretat spusa lui Hristos „mulți sunt chemați, dar puțini sunt aleși" ca semnificând faptul că foarte puțini aleg să ia în seamă chemarea grației din cauza dificultăților ce intervin. Prin această interpretare am indicat că faptul de a fi binecuvântați de grație este o chestiune ce ține de alegerea noastră. În esență, am spus că grația se câștigă. Și știu că acest lucru este adevărat.

În același timp, știu că de fapt lucrurile nu se întâmplă deloc astfel. Nu noi ajungem la grație, ci grația ajunge la noi. Încercând să obținem grația, ea ne-ar putea ocoli. Am putea să nu o căutăm și totuși ea să ne găsească. În mod conștient, am putea dori cu aviditate viața spirituală, dar să descoperim apoi tot felul de piedici în cale. Sau s-ar putea ca aparent să nu prea avem gust pentru viața spirituală și totuși să fim viguros chemați către ea, în ciuda voinței noastre. Deși, la un nivel, noi suntem cei care alegem dacă vom lua în seamă chemarea grației, la un altul pare clar că Dumnezeu este cel care face alegerea. Experiența comună a celor care au atins starea de grație, cărora „viața nouă din ceruri" le-a fost dată, este una de uluire față de propria condiție. Nu simt că ei au fost cei care au câștigat-o. Deși au o conștientizare realistă asupra bunătății naturii lor particulare, ei nu pun natura lor pe seama voinței proprii. Mai degrabă, simt distinct faptul că bunătatea naturii lor a fost creată de mâini mai înțelepte și mai iscusite decât ale lor. Cei care sunt mai apropiați de grație sunt cei mai conștienți de caracterul misterios al darului ce li s-a dat.

Cum vom rezolva acest paradox? Nu o s-o facem. Poate cel mai bun lucru pe care-l putem spune este că, deși nu putem ajunge prin noi înșine la grație, putem ca prin voință să ne deschidem față de miraculoasa ei venire. Putem să ne pregătim pe noi înșine să fim un teren fertil, un loc bine primitor. Dacă ne putem transforma în indivizi total disciplinați, pe de-a-ntregul iubitori, atunci, chiar dacă am fi ignoranți în ceea ce privește teologia și chiar dacă nu ne-am gândi deloc la Dumnezeu, ne-am pregătit bine pe noi înșine pentru venirea grației. Reciproc, studiile de teologie reprezintă o metodă insuficientă de pregătire și prin ea însăși, complet nefolositoare. Totuși, am scris această secțiune deoarece cred că această conștientizare a existenței grației poate fi de un considerabil folos pentru cei care au ales să călătorească pe dificila cale a creșterii spirituale. Această conștientizare le va ușura călătoria în cel puțin trei feluri: îi va ajuta să tragă avantajele grației de-a lungul drumului, le va da un simț mai sigur al direcției și le va oferi încurajare.

Paradoxul că alegem grația și că suntem aleși de către grație este esența fenomenului serendipității. Aceasta a fost definită ca „darul de a găsi lucruri valoroase sau agreabile fără a le căuta". Buddha a găsit iluminarea doar atunci când a încetat să o caute – când a lăsat-o să vină la el. Pe de altă parte, cine se poate îndoi că eliberarea nu a venit la el anume pentru că și-a dedicat cel puțin 16 ani căutând-o, 16 ani de pregătire? El a căutat-o și nu a căutat-o în același timp. Furiile s-au transformat în Purtătoare ale Grației tocmai pentru că Oreste a lucrat pentru a câștiga favoarea zeilor și în același timp nu a așteptat ca zeii să-i netezească drumul. Prin acest amestec paradoxal de a căuta și de a nu căuta a obținut el darul serendipității și binecuvântarea grației.

Același fenomen este în mod curent demonstrat de felul în care pacienții utilizează visele în psihoterapie. Unii pacienți, conștienți de faptul că visele conțin răspunsuri la problemele lor, vor căuta cu aviditate aceste soluții printr-un efort deliberat, mecanic și considerabil, înregistrând fiecare dintre visele lor complet detaliat și vor aduce la ședințe mormane de vise. Dar acestea le sunt de puțin ajutor. Într-adevăr, tot acest material cu vise poate fi o piedică pentru terapia lor. Pentru că nu e îndeajuns de mult timp să se analizeze toate aceste vise. Pentru că acest voluminos material cu vise poate servi la împiedicarea muncii în domenii mai fructuoase de analiză. Și pentru că e probabil ca tot acest material să fie de-a dreptul obscur. Astfel de pacienți trebuie să fie învățați să nu mai caute vise, să le lase să vină la ei, să lase inconștientul să aleagă care din vise trebuie să intre în conștiință. Această învățare poate să fie destul de dificilă ea însăși, cerând așa cum se întâmplă ca pacientul să renunțe la un anume control și să-și asume o relație mai pasivă în mintea lui. Dar odată ce un pacient învață să nu facă niciun efort conștient pentru a-și aminti visele, materialul cu vise amintit descrește în cantitate, dar crește dramatic în calitate. Rezultatul este că visele pacientului, aceste daruri din inconștient care acum nu mai sunt căutate – ușurează elegant procesul dorit al vindecării. Dacă privim cealaltă față a monedei totuși, vom vedea că sunt mulți pacienți care intră în psihoterapie cu absolut nicio conștientizare sau înțelegere a imensei valori pe care visele o pot avea pentru ei. Prin urmare, ei aruncă din conștiință tot materialul visului ca fiind nevaloros și neimportant. Acești pacienți trebuie mai întâi să fie învățați să-și amintească visele și apoi cum să aprecieze și să perceapă comoara ce zace înăuntrul lor. Pentru a utiliza eficient visele, trebuie să ne străduim pentru a deveni conștienți de valoarea lor și pentru a trage avantaje din ele atunci când ajung la noi și trebuie, de asemenea, să facem în așa fel încât să nu le căutăm sau așteptăm. Trebuie să le lăsăm să fie adevărate daruri.

Deci așa stau lucrurile cu grația. Am văzut deja că visele sunt doar o formă sau o cale prin care ne sunt oferite darurile grației. Aceeași abordare paradoxală trebuie folosită în ceea ce privește toate celelalte forme: intuiții bruște, premoniții și o întreagă serie de evenimente sincronice de serendipitate. Și față de toată iubirea. Oricine vrea să fie iubit. Dar mai întâi trebuie să ne facem pe noi demni de a fi iubiți. Trebuie să ne pregătim pentru a fi iubiți. Facem acest lucru devenind noi înșine ființe umane iubitoare și disciplinate. În cazul în care căutăm să fim iubiți – dacă ne așteptăm să fim iubiți –, acest lucru nu se poate împlini; vom fi dependenți și lacomi și nu vom iubi veritabil. Dar atunci când ne nutrim pe noi înșine și pe ceilalți fără a avea ca preocupare principală obținerea unei recompense, atunci vom deveni demni de a fi iubiți, iar răsplata de a fi iubiți pe care nu am căutat-o ne va găsi ea. Așa este cu iubirea umană și așa este cu iubirea lui Dumnezeu.

Una dintre intențiile principale ale acestei secțiuni despre grație a fost aceea de a-i ajuta pe cei aflați pe calea creșterii spirituale să învețe să aibă competența serendipității. Să redefinim acum serendipitatea nu ca pe un dar, ci ca pe o capacitate învățată de a recunoaște și de a utiliza darurile grației care ne sunt date de dincolo de domeniul voinței conștiente. Cu această capacitate vom descoperi că dezvoltarea noastră spirituală este îndrumată de o mână invizibilă și de inimaginabila înțelepciune a lui Dumnezeu cu o infinit mai mare acuratețe decât cea de care e capabilă voința noastră conștientă, neajutorată. Îndrumată, călătoria devine mai rapidă.

Într-un fel sau altul, aceste idei au fost stabilite cu mult înainte – de către Buddha, de către Hristos, de către Lao Tzu, printre mulți alții. Originalitatea aceste cărți derivă din faptul că eu am ajuns la aceeași înțelegere printr-o cale individuală, ducându-mi viața în secolul al XX-lea. Dacă ceri o mai mare înțelegere decât cea pe care notele de subsol moderne pot să ți-o ofere, atunci începe sau întoarce-te la textele antice. Caută o mai mare înțelegere, dar nu te aștepta la o detaliere mai amplă. Sunt mulți care din cauza pasivității, dependenței, fricii și lenei vor să li se arate fiecare centimetru din cale și să li se demonstreze că fiecare pas va fi sigur și că merită efortul. Acest lucru nu poate fi făcut. Deoarece călătoria dezvoltării spirituale cere curaj, inițiativă, independență a gândurilor și a acțiunilor. Deși vorbele profeților și ajutorul grației sunt disponibile, călătoria trebuie însă să fie făcută de unul singur. Niciun învățător nu te poate duce acolo. Nu există formule prestabilite. Ritualurile sunt doar ajutoare pentru învățare, ele nu sunt însăși învățarea. A mânca hrană organică, a spune cinci *Ave Maria* înainte de micul dejun, rugându-te cu fața la est sau la vest sau mergând la biserică duminica, toate acestea nu te vor duce la destinație. Nu poate fi spus niciun cuvânt, nu poate fi predată nicio învățătură care să-l elibereze pe călătorul spiritual de necesitatea de a-și urma singur calea, de a urca cu efort și angoasă pe propriul drum, trecând prin împrejurările unice ale propriei vieți până la identificarea sinelui său individual cu Dumnezeu.

Chiar atunci când înțelegem cu adevărat aceste chestiuni, călătoria creșterii spirituale este încă atât de solitară și dificilă încât deseori ne descurajăm. Faptul că trăim într-o epocă științifică, deși ne este de ajutor în unele aspecte, servește pentru unii la cultivarea descurajării. Credem în principiile mecanice ale universului; nu în miracole. Prin știință, am ajuns să aflăm că sălașul nostru este o planetă a unei stele, pierdută printre altele într-o galaxie. Și tot așa cum părem pierduți în mijlocul enormității universului extern, știința ne face să ne dezvoltăm o imagine despre noi înșine ca fiind neajutorați și guvernați de forțe interne ce nu sunt supuse voinței noastre – de moleculele chimice din creierul nostru și de conflictele din inconștientul nostru, care ne constrâng să simțim și să ne comportăm într-un anume fel atunci când noi nu suntem nici măcar conștienți de ceea ce facem. Astfel, înlocuirea miturilor umane de informațiile științifice ne-a făcut să suferim de un sentiment al lipsei de sens personale. Căci ce semnificație posibilă putem avea, ca indivizi sau chiar ca rasă, mișcați încolo și încoace de forțe interne chimice și psihologice pe care nu le înțelegem, invizibile, într-un univers ale cărui dimensiuni sunt atât de largi încât nici chiar știința nu le poate măsura?

Totuși, aceeași știință este cea care, într-un anumit fel, m-a ajutat să percep realitatea fenomenului grației. Am încercat să transmit această percepție. Odată ce percepem realitatea grației, înțelegerea propriei noastre persoane ca lipsite de sens și insignifiante este puternic zguduită. Faptul că există dincolo de noi înșine și de voința noastră conștientă o puternică forță care nutrește dezvoltarea și evoluția este îndeajuns pentru a întoarce pe dos ideea insignifianței de sine. Existența acestei forțe (odată percepută) indică cu incontestabilă siguranță faptul că dezvoltarea spirituală a omului este de cea mai mare importanță pentru ceva mai măreț decât noi înșine. Acest ceva îl numim Dumnezeu. Existența grației este dovada *prima facie* nu doar a realității lui Dumnezeu, dar de asemenea a realității că voința lui Dumnezeu este devotată creșterii spiritului individual uman. Ceea ce altădată părea a fi un basm se dovedește a fi realitate. Ne trăim viețile sub privirea lui Dumnezeu, nu la periferia, ci în centrul viziunii Sale, a preocupării Sale. Probabil că universul, așa cum îl cunoaștem, este doar o treaptă către intrarea în împărăția lui Dumnezeu. Dar nu suntem pierduți în univers. Din contră, realitatea grației indică umanitatea ca fiind centrul universului. Acest timp și spațiu există pentru ca noi să călătorim prin el. Atunci când pacienții mei pierd din vedere semnificația pe care o au și sunt descurajați de efortul muncii pe care o facem, le spun uneori că rasa umană este aproape de a face un salt în evoluția sa. „Dacă vom reuși sau nu acest salt“, le spun eu lor, este responsabilitatea ta personală.“ Și a mea. Universul este această treaptă care a fost pusă pentru a ne pregăti o cale. Dar noi înșine trebuie să pășim peste ea unul câte unul. Prin grație, suntem ajutați să nu eșuăm. Și prin grație știm că suntem bine-veniți. Ce putem cere mai mult?

Cuvânt de încheiere

De la prima publicare a cărții, am fost îndeajuns de norocos să primesc multe scrisori de la cititorii cărții *Drumul către tine însuți*. Au fost scrisori extraordinare. Inteligente și bine ticluite fără excepție, ele au fost, de asemenea, extrem de iubitoare. În semn de apreciere, multe dintre ele conțineau și daruri: poezii potrivite, citate folositoare din alți autori, grăunțe de înțelepciune și povestiri din experiența personală. Aceste scrisori mi-au îmbogățit viața. A devenit clar pentru mine că există o întreagă rețea – mult mai vastă decât am îndrăznit să cred – de oameni din toată țara care au plecat de la lungi distanțe pe drumul puțin bătut al creșterii spirituale. Ei mi-au mulțumit că am diminuat senzația lor de solitudine în această călătorie. Le mulțumesc că mi-au făcut același serviciu.

Câțiva cititori m-au întrebat despre credința mea în eficacitatea psihoterapiei. Le-am sugerat că, în ce privește competența, psihoterapeuții sunt foarte diferiți. Dar continui să cred că majoritatea celor care nu au reușit să beneficieze de munca cu un terapeut competent li s-a întâmplat astfel din cauza lipsei de apetit sau de voință în ceea ce privește rigorile muncii. Totuși, am neglijat să specific că o mică minoritate de oameni – poate cinci procente – au probleme psihiatrice de o asemenea natură, încât nu răspund la psihoterapie, ea putând chiar să le înrăutăţească situaţia prin profunda introspecţie implicată.

Oricine a reuşit să citească şi să înţeleagă într-o oarecare măsură această carte este foarte puţin probabil să aparţină acelor cinci la sută. Şi, în orice caz, ţine de responsabilitatea unui terapeut competent să discearnă cu grijă şi uneori în mod gradual care pacienţi nu ar trebui să intre în munca psihanalitică şi să-i conducă spre alte forme de tratament, care le pot fi cu adevărat benefice. Dar cine este un psihoterapeut competent? Mai mulţi cititori ai cărţii *Drumul către tine însuţi* care au mers în direcţia căutării de psihoterapie mi-au scris pentru a mă întreba cum poate fi ales terapeutul potrivit, cum se poate distinge între unul competent şi unul incompetent. Primul meu sfat este acela de a lua lucrurile în serios. Este una dintre cele mai importante decizii pe care le iei în viaţă. Psihoterapia este o investiţie majoră, nu doar de bani, ci mai mult, de timp valoros şi de energie. Este ceea ce agenţii de bursă numesc o investiţie cu risc înalt. Dacă alegerea este potrivită, vei fi răsplătit mărinimos în dividende spirituale la care nici măcar n-ai visat. Deşi probabil n-o să fii vătămat, dacă faci totuşi o alegere greşită, îţi vei irosi totuşi mulţi bani, timp şi energie valoroase pe care le-ai depus acolo.

Deci nu ezita să investeşti. Şi nu ezita să ai încredere în sentimentele şi în intuiţia ta. De obicei, după o singură întâlnire cu un terapeut, vei putea să-ţi dai seama dacă „vibraţiile" resimţite au fost bune sau rele. Dacă vibraţiile au fost rele, plăteşte-ţi taxa pentru o singură şedinţă şi du-te la altul. Astfel de sentimente sunt de obicei intangibile, dar ele pot rezulta din mici indicii tangibile. La vremea când am început terapia în 1966, eram foarte preocupat şi critic faţă de moralitatea implicării Americii în Războiul din Vietnam. În camera de aşteptare a terapeutului meu, erau exemplare din *Ramparts* şi din *The New York Review of Books*, amândouă reviste liberale cu o politică editorială antirăzboi. Am început să resimt vibrații bune înainte chiar de a da ochii cu el.

Dar mai important decât înclinațiile politice ale terapeutului, sexul sau vârsta lui este dacă el sau ea este o persoană plină de o grijă veritabilă. Acest lucru poate fi, de asemenea, deseori simțit repede, deși terapeutul n-ar trebui să se năpustească asupra ta cu asigurări pline de bunătate și angajamente bruște. Dacă terapeuții sunt oameni cărora le pasă, ei vor fi de asemenea prudenți, disciplinați și de obicei rezervați, dar ar trebui să fie posibil ca tu să intuiești dacă rezerva ascunde căldură sau răceală.

Din moment ce terapeuții te intervievează pentru a vedea dacă te vor ca pacient, este perfect normal ca și tu să-i intervievezi la rândul tău. Dacă este relevant pentru tine, nu te abține să întrebi care sunt sentimentele terapeutului despre chestiuni cum ar fi emanciparea femeii, homosexualitate sau religie. Ești îndreptățit la răspunsuri oneste, deschise și atente. În ceea ce privește alte tipuri de întrebări – precum cât de mult ar putea dura terapia și dacă mâncărimea ta de piele este psihosomatică, de obicei e mai bine să te încrezi în terapeutul care spune că nu știe. În fapt, oamenii pregătiți și de succes în profesia lor care-și admit propria ignoranță sunt în general cei mai buni experți și mai demni de încredere.

Iscusința unui terapeut are puțină legătură cu recomandările pe care le are. Iubirea, curajul și înțelepciunea nu pot fi certificate de gradele academice. De exemplu, psihiatrii „acreditați", terapeuți cu multe scrisori de acreditare, au avut parte de o instrucție suficient de riguroasă pentru a fi relativ sigur că nu ai să cazi în mâinile unui șarlatan. Dar un psihiatru nu este în mod necesar un terapeut mai bun decât un psiholog, un asistent social sau un preot – sau măcar la fel de bun. Într-adevăr, doi dintre cei mai mari terapeuți pe care i-am cunoscut nu au absolvit niciodată o facultate. Vorbele de la om la om sunt deseori cea mai bună cale pentru a începe căutarea unui psihoterapeut. Dacă aveți prieteni pe care-i respectați, care sunt mulțumiți de serviciile unui terapeut particular, de ce să nu începeți cu această recomandare? O altă cale, în mod particular indicată, în cazul în care simptomele sunt grave sau aveți și dificultăți fizice, ar fi aceea de a începe cu un psihiatru. În virtutea instrucției lor medicale, psihiatrii sunt de obicei cei mai scumpi terapeuți, dar sunt și cei care se află în cea mai bună poziție pentru a înțelege din toate unghiurile situația în care vă aflați. La sfârșitul unei ore, după ce psihiatrul a avut șansa de a afla dimensiunile problemei voastre, puteți să-i cereți să vă recomande un terapeut mai puțin scump, dacă acest lucru este potrivit. Cei mai buni psihiatri vor fi de obicei destul de dispuși să vă spună ce practicanți în afară de medicii din comunitatea medicală sunt în mod special competenți. Bineînțeles, dacă față de doctor resimțiți vibrații bune, iar el este dispus să vă ia ca pacient, vă puteți încrede în el.

Dacă sunteți strâmtorați financiar și nu aveți asigurare medicală care să acopere costurile unei psihoterapii ca pacient neinternat, singura opțiune pe care o aveți este de a căuta asistență la un spital de stat cu secție psihiatrică sau la o clinică de sănătate mintală. Va fi stabilită o taxă în acord cu mijloacele de care dispuneți și veți fi destul de asigurați că nu veți cădea în mâinile unui escroc. Pe de altă parte, psihoterapia în clinici tinde să fie superficială, iar capacitatea voastră de a alege propriul terapist poate fi destul de limitată. Totuși, deseori funcționează destul de bine.

Aceste scurte îndrumări probabil că n-au fost atât de precise pe cât ar fi dorit cititorii. Dar mesajul principal este că din moment ce psihoterapia necesită o relație intensă și intimă din punct de vedere psihologic între două ființe umane, nimic nu vă poate elibera de responsabilitatea de a alege personal acea ființă umană în care să aveți încredere ca îndrumător. Cel mai bun terapeut pentru cineva poate să nu fie cel mai bun pentru altcineva. Fiecare persoană, terapeutul sau pacientul, este unică și trebuie să vă bazați pe propria judecată intuitivă unică. Pentru că există unele riscuri, vă doresc noroc. Și pentru că actul de a intra în psihoterapie cu tot ceea ce implică ea este un act de curaj, aveți admirația mea.

martie 1979

M. Scott Peck
Bliss Road
New Preston, Conn. 06777